词曲史

王易 著

江蘇教育出版社
JIANGSU EDUCATION PUBLISHING HOUSE
凤凰出版传媒集团

图书在版编目(CIP)数据

词曲史/王易著.
南京:凤凰出版传媒集团·江苏教育出版社,2005.8
(国学书库·文史类丛)
ISBN 7-5343-6554-6

Ⅰ.词...
Ⅱ.王...
Ⅲ.词曲史—中国—古代
Ⅳ.I207.23

中国版本图书馆 CIP 数据核字(2005)第 048524 号

出版者 江苏教育出版社
社　址 南京市马家街 31 号　邮政编码 210009
网　址 http://www.1088.com.cn
出版人 张胜勇

书　　名 词曲史
作　　者 王　易
责任编辑 陈　芃
集团地址 凤凰出版传媒集团有限公司
(南京市中央路 165 号　邮政编码 210009)
集团网址 凤凰出版传媒网 http://www.ppm.cn

经　　销 全国新华书店
印　　刷 河北科技师范学院印刷厂
厂　　址 河北·秦皇岛
开　　本 960×635 毫米　1/16
印　　张 21　插页 2
字　　数 278 000
版　　次 2005 年 8 月第 1 版
印　　次 2005 年 8 月第 1 次印刷
印　　数 0001—5100
定　　价 22.80 元
发行热线 010—88876731
编辑热线 010—88876730

目　录

序 …………………………………………………………………… 周岸登（ 1 ）
例言 ……………………………………………………………………（ 1 ）

导言 ……………………………………………………………………（ 1 ）
明义第一 ………………………………………………………………（ 5 ）
（一）词之意义 …………………………………………………………（ 5 ）
（二）曲之意义 …………………………………………………………（ 8 ）
（三）词曲之界 …………………………………………………………（ 10 ）
溯源第二 ………………………………………………………………（ 12 ）
（一）汉魏乐府 …………………………………………………………（ 15 ）
（二）南北朝乐府 ………………………………………………………（ 18 ）
（三）隋唐乐府 …………………………………………………………（ 22 ）
具体第三 ………………………………………………………………（ 27 ）
（一）唐代词体之成立 …………………………………………………（ 27 ）
（二）唐五代诸词家 ……………………………………………………（ 51 ）
衍流第四 ………………………………………………………………（ 67 ）
（一）宋初乐曲之概况 …………………………………………………（ 67 ）
（二）北宋慢词之渐兴 …………………………………………………（ 72 ）
（三）南宋词之极盛 ……………………………………………………（ 82 ）
（四）两宋词流类纪 ……………………………………………………（ 86 ）
析派第五 ………………………………………………………………（104）
（一）北宋诸词家 ………………………………………………………（104）
（二）南宋诸词家 ………………………………………………………（123）
（三）金诸词家 …………………………………………………………（145）

构律第六 …………………………………………………………… (151)
(一)调谱 ………………………………………………………… (152)
(二)韵协 ………………………………………………………… (173)
(三)四声 ………………………………………………………… (179)
(四)五音 ………………………………………………………… (181)
启变第七 …………………………………………………………… (184)
(一)由词入曲之初期 ……………………………………………… (185)
(二)宋金戏曲之蕃衍 ……………………………………………… (197)
(三)元代戏剧之完成 ……………………………………………… (201)
(四)元曲本及其作家 ……………………………………………… (208)
(五)元诸词家 …………………………………………………… (236)
入病第八 …………………………………………………………… (250)
(一)明代词学及其作家 …………………………………………… (251)
(二)明代曲学 …………………………………………………… (263)
(三)明曲本及其作家 ……………………………………………… (267)
振衰第九 …………………………………………………………… (274)
(一)清代词学之振兴 ……………………………………………… (274)
(二)清诸词家 …………………………………………………… (283)
(三)清代戏曲之盛衰 ……………………………………………… (306)
测运第十 …………………………………………………………… (317)
(一)词曲之现状 ………………………………………………… (317)
(二)词曲之前途 ………………………………………………… (322)

后序 ………………………………………………………………… (325)

序

《汉书·艺文志·诗赋略》，赋家分隶屈原、陆贾、荀卿，并杂赋为四。屈主抒情，陆主说辞，荀主效物，杂则谐讔之属也。歌诗则次吴、楚、燕、代、邯郸等以当风；次汉兴兵所诛灭，出行巡狩等以当雅；次宗庙送迎灵颂以当颂。其《李夫人》、《幸贵人》、《中山孺子妾》、《未央才人》、《黄门倡》等，则剧本之类也；《周秦》等则前代乐章也；《谣歌》、《诗声曲折》等则歌声谱式也。刘《略》、班《志》，实开文章派别之先声，亦即谈艺家所自昉。《法言》、《论衡》，片辞居要。至魏文《典论》，肇著专篇。自后作者如《文章流别论》、《文章缘起》，实详体制；《诗品》、《翰林论》、《文赋》，品藻利病，多甘苦之言；刘勰《文心雕龙》，责实课虚，网罗前世，截断众流，叹观止矣！《楚辞》、《百官箴》、《七林》、《连珠集》、《玉台新咏集》，义专论品，总集斯兴；至昭明太子《文选》，屹然为艺海大宗！爰逮唐宋，体制渐歧，各明一义。征文考献，论世知人，则有《唐文粹》、《宋文鉴》、《南宋文范》、《金文雅》、《元文类》、《明文衡》、《历朝文纪》、《古诗纪》、《全唐诗》、《全五代诗》、《宋诗钞》、《宋百家诗存》、《全金诗》、《元诗选》、《明诗综》、《列朝诗集》、《全唐文纪事》、《历朝诗纪事》、《广陵诗事》、《感旧集》、《箧衍集》、《湖海文传》、《诗传》、《诗人征略》、《琬琰集》、《碑传集》之属，托体独尊，文也，而史寓焉。析体制，则《文章襟喉》、《文章辨体》、《文体明辨》等尚焉；谈义法，则《修辞鉴衡》、《四六法海》、《瀛奎律髓》、《唐诗鼓吹》、《古文绪论》、《唐音》、《唐诗品汇》、《艺苑卮言》、《谈艺录》、《说诗晬语》等备焉。明派别，则有《江西诗社宗派图录》；标句法，则有《主客图》；讲声调，则有《谈龙录》、《声调三谱》。洎夫析赏考证，巨细兼赅，则有诸家《诗话》、《四六话》、《四六谈尘》、《赋话》、《读赋卮言》、《渔隐丛话》、《诗人玉屑》、《丹铅总录》、《诗薮》、《然灯纪闻》之属，郁郁乎！彬彬乎！八音繁会，五采相宣已。

然求其贯今古，穷源委，析利害，究正变，足与《文心雕龙》媲烈者，史家惟有《史通》而已。诗文大国，既如此矣。词曲导源既晚，托体甚卑，论盖尤鲜。如《中州乐府》、《历朝词综》、《昭代词选》、《词林纪事》、《本事词》、《箧中词》之属，则以征文考献论世知人为归；而《乐府补题》，社稿也，《元草堂诗余》，总集也，黍离麦秀之哀寓焉。如《遏云》、《家宴》、《尊前》、《花间》、《兰畹》、《金奁》诸集，《草堂诗余》，则以嘌唱为宗，间明宫调；如《乐府雅词》、《阳春白雪》、《花庵绝妙词选》、《绝妙好词》、《花草粹编》等，则专示准绳，或搜遗佚。如《荆溪词》、《众香集》、《宫闺词》、《闽词钞》、《西泠词萃》、《湖州词征》、《甬上近体乐府》、《常州词录》、《浙西六家词》、《明湖四客词》、《闺秀词汇刊》之属，或断代，或限地，或限人，间阐宗风。专咏一物，则有《梅苑》、《梅词》、《萍聚词》；专用一调，则有《龟峰词》、《百萼红词》、《聚红词》、《友声集》、《碧瀣词》；析源流，则有《教坊记》、《乐府杂录》、《碧鸡漫志》；正宫律，示义法，则有《词源》、《乐府指迷》、《作词五要》；析派别，则有《词辨》、《宋四家词选》；标句法，则有《词旨》；订声律，则有《圈法美成词》，而后来诸家《图谱》，钦定《词曲谱》，由此出焉。万氏《词律》，擅廓清复古之功；《天籁轩词谱》，独标雅正；谢氏《碎金词谱》，旁注工尺，取自九宫南词，意昉白石歌曲，施之弦管，尚隔一尘。论音韵，则有《菉斐轩词林韵释》，学宋斋、榕园、沈、毛、仲各家《词韵》，尚属椎轮；而谢氏《碎金词韵》，依黄公绍《韵会举要》，备注五音清浊，戈氏《词林正韵》、《晚翠轩词韵》，一依《集韵》，一依《佩文韵》，折衷古今，足何据依；《菉斐轩》虽最称古本，实同曲韵，非词家所适用。下逮诸家《词话》、《词品》、《词统》、《词筌》、《词衷》、《词尘》、《词苑丛谈》之属，巨细兼明，凡诗文家所有著述，词苑咸备焉。论曲之书，不逮词家之繁，实较词家为密。如《太和正音谱》、《南九宫谱》、《北词广正谱》、《金元十五调》、《骷髅格》、《南音三籁》、《啸余谱》、《南词定律》、《钦定九宫大成谱》等，则图谱之属也；如《中原音韵》、《中州音韵》、《洪武正韵》等，则音韵之属也；如《碧鸡漫志》、《武林旧事》、《梦粱录》、《辍耕录》、《野获编》等，不专论曲，而沿革具焉。钟氏《录鬼簿》，为元曲著录专书；臧氏《元曲选》，为剧曲总汇，杨氏《太平乐府》、《阳春白雪》，则散曲存焉。而黄氏《曲海》、王氏《曲目》，为曲家别辟目录一途。他如涵虚子《曲论》、《词品》，丹丘先生《论曲》，王氏魏氏《曲律》，沈氏《衡曲尘谈》、《顾曲杂言》、《度曲须知》，徐氏《南词叙录》，吕氏《曲品》，高氏《新传奇品》，梁氏李氏《曲话》，焦氏《剧说》，徐氏《乐府传声》，则杂论南北曲之声韵义法作家。《盛明杂剧》三编，汲古阁刊《六十种曲》，墨憨斋《传奇定本》，则南曲总汇；《雍熙乐府》，又为北曲南曲之总汇；《缀白裘》则杂选南北曲，允推巨编也。综览吾国二千年来谈艺之作大概如上所举。其能以科学之成规，本史家之观察，具系统，明分数，整齐而剖解之，牢笼万有，兼师众长，为精密之研究，忠实之讨论，平正之判断，俾学者读此一编，靡不宣究，为谈艺家别开生面者，阒无闻焉。南昌王子简庵，十年来倚声挚友也。去年教授心远大学，撰《词曲史》一编，用作教程。盖感于废学新潮，群言淆乱，深愍晚学无所折衷，将以祈向国学之光大，牖启来者，导之优美高尚纯洁要眇之域焉。盖词曲之为体，忠厚恻怛，闳约深美，史公所谓隐约以遂志者，有恻隐古诗之义；足以移人性灵，愉人魂魄；冀得匡拂末流，涵濡德性，而反之于诗教也。方南昌乱亟，吾二人者，皆闭门论著，数有切磋，愧少弘益。今将远别，督序于余。特历举吾国古来谈艺之著述，品论扬榷，俾读者知此编位置所在云尔！

丁卯六月威远周岸登

例　言

文学全史，体大绪繁。词曲一隅，范围固隘；然与乐府，同源殊体。是编尚论乐府流变，冀探其源；详述词曲演化，务明其体。

史家体例，本重叙述，间入议论，左马已先。是篇叙述往迹，时参目论；篇首引端，义同序赞。

篇章之区，各以时代篇题浑括，用摄其纲；章题显明，以张其目。

词盛于宋，曲盛于元。叙词详宋，叙曲详元。明曲胜词，曲详词略；清词胜曲，曲略词详。

体制为本，不厌求详；作者为迹，未免于略。

词体简约，例可系人；曲篇繁重，例惟示始。

史称载笔文叙为宜；文所难明，佐以表列。避档册之琐屑，蕲览诵之清通。

称引前说，或著或略。语待折衷，则标所自出；事无歧隐，则视若公言。直举所知，无意掠美。

句读符识，习见近籍，从俗援用，以利后生。

载籍无涯，闻见有限。取裁率尔，无漏为艰。补阙订讹，有待贤哲。

导　言

东西诸国，文化各殊，溯其渊源，每由民族质性之有偏，居处环境之互异，用是演进，各展所长，经时既遥，遂歧趋尚。西方种糅国密，待竞而存，生生所资，无敢暇逸，理智所注，科学兴焉；中华地大物博，闭关自足，历岁数千，同文一贯，情感所凝，文学尚焉。夫文学公物也，亦文化之果也，有文化者即有文学，宁独中国？虽然，事有偏胜，物有特征。文学者，中国所偏胜而数千年所遗之特征也。西国未尝无文学，而历世未若中国之久，修养未若中国之深，好之者未若中国之多且专，此无可逊也。然则吾人姑谓中国文学甲于坤舆，殆非过矣！

虽然，国人之痞于文学也亦甚矣！自汉魏六朝唐宋元明迄于清，举凡文士才人所毕生萃精力而为之者，何莫非文学哉？其为类也，有散，有骈，有韵律；其为体也，有文，有赋，有诗词歌曲。任举一端，皆足耗其人半生心血以求一当。则妨生事，阻普化，非文学之本意也。然而业无幸成，功无虚牝，力之所及，效则致焉。苟时方丧乱，尚申、商之法，右孙、吴之谋，用苏、张之策，抑文黜学驱民以归于惨礉苟营之涂，斯已矣；如其不然，欲养和平康乐之风，存温柔敦厚之教，使心声所播，文采所敷，濡染弥漫，蔚成国华，则艺不厌精，心无求暇。盖文章政事，分道扬镳，纵未兼长，无妨并进。使持功利之见，杂诸性情之间，行见顾忌迁就，无有已时，而支绌隳落，可立待矣。故恶高美之文学者，不必言文学，揭简易以为倡者，不足言文学。

所谓文学之优劣，果以何为标准乎？征诸中西论文者之语，可以睹矣。西方之论文，恒以读者之赏鉴为准，其重在外缘；中国之论文，则以文章之本质为准，其重在内美。波斯奈谓“文学志在取悦于大多数人”；而杜甫乃云“文章千古事，得失寸心知”。赫德森谓“文学论情述理，对大多数人类生兴趣”；而昭明太子乃云“事出于沉思，义归乎翰藻”，梁元帝更云“绮縠纷披，宫徵靡曼，唇吻遒会，情灵摇荡”。察其所揭之帜，则其内外轻重之不同明矣。故中国文学，惟务充内美，而不计外缘，其得在高超，而失在不普；西方文学，务容悦当时，趋附风尚，其利在广被，而弊在委随。此亦中西人性之殊，而文学根本之歧点也。

文章之内美，约四端焉：曰理境也，情趣也，此美之托于神者也；曰格律也，声调也，此美之托于形者也。托于神者，为一切文体所同需；托于形者，则诗歌词曲所特重也。理境高矣，情趣丰矣，无格律声调以调节而佐达之，犹鸟兽之不被羽毛也，犹人体之不著冠服也，犹舞无容而乐无节也。虽自矜其精神之美，何济焉？《诗序》云：“情发于声，声成文谓之音。”沈约云：“欲使宫羽相变，低昂舛节，若前有浮声，则后须切响。一简之内，音韵尽殊；两句之中，轻重悉异。妙达此旨，始可言文。”则格律声调之重，昔人固论之周已。

昔季札观乐，闻声而识其国风。《诗》三百篇，大率可被之弦管。故班固云：“诵其言谓之诗，咏其声谓之歌。”夫声不谐则乐不叶，欲咏其声何由乎？故诗歌之与格律声调，源固并也。汉魏乐府，置协律之官；隋唐登歌，传坐立之伎。乐日盛矣。然太白《清平调》、香山《杨柳枝》，本属绝诗，却开词脉。自时厥后，诗乐并兴。词则应运而生汇流而大。于是格律声调，尤重于诗歌矣。

或曰：词曲之事，亦仅于抒情而已，乃至侔色揣称，刻羽引商，词调数百，曲体千余，得无有玩物丧志之患乎？曰：人心情态，何啻万千！声本乎情，自然殊致。如其挚情流露正赖声律，以成抑扬动静刚柔燥湿之观。譬之五服六章，纵异布絮之功，能资黼黻之美，苟非墨翟之非乐贵俭，孰能拒而斥之哉！自唐以降，作者千数，岂尽愚蒙？何以不惮烦劳，行兹艰阻？岂不以宝藏所存，糜躯无惜，不为其易者，正欲达其深耳！

或又曰：抒情之道，岂必词曲哉？方今欧化东渐，新潮日长，创无韵之诗，行自然之体，未尝不足以抒情。居今日而盛谈格律最严，声调最复之词曲，得无贻章甫适越之诮乎？曰：人不能乐，不害其为人；士不能吟，无伤其为士。聋者无以与夫钟鼓之声，然遂欲铄绝竽瑟，塞瞽旷之耳，而自盖其不聪，不可也。文学者，学之专门者也；词曲者，又文学之专门者也,专门之事,不能责之众人;然而百夫之所不能扛者,乌获可一臂而胜,无害也。无韵自然之诗,不禁人为;欲遂扫其固有之美,强天下而尽从其后,于势亦有所不可能矣。

今述词曲史,其事有三难:一、昔人言词曲者,率重家数,而鲜明其体制源流也;二、词曲宫调律格,至为复杂,言之不能详尽也;三、词曲之界混,后人不能通古乐,无以直捣奥窔也。兹惟旁稽群籍,折衷事理,区为十篇,撮述于次。

为学务先正名,名正则学之条理可具。矧词曲上承于诗,旁通于赋,下流于歌剧盲辞,其质难明,其界易混。不有以揭之,曷从而辨之!述《明义第一》。

事无突如,物不骤至。欲细其理,必探其源。词曲各具封疆,领域颇广。宋元以降,卓焉大声。穷其所自,各有根本。哀索列举,务观其通。述《溯源第二》。

唐代声色冠绝,士耽骚雅,众习宫商,几于人握灵珠,家抱荆璧。词体之立,实肇斯时,五季更迭,百度废弛,人文凋敝,独词则洋洋大观。述《具体第三》。

有宋龙兴,文风大畅。倚声之道,习焉为常。自理学名臣,才人志士,缁羽闺阁,巨侫神奸,皆擅胜场,各具面目。佳篇伟作,发数尤难。词学至此,若决江河。述《衍流第四》。

北宋全盛,词苑辉煌。晏、欧、柳、苏、贺、秦、周、李,并挺英哲,以佐元音。南渡中衰词人抑塞。辛、姜、吴、史、王、蒋、张、周,或见江左风流,或感西周禾黍,列而论之。述《析派第五》。

诗律宽放,词则倍严。调既陆离,韵复纷杂。四声既别,五音益分。剖析毫厘,咀嚼微妙,语其组织之密,实无匹伦。浅学者感其难,而深好者领其味。述《构律第六》。

词体层出,流变渐乘。北宋大晟,已开乐府。转踏、大曲、宫调、赚词,递衍递繁,遂成曲体。金元以降,南北并趋,结族之交,探索最难。苟非别详,不足指信。述《启变第七》。

物盛必衰,理所应具,宋元词曲,至明渐芜。高、刘、瞿、李,尚有正声;乃及杨、王,强作解事。歌剧亦逊胡元,虽有名篇,或舛声律。述

《入病第八》。

胜清人文，自然浡焉，曲苑词坛，备臻上极。词则朱陈竞响，曲则洪孔飞声。末季格调益高，订勘尤密，古华烂发，坠绪能明。但歌剧中衰，伧声代作耳。述《振衰第九》。

士困于学，文患其难。趋势所归，似缛丽之词，在所必扫。然美不自灭，情有同然。情苟欲舒，美应无缺。词曲浩博，无美不臻，历世弥光，可以操券。述《测运第十》。

明义第一

欲明词曲史，当先明词曲之义。顾词曲之义亦难明矣。盖吾国历史，亘世过长，名物之立，往往一字数义，一物数名。非推其本末，辨其通专，不足以详其性质范围也。即如词曲二名，人皆知为唐、宋、金、元间之二种新文体矣，苟粗言之，亦曰词曲已耳。何待别明其义乎？然词曲之名，含义甚复，界限甚宽；非必唐宋间之所谓词，金元间之所谓曲也。且方曲未兴，词亦泛称为曲；迨曲既盛，曲又广称为词。（说详后）又就词而言：有称诗余者矣，有称乐府者矣，有称长短句者矣。就曲而言：有称杂剧者矣，有称院本者矣，有称传奇者矣，有称散曲者矣。是词曲犹非定名，夫何由而断之？今惟先释二者之义，继明二者之界焉。

（一）词之意义

自来释词字之义者，每好征引《说文》意内言外之训，然许氏初非为此立名，而其字实不专属此唐宋间之一种文体之称也。词，《说文》作䛐，从司言，意主于内而言发于外，故上司下言者，内外之意也（从段氏说）；词字则为其隶行。（郭忠恕《佩觿》）今假之为此种文体之名，亦不过化通称为专称耳，非其义遂足以专明此一种长短句之近体乐府也。夫意者，文字之义；言者，文字之声；词者，文字声义之合也。举凡摹绘物状，发声助语之文字，皆以词为通称。乃欲据以训此千年后特出之一种文体，得无牵强？故吾人但名此种文体为词可矣，不必上追许说，攘通称为确诂也。（清谢章铤《赌棋山庄词话》续五有论及此者，略谓“夫意内言外，何文不然？不能专属之长短句。盖乾嘉以来，考据盛行，无事不敷以古训，填词者遂窃取《说文》以高其声价”。见颇通核。）至词之异名有诗余、乐府、长短句等，分释如次。

（甲）诗余——诗余之名，不详所自始。《蜀中诗话》云：“唐人长短句，诗之余也，始于李太白。太白以《草堂》名集，故谓之《草堂诗余》。”似诗余之名即出于此。然《草堂诗余》为南宋人所编选，而北宋廖行之词，已名《省斋诗余》，则其名固早立矣。大致谓古诗变为乐府，乐府又变为长短句，故以词为诗之余。而清毛先舒谓：“填词不得名诗余，犹曲自名曲，不得名词余。又诗有近体，不得名古诗余。楚《骚》不得名经余也。……故填词本按实得名，名实恰合，何必名诗余哉？”汪森谓：“古诗之于乐府，近体之于词，分镳并驰，非有先后。谓诗降为词，以词为诗之余，殆非通论？”吴应和则谓：“金元以来，南北曲皆以词名，或系南北，或竟称词。词所同也，诗余所独也。顾世称诗余者寡，欲名不相混，要以诗余为安。”而近人王以愍释之云：“非五七言之余，三百篇之余也。”如是而词之位置始得比于诗。然而“余”之为言，究未惬当也。宋元人词集以诗余名者，有廖行之《省斋诗余》，吴则礼《北湖诗余》，仲并《浮山诗余》，韩元吉《南涧诗余》，王之望《汉滨诗余》，李洪《芸庵诗余》，张镃《南湖诗余》，许棐《梅屋诗余》，吴潜《履斋诗余》，汪莘《方壶诗余》，韩淲《涧泉诗余》，汪晫《康范诗余》，黄机《竹斋诗余》，林淳《定斋诗余》，王迈《臞轩诗余》，赵孟坚《彝斋诗余》，葛长庚《玉蟾先生诗余》，柴望《秋堂诗余》，吴存《乐庵诗余》，赵文《青山诗余》，刘诜《桂隐诗余》，刘壎《水云村诗余》，黎廷瑞《芳洲诗余》，刘将孙《养吾斋诗余》，舒頔《贞素云斋诗余》，舒逊《可庵诗余》等。亦可见习用其名者之众矣。

（乙）乐府——乐府之名，始于西汉，盖教乐之官也。于殷曰瞽宗；周因殷列为西学，所以教礼乐，《周官》有大司乐之属；至汉文帝以夏侯宽为乐府令，武帝以李延年为协律都尉而立乐府，始具乐府之名。自汉迄唐，凡郊祀、燕射、鼓吹、清商、舞曲、琴曲等，悉属乐府范围，然不必尽施于乐。刘勰所谓“无诏伶人，故事谢丝管”是也。唐人乐府，初循汉魏小乐府五言，若《子夜》、《欢闻》、《前溪》、《读曲》诸歌；继循齐梁乐府七言，若《挟瑟歌》、《乌栖曲》诸辞。故其体率为绝句，如《纥那曲》、《怨回纥》，皆五绝也；《竹枝》、《杨柳枝》、《浪淘沙》、《欸乃曲》，皆七绝也。是即乐府，亦即词也。故宋元人遂沿称词为乐府。其集之以乐府名者，有苏轼《东坡乐府》、贺铸《东山寓声乐府》、周紫芝《竹坡居士乐府》、徐伸《青山乐府》、刘弇《龙云先生乐府》、赵长卿《惜香乐府》、康与之《顺庵乐府》、曹勋《松隐乐府》、姚宽《西溪居士乐府》、周必大《平园近体乐府》、杨冠卿《客亭乐府》、杨万里《诚斋乐府》、赵以夫《虚斋乐府》、段克己《遯斋乐府》、段成己《菊轩乐府》、李俊民《庄靖先生乐府》、元好问《遗山新乐府》、王义山《稼村乐府》、王恽《秋涧乐府》、陈深《宁极斋乐府》、曹伯启《汉泉乐府》、周权《此山先生乐府》、蒲道园《顺斋乐府》、虞集《道园乐府》、许有壬《圭塘乐府》、宋䌹《燕石近体乐府》、张埜《古山乐府》等，皆其类也。

(丙)长短句——长短句即乐府之杂言者也。周《颂》汉《歌》，已启其源。天籁所发，初无定谱，低昂合节，错落不齐，要以表其变化之美。汪森谓“自有诗而长短句即寓焉，《南风》之操，《五子之歌》是已。《周颂》三十一篇，长短句居十八，汉《郊祀歌》十九篇，长短句居其五；至《短箫》、《铙歌》十八篇，皆长短句，谓非词之源乎？”六朝以还，歌行杂作。至于唐代，厥体盛兴，李白《蜀道难》、《长相思》、《将进酒》等篇，极参差变化之致。及张志和白居易辈割五七言而为《渔歌》、《忆江南》等，词体于是乎成，而此后之长短句，皆倾向于词矣。王昶谓“诗本于乐，乐本于音，音有清浊高下轻重抑扬之别，乃为五音十二律以著之，非句有长短无以宣其气而达其音”。故宋元多称词为长短句，其集之以长短句名者，有秦观《淮海居士长短句》、陈师道《后山长短句》、米芾《宝晋长短句》、赵师侠《坦庵长短句》、左誉《筠庵长短句》、张纲《华阳长短句》、辛弃疾《稼轩长短句》、刘克庄《后村长短句》、李齐贤《益斋长短句》等，皆其类也。

此外有称歌曲者，如王安石《临川先生歌曲》、姜夔《白石道人歌曲》；有称琴趣者，如黄庭坚《山谷琴趣》、晁端礼《闲斋琴趣》、赵彦端《介庵琴趣》；有称乐章者，如柳永《乐章集》、刘一止《苕溪乐章》、洪适《盘洲乐章》、谢懋《静寄居士乐章》；有称遗音者，如石孝友《金谷遗音》、林正大《风雅遗音》、陈德武《白雪遗音》。余如朱敦儒之《樵歌》、陈允平之《日湖渔唱》、周密之《苹洲渔笛谱》、张辑之《东泽绮语债》、杨炎正之《西樵语业》、高观国之《竹屋痴语》，皆喜为异名，而化去词之本意，无深义也。

（二）曲之意义

曲主可歌，唐宋词皆可歌，词与曲一也。自有不能歌之词，而能歌者又渐变为曲，则宋元间之所谓曲也。而曲之源实起于汉，乐府《铙歌鼓吹》之类是也。《古今乐录》载汉《享宴食举乐》十三曲，又《鼓吹铙歌》十八曲；《晋书·乐志》载魏武帝使缪袭造《鼓吹》十二曲以代汉曲，又吴使韦昭制《鼓吹》十二曲，又晋武帝令傅玄制《鼓吹曲》二十二篇以代魏曲，其所有曲题，皆未明称为曲也。及宋《鼓吹·铙歌》有《上邪曲》、《晚芝曲》、《艾如张》曲，始著曲名。自后乐府歌辞，多以曲名篇，其源流当别详。而究曲字之义，则音韵曲折之意也。按《汉书·艺文志》，载《河南周歌诗》、《周谣歌》，皆有声曲折。又《宋书·乐志》，载张华表云："按魏《上寿食举》诗，及汉氏所施用，其文句长短不齐，未皆合古。盖以依咏弦节，本有因循，而识乐知音，足以制声度曲，法用率非凡近所能改。二代三京，袭而不变。虽诗章词异，兴废随时，至其韵逗曲折，皆系于旧，有由然也。"又载贺循云："自汉以来，自造新诗。旧京荒废，今既散亡，音韵曲折，又无识者，则于今难以意言。"所谓曲折者，殆即曲字之所由得名也。明徐师曾《诗体明辨》云："高下长短委曲以道其情者曰曲。"宋张表臣《珊瑚钩诗话》云："音声杂比高下短长谓之曲。"为意亦同。至宋代之曲，则昉自隋以后之曲子。宋王灼《碧鸡漫志》云："隋以来，今之所谓曲子者渐兴，至唐稍盛。今则繁声淫奏，殆不可数。古歌变为古乐府，古乐府变为今曲子，其本一也。"自是有大曲，有法曲，有北曲南曲，递衍递变，虽为体各异，而统以曲名，要以被之声歌音韵曲折为主。特金元以后，则专以其名属之戏曲耳。曲之异名，有杂剧、院本、传奇、散曲等，亦分释如次。

（甲）杂剧——两宋戏剧均谓之杂剧。《宋史·乐志》云："真宗不喜郑声，而或为杂剧，词未尝宣布于外。”宋吴自牧《梦粱录》云：“向者汴京教坊大使孟角球，曾做杂剧本子。”周密《武林旧事》载官本杂剧段数二百八十本，其组织内容，盖合大曲法曲宫调词调为之，而又穿插种种滑稽杂戏及故事，而杂剧遂为其总名。元代仍因其名而略变其体质，遂成元之杂剧。变叙事体为代言体之戏剧，亦由是托始。迨明以后，则又以戏曲之短者为杂剧矣。

（乙）院本——杂剧至金，始有院本之名，盖行院之本也。行院者，金元人谓倡伎所居，其所演唱之本，即谓之院本。元陶九成《辍耕录》，载院本名目六百九十种，有《和曲院本》、《上皇院本》、《题目院本》、《霸王院本》诸目。又有所谓爨或焰段者，亦院本之异名也。《辍耕录》又云：“金有杂剧院本诸宫调，院本杂剧，其实一也，国朝始厘而二之。”所谓厘而二之者，盖以元人创杂剧，而称金之旧剧为院本也。然至明初，已有称元杂剧为院本者。自后遂混北剧或南戏而泛称院本矣。

（丙）传奇——传奇之名，昉自唐裴铏所作传奇六卷，本属小说，无关曲也。宋则以诸宫调为传奇。《碧鸡漫志》所谓“泽州孔三传首唱诸宫调古传，士大夫皆能诵之”。此非元人之杂剧也。元人以杂剧为传奇，明人则以戏曲之长者为传奇。故传奇之名凡四变；普通所指，乃元之南戏、明之戏曲耳。

（丁）散曲——散曲对剧曲而言。剧曲纪事必具首尾，率以科纪动，以白助言；散曲则无论纪事写景状物言情，皆不须科白相联贯，故又名清曲。其中更分小令散套二种：小令一名叶儿，为散曲之短小者，对体制较大之套曲而言；散套一名套数，为散曲之成套者，对有联贯之剧套而言。元明人亦多称散曲为乐府，如杨朝英之《太平乐府》、郭勋之《雍熙乐府》诸选集，张可久《小山乐府》、周宪王《诚斋乐府》、王九思《碧山乐府》、杨慎《陶情乐府》诸别集。意谓其曾经文学之陶冶，可以入乐府而充一代之雅乐，有以别乎里巷之俚歌，然与词之称乐府者几混矣。

此外又有称曲为词余者，然名实未当也。谓词为诗余，犹可曰诗不指五七言，乃三百篇耳。今以曲为词余，宁非抑曲过甚欤？盖文体流变，各辟疆宇，无所谓余。如别子为祖，遂不更与本宗论系属也。况词曲门户各殊，势力相等，作者各擅专长，不相取下，安见此遂为彼之余邪？

（三）词曲之界

词曲之意既明，当可略识其界矣。顾其界岂易明哉？苟非推本寻源，诚不能明其变化同异之点。今但比附其本体形质，俾有以划其鸿沟。至其先后递嬗之际，则当于《启变》篇中别详，兹不暇及。

清宋翔凤《乐府余论》云："宋元之间，词与曲一也。以文写之则为词，以声度之则为曲。"晁无咎评东坡词谓："曲子中缚不住"，则词皆曲也。《度曲须知》、《顾曲杂言》论元人杂剧，皆谓之词；元人《菉斐轩词林韵释》，为北曲而设，乃谓之词韵，则曲亦词也。虽然，其质未尝无界也。综括之盖有三：一结构之不同也，二音律之互歧也，三命意之各别也。兹分释之。

（甲）结构——词之体制，有令、引、近、慢之分。最短者十余字，如《竹枝》（十四字）、《苍梧谣》（十六字）等，最长者如《莺啼序》，二百四十字止耳。有单调一段者，有双调二段者，有三段四段者止耳。曲则有一支之小令，二支四支之重头全套，有尾之散套大套。诸曲调中，句字不拘，可以增损，或加衬字，或集调而为犯，或迟其声以媚之而为尾声，不似词之一成而少变也。至曲之平仄韵脚活动，亦不似词之拘守定谱，不得通融也。

（乙）音律——古乐府皆以七音十二律互乘为八十四调。以宫乘律为宫，以其他六音乘律为调，此通法也。而唐燕乐但用二十八调。及宋张炎《词源》谓"今乐所存止七宫十一调"。明沈璟《南曲谱》谓"曲中宫调止六宫十一调"。二者尚不甚相远，惟歌法则不同。词音简，便于和歌；曲音繁，期于悦耳。观姜白石词之旁谱十七支，皆一字一音，不似曲之音有多至十余者。纵横驰骤，去古又日远矣。

（丙）命意——词意宜雅；曲则稍宜通俗。因词为文士大夫所为，类多述怀纪兴之作；而曲则托之优伶乐人，多传神状物之篇。故词可表见作者之性情，而气体尚简要；曲则着重听众之观感，而情韵贵旁流。词敛而曲放，词静而曲动，词深而曲广，词纵而曲横。以词笔为曲，不免意徇于辞；以曲法为词，亦将辞浮于意。就散曲言，犹与词近；若云剧曲，则纯为代言体之文，作者方当从事于揣摩剧情，不容有我矣。

论述至此，词曲之本体，与词曲史之资料，可得而明矣。顾其为体也源远而流长，其为史也千头而万绪，约言无当，姑俟徐详。

溯源第二

歌咏之兴，其自生民始乎！虽钧天九奏，葛天八阕，徒存其目，莫究其文。然民禀天地之灵，含五常之性，刚柔迭用，喜愠分情，志动于中，则歌咏外发（见《宋书·谢灵运传论》），理之至也。《虞书》所谓"诗言志，歌永言"，盖诗歌之始基；"声依永，律和声"，乃声律之初效也。载籍所传，从可信矣。匹夫庶妇，讴吟土风；诗官采言，乐胥被律。诗为乐心，声为乐体。瞽师调器，君子正文。（见《文心雕龙·乐府》篇）诗乐本一贯也。自《虞书》有喜起明良之赓载，《尚书·大传》有《卿云》《八伯》之和歌，始于君臣相乐，遂以教胄子，和神人；《孟子》所称《徵招》、《角招》、《春秋左传》所称《祈招》，皆其类也。成周之际，诗有《风》、《雅》、《颂》，悉属乐章。《仪礼·燕礼》云："工歌《鹿鸣》、《四牡》、《皇皇者华》……笙人奏《南陔》、《白华》、《华黍》。……乃间歌《鱼丽》，笙《由庚》。歌《南有嘉鱼》，笙《崇丘》。歌《南山有台》，笙《由仪》。遂歌乡乐《周南·关雎》、《葛覃》、《卷耳》、《召南·鹊巢》、《采蘩》、《采苹》。"至若《周颂》三十一篇，大率皆郊祀天地，社稷、明堂、后稷、先王、先公之乐歌；《商颂》五篇，则祀祖及大禘之乐歌也。（详见《毛诗序》）后世声乐既亡，徒存辞句五言之属，遂为徒诗；而别以协音律被丝管者为乐府。流衍蕃变则所谓乐府者亦但拟文辞，无烦丝管，而与徒诗无别。于是诗乐判然。不特乐亡，而诗亦亡矣。

虽然，古乐亡而乐不尽亡也，盖随时而废兴焉。周衰凋缺，乱于郑卫。延陵季子闻歌《小雅》曰："其周德之衰乎！犹有先王之遗风焉。"魏文侯聆古乐而恐卧，晋平公听新声而忘食。由是列国所传，各依方俗。沅湘好祀，屈原乃为《九歌》；汉高与沛父老相乐，醉酒欢哀，乃作《风起》之诗，令沛中童儿百二十人习而歌之曰《三侯之章》。应心而作，初不必师古也。汉兴，以《乐经》亡于秦火，遗法无存；惟制氏世在乐官，能记其铿锵鼓舞，而不能言其义。周存六代之乐，至秦惟余《韶武》。始皇改周舞曰《五行》，汉改《韶》曰《文始》、《武》曰《武德》，奏于高祖之庙。周又有《房中》之乐，秦改曰《寿人》，其声，楚声也，高祖好之；令唐山夫人作《房中乐歌》十七章，孝惠改曰《安世》；又依《武德》而作《昭容》之乐，依《文始五行》而作《礼容》之乐；叔孙通因秦乐人制宗庙乐《嘉至》、《永至》、《登歌》、《休成》、《永安》等；文造《四时舞》，景作《昭德舞》(《宋书·乐志》参《晋书·乐志》)，皆代古乐而兴者也。孝文时，得魏文侯乐人窦公，献《周官·大司乐》章。武帝时，河间献王与毛生等采《周官》及诸子言乐事者以作《乐记》；献八佾之舞，与制氏不相远；内史丞王定传之，以授常山王禹；刘向校书以著于录，然竟不用也(《汉书·艺文志》参《宋书·乐志》)。武帝定效祀之礼，乃立乐府，采诗夜诵，有赵、代、秦、楚之讴；以李延年为协律都尉，举司马相如等数十人，造为诗赋，略论律吕，以合八音之调，作十九章之歌。然施之郊祀，未有祖宗之事；八音调均，又不协于钟律。汲黯所谓"先帝百姓岂能知其音"者，盖讥其不合经典也(《汉书·礼乐志》)。而内有掖庭材人，外有上林乐府，皆以郑声施于朝廷。厥后哀帝性不好音，诏罢乐府之官，而声乐中废。及东汉明帝，修复坠典，制作备明，分乐为四品。(一曰大予乐，用之郊庙上陵。二曰雅颂乐，用之辟雍乡射。三曰黄门鼓吹乐，用之宴群臣。四曰短箫铙歌乐，用之军中。)东京之乱，乐章亡缺，不可复知。及魏武平荆州，得刘表乐工杜夔传四曲——《鹿鸣》、《驺虞》、《伐檀》、《文王》，其声辞皆周京之旧。遂使夔规复古乐，所就盖彬彬焉。晋因魏制，傅玄、张华、荀勖、成公绥等，沿用声律，各有改作。永嘉之乱，伶官乐器，没于刘石，旧典不存。江左补苴，历宋齐梁，难云备物。下至陈隋，淫哇鄙亵，举无足观已。

声歌之道移世而失传，吾人纵欲究之，充量亦仅能言其义耳，无以识其铿锵鼓舞之节也。《汉书·艺文志·诗赋略》所著录汉君臣，及吴楚汝南各郡国，《未央材人》、《黄门倡》等诗歌，皆乐章也，而无声曲折。惟《河南周歌诗》，周谣歌，各有声曲折之著录，后亦失其传声曲折者，即铿锵鼓舞之节，如后世之曲谱板眼是也。此而不存，则后世所可言者文辞而已。郑樵《通志·乐府序》云："古之诗，今之词曲也。若不能歌之，但能诵其文而说其义，可乎？奈义理之说胜，而声音之学日微。继三代而作者乐府也，乐府之作宛同《风》《雅》，但其声散佚，无所纪系，所以不得嗣续《风》《雅》而为流通也。”《碧鸡漫志》云：“古诗或名乐府，谓诗之可歌者也；后世声歌之道既失，而所谓古乐府者，遂为诗之一体矣。”此所论皆惜声乐之亡也。然朱子则云：“诗之作，本言志而已。方其诗也，未有歌也；及其歌也，未有乐也。以声依永，以律和声，则乐乃为诗而作，非诗为乐而作也。诗出乎志者也；乐出乎诗者也。诗者其本；而乐者其末也。”马端临亦云：“诗者有义理之歌曲也；后世狭邪之乐，则无义理之歌曲也。”又云：“始则其数可陈，其义难知；久则义之难明者，简编可以纪述，论说可以传授；而数者，一日不肄习则亡之矣。数既亡则义孤行，于是疑儒者之道有体而无用，而以为义理之说太胜。夫义理之胜，岂足以害事哉？”此其所论，似又偏重文辞，而不规规于声乐矣。

今溯词曲之源，《雅》《颂》而外，不得不首援乐府。顾乐府之范围广矣：若两汉，若魏晋，若南北朝，若隋唐，其历时远而为体众也；若述原，若别类，若解题，其为事繁而取材广也。兹既非专研乐府，则皆可置不细论；而吾人所务者，盖在词曲之所以形成，与其迁流衔接之迹耳。则乐府之结体，实为本篇研究之中心。

所谓乐府之结体者，不外辞句之组合而已。句由字所组，字各一声，又谓之言。晋挚虞《文章流别》云“诗之流也，有三言、四言、五言、六言、七言、九言。古诗率以四言为体，而时一句二句，杂在四言之间，后世演之，遂以为篇。”（今案，《缁衣》之“敝”、“还”，一字成句也。《九罭》之“鳟鲂”，《鱼丽》之“鲿鲨”、“鲂鳢”、“鰋鲤”，二字成句也。《十月之交》之“我不敢效我友自逸”，八字成句也。《维天之命》之“于乎不显文王之德之纯”，十字成句也。）此即长短句之所肇也。然自汉以后，五言大行，七言继起。诗及乐府，又率以五七言为体，而时一句二句杂于其间。故汉魏六朝之歌行作焉。自是而还，遂分二派：纯乎五七言者为正，而杂言者为变。其正者顺传而为诗之本宗，其变者侧出而为乐之别祖。郑樵论歌行云：“古之诗曰歌行，后之诗曰近古二体。歌行主声，二体主文。诗为文也，不为声也。律其辞则谓之诗，声其诗则谓之歌。诗者乐章也，或形之歌咏，或散之律吕，各随所主而命。主于人之声者，则有行，有曲。散歌谓之行，入乐谓之曲。（今案，入乐者亦有行，其言不尽然。）主于丝竹之音者，则有引，有操，有吟，有弄，各有调以主之。摄其音谓之调，总其调亦谓之曲。”其论诗乐之关系晰矣。兹进而征汉以后之乐府。

（一）汉魏乐府

徐师曾《诗体明辨》云：“放情长言杂而无方者曰歌，步骤驰骋疏而不滞者曰行，兼之曰歌行。”然乐府之歌不尽杂而无方也。汉《安世房中歌》十七章，内十三章四言，三章三言，惟第六章为七言二句三言四句，辞曰：

> 大海荡荡水所归，高贤愉愉民所怀。大山崔，百卉殖。民何贵？贵有德。

《郊祀歌》，十九章：第一章《练时日》，第十章《天马》，十五章《华烨烨》，十六章《五神》，十七章《朝陇首》，十八章《象载瑜》，十九章《赤蛟》，皆三言；第二至第七章《帝临》、《青阳》、《朱明》、《西颢》、《玄冥》、《惟泰元》，十三章《芝房》，十四章《后皇》，皆四言；惟第八章《天地》，第九章《日出入》，十一章《天门》，十二章《景星》，皆杂言。辞曰：

> 天地并况，惟予有慕。爰熙紫坛，思求厥路。恭承禋祀，缊豫为纷。黼绣周章，承神至尊。千童罗舞成八溢。合好效欢虞泰一。九歌毕奏斐然殊。鸣琴竽瑟会轩朱。璆磬金鼓，灵其有喜。百官济济，各敬厥事。盛牲实俎进闻膏。神奄留。临须摇。长丽前掞光耀明。寒暑不忒况皇章。展诗应律铜玉鸣。函宫吐角激徵清。发梁扬羽申以商。造兹新音永久长。声气远条凤鸟翔。神夕奄虞盖孔享。（《天地》）
>
> 日出入安穷？时世不与人同。故春非我春，夏非我夏，秋非

我秋，冬非我冬。泊如四海之池。偏观是耶谓何？吾知所乐，独乐六龙，六龙之调，使我心若。訾黄其何不徕下。（《日出入》）

天门开，跌荡荡。穆并骋，以临飨。光夜烛，德信著。灵浸平而，鸿长生豫。太朱涂广，夷石为堂。饰玉梢以舞歌，体招摇若永望。星留俞，塞陨光。照紫幄，珠熉黄。幡比翄回集，贰双飞常羊。月穆穆以金波，日华耀以宣明。假清风轧忽，激长至重觞。神裴回，若留放。殣冀亲，以肆章。函蒙祉福常若期。寂漻上天知厥时。泛泛滇滇从高斿。殷勤此路胪所求。佻正嘉吉弘以昌。休嘉砰隐溢四方。专精厉意逝九阂。纷云六幕浮大海。（《天门》）

景星显见，信星彪列。象载昭庭，日亲以察。参侔开阖，爰推本纪。汾脽出鼎，皇祐元始。五音六律，依韦响昭。杂变并会，雅声远姚，空桑琴瑟结信成。四兴递代八风生。殷殷钟石羽籥鸣。河龙供鲤醇牺牲。百末旨酒布兰生。泰尊柘浆析朝酲。微感心攸通修名。周流常羊思所并。穰穰复正直往宁。冯蠵切和疏写平。上天布施后土成。穰穰丰年四时荣。（《景星》）

又《鼓吹·铙歌》皆杂言，本二十二曲，今存十八曲，传写讹误，多不可解。今择其可句读者录之，辞曰：

战城南，死郭北。野死不葬乌可食。为我谓乌，"且为客豪。野死谅不葬，腐肉安能去子逃"。水深激激，蒲苇冥冥。枭骑战斗死，驽马裴回鸣。梁筑室，何以南？何以北？禾黍不获君何食？愿为忠臣安可得？思子良臣，良臣诚可思。朝行出攻，暮不夜归。（第六曲《战城南》）

上陵何美美，下津风以寒。问客何从来，言从水中央。桂树为君船，青丝为君笮，木兰为君棹，黄金错其间。沧海之雀赤翅鸿白雁，随山林乍开乍合，曾不知日月明。醴泉之水光泽何蔚蔚。芝为车，龙为马。览遨游，四海外。甘露初二年，芝生铜池中。仙人下来饮，延寿千万岁。（第八曲《上陵》）

君马黄，臣马苍。二马同逐臣马良。易之有騩蔡有赭。美人归以南。驾车驰马，美人伤我心。佳人归以北。驾车驰马，佳人安终极？（第十曲《君马黄》）

有所思，乃在大海南。何用问遗君？双珠玳瑁簪。用玉绍缭之。闻君有他心。拉杂摧烧之。摧烧之，当风扬其灰。从今以往，勿复相思。相思与君绝，鸡鸣狗吠，兄嫂当知之。妃呼豨。秋风肃肃晨风飔。东方须臾高知之。（第十二曲《有所思》）

上邪，我欲与君相知。长命无绝衰。山为陵，江水为竭。冬雷震震夏雨雪。天地合。乃敢与君绝。（第十五曲《上邪》）

又《相和》三调歌辞，如《相和曲》之《东光》、《薤露》、《蒿里》、《乌生八九子》、《平陵东》，《吟欢曲》之《王子乔》，《平调曲》之《猛虎行》，《清调曲》之《董逃》，《瑟调曲》之《妇病行》、《孤儿行》，《大曲》之《西门行》、《东门行》、《雁门太守行》、《满歌行》，《舞曲歌辞》之《淮南王》、《圣人制礼乐》、《公莫舞》，《散乐》之《俳歌》，皆杂言也。魏武帝所作《相和歌辞》，如《气出倡》、《精列》、《度关山》、《对酒歌》、《陌上桑》、《秋胡行》，杂三四五六七八九言。文帝所作《陌上桑》、《步出夏门行》，杂三七八言。魏缪袭，吴韦昭，所造鼓吹铙歌各十二曲，杂三四五六七言。魏王粲，晋傅玄，所造《俞儿舞歌》，杂三四五六七言。晋《鼙舞歌景皇帝》、《大晋》二篇，杂三四五六七言。吴《拂舞歌济济篇》、《淮南王篇》，杂三四七言。陈思王所作《平陵东》、《桂之树行》、《当墙欲高行》、《当事君行》、《当车以驾行》，杂三四五六七言。陈琳《饮马长城窟行》，杂五七言。左延年《秦女休行》，杂四五六七八九十言。嵇康《秋胡行》，杂四五六言。惟魏晋之间《食举上寿歌诗》，文句长短不齐，张华以为未皆合古；陈颀以为被之乐石未必皆当。故荀勖所造多四言，惟《王公上寿酒》一篇为三言五言。张华亦然，惟《食举东西厢乐诗》十一章，杂三四五七言；其《正德》、《大豫舞歌》皆四言，《凯歌》、《中宫》、《宗亲》等歌并为五言，不以杂言为篇。此外晋傅玄之《鸿雁生塞北行》、《白杨行》、《秦女休行》、《云中白子高行》、《车遥遥》，陆机之《日重光》、《月重轮》，石崇之《思归引》，皆杂言之荦荦者。辞繁不备举。

(二)南北朝乐府

宋承晋后,历齐、梁、陈,郊庙燕射鼓吹舞曲歌辞,皆有改作。北魏入洛,制作未遑。北齐北周,虽有所造,未云备物。盖自永嘉乱后,声乐亡散,历朝稽古,难复旧观。而街陌谣讴,时存古调;《吴歌》《杂曲》,并出江南,相和三调,九代遗声,亡失殆尽。仅传清商乐,有《吴声》,有《西曲》,又有杂曲,体最泛滥,名亦繁众。五言而外,变化无方,类因人情喜变,厌闻旧声,故参错其辞,宛转其调,以为巧丽耳。如宋何承天《鼓吹·铙歌》十五曲,其第五曲《巫山高》极错落之致,辞曰:

> 巫山高,三峡峻。青壁千寻,深谷万仞。崇岩冠灵林冥冥。山禽夜响,晨猿相和鸣。洪波迅澓,载逝载停。凄凄商旅之客,怀苦情。在昔阳九皇纲微。李氏窃命,宣武耀灵威。蠢尔逆纵,复践乱机。王旅薄伐,传首来至京师。古之为国,惟德是贵。力战而虐民,鲜不颠坠。矧乃叛戾。伊胡能遂?咨尔巴子无放肆!

其长短句最多,而声调最美者,莫如鲍照集中,如《淮南王》篇,《代雉朝飞》、《代北风行》、《代空城雀》、《代夜坐吟》、《梅花落》、《拟行路难》等,悉振厉谐婉。其《梅花落》辞曰:

> 中庭杂树多,偏为梅咨嗟。问君何独然?念其霜中能作花,露中能作实,摇荡春风媚春日。念尔零落逐风飙,徒有霜华无霜质。

《拟行路难》仅三首纯为七言,余皆杂言,音节尤高。今录四首,辞曰:

> 洛阳名工铸为金博山。千断复万缕,上刻秦女携手仙。承君

清夜之欢娱，列置帏里明烛前。外发龙鳞之丹彩，内舍麝芬之紫烟。如今君心一朝异，对此长欢终百年。

泻水置平地，各自东西南北流。人生亦有命，安能行叹复坐愁？酌酒以自宽。举杯断绝歌路难。心非木石岂无感，吞声踯躅不敢言。

对案不能食。拔剑击柱长叹息。丈夫生世会有时，安能蹀躞垂羽翼？弃檄罢官去，还家自休息。朝出与亲辞，暮还在亲侧。弄儿床前戏，看妇机中织。自古圣贤尽贫贱，何况我辈孤且直？

愁思忽而至，跨马出北门。举头四顾望，但见松柏园。荆棘郁蹲蹲。中有一鸟名杜鹃。言是古时蜀帝魂。声音哀苦鸣不息，羽毛憔悴似人髡。飞走树间啄虫蚁，岂忆往日天子尊！念此死生变化非常理，中心恻怆不能言。

余如王筠之《楚妃吟》，沈君攸之《双燕离》，北魏萧综之《听钟鸣》、《悲落叶》，胡后之《杨白花》，释慧英之《一三五七九言》，皆杂言之胜而为词曲导其先路者也。辞曰：

窗中曙，花早飞。林中明，鸟早归。庭前日，暖春闺。香气亦霏霏。裙香漂。当轩唱清调。独顾慕，含怨复含娇。蝶飞阑复薰，袅袅轻风入翠裙。春可游。歌声梁上浮。春游方有乐。沉沉下罗幕。（王筠《楚妃吟》）

双燕双飞，双情相思。容色已改，故心不衰。双入幕，双出帷。秋风去，春风归。幕上危。双燕离。衔羽一别涕泗垂。夜夜孤飞谁相知。左回右顾还相慕。翩翩桂水不忍渡。悬目挂心思越路。萦郁摧折意不泄。愿作镜鸾相对绝。（沈君攸《双燕离》）

悲落叶。联翩下重叠。重叠落且飞。从横去不归。长枝交映昔何密！黄鸟关关动相失。夕蕊杂凝露，朝花乱翻日。乱春日，起春风。春风春日此时同。一霜二霜犹可当。五晨六旦已飘黄。乍逐惊风举，高下任飘飏。悲落叶，落叶何时还？夙昔共根本，无复一相关。各随灰土去，高枝难重攀。（萧综《悲落叶》）

阳春二三月，杨柳齐作花。春风一夜入闺闼，杨花飘荡落南家。含情出户脚无力。拾得杨花泪沾臆。秋去春还双燕子。愿衔杨花入窠里。（北魏胡后《杨白花》）

游。愁。赤县远，丹思抽。鹫岭寒风驶，龙河激水流。既喜朝闻日复日，不觉年颓秋更秋。已毕耆山本愿诚难往，终望持经振锡住神州。（释慧英《一三五七九言》）

然皆长篇也。至短章则有梁《鼓角横吹曲》辞，略曰：

陇头流水，流离西下。念吾一身飘旷野。（《陇头流水歌》）

月明光，光星堕。欲来不来早语我。（《地驱乐歌》）

东平刘生安东子，树木稀。屋里无人看阿谁？（《东平刘生歌》）

皆节短而音长。《吴声歌》辞靡而节促，其《懊侬歌》，略曰：

山头草。欢少四面风，趣使侬颠倒。

《白石郎曲》，略曰：

白石郎，临江居。前导江伯后从鱼。

《华山畿》二十五首，今录二首，辞曰：

华山畿。君既为侬死，独活为谁施？欢若见怜时，棺木为侬开。

夜相思。投壶不停箭，忆欢作娇时。

晋宋间清商曲辞皆民间讴谣，或出伎人之手，非文士所为。故皆当时俗语，多假同声之字以为谶谜。前一曲为本事，后一曲则借骁作娇。《子夜》、《欢闻》、《读曲》等歌累数百首，皆此类也。在古人为俗谚，流传至今则古雅矣。《读曲》十九首，今录四首，辞曰：

白门前，乌帽白帽来。白帽郎，是侬良。不知乌帽郎是谁？

打杀长鸣鸡，弹去乌臼鸟。愿得连冥不复曙，一年都一晓。

奈何许。石阙生口中，衔碑不得语。

欢相怜。今去何时来。裲裆别去年，不忍见分题。

《西曲歌》之《寿阳乐》九首，今录二首，辞曰：

可怜八公山，在寿阳。别后莫相忘。

夜相思。望不来。人乐我独悲。

《月节折杨柳歌》十三首，今录《正月》《闰月》各一首，辞曰：

春风尚萧条。去故来入新，苦心非一朝。折杨柳。愁思满腹中，历乱不可数。（《正月歌》）

成闰暑与寒。春秋补小月，念子无时闲。折杨柳。阴阳推我去，那得有定主。（《闰月歌》）

梁武帝改《西曲》制《江南弄》七曲：曰《江南》，曰《龙笛》，曰《采莲》，曰《凤笙》，曰《采菱》，曰《游女》，曰《朝云》。沈约作四曲：曰《赵瑟》，曰《秦筝》，曰《阳春》，曰《朝云》。又制《上云》乐七曲：曰《凤台》，曰《桐柏》，曰《方丈》，曰《方诸》，曰《玉龟》，曰《金丹》，曰《金陵》。其辞皆杂言。今录梁武帝《江南弄》三首，辞曰：

众花杂色满上林。舒芳耀绿垂轻阴。连手蝶躞舞春心。舞春心。临岁腴。中人望，独踟蹰。（《江南弄》）

美人绵眇在云堂。雕金镂竹眠玉床。婉爱寥亮绕虹梁。绕虹梁。流月台。驻狂风，郁徘徊。（《龙笛曲》）

游戏五湖采莲归。发花田叶芳袭衣。为君侬歌世所希。世所希。有如玉。《江南弄》,《采莲曲》。(《采莲曲》)(转仄韵)

《上云》乐二首,辞曰:

桐柏真。升帝宾。戏伊谷,游洛滨。参差列凤管,容与起梁尘。望不可至,徘徊谢时人。(《桐柏曲》)

方丈上,崚层云。挹八玉,御三云。金书发幽会,碧简吐玄门。至道虚凝,冥然共所遵。(《方丈曲》)

又张率之《长相思》二首,亦杂言,辞曰:

长相思,久离别。美人之远如雨绝。独延伫,心中结。望云云去远,望鸟鸟飞灭。空望终若斯,珠泪不能雪。

长相思,久别离。所思何在若天垂。郁陶相望不得知。玉阶月夕映,罗帏风夜吹。长思不能寝,坐望天河移。(平韵)

至沈约之《六忆》,仅首句三言,下皆五言;其《八咏》则体杂词赋,兹皆不举。

举上各辞,则词体之兴,已启朕兆。大抵古韵渐漓,新声竞作;四声之谱,又适起于此时。故能刻羽引商,日进其艺,亦穷则变,变则通之理然也。

(三)隋唐乐府

《碧鸡漫志》云:"隋氏取汉以来乐器歌章古调,并入清乐,余波至李唐始绝。唐中叶虽有古乐府,而播在声律则鲜矣;士大夫作者不过以诗之一体自名耳。"按隋唐《乐志》:开皇初,文帝置七部乐。大业中,炀帝立清乐为九部。隋亡,清乐散缺,存者才六十三曲。又《吴声》《西乐》诸曲，其声与辞皆讹失，十不传一二。唐武德初，因隋旧制，用九部乐。太宗造燕乐十部，声辞繁杂，不可胜纪。其著录十四调，二百二十二曲。玄宗分乐为坐立二部：立部伎八，坐部伎六。又有梨园别教法院《小部歌乐》十一曲，《云韶乐》二十曲。肃代以降，亦有因造。僖昭之乱，典章亡缺。隋唐乐府流变，大略如此。今观其辞之存者，多属五七言绝句，体不异诗，且多杂采名作以入宫商。如《商调曲·水调歌》之十一叠，前五叠为歌，后五叠入破，末为彻，辞曰：

水调歌

第一

平沙落日大荒西。陇上明星高复低。孤山几处看烽火，战士连营候鼓鼙。

第二

猛将关西意气多。能骑骏马弄雕戈。金鞍宝玟精神出，倚笛新翻《水调歌》。

第三

王孙别上绿珠轮。不羡名公乐此身。户外碧潭春洗马，楼前红烛夜迎人。（韩翃诗，前二句，作“王孙别舍拥朱轮，不羡空名乐此身”，“户”作“门”，此盖作曲者任意点窜；不能改之也。）

第四

陇头一段气长秋。举目萧条总是愁。只为征人多下泪，年年添作断肠流。

第五

双带仍分影，同心巧结香。不应须换彩，意欲媚浓妆。

入破第一

细草河边一雁飞。黄龙关里挂戎衣。为受明王恩宠甚，从事经年不复归。

第二

锦城丝管日纷纷。半入江风半入云。此曲只应天上有，人间能得几回闻。

第三

昨夜遥欢出建章。今朝缀赏度昭阳。传声莫闭黄金屋,为报先开白玉堂。

第四

日晚笳声咽戍楼。陇云漫漫水东流。行人万里向西去,满目关山无限愁。

第五

千年一遇圣明朝。愿对君王舞细腰。乍可当熊任生死,谁能伴凤上云霄。

第六彻

闺烛无人影,罗屏有梦魂。近来音耗绝,终日望君门。

他如《宫调曲·凉州歌》之五叠,一至三为歌,四五为排遍第一第二,其辞皆十绝。《羽调曲·太和》之五叠,辞皆七绝。《商调曲·伊州歌》十叠,前五叠为歌,后五叠为入破,辞半为七绝,半为五绝。《陆州歌》七叠,前三叠为歌,后四叠入破;辞皆五绝。《商调舞曲·破阵乐》,今存三曲,则一为七绝,失撰人名,二为六言八句,张说辞也。李白《清平调》三首,亦为七绝,盖于燕乐清商三调中,用其清调平调,去其侧调也。《苏摩遮》五叠,亦皆七绝,《舞马词》六叠,皆六言绝,《舞马千秋万岁词》三叠,则七言律,皆张说辞也。《商调曲·胡渭州》尚存二叠,则一五绝一七绝。王建《霓裳舞曲词》十首,亦七绝。凡皆宋词及大曲所从出也。辞繁不备举。此外如《阳关曲》、《浪淘沙》、《竹枝》、《杨柳枝》、《簇拍陆州》、《盖罗缝》、《双带子》、《婆罗门》、《镇西》、《绿腰》、《急世乐》、《何满子》、《千秋乐》、《热戏乐》、《春莺啭》、《雨霖铃》等,皆七言绝。《角调曲》之《堂堂》、《穆护砂》、《思归乐》、《抛球乐》、《金殿乐》、《祓禊曲》、《浣纱女》、《长命女》、《醉公子》、《一片子》、《甘州濮阳女》、《相府莲》、《山鹧鸪》、《大酺乐》、《纥那曲》、《太平乐》,皆五言绝。又或有五七言诗六句,及五七言律入乐府者,皆貌近于诗,而音节固乐府也。是皆晚唐北宋令引近慢各词所从出也。《碧鸡漫志》云:“唐时古意亦未全丧,《竹枝》、《浪淘沙》、《抛球乐》、《杨柳枝》,乃诗中绝句,而定为歌曲。故李太白《清平调》词三章皆绝句，元白诸诗亦为知音者协律作歌。”然诗与歌曲要自有别，如纯属言志之作，则亦无为之协律作歌者矣。至唐人如李白、王建、张祜、温庭筠诸集中拟古乐府各长篇，皆徒歌不能入乐，以体太泛滥故也；其能入乐之长短句仍属小篇。今略录数首，如《商调·石州》，辞曰：

自从君去远巡边，终日罗帏独自眠。看花情转切，揽镜泪如泉。一自离君后，啼多双脸穿。何时狂虏灭？免得更留连。

《商调·回纥乐歌》，辞曰：

曾闻瀚海使难通。幽闺少妇罢裁缝。缅想边庭征战苦，谁能对镜冷愁容？久戍人将老，须臾变作白头翁。

亦有数首同一节奏者，如刘禹锡《潇湘神》二曲，辞曰：

湘水流。湘水流。九疑云物至今愁。若问二妃何处所，零陵香草露中秋。

斑竹枝。斑竹枝。泪痕点点寄相思。楚客欲听瑶瑟怨，潇湘深夜月明时。

余如白居易之《忆江南》三首，刘禹锡之《忆江南》二首，韦应物之《调笑》二首，王建之《调笑》四首，戴叔伦之《转应词》一首，《乐府诗集》均列之《近代曲辞》；张志和之《渔父》五首，则列于《杂谣歌辞》。是皆后人所认为词者，而仍厕乐府，盖即由古乐府转入近体乐府之交关也。

古乐府与近体乐府，其界有二：一属于乐调者：唐沿隋立燕乐九部伎，一曰《清商伎》，并习《巴渝舞》，二曰西凉伎，三曰天竺伎，四曰高丽伎，五曰龟兹伎，六曰安国伎，七曰疏勒伎，八曰康国伎，殿以《文康乐》；及平高昌，又有高昌伎。十部中除《清商》《巴渝》外，皆外国之乐。天宝末，明皇诏道调法部与胡部新声合作。于是繁音靡节，澶漫无方，而古乐全变矣。然此不关于词体也。二则属于体制者:古乐府句中平仄拗折,而句法长短配置未善,如初唐之诗,仍似齐梁,拗句失粘,未若盛唐之工也。即如以绝句为乐府,自晋之《清商》三调已然,同属四句,然古乐府音节疏宕,遣辞朴拙,与唐人绝句迥异;至唐则采诗人乐,谐婉无少异矣。至长短句之配置,其初究少掩映,或欠条理;及后则错落参差,变而有法,声调俱流美遒劲矣。故语词之远源,则《三百篇》其星宿海也;以语夫近,则南北朝隋唐乐府,殆龙门之凿乎!

具体第三

有唐一代，文风丕张，诗乐二方，皆有孟晋之趋势。所以然者，声律之学至此而转精故也。声律之体有二：一属于诗歌者，所以组成句调如四声，韵部之类是也；一属于音乐者，所以被诸丝管，如宫调，均拍之类是也。二者托体虽殊，效用则一。偏胜则独行无侣，并驱则相得益彰。自齐梁以降，诗律则有沈约，陆法言之伦从事钻研；乐律则有郑译，唐玄宗之俦为之整理。由是发扬光大，踵事增华。逐令往昔词章，皆呈逊色；自然天籁，竞纳准绳。文艺之昌明，世运之演进为之也。顾或谓唐以诗赋取士，君亦声色是娱，有以促诗乐之发展。讵知发展为因，取娱是果。惟声律臻于精美，斯情志便于发抒。而词人之众，篇什之多，胥是由也。今先述词体之成立而次叙其作家。

(一)唐代词体之成立

胡仔《苕溪渔隐丛话》云："唐初歌曲，多是五七言诗，以《小秦王》为最早。"赵璘《因话录》云："唐初柳范作《江南折桂令》，一时诵之。"太宗时有《黄骢叠》、《倾杯曲》、《英雄乐》等词；高宗时有《仙翘曲》、《春莺啭》等词；中宗时有《桃花行》、《合生歌》等词：今均不传。句法虽无考，然为五七言绝句，可推知也。及玄宗而制作烂然，超绝前代，既长文学，复擅音声。其御制曲有《紫云曲》、《万岁乐》、《夜半乐》、《还京乐》、《凌波神》、《荔枝香》、《阿滥堆》、《雨霖铃》、《春光好》(见《碧鸡漫志》)、《秋风高》(见《开元遗事》)、《一斛珠》(见《梅妃传》)、《踏歌》(见《辇下岁时记》)等词，今惟传《好时光》一曲。又选坐部伎子弟三百教于梨园，声有误者，帝必觉而正之，号"皇帝梨园弟子"；宫女数百，亦为梨园弟子，居宜春北院梨园法部；更置小部音声三十余人（见《唐书·礼乐志》）。由是上好下甚，声乐之教几遍天下。士大夫揣摩风气，竞发新声，乐府词章独越前代。词体之成，亦于是托始焉。《唐书》称"李贺乐府数十篇，云韶诸工皆合之弦管"；又称"李益诗名与贺相埒，每一篇成，乐工争以赂来取，被之声歌，供奉天子"；又称"元稹诗往往播乐府"；旧史亦称"武元衡工五言诗，好事者传之，往往被于管弦。"他如《集异记》载王昌龄、高适、王之涣三人旗亭画壁事；《太真外传》及《松窗杂录》载明皇召李白赋木芍药事：是可知唐人几有诗乐一致之趋势，然实以乐人众多，非诗人尽通乐也。《渔隐丛话》云："蔡宽夫诗话云：大抵唐人歌曲，不随声为长短句，多是五言或七言诗，歌者取其辞与和声相叠成音耳。余家有《古凉州》、《伊州》辞，与今偏数悉同，而皆绝句也。岂非当时人之辞为一时所称者，皆为歌人窃取播之曲调乎？"可为参证。

《全唐诗》末附词十二卷，其序云："唐人乐府，元用律绝等诗杂和声歌之；其并和声作实字，长短其句以就曲拍者，为填词。开元天宝肇其端；元和太和衍其流；大中咸通以后，迄于南唐二蜀，尤家工户习以尽其变。凡有五音二十八调，各有分属，今皆失传。"语甚简括，今分释之。

和声之说，自来乐府即有之。沈括《梦溪笔谈》云："诗之外有和声，则所谓曲也。古乐府皆有声有词，连属书之，如曰'贺贺贺，何何何'，之类，皆和声也。今管弦中之缠声，亦其遗法也。唐人乃以词填入曲中，不复用和声。"《朱子语类》云："古乐府只是诗中泛声，后人怕失那泛声，逐一添个实字，遂成长短句，今曲子便是。"今按古乐辞之有和声者，如《后汉书·五行志》纪灵帝中平中京都歌曰：

> 承乐世，董逃。游四郭，董逃。蒙天恩，董逃。带金紫，董逃。行谢恩，董逃。整车骑，董逃。垂欲发，董逃。出西门，董逃。瞻宫殿，董逃。望京城，董逃。日夜绝，董逃。心摧伤，董逃。

《瑟调曲》魏文帝作《上留田行》曰：

居世一何不同，上留田。富人食稻与粱，上留田。贫子食糟与糠，上留田。贫贱一何伤，上留田。禄命悬在苍天，上留田。今尔叹息，将欲谁怨，上留田。

其句中插“董逃”、“上留田”，即用以为和声。又前举之《月节折杨柳》十三首，中间皆插“折杨柳”三字，亦和声也。至《古今乐录》所载梁武帝《江南弄》七首，各有和辞，（如《江南弄》和云“阳春路，娉婷出绮罗”，《龙笛曲》和云“江南音，一唱值千金”，《采莲曲》和云“采莲渚，窈窕舞佳人”，《凤笙曲》和云“弦吹席，长袖善留客”，《采菱曲》和云“菱歌女，解佩戏江阳”，《游女曲》和云“当年少，歌舞承酒笑”，《朝云曲》和云“徙倚折耀华”。）及唐《舞马词》等，亦有和声，（《舞马词》六叠和声云“圣代升平乐，四海和平乐”，《苏摩遮》五叠和声云“忆岁乐”。）皆与前不类，不知如何歌法。至唐人用前法者，则有皇甫松之《竹枝》，略曰：

槟榔花发竹枝鹧鸪啼。女儿雄飞烟瘴竹枝雌亦飞女儿。

木棉花尽竹枝荔支垂。女儿千花万花竹枝待郎归女儿。

又《采莲子》曰：

菡萏香莲十顷陂。举棹小姑贪戏采莲迟。年少晚来弄水船头湿，举棹更脱红裙裹鸭儿。年少船动湖光滟滟秋。举棹贪看年少信船流。年少无端隔水抛莲子，举棹遥被人知半日羞。年少

下及五代顾敻之《荷叶杯》，亦犹其法，略曰：

春尽小庭花落。寂寞。凭阑敛双眉。忍教成病忆佳期。知摩知。知摩知。

歌发谁家筵上。寥亮。别恨正悠悠。兰釭背帐月常楼。愁

摩愁。愁摩愁。

至云“并和声作实字，长短其句以就曲拍”，则化齐言为杂言，其事远导源于古《大曲》，如《西门行》乃化《古诗》为之，辞曰：

生年不满百，常怀千岁忧。昼短苦夜长，何不秉烛游？为乐当及时，何能待来兹？愚者爱惜费，但为后世嗤。仙人王子乔，难可与等期。(《古诗》)

出西门，步念之。今日不作乐，当待何时？一解夫为乐，为乐当及时。何能坐愁拂郁。当复待来兹？二解饮醇酒，炙肥牛。请呼心所欢，可用解愁忧。三解人生不满百，常怀千岁忧。昼短苦夜长，何不秉烛游。四解自非仙人王子乔，计会寿命难与期。自非仙人王子乔，计会寿命难与期。五解人寿非金石，年命安可期。贪财爱惜费，但为后世嗤。六解(《西门行》)

若唐人则大率以五七言之篇章为本，而加以割截增减参差错落以出之，或转韵以调音节。其五言四句者，如《羽调曲·甘州》：

欲使传消息，空书意不任。寄君明月镜，偏照故人心。平韵

又如李瑞《拜新月》：

开帘见新月，便即下阶拜。细语人不闻，北风吹裙带。仄韵

稍增为五言六句，如崔液《踏歌词》：

彩女迎金屋，仙姬出画堂。鸳鸯裁锦袖，翡翠贴花黄。歌响舞分行，艳色动流光。起句无韵，第五句叶。

又如刘禹锡《抛球乐》：

五色绣团圆，登君玳瑁筵。最宜红烛下，偏称落花前。上客如先起，应须赠一船。起句叶韵，五句不叶。

再增为五言八句，如皇甫松《怨回纥》：

祖席驻征棹，开帆候信潮。隔帘桃叶泣，吹管杏花飘。船去鸥飞阁，人归尘上桥。别离惆怅泪，江路湿红蕉。平韵，双叠，如五言律诗。

又如韩偓《生查子》：

侍女动妆奁，故故惊人睡。那知本未眠，背面偷垂泪。懒卸凤凰钗，羞入鸳鸯被。时复见残镫，和烟堕金穗。仄韵，双叠。

又如无名氏《醉公子》：

门外猧儿吠，知是萧郎至。刬袜下香阶，冤家今夜醉。扶得入罗帏，不肯脱罗衣。醉则从他醉，还胜独宿时。前叠仄韵，后叠平韵。

又如顾夐《四换头》：

漠漠秋云淡，红藕香侵槛。枕倚小山屏，金铺向晚扃。睡起横波漫，独望情何限。衰柳数声蝉，魂销似去年。二句一韵，平仄互转，双叠。

其七言四句者，如元结《欸乃曲》：

下泷船似入深渊，上泷船似欲升天。泷南始到九疑郡，应绝高人乘兴船。平韵

又如杨太真《阿那曲》：

罗袖动香香不已，红蕖袅袅秋烟里。轻云岭上乍摇风，嫩柳池塘初拂水。仄韵

又如王建《乌夜啼》：

章华宫人夜上楼，君王望月西山头。夜深宫殿门不锁，白露满山山叶堕。二句一韵，平仄互辖。

又如王丽真《字字双》：

床头锦衾斑复斑，架上朱衣殷复殷。空庭明月闲复闲，夜长路远山复山。每句皆叶。

更增而为七言八句，如沈佺期《独不见》：

卢家少妇郁金堂，海燕双栖玳瑁梁。九月寒砧催下叶，十年征戍忆辽阳。白狼河北音书断，丹凤城南秋夜长。谁为含愁独不见，空教明月照流黄。平韵，双叠，如七言律诗。

又如徐昌图《木兰花》：

沉檀烟起盘红雾。一箭霜风吹绣户。汉宫花面学梅妆，谢女雪诗裁柳絮。长垂夹幕红鸾舞。旋炙银笙双凤语。红窗酒病嚼寒冰，冰损相思无梦处。仄韵，双叠。

再减而为七言六句，如薛昭蕴《浣溪沙》：

红蓼渡头秋正雨，印沙鸥迹自成行。整鬟飘袖野风香。不语含颦深浦里，几回愁杀棹船郎。燕归帆尽水茫茫。前后二叠各为三句，凡四叶。

然乐府不仅用五七言也，有六言焉，如陈陆琼《饮酒乐》：

蒲桃四时芳醇，琉璃千钟旧宾。夜饮舞迟销烛，朝醒弦促催人。春风秋月长好，欢醉日日言新。平韵，六句。

其四句者，如张说《舞马词》：

彩旄八佾成行，时龙五色应方。屈膝衔杯赴节，倾心献寿无疆。平韵，起句叶。

又如韦应物《三台》：

一年一年老去，明日后日花开。未报长安平定，万国岂得衔杯。平韵，起句不叶。

又如隋无名氏《塞姑》：

昨日卢梅塞口，整见诸人镇守。都护三年不归，折尽江边

杨柳。仄韵

更增而为六言八句，如张说《破阵乐》：

汉兵出顿金微，照日明光铁衣，百里火幡焰焰，千行云骑騑騑。蹙踏辽河自竭，鼓噪燕山可飞，正属四方朝贺，端知万舞皇威。平韵，双叠。

又如刘长卿《谪仙怨》：

晴川落日初低，惆怅孤舟解携。鸟向平芜远近，人随流水东西。白云千里万里，明月前溪后溪。独恨长沙谪去，江潭春草萋萋。体与前同，平仄稍异。

而窦弘余、康骈之《广谪仙怨》，与刘作平仄亦多同，辞不具举。

就五言七言六言，增减字句以为长短句，其迹象皆可征诸初期词调而得之。试按上述诸式为之分析，则乐府变词，事实昭然，无讶于词体之突兴也。今按由五言四句变者，如：

闲中好，尘事不关心。坐对当窗木，看移三面阴。（段成式《闲中好》）

上平韵。首句减二字为三言。

闲中好，尽日松为侣。此趣人不知，轻风度僧语。（郑符《闲中好》）

上仄韵，法同上。

柳色遮楼暗，桐花落砌香。画堂开处远风凉。高掩水精帘额衬斜阳。（张泌《南歌子》）

上平韵，第三句增二字为七言，第四句增四字为九言。由五言八句变者，如：

宝髻偏宜宫样，莲脸嫩体红香。眉黛不须张敞画，天教入鬓长。莫倚倾国貌，嫁取个有情郎。彼此当年少，莫负好时光。（唐明皇《好时光》）

上平韵，双叠。首二句各增一字为六言，第三句增二字为七言，第六句增一字为六言。

秋风凄切伤离，行客未归时。塞外草先衰，江南雁到迟。芙蓉凋嫩脸，杨柳堕新眉。摇落使人悲，断肠谁得知。（温庭筠《玉蝴蝶》）

上平韵，双叠。首句增一字为六言。

锦帐添香睡，金炉换夕熏。懒结芙蓉带，慵拖翡翠裙。正是桃夭柳媚，那堪暮雨朝云。宋玉《高唐》意，裁琼欲赠君。（毛文锡《赞浦子》）

上平韵，双叠。第五六句各增一字为六言。

蝴蝶儿。晚春时。阿娇初着淡黄衣。倚窗学画伊。还似花间见，双双对对飞。无端和泪湿胭脂。惹教双翅垂。（张泌《蝴蝶儿》）

上平韵，双叠。首二句各减二字为两三言，第三七句各增二字为七言。

四月十七,正是去年今日,别君时。忍泪佯低面,含羞半敛眉。不知魂已断,空有梦相随。除却天边月,没人知。(韦庄《女冠子》)

上平韵,双叠。惟前二句增叶小韵,连起韵句为十三字,又末句减二字为三言。

休相问,怕相问,相问还添恨。春水满塘生,鸂鶒还相趁。昨夜雨霏微,临明寒一阵。偏忆戍楼人,久绝边庭信。(毛文锡《醉花间》)

上仄韵,双叠。首句增一字破为两三言。

春欲暮。满地落花红带雨。惆怅玉笼鹦鹉。单栖无伴侣。南望去程何许。问花花不语。早晚得同归去。恨无双翠羽。(韦庄《归国遥》)

上仄韵,双叠。首句减二字为三言,次句增二字为七言,第三句增一字为六言,第五第七句各增一字为六言。

蝶舞梨园雪,莺啼柳带烟。小池残日艳阳天。苎萝山又山。青鸟不来愁绝。忍看鸳鸯双结。春风一等少年心。闲愁恨不禁。(唐昭宗《巫山一段云》)

上转韵,双叠。第三句增二字为七言,第五六句各增一字为六言,第七句增二字为七言。(别有毛文锡一首第五六句不增。)

小山重叠金明灭,鬓云欲度香腮雪。懒起画蛾眉,弄妆梳洗

迟。照花前后镜，花面交相映。新帖绣罗襦，双双金鹧鸪。（温庭筠《菩萨蛮》）

上转韵，双叠。首二句各增二字为七言。

柳丝长，春雨细，花外漏声迢递。惊塞雁，起城乌。画屏金鹧鸪。香雾薄，透帘幕。惆怅谢家池阁。红烛背，绣帘垂。梦长君不知。（温庭筠《更漏子》）

上转韵，双叠。首三五七句各增一字破为两三言，二六句各增一字为六言。

两条红粉泪，多少香闺意。强攀桃李枝，敛愁眉。陌上莺啼蝶舞，柳花飞。柳花飞。愿得郎心，忆家还早归。（牛峤《感恩多》）

上转韵，双叠。第四句减二字为三言，第五句增一字为六言，第六句增一字破为两三言，第七句减一字为四言。

芳春景，暖晴烟。乔木见莺迁。传枝偎叶语关关。飞过绮丛间。锦翼鲜，金毳软。百啭千娇相唤。碧纱窗晓怕闻声，惊破鸳鸯暖。（毛文锡《喜迁莺》）

上转韵，双叠。首句及五句各增一字破为两三言，三句及七句各增二字为七言。

其由七言四句变者，如：

仙女下，董双成。汉殿夜凉吹玉笙。曲终却从仙官去，万户千门惟月明。（无名氏《桂殿秋》）

上平韵。首句减一字破为两三言。

西塞山前白鹭飞，桃花流水鳜鱼肥。青箬笠，绿蓑衣。斜风细雨不须归。（张志和《渔父》）

上平韵。第三句减一字破为两三言。

画罗裙。能结束，称腰身。柳眉桃眼不胜春。薄媚足精神。可惜许，沦落在风尘。（蜀王衍《甘州曲》）

上平韵。首句增二字破为三三言，三句减二字为五言，四句增一字为八言。

春日游。杏花吹满头。陌上谁家年少足风流。妾拟将身嫁与一生休。纵被无情弃，不能羞。（韦庄《思帝乡》）

上平韵。首句增一字破为三五句，次三句各增二字为九言，四句增一字破为三五句。

章台柳，章台柳，往日青青今在否。纵使长条似旧垂，也应攀折他人手。（韩翃《章台柳》）

上仄韵。首句减一字破为两三言。

花非花，雾非雾。夜半来，天明去。来如春梦不多时，去似朝云无觅处。（白居易《花非花》）

上仄韵。首二句各减一字破为两三言。

樱桃花，一枝两枝千万朵。花砖曾立采花人，窣破罗裙红似

火。（元稹《樱桃花》）

上仄韵。首句减四字为三言。

晴野鹭鸶飞一双，水荭花发秋江碧。刘郎此日别天仙，登绮席。泪珠滴。十二晚峰青历历。（皇甫松《天仙子》）

上仄韵。第三句以下加两三言句。（别有韦庄五首皆用平韵，体同。）由七言八句变者，如：

一闭昭阳春又春。夜寒宫漏永，梦君恩。卧思陈事暗销魂。罗衣湿，红袂有啼痕。歌吹隔重阍。绕庭芳草绿，倚长门。万般惆怅向谁论。凝情立，宫殿欲黄昏。（韦庄《小重山》）

上平韵，双叠。第二第六句各增一字破为五三句，第四第八句各增一字破为三五句，第五句减二字为五言。

春日迟迟思寂寥，行客关山路遥。琼窗时听语莺娇，柳丝牵恨一条条。休晕绣，罢吹箫。貌逐残花暗凋。同心犹结旧裙腰。忍辜风月度良宵。（李珣《望远行》）

上平韵，双叠。第二第六句各减一字为六言，第五句减一字破为两三言。

烟收湘渚秋江静，蕉花露泣愁红。五云双鹤去无踪。几回魂断，凝望想长空。翠竹暗留珠泪怨，闲调宝瑟波中。花鬟月鬓绿云重。古祠深殿，香冷雨和风。（张泌《临江仙》）

上平韵，双叠。第二第六句各减一字为六言，第四第八句各增二字破为四五句。

独上小楼春欲暮，愁望玉关芳草路。消息断，不逢人，却敛细眉归绣户。坐看落花空叹息，罗袂湿斑红泪滴。千山万水不曾行，魂梦欲教何处觅。（韦庄《木兰花》）

上仄韵，双叠。前后韵不同。第三句减一字破为两三言。（别有魏承班作并首句亦减一字破为三言。）

薄罗衫子金泥缝，困纤腰怯铢衣重。笑迎移步小兰丛，亸金翘玉凤。娇多情脉脉，羞把同心捻弄。楚天云雨却相和，又入阳台梦。（后唐庄宗《阳台梦》）

上仄韵，双叠。第四句减二字为五言，第五句减二字为五言，第六句减一字为六言，第八句减二字为五言。

遥夜亭皋闲信步。乍过清明，早觉伤春暮。数点雨声风约住。朦胧淡月云来去。桃李依依春暗度。谁在秋千，笑里低低语。一片芳心千万绪，人间没个安排处。（李后主《蝶恋花》）

上仄韵，双叠。第二第六句各增二字，破为四五句。

宝檀金缕鸳鸯枕。绶带盘宫锦。夕阳低映小窗明。南园绿树语莺莺。梦难成。玉炉香暖频添炷。满地飘轻絮。珠帘不卷度沉烟。庭前闲立画秋千。艳阳天。（毛文锡《虞美人》）

上转韵，双叠。第二第五句各减二字为五言，第四第八句下各增三言句。

湖上闲望两潇潇。烟浦花桥路遥。谢娘翠蛾愁不销。终朝。梦魂迷晚潮。荡子天涯归棹远。春已晚。莺语空肠断。若邪溪。溪水西。柳堤。不闻郎马嘶。（温庭筠《河传》）

上转韵，双叠。句中多叶短韵。第二句减一字为六言，第六句增一字破为三五句，第七句减一字破为两三言。

由七言六句变者，如：

逐胜归来雨未晴，楼前风重草烟轻。谷莺语软花边过，《水词》声长醉里听。款举金觥劝，谁是当筵最有情。（冯延巳《抛球乐》）

上平韵。第五句减二字为五言，此与《商调回纥乐》相同。

莺锦蝉縠馥麝脐，轻裾花草晓烟迷。鸂鶒颤金红掌坠，翠云低。星靥笑偎霞脸畔，蹙金开襜衬银泥。春思半和芳草嫩，碧萋萋。（和凝《山花子》）

上平韵，双叠。第三第六句下各增三言一句。

其由六言四句变者，如：

前度小花静院，不比寻常时见。见了又还休，愁却等闲分散。肠断，肠断，记取钗横鬓乱。（白居易《如梦令》）

上仄韵。第二句下增一五言句，第三句下增二言两短句。

胡马，胡马，远放燕支山下。跑沙跑雪独嘶，东望西望路迷。迷路，迷路，边草无穷日暮。（韦应物《调笑令》）

上转韵。首句及末句前增二言两短句。

由六言六句变者，如：

冠剑不随君去，江河还共恩深。歌袖半遮眉黛惨，泪珠旋滴衣襟。惆怅云愁雨怨，断魂何处相寻。（孙光宪《何满子》）

上平韵。第三句增一字为七言。

春草全无消息，腊雪犹余踪迹。越岭寒枝香自坼，冷艳奇芳堪惜。何事寿阳无处觅，吹入谁家横笛。（和凝《望梅花》）

上仄韵。第三第五句各增一字为七言。

由六言八句变者，如：

古树噪寒鸦，满庭枫叶芦花。书灯当午隔轻纱，画阁珠帘影斜。门外往来祈赛客，翩翩帆落天涯。回首隔江烟火，渡头三两人家。（张泌《河渎神》）

上平韵，双叠。首句减一字为五言，第三及第五句各增一字为七言。

月沉沉，人悄悄。一炷后庭香袅。风流帝子不归来，满地禁花慵扫。离恨多，相见少。何处醉迷三岛。漏清宫树子规啼，愁锁碧窗春晓。（尹鹗《满宫花》）

上仄韵，双叠。首句及第五句各破为两三言，第三及第七句各增一字为七言。

洛阳愁绝。杨柳花飘雪。终日行人争攀折。桥下水流呜咽。上马争劝离觞。南浦莺声断肠。愁杀平原年少，回首挥泪千行。（温庭筠《清平乐》）

上转韵，双叠。首句减二字为四言，次句减一字为五言，第三句增一字为七言。

上所列举，皆唐五代词之见于《花间》、《尊前》或别集者，盖借以明词体之所以构成，未必一时并出也。大抵中唐以前，词调犹简，韵律犹宽；下逮晚唐，益趋工巧。温庭筠《金荃》一集，新声杂起，巧丽绵密，迹象纷纶，如《蕃女怨》、《诉衷情》、《酒泉子》、《定西番》等，转换迅速，间叶短韵，所谓尽其变是也。其词略曰：

万枝香雪开已遍，细雨双燕。钿蝉筝，金雀扇。画梁相见。雁门消息不归来，又飞回。(《蕃女怨》)

莺语，花舞。春昼午，雨霏微。金带枕。宫锦。凤皇帏。柳弱蝶交飞，依依。辽阳音信稀，梦中归。(《诉衷情》)

右单片，转韵，兼叶短韵。

日映纱窗。金鸭小屏山碧。故乡春烟霭隔。背兰釭。宿妆惆怅倚高阁。千里云影薄。草初齐。花又落。燕双飞。(《酒泉子》)

海燕欲飞调羽。萱草绿，杏花红。隔帘栊。双鬓翠霞金缕。一枝春艳浓。楼上月明三五。锁窗中。(《定西番》)

右双叠，转韵，兼隔叶。

观上所述，可知词体成立之顺序，凡有三例：初整齐而后错综，一也；初独韵而后转韵，二也；初单片而后双叠，三也。流衍至于五代，短章不足以尽兴，于是伶工乐府，渐变新声，增加节拍，而化短为长，引近间作矣。

唐崔令钦《教坊记》，所录曲名大曲名三百二十四，其中为唐宋词调名者凡七十余，然非如后世之词也。即如刘禹锡之《浪淘沙》，初非如李后主之《浪淘沙》；白居易之《杨柳枝》，非如顾敻、朱敦儒之《柳枝》；张祜之《雨霖铃》，非如柳永之《雨霖铃》；韦应物之《三台》，非如万俟雅言之《三台》；刘禹锡之《抛球乐》，非如冯延巳之《抛球乐》；张祜之《大酺乐》，非如周邦彦之《大酺》；唐人之《塞姑》，非如柳永之《塞孤》；唐人之《镇西》，非如蔡伸之《镇西》；大抵在唐人为五六七言绝句者，每由后人借其调而衍其声，以为参差长短之句。兹录《教坊记》曲名之见于唐五代词者如下：

《抛球乐》《清平乐》《破阵乐》《春光好》《杨柳枝》《浣溪沙》《浪淘沙》《望梅花》《望江南》《乌夜啼》《摘得新》《河渎神》《醉花间》《归国遥》《思帝乡》《定风波》《木兰花》《菩萨蛮》《八拍蛮》《临江仙》《虞美人》《遐方怨》《定西番》《荷叶杯》《长相思》《西江月》《上行杯》《谒金门》《巫山一段云》《后庭花》《麦秀两歧》《相见欢》《诉衷情》《三台》《醉公子》《南歌子》《渔歌子》《风流子》《生查子》《山花子》《天仙子》《酒泉子》《甘州子》《采莲子》《女冠子》《南乡子》《拨棹子》《何满子》《西溪子》《甘州》《突厥三台》。

仅见于宋词者如下：

《夜半乐》《还京乐》《帝台春》《二郎神》《绿头鸭》《留客住》《万年欢》《曲玉管》《倾杯乐》《苏幕遮》《洞仙歌》《大酺乐》《兰陵王》《镇西乐》《摸鱼子》《雨霖铃》《安公子》《迎仙客》。

然当其初固未成词，率皆绝句之类耳；次遂渐变为令词矣。其未变者仍歌以旧体，故有时绝句与长短句并行。观《唐词纪》所收于长短句外，仍别见五七言。如《长命女》、《乌夜啼》、《长相思》、《江南春》、《步虚词》、《渔父词》、《凤归云》、《离别难》、《金缕曲》、《水调歌》、《白苎》等，皆已收长短句矣，而又各有五七言绝句。可知当时歌者重声而轻词，但须声拍相合，无论其体之彼此也。迨北宋柳永周邦彦辈通乐能文，遂本古乐以翻新调，而慢词始日盛矣。

慢词起于何时，言词者聚讼纷然，迄无确论。如《草堂诗余》录陈后主《秋霁》词一百四字，万树《词律》以为“后主于数百年前何以先知有此体”，其伪托不值一噱。《碧鸡漫志》则谓“唐中叶始渐有慢曲，凡大曲就本宫调转引序慢近令，如仙吕《甘州》有八声慢是也”；清徐釚《词苑丛谈》则谓“始于后唐庄宗一百三十六字之《歌头》”；而宋吴曾《能改斋漫录》则谓“词自南唐以来但有小令，其慢词则起自仁宗朝”。诸说率牴牾难理，今为求是，不得不一究之。试取往集所著录之唐五代较长之词，辨其真伪，以明是非。

唐五代词之著录，具于《全唐诗》后附之十二卷词，其中取材，多从唐宋间总集、别集、选集，及诸家小说杂记中得之，惟务博捃，不暇精择。故可信者固多，谬乱者亦不少。唐宋间词总集之存者，以《花间》、《尊前》二集为最备。《花间集》词五百首，为后蜀赵崇祚编。《尊前集》词二百七十五首，旧传唐吕鹏作，然鹏仅有《遏云集》而书不传；今本为明顾梧芳刊，朱彝尊定为宋初人辑，颇近理。《花间》见闻密迩，所录多可信；《尊前》则殊欠精审。外有《金奁集》，并存温（庭筠）韦（庄）欧阳（炯）张（泌）四家之词，亦总集也。别集则存者甚少，如温庭筠之《握兰》《金荃》二集，和凝之《红叶稿》，原本皆不可见。惟冯延巳之《阳春录》仅存，而冯词又多与他家相混。（《阳春录》一百十九首，别集温庭筠者，《酒泉子》、《更漏子》、《归国遥》三首；南唐后主者，《应天长》、《醉桃源》二首，和凝者《抛球乐》、《鹤冲天》二首；韦庄者，《清平乐》、《菩萨蛮》、《应天长》三首；牛峤者，《归国遥》一首；牛希济者，《谒金门》一首；薛昭蕴者，《相见欢》一首；顾敻者，《浣溪沙》一首；张泌者，《江城子》二首；孙光宪者，《浣溪沙》一首；欧阳修者，《应天长》、《芳草渡》、《更漏子》、《蝶恋花》、《醉桃源》共九首。）选集则如宋黄升之《唐宋诸贤绝妙词选》，明陈耀文之《花草粹编》，杨慎之《词林万选》，董逢元之《唐词纪》，彭致中之《鸣鹤余音》，所收或疏略，或芜杂，难尽考信，其他宋人说部中零章断片，尤难尽据为典要。《全唐诗》咸搜辑以求备，此其所以不免于谬乱也。今于诸所著录者欲一一加以董理，则势有未能；将率信而不疑乎，则情有未安。无已，姑就旧传所谓慢词，稽其时代之先后，察其气体之工拙，寻其进展之轨辙，庶可得较实之迹象焉。

按唐慢词之传于今者，一为杜牧之《八六子》，计九十字，词曰：

> 洞房深。画屏镫照，山色浓翠沉沉。听夜雨冷滴芭蕉，惊断红窗好梦，龙烟细飘绣衾。辞恩久归长信，凤帐萧疏，椒殿闲扃，辇路苔侵。绣帘垂，迟迟漏传丹禁。蕣华偷悴，翠鬟羞整，愁坐望处，金舆渐远，何时彩仗重临。正销魂，梧桐又移翠阴。（按此词止有六均，本非慢词正格，其说后详。）

一为钟辐之《卜算子慢》，计八十九字，词曰：

桃花院落，烟重露寒，寂寞禁烟晴昼。风拂珠帘，还记去年时候，惜春心不喜闲窗绣。倚屏山和衣睡觉，醺醺暗消残酒。独倚危阑久。把玉筍偷弹，黛蛾轻斗。一点相思，万般自家甘受。插金钗欲买丹青手。写别来容颜寄与，使知人清瘦。(按此词有八均，可为慢词。)

杜牧生于唐宪宗贞元十九年癸未，没于宣宗大中六年壬申，距唐亡之年丁卯，尚有五十五年。钟辐，江南人，唐懿宗咸通末以广文生为苏州院巡。咸通末年癸巳，距唐亡亦有三十四年。当此期间，词体甫当发展，作者如韦应物、王建、白居易、刘禹锡、温庭筠等，各有传作，率小令耳。而二人又别无他词。衡以进展之序，此时不应有此谐婉流丽之作。

五代慢词之传于今者稍多。如后唐庄宗之《歌头》咏四时景物一百三十六字，词曰：

赏芳春，暖风飘箔。莺啼绿树，轻烟笼晚阁。杏桃红，开繁萼。灵和殿，禁柳千行斜，金丝络。夏云多，奇峰如削。纨扇动微凉，轻绡薄。梅雨霁，火云烁。临水槛，永日逃烦暑，泛觥酌。露华浓，冷高梧，凋万叶。一霎晚风，蝉声新雨歇。暗惜此光阴如流水，东篱菊残时，叹萧索。繁阴积，岁时暮，景难留，不觉朱颜失却。好容光，旦旦须呼宾友，西园长宵宴，云谣歌皓齿，且行乐。(此词实为四段，旧分二段，非。)

此词之长，五代无第二首。《词律》谓“后半叶韵甚少，必有讹处，不敢擅注句读，姑存其体为饩羊而已”。盖于此不能无疑。又有尹鹗之《金浮图》计九十四字，词曰：

繁华地。王孙富贵。玳瑁筵开，下朝无事。压红茵，凤舞黄金翅。玉立纤腰，一片揭天歌吹。满目绮罗珠翠。和风淡荡，偷散沉檀气。堪判醉。韶光正媚。坼尽牡丹，艳迷人意。□金张许史应难比。贪恋欢娱，不觉金乌□坠。还惜会难别易。金船更劝，勒住花骢辔。

又《秋夜月》计八十四字，词曰：

三秋佳节。罩晴空，凝碎露，茱萸千结。菊蕊和烟轻捻，酒浮金屑。征云雨，调丝竹，此时难辍。欢极，一片艳歌声揭。黄昏慵别。炷沉烟，熏绣被，翠帷同歇。醉并鸳鸯双枕，暖偎春雪。语丁宁，情委曲，论心正切。夜深窗透，数条斜月。

又有李珣之《中兴乐》，计八十四字，词曰：

后庭寂寂日初长，翩翩蝶舞红芳。绣帘垂地，金鸭无香。谁知春思如狂，忆萧郎。等闲一去，程遥信断，五岭三湘。休开鸾镜学宫妆，可能更理笙簧。倚楼凝睇，泪落成行。手寻裙带鸳鸯，暗思量。忍孤前约，教人花貌，虚老风光。

三词各双叠，前后句法相同，按其均节，引近之属也。以上皆见于《尊前集》而《花间》无之。至《花间集》中较长之词，首为薛昭蕴之《离别难》，计八十七字，词曰：

宝马晓鞴雕鞍，罗帏乍别情难。那堪春景媚，送君千万里。半妆珠翠落，露华寒。红蜡烛，青丝曲。偏能钩引泪阑干。良夜促。香尘绿。魂欲迷。檀眉半敛愁低。未别心先咽。欲语情难说。出芳草，路东西。摇袖立，春风急。樱花杨柳雨凄凄。

此词前后八换韵，仍引近之属耳。次为欧阳炯之《凤楼春》，计七十七字，词曰：

凤髻绿云丛，深掩房栊。锦书通，梦中相见觉来慵，匀面泪脸珠融。因想玉郎何处去，对淑景谁同。小楼中，春思无穷。倚阑颙望，暗牵愁绪，柳花飞起东风。斜日照帘，罗幌香冷粉屏空。海棠零落，莺语残红。

此亦引近耳。次为毛熙震之《何满子》，计七十四字，其二首之一曰：

寂寞芳菲暗度，岁华如箭堪惊。缅想旧欢多少事，转添春思难平。曲槛丝垂金柳，小窗弦断银筝。深院空闻燕语，满园闲落花轻。一片相思休不得，忍教长日愁生。谁见夕阳孤梦，觉来无限伤情。

此即《何满子》之双叠，如《双调・忆江南》之类。又次则顾夐之《献衷心》计六十九字，毛文锡之《甘州遍》计六十三字，过短不必录。至《全唐诗》所载吕岩之《沁园春》、《满庭芳》、《酹江月》、《水龙吟》、《汉宫春》等，采自《鸣鹤余音》，皆宋以后之词调，殆出后世道流依托，其荒谬不足论矣。

清季敦煌石室中，新出写本《云谣集》杂曲子一卷。原题三十首，残其后幅，只存七调，词十八首，及《倾杯乐》一题。其书为英人购去，今归英伦博物馆。上虞罗氏辑于《敦煌零拾》中，东方学会印行。归安朱氏刊于《彊村丛书》之首。其词皆不著作者名氏，语多鄙俚，似出伶人之手，但取就律，不重文理，所存七调中，有《凤归云》、《洞仙歌》稍长。《凤归云》一调四词，句字各有出入，词曰：

征夫数岁，萍寄他乡。去便无消息，累换星霜。月下愁听砧杵拟，塞雁□行。孤眠鸾帐里，枉劳魂梦，夜夜飞飏。想君薄行。更不思量。谁为传书与，表妾衷肠。倚牖无言垂血泪，暗祝三光。万般无那处，一炉香烬，又更添香。（砧杵拟拟字误，塞雁下缺一字，薄行即薄倖。）

怨绿窗独坐，修得为君书。征衣裁缝了，远寄边虞。想得为君贪苦战，不惮崎岖。中朝沙碛里。只凭三尺，勇战奸愚。岂知红脸，泪的如珠。枉把金钗卜，卦卦皆虚。魂梦天涯无暂歇，枕上长嘘。待卿回故日，容颜憔悴，彼此何如。（虞即隅，里即裹，的即滴，均字误。）

幸因今日，得睹娇娥。眉如秋月，目引横波。素胸未消残雪，透轻罗。□□□□□□。朱含碎玉，云髻婆娑。东邻有女，相料实难过。罗衣掩袂，行步逶迤。逢人问语羞无力，态娇多。锦衣公子见，垂鞭立马，肠断知磨。（磨即么。）

儿家本是，累代簪缨。父兄皆是，佐国良臣。幼年生于闺阁，洞房深。训习礼仪足，三从四德，针指分明。聘得良人。为国远长征。争名定难，未有归程。徒劳公子肝肠断，谩生心。妾身如松柏，守志强过，曾女坚贞。

此四首演一故事，如古乐府《陌上桑》之类，字多别误，可知不出文人手笔。其调虽名《凤归云》，而与宋柳永所作之体制不同。又《洞仙歌》一调二词，字句亦互有出入，词曰：

华烛光辉，深闺帡帏。恨征人久镇边夷。酒醒后，多风措，少年夫婿。向缘窗下左偎右倚。拟铺鸳被，把人尤泥。须索琵琶重理。曲中弹到想夫怜处，转相爱几多恩意。却在绪充鸳衾枕，愿长与今宵相似。（却在绪句不可解，应有误字。）

悲雁随阳，解引秋光。寒蛩响夜夜堪伤。泪珠串滴，旋流枕上。无计恨征人争向。金风飘荡。捣衣嘹亮。懒寄回文先往。战袍待稳絮，重更熏香。殷勤凭驿使追访。愿四塞来朝明帝，令我客休施流浪。

此二首与宋代柳苏所作体制均异。按《敦煌零拾》中尚有韦庄《秦妇吟》、《季布歌》、《佛曲》、《俚曲》、《小曲》等五种。外罗氏所辑《敦煌石室碎金》中，有后唐天成元年《历》，晋天福四年《历》，宋淳化元年《历》。则石室中所有诸物，自难悉认为唐人遗籍，此杂曲应是五代之末或宋初教坊四部（说后详）所奏，而为宋慢词之先声耳。

综上所举，《花间》所录，确为唐五代之作，其中薛、欧、毛诸首，皆非慢词；《尊前》所录，则难免杂入宋初之作。杜牧《八六子》固不类唐时体制；即后唐庄宗《歌头》，亦似宋初慢曲。特以庄宗性耽声伎，宠用伶工，（如以伶人陈俊储德源为刺史，以蜀乐工严旭为蓬州刺史。）则当时声乐发达，词体流衍，或亦近理；以此例之尹李诸作，纵未必信为本人，尚非其时所必不可有。盖文人制作，工伎嘌唱，名氏未著，每易讹传；流播经时，愈乖实际。故《清平》三章，讹为五阕（说后详）《阳春》一集，阑入多家。初不似后人未谱管弦，即登篇籍，转不致混也。

由是以观，自唐大中迄于亡，凡六十年，词体日繁，有令无慢。自梁开平迄于宋兴凡五十二年，作者继兴，引近间作。宋初急慢诸曲号称千数（说后详），可谓蔚然，亦越六十余年而至仁宗，慢词始盛。其间进展之顺序，断不可紊；而年代悬隔，尤不可并为一谈。至若讹传之作，更当审辨，则词体流衍之迹象可明，而前人歧说亦易理矣。

五音二十八调之说，今虽不得闻其详，而稽之故籍，可得其概。唐段安节《乐府杂录》曾备列之：

平声羽七调　第一运中吕调　第二运正平调　第三运高平调　第四运仙吕调　第五运黄钟调　第六运般涉调　第七运高般涉调

上声角七调　第一运越角调　第二运大石角调　第三运高大石角调　第四运双角调　第五运小石角调（亦名正角调）　第六运歇指角调　第七运林钟角调

去声宫七调　第一运正宫　第二运高宫　第三运中吕宫　第四运道宫　第五运南吕宫　第六运仙吕宫　第七运黄钟宫

入声商七调　第一运越调　第二运大石调　第三运高大石调　第四运双调　第五运小石调　第六运歇指调　第七运林钟商调

上平声调　为徵声　商角同用　宫逐羽音（郑文焯曰："运者，用也。四声各用一韵，以填七调，非此则不协律。'上平声调为徵声'者，言徵调宜用上平声韵填之，但有其声无其调。唐田畸所谓'徵与二变之调，咸非流美，故自古无徵调曲'也。'商角同用'者，角调宜上声韵，商调宜入声韵。上平之韵，二调亦可用也。'宫逐羽音'者，宫调宜去声韵，羽调宜平声韵。而去声之宫，亦可叶平声之羽。音相承，故曰逐也。"按郑氏此解，似是实非。凌廷堪《燕乐考原》谓燕乐之器以琵琶为首，琵琶四弦，一弦七调，故无徵调，若五弦之器，固有徵调。所见最确。）

此盖俗乐之调也。《唐书·礼乐志》曰:“凡所谓俗乐者二十有八调:正宫、高宫、中吕宫、道调宫、南吕宫、仙吕宫、黄钟宫,为七宫;越调、大食调、高大食调、双调、小食调、歇指调、林钟商,为七商;大食角、高大食角、双角、小食角、歇指角、林钟角、越角,为七角;中吕调、正平调、高平调、仙吕调、黄钟羽、般涉调、高般涉,为七羽;皆从浊至清,迭更其声。下则益浊,上则益清。慢者过节,急者流荡。其后声器浸殊或有宫调之名,或以倍四为度。有与律吕同名而声不近雅者,其宫调乃应夹钟之律,燕设用之。”次序微异,皆足参证。

《梦溪笔谈》曰:“五音宫商角为从声,徵羽为变声。从谓律从律,吕从吕;变谓以律从吕,以吕从律。故从声以配君臣民,尊卑有定,不可相逾,变声以为事物,则或遇与君声无嫌。加变徵则从变之声已渎矣。隋柱国郑译始条具之均,展转相生为八十四调,清浊混淆,纷乱无统,竞为新声,自后犯声,侧声,正杀,寄杀,偏字,旁字,双字,半字之法,从变之声,无复条理矣。”此论从变由于律吕之关系也。

律吕者,六阳为律,六阴为吕。一曰黄钟,元间大吕;二曰太蔟,二间夹钟;三曰姑洗,三间仲吕;四曰蕤宾,四间林钟;五曰夷则,五间南吕;六曰无射,六间应钟。(说本《国语》,具见张炎《词源》。)八十四调者,隋郑译所演,以七均合十二律吕;律有七音,音立一调,故成七调十二律。雅乐则用其十二律之正名,如黄钟商,黄钟羽之类;俗乐则以俗名别之,如大石调、般涉调之类。唐宋以降,又转为七宫十二调矣。其说后详。

律吕有四犯:正,侧,偏,旁。以宫犯宫为正犯;以宫犯商为侧犯;以宫犯羽为偏犯;以宫犯角为旁犯;以角犯宫为归宫;周而复始(见《词源》)。此皆专属声乐之事,今纵博稽,但存其目,而无由实施于弦管。故后世词学,徒得其一面而已,马氏所谓“数亡而义孤行”者是也。

(二)唐五代诸词家

唐代词体初立,凡为词者,皆兼为诗歌乐府,故所谓词家,皆诗人也。今据诸家所存仅一二首者,皆置不论,但就世传稍多而著名者分述之。

李白，字太白，兴圣皇帝九世孙，蜀人，少有逸才，志气宏放；初隐岷山，天宝初，至长安，贺知章见其文，叹曰："子谪仙人也！"言于玄宗，召见，奏颂，赐食，供奉翰林，甚见宠异。既而放还，浮游四方，以佐永王璘，坐长流夜郎，赦还，依李阳冰于当涂，代宗初，卒。

徐矩《事物原始》云："词始于李太白，《菩萨蛮》等作，乃后世倚声填词之祖。"《诗体明辨》云："自乐府散亡，唐李白始作《清平调》、《忆秦娥》、《菩萨蛮》诸词。"欧阳炯《花间集序》云："在明皇朝，则有李太白应制《清平乐》词。"黄升谓《菩萨蛮》、《忆秦娥》二词，为"百代词曲之祖"：历来数词家者，鲜不推太白为首出矣。按《全唐诗》所载太白词共十四首，计《桂殿秋》二首，《清平词》三首，《连理枝》二首，《菩萨蛮》、《忆秦娥》各一首，《清平乐》五首，《尊前集》则载十二首，《连理枝》二首合为一，《菩萨蛮》却为三首，而无《桂殿秋》、《忆秦娥》。今观诸作，除《清平调》外，皆有疑问；似太白之于词，并无广作，苟欲求真，不能墨守故说而不辨也。《桂殿秋》，据《苕溪渔隐丛话》云："《桂花曲》二首，许彦周《诗话》谓是李卫公作；《湘江诗话》谓是均州武当山石壁上刻之，云神仙所作，未知孰是。"又邵博《闻见后录》，谓"李太尉文饶《迎神》《送神》二曲，秦中尚有能宛转度之者，或并为一曲，谓李太白作，非也。"《清平调》，据李濬《松窗杂录》谓"开元中，禁中木芍药盛开，明皇命宣李白，立进《清平调》词三章，援笔而就，明皇亲调玉笛以倚曲。"而《碧鸡漫志》云："明皇宣白进清平调，乃是令白于《清平调》中制词。盖古乐取声律高下，合为三，曰清调、平调、侧调，此谓三调，明皇止令就择上两调，偶不乐侧调故也。况白词七字绝句，与令曲不类，而《尊前集》亦载此三绝句，止目曰《清平调》，然唐人不深考，妄指此三绝句耳。此曲在越调，唐至今盛行；今世又有黄钟商两音者，欧阳炯称白有应制《清平乐》四首，往往是也。"此段论三调甚晰，而认应制者非三绝句而为《清平乐》四首，则未深思。今审《清平调》词意，曰"一枝红艳"，曰"名花倾国"，明是赋木芍药。《唐书》所谓高力士摘其诗以激杨妃者，即指"飞燕新妆"之句也。至《清平乐》，据吕鹏《遏云集》曾载应制四首，黄升谓"以后二首无清逸气韵，疑非太白所作"。故止选二首；杨慎尝补作二首，而王世贞《艺苑卮言》谓“用修所载二阕，识者以为非太白作，谓其卑浅也，按太白《清平调》本三绝句而已，不应复有词”。则二首尚可疑，五首更何来乎？《连理枝》据《尊前集》列为白词之首，注调曰黄钟宫，一首前后二段；《全唐诗》所辑则分作两首，未注宫。虽他家著录未及，然玩其词句，四言过多，有背由五七言递变之序，非初期创作所应有，殆晚唐以后歌场所播，误传为白作耳。《忆秦娥》，据《闻见后录》，谓是太白作；而胡应麟《庄岳委谈》，及胡震亨《读书杂志》，皆以为非。今观其词固佳绝，然其调实不类初期之作，且唐词别无同调者，疑亦误入也。《菩萨蛮》，据释文莹《湘山野录》，谓“此词写于鼎州沧水驿，不知何人所作，魏道辅泰见而爱之，后至长沙，得《古风集》于曾子宣内翰家，乃知太白所撰”，已为疑似之辞。故《庄岳委谈》亦谓非白作。按《菩萨蛮》调名，晚唐始有。钱易《南部新书》及苏鹗《杜阳杂编》皆载“大中初，女蛮国入贡，危髻金冠，缨络被体，号菩萨蛮队，遂制此曲；当时倡优李可及作菩萨队舞，文士亦往往声其词”。大中乃宣宗纪年，何以太白遽有此作？又《尊前集》载白作三首，其“游人尽道江南好”一首，明系韦庄作，破碎杂凑所成，可见《尊前》所收，未尝精考。此调温韦所作，最多而工，“平林漠漠”一首，与之气体亦略近，则张冠李戴，或所不免矣。（《庄岳委谈》：“今诗余名《望江南》外，《菩萨蛮》称最古，以《草堂》二词出太白也。近世文人学士，或以实然。余谓太白在当时直以风雅自任，即近体盛行七言律鄙不肯为，宁屑事此？且二词虽工丽而气衰飒，于太白超然之致，不啻霄壤。藉令真出青莲，必不作如是语。详其意调，绝类温方城辈。盖晚唐人词，嫁名太白，若怀素草书，李赤姑孰耳。原二词嫁名太白有故：《草堂词》宋末人编，青莲诗亦称《草堂集》，后世以二词出唐人而无名氏，故伪题太白以冠斯编耶？”）

张志和，字子同，婺州金华人，始名龟龄，十六擢明经，肃宗命待诏翰林，坐事贬南浦尉，不仕，自称烟波钓徒，著《玄真子》，亦以自号；尝撰《渔父》五首，宪宗图真求其歌，不能致。录五首：

西塞山前白鹭飞，桃花流水鳜鱼肥。青箬笠，绿蓑衣。斜风细雨不须归。

钓台渔父褐为裘，两两三三舴艋舟。能纵棹，惯乘流。长江白浪不曾忧。

雪溪湾里钓鱼翁，舴艋为家西复东。江上雪，浦边风。笑着荷衣不叹穷。

松江蟹舍主人欢，菰饭莼羹亦共餐。枫叶落，荻花干。醉宿渔舟不觉寒。

青草湖中月正圆，巴陵渔父棹歌连。钓车子，掘头船。乐在风波不用仙。(《渔父》五首)

韦应物，京兆人，官左司郎中，贞元初，历苏州刺史，性高洁，所在焚香扫地，惟顾况皎然辈得与唱酬；其小词不多见，惟《三台》、《调笑》数首流传耳。录四首：

一年一年老去，明日后日花开。未报长安平定，万国岂得衔杯。

冰泮寒塘水绿，雨余百草皆生。朝来衡门无事，晚下高斋有情。(《三台》二首)

胡马，胡马，远放燕支山下。跑沙跑雪独嘶。东望西望路迷。迷路，迷路，边草无穷日暮。

河汉，河汉，晓挂秋城漫漫。愁人起望相思。塞北江南别离。离别，离别，河汉虽同路绝。(《调笑》二首)

戴叔伦，字幼公，润州金坛人，试守抚州刺史，封谯县男，迁容管经略使；词传《调笑》一首：

边草，边草，边草尽来兵老。山南山北雪晴。千里万里月明。明月，明月，胡笳一声愁绝。(《调笑》)

王建，字仲初，颍川人，大历十年进士，官陕州司马；词传《三台》、《调笑》等十首。录三首：

池北池南草绿，殿前殿后花红。天子千年万岁，未央明月清

风。(《宫中三台》)

树头花落花开,道上人去人来。朝愁暮愁即老,百年几度三台。(《江南三台》)

团扇,团扇,美人并来遮面。玉颜憔悴三年。谁复商量管弦。弦管,弦管,春草昭阳路断。(《宫中调笑》)

白居易,字乐天,其先太原人,徙下邽,贞元中进士,历官忠,杭、苏诸州刺史,文宗初,迁刑部侍郎,封晋县男,进冯翊县侯,会昌中,以刑部尚书致仕;晚慕浮屠,称香山居士,最工诗,多至数千篇;词有《忆江南》、《长相思》、《杨柳枝》、《竹枝》、《浪淘沙》等,《尊前集》载二十六首。录五首:

江南好,风景旧曾谙。日出江花红胜火,春来江水绿如蓝。能不忆江南。(《忆江南》)

汴水流,泗水流,流到瓜州古渡头。吴山点点愁。思悠悠,恨悠悠,恨到归时方始休。月明人倚楼。(《长相思》)

红板江桥青酒旗,馆娃宫暖日斜时。可怜雨歇东风定,万树千条各自垂。(《杨柳枝》)

瞿塘峡口水烟低,白帝城头月向西。唱得《竹枝》声咽处,寒猿闲鸟一时啼。(《竹枝》)

青草湖中万里程,黄梅雨里一人行。愁见滩头夜泊处,风翻暗浪打船声。(《浪淘沙》)

刘禹锡,字梦得,自言系出中山,登博学宏词科,工文章,为监察御史,宪宗初,贬朗州司马,因夷俗作《竹枝辞》十余篇,武陵夷俚悉歌之;数迁州刺史,礼部郎中,集贤直学士,会昌时,加检校礼部尚书;善诗,白居易推之为诗豪,《尊前集》传词三十八首。录三首:

春去也,多谢洛城人。弱柳从风疑举袂,丛兰浥露似霑巾。独坐亦含颦。(《忆江南》)

白帝城头春草生，白盐山下蜀江清。南人上来歌一曲，北人莫上动乡情。(《竹枝》)

金谷园中莺乱飞，铜驼陌上好风吹。城中桃李须臾尽，争似垂杨无限时。(《杨柳枝》)

温庭筠，本名岐，字飞卿，太原人，彦博之后，官方山尉，工为辞章，薄行无检，令狐绹假其所作《菩萨蛮》进上，庭筠遽言于人，遂见疾，潦倒卒；有《握兰》、《金荃》等集，《花间集》传词六十六首，调繁词丽，为唐词第一作家；《尊前集》载五首。(近人王国维谓"宋时飞卿词止有一卷，《握兰》《金荃》，当是诗文集，非词集也。")**录四首：**

玉楼明月长相忆，柳丝袅娜春无力。门外草萋萋，送君闻马嘶。　画罗金翡翠，香烛销成泪。花落子规啼，绿窗残梦迷。(《菩萨蛮》)

河上望丛祠，庙前春雨来时。楚山无限鸟飞迟，兰棹空伤别离。　何处杜鹃啼不歇，艳红开尽如血。蝉鬓美人愁绝，百花芳草佳节。(《河渎神》)

梳洗罢，独倚望江楼。过尽千帆皆不是，斜晖脉脉水悠悠。肠断白苹洲。(《忆江南》)

凭绣槛，解罗帏。未得君书，断肠潇湘春雁飞。不知征马几时归。海棠花谢也，雨霏霏。(《遐方怨》)

皇甫松，字子奇，睦州人，湜子，牛僧孺甥，以《天仙子》词得名。《花间集》传词十一首，《尊前集》载十首。录三首：

酌一卮，须教玉笛吹。锦筵红蜡烛，莫来迟。繁红一夜经风雨，是空枝。(《摘得新》)

兰烬落，屏上暗红蕉。闲梦江南梅熟日，夜船吹笛雨潇潇。人语驿边桥。(《忆江南》)

踯躅花开红照水，鹧鸪飞绕青山嘴。行人经岁始归来。千万

里，错相倚。懊恼天仙应有以。（《天仙子》）

唐昭宗，名杰，更名敏，又更名晔，僖宗弟，喜文学，在位十六年，为朱全忠所弑；词传《巫山一段云》、《菩萨蛮》等四首。录一首：

登楼遥望秦宫殿，茫茫只见双燕飞。渭水一条流，千山与万丘。　　远烟笼碧树，陌上行人去。安得有英雄，迎归大内中。（《菩萨蛮》）

韩偓，字致尧，小字冬郎，万年人，父畏之，李商隐之僚婿也，偓词章特似义山；龙纪元年进士，累官兵部侍郎，朱全忠恶之，贬濮州司马，复召为学士，不敢赴，挈家南依王审知于闽，卒。有《玉山樵人集》、《香奁集》，词有《生查子》、《浣溪沙》等数首，俱见集中。录二首：

秋雨五更头，桐竹鸣骚屑。却似残春间，断送花时节。　　空楼雁一声，远屏灯半灭。绣被拥娇寒，眉山正愁绝。（《生查子》）

拢鬓新收玉步摇，背灯初解绣裙腰，枕寒衾冷异香焦。　　深院不关春寂寂，落花和雨夜迢迢，恨情残醉却无聊。（《浣溪沙》）

余如张曙、司空图、郑符、段成式等，皆所存太少，不得为词家；吕岩虽有词三十首，然不可信。均不具述。

五代五十余年，词家甚众。西蜀为最，南唐次之。词至此，若春花怒放，烂漫成林，盖唐之遗风，不随乱世而泯，且因乱而反畅也。陆游曰："诗至晚唐五季，气格卑陋，千家一律，而长短句独精巧高丽，后世莫及，此事之不可晓者。"《扪虱新语》曰："唐末诗体卑陋，而小词最为奇绝，今人尽力追之有不能及者，故尝以《花间集》当为长短句之宗。"汤显祖曰："词至西蜀南唐，作者日盛，往往情至文生，缠绵流露，不独苏黄秦柳之开山，即宣和绍兴之盛，皆兆于此矣。"其词之存于今者，多见于《花间》、《尊前》两集，外有《兰畹集》、《家宴集》，俱不传。今述其词人之最著者。

后唐庄宗，李存勖，本姓朱邪，克用长子，初嗣晋王，天祐癸未，即皇帝位，好俳优，知音，能度曲，汾晋之俗，往往能歌其声，谓之御制；在位四年，被弑。词传《如梦令》、《一叶落》、《歌头》等四首。录二首：

曾宴桃源深洞，一曲清歌舞凤。长记别伊时，和泪出门相送。如梦，如梦，残月落花烟重。(《如梦令》)

一叶落，搴朱箔。此时景物最萧索。画楼月影寒，西风吹罗幕。吹罗幕，往事思量著。(《一叶落》)

和凝，字成绩，郓州人，举进士，仕后唐，知制诰，翰林学士，晋天福中，拜中书侍郎，同中书门下平章事，归后汉，拜太子太傅，封鲁国公；有《红叶稿》。少时好为曲子，布于汴洛；洎入相，契丹号为曲子相公。《花间集》传词二十首，《尊前集》载七首。录二首：

初夜含娇入洞房，理残妆，柳眉长。翡翠屏中，亲爇玉炉香。整顿金钿呼小玉，排红烛，待潘郎。(《江城子》)

春入神京万木芳。禁林莺语滑，蝶飞狂。晓花擎露妒啼妆。红日永，风和百花香。　　烟锁柳丝长。御沟澄碧水，转池塘。时时微雨洗风光。天衢远，到处引笙篁。(《小重山》)

韦庄，字端己，杜陵人，尝著《秦妇吟》，称秦妇吟秀才，乾宁元年进士，以才名寓蜀，王建辟掌书记，寻召为起居舍人，建表留之，后为蜀散骑常侍，判中书门下事，卒谥文靖；有《浣花集》，其词音响最高，与飞卿并称"温韦"，词家之大宗也。《花间集》传词四十八首，《尊前集》载五首。录五首：

人人尽说江南好，游人只合江南老。春水碧于天，画船听雨眠。　　炉边人似月，皓腕凝霜雪。未老莫还乡，还乡须断肠。

如今却忆江南乐，当时年少春衫薄。骑马倚斜桥，满楼红袖招。　　翠屏金屈曲，醉入花丛宿。此度见花枝，白头誓不归。（《菩萨蛮》二首）

空相忆，无计得传消息。天上嫦娥人不识，寄书何处觅。新睡觉来无力，不忍把伊书迹。满院落花春寂寂，断肠芳草碧。（《谒金门》）

人汹汹，鼓冬冬，襟袖五更风。大罗天上月朦胧。骑马上虚空。　　香满衣，云满路，鸾凤绕身飞舞。霓旌绛节一群群。引见玉华君。（《喜迁莺》）

绝代佳人难得，倾国，花下见无期。一双愁黛远山眉。不忍更思惟。　　闲掩翠屏金凤，残梦，罗幕画堂空。碧天无路信难通。惆怅旧房栊。（《荷叶杯》）

薛昭蕴，字里无考，蜀侍郎，恃才傲物，每入朝省，弄笏而行，旁若无人，好唱《浣溪沙》词。《花间集》传词十九首。录二首：

粉上依稀有泪痕，郡庭花落欲黄昏。远情深恨与谁论。
记得去年寒食节，延秋门外卓金轮。日斜人散暗销魂。（《浣溪沙》）

春到长门春草青。玉阶花露滴，月胧明。东风欲断紫箫声。宫漏促，帘外晓啼莺。　　愁极梦难成。红妆流宿泪，不胜情。手挼裙带绕花行。思君切，罗幌暗尘生。（《小重山》）

牛峤，字松卿，一字延峰，陇西人，乾符五年进士，历官拾遗，补尚书郎，王建镇蜀，辟判官，后仕蜀为给事中；博学有文，以歌诗著名，尤善制小词。《花间集》传词三十二首。录二首：

鸡鹋飞起郡城东，碧江空，半滩风。越王宫殿，苹叶藕花中。帘卷水楼鱼浪起，千片雪，雨蒙蒙。（《江城子》）

柳花飞处莺声急，晴街春色香车立。金凤小帘开，脸波和恨

来。　今宵求梦想，难到青楼上。赢得一场愁，鸳衾谁并头。（《菩萨蛮》）

毛文锡，字平珪，南阳人，唐进士，事前蜀为翰林学士，迁内枢密使，历文思殿大学士，司徒，复仕后唐；工艳语，其《巫山一段云》词，当时传咏。《花间传》集词三十一首，《尊前集》载一首。录二首：

雨霁巫山上，云轻映碧天。远峰吹散又相连，十二晚峰前。暗湿啼猿树，高笼过客船。朝朝暮暮楚江边，几度降神仙。（《巫山一段云》）

暮蝉声尽落斜阳，银蟾影挂潇湘。黄陵庙侧水茫茫。楚山红树，烟雨隔高唐。　岸泊渔灯风飐碎，白苹远散浓香。灵娥鼓瑟韵清商。朱弦凄切，云散碧天长。（《临江仙》）

牛希济，峤兄子，事前蜀为御史中丞，降于后唐，为雍州节度使；素以诗词擅名，所撰《临江仙》、《女冠子》等，时辈称道。《花间集》传词十一首。录二首：

秋已暮，重叠关山岐路。嘶马摇鞭何处去，晓禽霜满树。梦断禁城钟鼓，泪滴沉檀无数。一点凝红和薄雾，翠蛾愁不语。（《谒金门》）

峭碧参差十二峰。冷烟寒树重重。瑶姬宫殿是仙踪。金炉珠帐，香霭昼偏浓。　一自楚王惊梦断，人间无路相逢。至今云雨带愁容。月斜江上，征棹动晨钟。（《临江仙》）

欧阳炯，益州人，事王衍为中书舍人，复仕后蜀，累官翰林学士，进门下侍郎同平章事，归宋，授散骑常侍；善文章，尤工诗词。《花间集》有其序，传词十七首；《尊前集》传三十一首。录四首：

路入南中，桄榔叶暗蓼花红。两岸人家微雨后，收红豆，树底

纤纤抬素手。(《南乡子》)

晓日金陵岸草平,落霞明,水无情。六代豪华,暗逐逝波声。空有姑苏台上月,如西子镜,照江城。(《江城子》)

春欲尽,日迟迟,牡丹时。罗幌卷,绣帘垂。彩笺书,红粉泪,两心知。　人不在,燕空归,负佳期。香烬落,枕函欹。月分明,花淡薄,惹相思。(《三字令》)

儿家夫婿心容易,身又不来书不寄。闲庭独立鸟关关,争忍抛奴深院里。　闷向绿纱窗下睡,睡又不成愁又至。今年却忆去年春,同在木兰花下醉。(《木兰花》)

鹿虔扆,字里无考,事蜀,为永泰军节度使,加太保,与欧阳炯、韩琮、阎选、毛文锡俱以工小词供奉后主,时人忌之者号曰五鬼;蜀亡,不仕,词多感慨。《花间集》传词六首。录二首:

凤栖琪树,惆怅刘郎一去,正春深。洞里愁空结,人间信莫寻。　竹疏斋殿迥,松密醮坛阴。倚云低首望,可知心。(《女冠子》)

金锁重门荒苑静,倚窗愁对秋空。翠华一去寂无踪。玉楼歌吹,声断已随风。　烟月不知人事改,夜阑还照深宫。藕花相向野塘中。暗伤亡国,清露泣香红。(《临江仙》)

顾夐,字里无考,事蜀,为太尉;善小词,有《醉公子》曲,为时艳称。《花间集》传词五十五首。录二首:

岸柳垂金线,雨晴莺百啭。家住绿杨边,往来多少年。马嘶芳草远,高楼帘半卷。敛袖翠蛾攒,相逢尔许难。(《醉公子》)

棹举,舟去,波光渺渺,不知何处。岸花汀草共依依,雨微,鹧鸪相逐飞。　天涯离恨江声咽,啼猿切,此意向谁说。舣兰桡,独无憀,魂销,小炉香欲焦。(《河传》)

阎选，字里无考，后蜀处士，事后主，酷善小词。《花间集》传词八首。录二首：

寂寞流苏冷绣茵，倚屏小枕惹香尘。小庭花露泣浓春。刘阮信非仙洞客，嫦娥终是月中人。此生无路访东邻。（《浣溪沙》）

十二高峰天外寒，竹梢轻拂仙坛。宝衣行雨在云端。画帘深殿，香雾冷风残。　欲问楚王何处去，翠屏犹掩金鸾。猿啼明月照空滩。孤舟行客，惊梦亦艰难。（《临江仙》）

魏承班，字里无考，事蜀，为太尉。《花间集》传词十三首，《尊前集》载六首。录二首：

烟水阔，人值清明时节。雨细花零莺语切，愁肠千万结。

雁去音徽断绝，有恨欲凭谁说。无事伤心犹不彻，春时容易别。（《谒金门》）

水芙蓉，香旖旎，碧玉堂深清似水。闭宝匣，掩金铺，倚屏拖袖愁如醉。　迟迟好景烟花媚，曲渚鸳鸯眠锦翅。凝然愁望静相思，一双笑靥嚬香蕊。（《木兰花》）

尹鹗，成都人，事蜀，为翰林校书，累官参卿。《花间集》传词六首，《尊前集》载十一首。录二首：

陇云暗合秋天白，倚窗独坐窥烟陌。楼际角重吹，黄昏方醉归。　荒唐难共语，明日还应去。上马出门时，金鞭莫与伊。（《菩萨蛮》）

严妆嫩脸花明，教人见了关情。含羞举步越罗轻，称娉婷。　终朝咫尺窥香阁，迢遥似隔层城。何时休遣梦相萦，入云屏。（《杏园芳》）

毛熙震，字里无考，事蜀，为秘书监。《花间集》传词二十九首。录二首：

莺啼燕语芳菲节，瑞庭花发。昔时欢宴歌声揭，管弦清越。　自从陵谷追游歇，画梁尘黦。伤心一片如珪月，闲锁宫阙。（《后庭花》）

春光欲暮，寂寞闲庭户。粉蝶双双穿槛舞，帘卷晚天疏雨。　含愁烛倚闺帏，玉炉烟断香微。正是销魂时节，东风满院花飞。（《清平乐》）

李珣，字德润，梓州人，其先波斯人，王衍昭仪李舜弦兄，有诗名，以秀才豫宾贡，事蜀，国亡，不仕；有《琼瑶集》，多感慨之音。尝至岭南，集中《南乡子》十七首，写岭南风物特工。《花间集》传词三十七首，《尊前集》载十八首。录四首：

归路近，扣舷歌，采真珠处水风多。曲岸小桥山月过，烟深锁，豆蔻花垂千万朵。

相见处，晚晴天，刺桐花下越台前。暗里回眸深属意，遗双翠，骑象背人先渡水。

双髻坠，小眉弯，笑随女伴下春山。玉纤遥指花深处，争回顾，孔雀双双迎日舞。（《南乡子》三首）

晚出闲庭看海棠，风流学得内家妆。小钗横戴一枝芳。镂玉梳斜云鬓腻，缕金衣透雪肌香。暗思何事立斜阳。（《浣溪沙》）

孙光宪，字孟文，贵平人，唐时为陵州刺史，天成初，避地江陵，高从诲署为从事，遂仕南平，累官荆南节度副使，检校秘书，兼御史中丞；以文学自负，雅善小词，有《橘州稿》并有《橘斋》、《巩湖》、《荆台笔佣》诸集及《北梦琐言》。《花间集》传词六十首，《尊前集》载二十三首。录四首：

空碛无边，万里阳关道路。马萧萧，人去去，陇云愁。　　香貂旧制戎衣窄，胡霜千里白。绮罗心，魂梦隔，上高楼。（《酒泉子》）

春病与春愁，何事年年有。半为枕前人，半为花闲酒。　　醉金樽，携玉手，共作鸳鸯偶。倒载卧云屏，雪面腰如柳。（《生查子》）

蓼岸风多橘柚香，江边一望楚天长，片帆烟际闪孤光。　　目送征鸿飞杳杳，思随流水去茫茫，兰红波碧忆潇湘。（《浣溪沙》）

留不得，留得也应无益。白纻春衫如雪色，扬州初去日。轻别离，甘抛掷，江上满帆风疾。却羡彩鸳三十六，孤鸾还一只。（《谒金门》）

余如蜀主王衍，能为浮艳之词，有《甘州曲》、《醉妆词》；后蜀主孟昶，亦工声曲，有《木兰花》。皆存词少，不具述。

南唐中主李景，初名景通，后改名璟，昪长子，嗣立，在位十九年，去帝号，宋建隆二年卒；词传《应天长》、《望远行》、《浣溪沙》等四首。录二首：

手卷真珠上玉钩，依前春恨锁重楼。风里落花谁是主，思悠悠。　　青鸟不传云外信，丁香空结雨中愁。回首绿波三楚暮，接天流。

菡萏香销翠叶残，西风愁起绿波间。还与韶光共憔悴，不堪看。　　细雨梦回鸡塞远，小楼吹彻玉笙寒。多少泪珠无限恨，倚阑干。（《浣溪沙》二首）

南唐后主，名煜，初名从嘉，景第六子，善属文，工书画，初封吴王，嗣立后，好声色，又喜浮屠高谈，不恤政事；在位十五年，宋乾德九年俘于宋，封违命侯；太平兴国三年，赐牵机药暴卒。其词精妙瑰丽，足冠五季，亡国后，尤含思凄婉，无语不工，后人多奉为宗法。南宋初，有

《二主词》辑本，后主凡三十四首，近人王国维补辑十二首，多别见他集者。录四首：

林花谢了春红，太匆匆。无奈朝来寒雨晚来风。　燕脂泪，留人醉，几时重，自是人生长恨水长东。(《乌夜啼》)

春花秋月何时了，往事知多少。小楼昨夜又东风，故国不堪回首月明中。　雕阑玉砌应犹在，只是朱颜改。问君能有几多愁，恰似一江春水向东流。(《虞美人》)

往事只堪哀，对景难排。秋风庭院藓侵阶。一任珠帘闲不卷，终日谁来。　金琐已沉埋，壮气蒿莱。晚凉天净月华开。想得玉楼瑶殿影，空照秦淮。(《浪淘沙》)

四十年来家国，三千里地山河。凤阁龙楼连霄汉，玉树琼枝作烟萝。几曾识干戈。　一旦归为臣虏，沈腰潘鬓消磨。最是仓皇辞庙日，教坊犹奏别离歌。垂泪对宫娥。(《破阵子》)

冯延巳，字正中，其先彭城人，唐宋徙家新安，事南唐，为左仆射同平章事；有《阳春录》，词一百十九首，补遗七首，为其外孙陈世修辑本，且称其思深词丽，韵逸调新，惟录中所辑，多杂入他人之作(见前)。《全唐诗》则存七十八首。录四首：

马嘶人语春风岸，芳草绵绵。杨柳桥边，落日高楼酒旆悬。　旧愁新恨知多少，目断遥天。独立花前，更听笙歌满画船。(《罗敷艳歌》)

风乍起，吹皱一池春水。闲引鸳鸯香径里，手挼红杏蕊。斗鸭阑干遍倚，碧玉搔头斜坠。终日望君君不至，举头闻鹊喜。(《谒金门》)

六曲阑干偎碧树。杨柳风轻，展尽黄金缕。谁把钿筝移玉柱。穿帘燕子双飞去。　满眼游丝兼落絮。红杏开时，一霎清明雨。浓睡觉来莺乱语，惊残好梦无寻处。

莫道闲情抛弃久。每到春来，惆怅还依旧。日日花前常病

酒，不辞镜里朱颜瘦。　　河畔青芜堤上柳。为问新愁，何事年年有。独立小桥风满袖，平林新月人归后。（《蝶恋花》二首）

张泌，字子澄，淮南人，初官句容尉，上书陈治道，南唐后主征为监察御史，历考工员外郎，进中书舍人，改内史舍人，随后主归宋，仍入史馆，迁虞部郎中。《花间集》传词二十七首。录二首：

枕障熏炉冷绣帏，二年终日苦相思，杏花明月尔应知。天上人间何处去，旧欢新梦觉来时，黄昏微雨画帘垂。（《浣溪沙》）

紫陌青门，三十六宫春色，御沟辇路暗相通，杏园风。

咸阳沽酒宝钗空，笑指未央归去，插花走马落残红，月明中。（《酒泉子》）

余如徐昌图、徐铉、庾传素、许岷、刘侍读、欧阳彬等，皆存词太少，散见《尊前集》中，不备述。

衍流第四

宋承周祚，结五季纷扰之局，制礼作乐，自属固然。其时区宇甫靖，文事渐兴。内则教坊云韶，皆备宴飨；外则公私酬酢，动有声歌。故旧曲绵传，新腔竞出。名臣硕彦，抒忠爱之忱；才士文雄，逞敷张之技。或当筵命赋，立被歌喉；或载酒行吟，遂相传写。引商刻羽，妃白抽黄，慢犯日增，情致斯畅。于是两宋词曲之盛，几夺五七言之席，而立文坛一大帜焉。其间发达之迹，流变之机，约著于篇。

(一)宋初乐曲之概况

《宋史·乐志》云："宋初循旧制，置教坊，凡四部。所奏乐凡十八调，四十大曲。一曰正宫调，其曲三，曰《梁州》、《瀛府》、《齐天乐》。二曰中吕宫，其曲二，曰《万年欢》、《剑器》。三曰道调宫，其曲三，曰《梁州》、《薄媚》、《大圣乐》。四曰南吕宫，其曲二，曰《瀛府》、《薄媚》。五曰仙吕宫，其曲三，曰《梁州》、《保金枝》、《延寿乐》。六曰黄钟宫，其曲三，曰《梁州》、《中和乐》、《剑器》。七曰越调，其曲二，曰《伊州》、《石州》。八曰大石调，其曲二，曰《清平乐》、《大明乐》。九曰双调，其曲三，曰《降圣乐》、《新水调》、《采莲》。十曰小石调，其曲二，曰《胡渭州》、《嘉庆乐》。十一曰歇指调，其曲三，曰《伊州》、《君臣相遇乐》、《庆云乐》。十二曰林钟商，其曲三，曰《贺皇恩》、《泛清波》、《胡渭州》。十三曰中吕调，其曲二，曰《绿腰》、《道人欢》。十四曰南吕调，其曲二，曰《绿腰》、《罢金钲》。十五曰仙吕调，其曲二，曰《绿腰》、《彩云归》。十六曰黄钟羽，其曲一，曰《千春乐》。十七曰般涉调，其曲二，曰《长寿仙》、《满宫春》。十八曰正平调，无大曲。小曲无定数。不用者有十调，一曰高宫，二曰高大石，三曰高般涉，四曰越角，五曰商角，六曰高大石角，七曰双角，八曰小石角，九曰歇指角，十曰林钟角。法曲部，其曲二，一曰道调宫《望瀛》，二曰小石调《献仙音》。龟兹部，其曲二，皆双调，一曰《宇宙清》，二曰《感皇恩》。”今大曲之传世者，仅《道宫》《薄媚》及《水调》《采莲》诸曲；而词调之自大曲法曲出者，则有《梁州》、《伊州》、《石州》、《六州歌头》、《齐天乐》、《万年欢》、《剑气近》、《大圣乐》、《水调歌头》、《采莲令》、《泛清波摘遍》、《六幺令》、《六幺花十八》、《彩云归》、《法曲献仙音》、《法曲第二》、《感皇恩》等，皆其遗声也。

《乐志》又载：“太宗洞晓音律，前后亲制大小曲，及因旧曲创新声者，总三百九十，凡制大曲十八。”所用十八宫调，与教坊所用同；其曲名皆特制，如《平戎破阵乐》、《平晋普天乐》、《大宋朝欢乐》、《宇宙荷皇恩》、《垂衣定八方》、《甘露降龙庭》、《金枝玉叶春》、《大惠帝恩宽》、《大定寰中乐》、《惠化乐尧风》、《万国朝天乐》、《嘉禾生九穗》、《文兴礼乐欢》、《齐天长寿乐》、《君臣宴会乐》、《一斛夜明珠》、《降圣万年春》、《金觞祝寿春》等，多因事制名，有象功昭德之意焉。“曲破二十九”，所用宫调，除教坊所用外，有高宫、高大石调、林钟角、越角、小石角、高角（按此即高大石角之省称，后同）、歇指角、大石角、双角、高般涉调，则全用二十八调焉。其曲名如《宴钧台》、《七盘乐》、《王母桃》等，则特制也；如《采莲回》、《杏园春》、《凤城春》等，则袭用旧名焉。“琵琶独弹曲破十五”，所用宫调，如《凤鸾商》、《金石角》、《芙蓉调》、《兰陵角》、《孤雁调》、《玉仙商》、《龙仙羽》、《圣德商》等，与八十四宫调迥殊；如应钟调、蕤宾调、正仙吕调、大石调、林钟角、无射宫调、仙吕调等，又与燕乐同名，所未详也。其曲名如《庆成功》、《九曲清》、《凤来仪》等，为特制；如《帝台春》、《宴蓬莱》等，或亦袭用旧名，其是否同于词调，不可知矣。“小曲二百七十”，所用宫调二十八，与曲破同，其曲名如《一阳生》、《玉窗寒》、《念边戍》、《青骏马》等，大抵随事制名也。“因旧曲造新声者五十八：正宫、南吕宫、道调宫、越调、南吕调，并《倾杯乐》、《三台》。仙吕宫、高宫、小石调、大石调、高大石调、小石角、双角、高角、大石角、歇指角、林钟角、高般涉调、黄钟羽、平调，并《倾杯乐》。中吕宫，《倾杯乐》、《剑器》、《感皇化》、《三台》。黄钟宫，《倾杯乐》、《朝中措》、《三台》。双调,《倾杯乐》、《摊破抛球乐》、《醉花间》、《小重山》、《三台》。林钟商,《倾杯乐》、《洞中仙》、《望行宫》、《三台》。歇指调,《倾杯乐》、《洞仙歌》、《三台》。仙吕调,《倾杯乐》、《月宫仙》、《戴仙花》、《三台》。中吕调,《倾杯乐》、《菩萨蛮》、《瑞鹧鸪》、《三台》。般涉调,《倾杯乐》、《望征人》、《嘉宴乐》、《引驾回》、《拜新月》、《三台》。"旧曲者,如《倾杯乐》、《朝中措》、《醉花间》、《小重山》之类,皆词调旧名,故谓之旧。新声者,如《三台》、《剑器》之类,舞曲也。证以《武林旧事》所载宋官本杂剧之目二百八十本,其中有用大曲者,有用普通词调者,则此即宋宫中杂剧,而用普通词调者耳。乃知宋代杂剧,皆创于太宗也,又谓:"《宇宙荷皇恩》、《降圣万年春》之类,皆藩邸作,以述太宗美德,诸曲多秘。而《平晋普天乐》者,平河东回所制;《万国朝天乐》者,又明年所制,每宴享尝用之。"又谓:"民间作新声者甚众,而教坊不用。太宗所制曲,乾兴以来通用之。凡新奏十七调,总四十八曲,黄钟、道调、仙吕、中吕、南吕、正宫、小石、歇指、高平、般涉、大石、中吕、仙吕、双越调、黄钟羽。其急慢诸曲几千数。又法曲、龟兹、鼓笛三部,凡二十有四曲。仁宗洞晓音律,每禁中度曲,以赐教坊,或命教坊使撰进。凡五十四曲,朝廷多用之。"又谓:"云韶部者,黄门乐也。……奏大曲十三,一曰中吕宫,《万年欢》。二曰黄钟宫,《中和乐》。三曰南吕宫,《普天献寿》,此曲亦太宗所制。四曰正宫,《梁州》。五曰林钟商,《泛清波》。六曰双调,《大定乐》。七曰小石调,《喜新春》。八曰越调,《胡渭州》。九曰大石调,《清平乐》。十曰般涉调,《长寿仙》。十一曰高平调,《罢金钲》。十二曰中宫调,《绿腰》。十三曰仙吕调,《彩云归》。"以上《乐志》所载,除因事制名者外,其袭用旧曲者,多即词调之名。惜其词惟传唱内庭,民间难见,遂皆不传于今,无从证其同异。然既云"民间作新声者甚众",又云"急慢诸曲几千数",则是时慢词渐起,而献曲亦同时发达,可断言也。

鼓吹,在昔为军乐,而宋代则用之大典。《乐志》云:"自天圣以来,帝郊祀,躬耕籍田,皇太后恭谢宗庙,悉用正宫《导引》、《六州》、《十二时》,凡四曲。景祐二年,郊祀减《导引》第二曲,增《奉禋歌》……其后祫享太庙亦用之。大享明堂,用黄钟宫,增《合宫歌》。凡山陵导引灵驾，章献章懿皇后，用正平调；仁宗用黄钟羽，增《昭陵歌》；神主还宫用大石调，增《虞神歌》；凡迎奉祖宗御容赴宫观寺院，并神主祔庙，悉用正宫；惟仁宗御容赴景灵宫，改用道调。……率因事随时定所属宫调，以律和之。”今观《乐志》所载之辞，颇似慢词，自开宝以迄宝庆，三百余年，未始有异。兹录真宗封禅四首，及《降仙台》、《祔陵歌》、《虞主歌》、《奉禋歌》、《合宫歌》，各一首，以见一斑。

真宗封禅四首，辞曰：

《导引》 民康俗阜，万国乐升平。庆海晏河清。唐尧虞舜垂衣化，讵比我皇明。九天宝命垂丕贶，云物效祥英。星罗羽卫登乔狱，亲告禅云亭。我皇垂拱，惠化洽文明。盛礼庆重行。登封降禅燔柴毕，天仗入神京。云雷布泽遍寰瀛。遐迩振欢声。巍巍圣寿南山固，千载贺承平。

《六州》 良夜永，玉漏正迟迟。丹禁肃，周庐列，羽卫绕皇闱。严鼓动，画角声齐。金管飘雅韵，远逐轻飔。荐嘉玉，躬祀神祇。祈福为黔黎。升中盛礼，增高益厚，登封检玉，《时迈》合周诗。　　玄文锡，庆云五色相随，甘露降，醴泉涌，三秀发灵芝。皇猷播史册，光耀受鸿禧。万年永固丕基。吾君德荡荡巍巍，迈尧舜文思。从今寰宇，休牛归马，耕田凿井，鼓腹乐昌期。

《十二时》 圣明代，海县澄清。惠化洽寰瀛。时康岁足，治定武成。遐迩贺升平。嘉坛上，昭事神灵。荐明诚。报本禅云亭。俎豆列牺牲。宸心蠲洁，明德荐维馨。纪鸿名。千载播天声。　　燔柴毕，云罕回仙仗，庆銮辂还京。八神扈跸，四隩来庭。嘉气覆重城。殊常礼，旷古难行。遇文明。仁恩苏品汇，沛泽被簪缨。祥符锡祚，武库永销兵。育群生。景运保千龄。

《告朝导引》 明明我后，至德合高穹。祇翼励精衷。上真紫殿回飙驭，示圣胄延鸿。躬承宝训表钦崇。庆泽布寰中。告虔备物朝清庙，荷景福来同。

熙宁十年，南郊，皇帝归青城，《导引》一首，辞曰：

《降仙台》　清都未晓，万乘并驾，煜煜拥天行。祥风散瑞霭，华盖耸，旗常建，耀层城。四列兵卫，爟火映金支翠旌。众乐謦作充宫庭。缴绎成。　　绀幄掀，衮冕明。妥帖坛陛霄升。振珩璜。神格至诚。云车下冥冥。储祥降嘏莫可名。御端阙盼敷号荣。泽翔施溥，茂祉均被含生。

元丰四年，慈圣光献皇后发引四首，录一首，辞曰：

《祔陵歌》　真人地，瑞应待圣时。巩原西，荥河会，涧洛与瀍伊。众水萦回。嵩高映，抱几叠屏帏。秀岭参差。遥山群凤随。共瞻陵寝浮佳气，非烟朝暮飞。龟筮告前期。奠收玉斝，筵卷时衣。　　銮辂晓驾载龙旗。路逶迟。铃歌怨，画翣引华芝。雾薄风微。真游远，闭宝阁金扉。侍女悲啼。玉阶春草滋。露桃结子灵椿翠，青车何日归。衔恨望西畿。便房一锁，夜台晓无期。

又虞主回京四首，录一首，辞曰：

《虞主歌》　转紫芝。指东都帝畿。愁雾里箫声宛转，辇路逶迤。那堪见郊原芳菲。日迟迟。对列凤翣龙旗。轻阴黯四垂。楼台绿瓦沍琉璃。仙仗归。寿原清夜，寒月掩褕袆。翠幰琱轮，空反灵螭。　　憩长岐。嵩峰远，伊川渺弥。此时还帝里，旌幡上下，葆羽葳蕤。天街回。垂杨依依。过端闱。阊阖正辟金扉。觚稜射暖晖。虞神宝篆散轻丝。空涕洟。望陵宫女，嗟物是人非。万古千秋，烟惨风悲。

孝宗郊祀大礼五首，录一首，辞曰：

《奉禋歌》　吹葭缇籥气潜分。云采宜书壤效珍。长日至，一阳新。四时玉烛和均。物欣欣。化转洪钧。郊之祭，孤竹管，六銮舞《云门》。自古严禋。牺牲具，粢盛洁，豆笾陈，衮龙陟降，币玉纷纶。彻高阁。　　灵之斿，神哉沛，排历昆仑。九歌毕，盈郊瞻檦燎，斗转参横将旦，天开地辟如春。清跸移轮。阗然鼓吹相闻。郁祥云。骓胪八陛，厘逆三神。圣矣吾君。华封祝，慈宫万寿，椒掖多男，六合同文。

明堂大礼四首，录一首，辞曰：

《合宫歌》　圣明朝，旷典乘秋举。大飨本仁祖。九室八牖四户。敕躬斋戒格堪舆。盛牲实俎。并侑总稽古。玉雾乍肃天宇。冰轮下照金铺。燎烟嘘。郁尊香，《云门》舞。髣髴翔坐，灵心咸嘉娱。　　众星俞。美光属，照煐珠。清晓御丹仪，湛恩遍浃率溥。欢声雷动岳镇呼。徐命法驾，万骑花盈路。万姓齐祝，寿同天地，事超唐虞。看平燕云，从此兴文偃武。待重会诸侯旧东都。

（二）北宋慢词之渐兴

词体进展之序，既详于前章。而究引、近、慢等之所以得名，大率由大曲而起。大曲体制繁重，当俟后详，兹言其概：凡大曲联多遍之曲以成一大篇，谓之排遍，则开首有引焉，引而长之，亦引首之义也；有歌头焉，有散序焉，有中序焉，序者叙也，有铺叙之义；迨曲将半，则有催衮焉，催者，所以催舞拍也；衮又作滚，亦以滚出舞拍也；亦曰近拍，谓近于入破，将起拍也。故凡近词皆句短韵密而音长，与引不同，如《六幺花十八》、《水调法曲花十六》，皆近拍也。宋初先有慢曲，繁复尘杂，多出伶人；句调韵律，亦欠精美，故不流于文坛。迨文士蒙其影响，偶用其调，加以修饰，制而为词，精美遂出其上，即此际之所谓新声也。《能改斋漫录》云："词自南唐以来，但有小令。其慢词起自仁宗朝，中原息兵，汴京繁庶，歌台舞榭，竞赌新声。耆卿失意无聊，流连坊曲，遂尽收俚俗语言，编入词中，以便伎人传唱；一时动听，散布四方。其后东坡、少游、山谷辈相继有作，慢词遂盛。"今按宋初词人，皆宗五代。

达官如赵抃、寇准、陈尧佐、叶清臣、韩琦、范仲淹，下至夏竦、贾昌朝、丁谓等，皆有名作。晏殊、欧阳修，以理学名臣，刻意倚声，艺林传诵，然所为率小令耳。《珠玉集》中，惟《拂霓裳》、《山亭柳》稍长。《拂霓裳》可称慢词，《山亭柳》则仍引近也。《六一词》中，则《摸鱼儿》、《御带花》，确属慢词；其《凉州令》则叠二词，亦非慢词也。嗣民间新声渐作，体制渐繁，增衍令近，以为慢词；益其节拍，广其韵叠，延其声音，丰其情意，《花间》《尊前》之境，又一进矣。如《古今词话》，载石曼卿尝于平阳舍中，代作寄尹师鲁云："十年一梦花空委，依旧河山损桃李。雁声北去燕南飞，高楼日日春风里。眉黛石州山对起，娇波泪落妆如洗。汾河不断天南流，天色无情淡如水。"曼卿没后，见梦于关永言，增其词为曲，度以《迷仙引》词曰：

春阴霁。岸柳参差袅，金丝细。画阁昼眠莺唤起。烟光媚。燕燕双高，引愁人如醉。慵缓步，眉敛金铺倚。嘉景易失，懊恼韶光改，花空委。忍厌厌地。施朱粉，临鸾鉴腻。　　香消减，摧桃李。独自个凝睇。暮云暗摇山翠。天色无情，四远低垂淡如水。离恨托征鸿寄。旋娇波，暗落相思泪。妆如洗。向高楼，日日春风里。悔凭阑，芳草人千里。

此为北宋初期词，句调尚欠圆适；原词则似《玉楼春》而微异。曼卿为真宗朝学士，有《扪虱庵长短句》，宋时已少流传，其没在仁宗时。又聂冠卿在李良定席上赋《多丽》词，传唱遍天下；蔡君谟知泉州，寄良定公书云："新传《多丽》词，述宴游之盛，使病夫举目增叹。"又附一诗，其后四句云："清游胜事传都下，《多丽》新词到海边。曾是尊前沉醉客，天涯回首重依然。"足见当时初有慢词，故能倾动一世如此。聂字长孺，庆历中入翰林为学士，此其未达时作也。词曰：

想人生，美景良辰堪惜。向其间赏心乐事，古来难是并得。况东城凤台沁苑，泛晴波浅照金碧。露洗华桐，烟霏丝柳，绿阴摇曳荡春色。画堂迥，玉簪琼佩，高会尽词客。清欢久，重然绛蜡，别就瑶席。　　有翩若惊鸿体态，暮为行雨标格。逞朱唇缓歌妖丽，似听流莺乱花隔。慢舞萦回，娇鬟低亸，腰肢纤细困无力。忍分散，彩云归后，何处更寻觅。休辞醉，明月好花，莫谩轻掷。（绿阴句旧衍一字，今删）

此调后有用平声韵者，句律全同，声调较畅，或填作上去声韵，则失之矣。又宋祁为天圣二年进士，有《玉漏迟》。吴感中天圣二年省试，有《折红梅》词，误入杜安世《寿域词》。按龚明之《中吴纪闻》："吴应之居小市桥，有侍姬曰红梅，因以名其阁，尝作《折红梅》词，传播人口。"今案《梅苑》亦题云："梅花馆小鬟"，以为吴感作；或以为蒋堂事，非也。词曰：

喜冰澌初泮，微和渐入，东郊时节。春消息，夜来陡觉，红梅数枝争发。玉溪仙馆，不是个寻常标格。化工别与，一种风情，似匀点胭脂，染成香雪。　　重吟细阅。比繁杏夭桃，品流终别。只愁共彩云易散，冷落谢池风月。凭谁向说，三弄处龙吟休咽。大家留取，时倚阑干，闻有花堪折，劝君须折。

又《东皋杂录》云：世传司马温公有《西江月》一词，今复得《锦堂春》，词曰：

红日迟迟，虚廊影转，槐阴迤逦西斜。彩笔工夫，难状晓景烟霞。蝶尚不知春去，谩绕幽砌寻花。桃李狂风过后，纵有残红，飞向谁家。　　始知青鬓无价，叹飘蓬官路，荏苒年华。今日笙歌丛里，特地咨嗟。席上青衫湿透，抚弄旧琵琶。怎不教人易老，多少离愁，散在天涯。

其集中慢词最多者，厥推张先柳永二家。二家词集皆区分宫调，盖皆洞晓音律，故能自度新声。今观子野《安陆集》中，《山亭宴慢》、《谢池春慢》、《宴春台慢》、《卜算子慢》、《少年游慢》等词，明署慢字，皆由同调之令词增衍而成;其《归朝欢》、《喜朝天》、《破阵乐》、《倾杯》、《剪牡丹》、《泛青苕》、《碧牡丹》、《劝金船》等词,则皆时行或自度之新调也。至《乐章集》九卷中,则慢词尤指不胜偻,而令引反居少数;其《鹤冲天》、《女冠子》、《定风波》、《卜算子》、《鹊桥仙》、《浪淘沙》、《抛球乐》、《集贤宾》、《应天长》、《长相思》、《望远行》、《洞仙歌》、《离别难》、《玉蝴蝶》、《临江仙》、《瑞鹧鸪》、《塞孤》等,皆以令变为慢,而音节绝异。即其集中同调之词,字句长短,亦极自由不齐,如《轮台子》二首,相差至二十七字;《凤归云》二首,相差至十七字;《满江红》、《鹤冲天》、《洞仙歌》、《瑞鹧鸪》等,亦各相差二三字;至《倾杯》一调,竟因宫调之异,七首各不同。万氏《词律》仅谓"柳集最讹,莫可订正,只有阙疑",岂知其增损之间,主乎乐律,固不必字栉句比,如后人之墨守成格,不敢舛毫发也。其词略曰:

缭墙重院,时闻有啼莺到。绣被掩余寒,画幕明新晓。朱槛连空阔,飞絮无多少。径莎平,池水渺。日长风静,花影闲相照。尘香拂马,逢谢女城南道。秀艳过施粉,多媚出轻笑。斗色鲜衣薄,碾玉双蝉小。叹难偶,春过了。琵琶流怨,都入相思调。(张先《谢池春慢·玉仙观道中逢谢媚卿》)

晓云开。睨仙馆陵虚,步入蓬莱。玉宇琼甃,对青林近,归鸟徘徊。风月顿消清暑,野色对江山助诗才。箫鼓宴,璇题宝字,浮动持杯。　人多送目天际,识渡舟帆小,时见潮回。故国千里,共十万室,日日春台。睢社朝京非远,正和羹民口渴盐梅。佳景在,吴侬还望,分阃重来。(张先《喜朝天·清暑堂赠蔡君谟》)

断云残雨,洒微凉生轩户。动清籁萧萧庭树。银河浓淡,华星明灭,轻云时度。莎阶寂静无睹。幽蛩切切秋吟苦。疏篁一径,流萤几点,飞来又去。　对月临风,空恁无眠耿耿,暗想旧日牵情处。绮罗丛里有人人,那回饮散,略曾谐鸳侣。因循忍便睽阻。相思不得长相聚。好天良夜,无端惹起,千愁万绪。(柳永《女冠子》)

一枕清宵好梦,可惜被邻鸡唤觉。匆匆策马登途,满目淡烟衰草。前驱风触鸣珂，过霜林渐觉惊栖鸟。冒征尘远，况自古凄凉长安道。行行又历孤村，楚天阔，望中未晓。　　念劳生，惜芳年壮岁，离多欢少。断梗难停，暮云渐杳。但黯黯魂消，寸肠凭谁表。恁驰驱何时是了。又争似却返瑶京，重买千金笑。（柳永《轮台子》）

雾敛澄江，烟消蓝光碧。彤霞衬遥天掩映，断续半空残月。孤村望处人寂寞，闻钓叟甚处，一声羌笛。九疑山畔才雨过，斑竹作血痕添色。感行客，翻思故国。恨因循阻隔，路久沉消息。　　正老松枯柏情如织。闻野猿啼愁听得。见钓舟初出，芙蓉渡头，鸳鸯滩侧。干名利禄终无益。念岁岁间阻，迢迢紫陌。翠娥娇艳，从别后经今，花开柳坼。伤魂魄。利名牵役，又争忍把光景抛掷。（柳永《轮台子》）

张柳略后之著名词家，是为苏轼、秦观、黄庭坚、贺铸。《东坡词》中，除常见慢词外，如《戚氏》、《哨遍》皆特别长调，《戚氏》见《乐章集》中，《哨遍》则东坡有二首，疑是自度腔；又《无愁可解》，乃反花日新所作《越调解愁》；《贺新凉》，乃为营妓秀兰作以侑觞；《醉翁操》，乃补崔闲琴曲之词；按小序语意，均自度腔也。《淮海词》律调谨严，《梦扬州》、《青门饮》乃其自度；其《鼓笛慢》一首，词谱谓是添字《水龙吟》，并摊破句法，而东坡梦扁舟望栖霞《水龙吟》注云"盖越调《鼓笛慢》"，此与晁补之之《消息》即越调《永遇乐》，姜夔之《湘月》即《念奴娇》之鬲指声，同属过腔而异名也。《山谷词》中多俳体，其《沁园春》十三首，法秀所诃为"我法当入犁舌狱"者，今集中仅传一首；又有《忆东坡》为自度慢词，集中亦不载，但王之道《相山居士》词中，有追和黄鲁直《忆东坡》二首，皆步原韵；《草堂》载《瑞鹤仙》，檃括《醉翁亭记》用独木桥体，通首悉也字韵，亦本集所无，盖黄词失传多矣。《东山词》好用旧调题新名，其中创调最多，如《薄倖》、《兀令》、《玉京秋》、《蕙清风》、《定情曲》、《拥鼻吟》、《石州引》、《望湘人》、《梅香慢》、《菱花怨》、《马家春慢》等，他家所无，殆皆自度；如《六州歌头》、《水调歌头》之用平仄通叶，如《尉迟杯》等之添叶多韵，则因旧调创新声也；他如《楼下柳》之为平韵《天香》，或为所翻谱；《望扬州》之为《长相思慢》，今误入《淮海词》；《更漏子》之慢词，可正杜安世《寿域词》之失。以上皆此期之慢词作家也。其词略曰：

光景百年，看便一世，生来不识愁味。问愁何处来，更开解个甚底。万事从来风过耳。何用不着心里。你唤做展却眉头，便是达者，也则恐未。　　此理本不通言，何曾道欢游胜如名利。道即浑是错，不道如何即是。这里元无我与你。便唤做物情之外。若须待醉了方开解时，问无酒怎生醉。（苏轼《无愁可解》）

晚云收。正柳塘烟雨初休。燕子未归。恻恻轻寒如秋。小阑干外东风软，透绣帏花密香稠。江南远，人何处，鹧鸪啼破春愁。　　长记曾陪燕游。酬妙舞清歌，丽锦缠头。殢酒困花，十载因谁淹留。醉鞭拂面归来晚，望翠楼帘卷金钩。佳会阻，离情正乱，频梦扬州。（秦观《梦扬州》）

环滁皆山也。望蔚然深秀，瑯琊山也。山行六七里，有翼然泉上，醉翁亭也。翁之乐也，得之心寓之酒也。更野芳佳木，风高日出，景无穷也。　　游也，山肴野蔌，酒洌泉香，沸觥筹也。太守醉也，喧哗众宾欢也。况宴欢之乐，非丝非竹，太守乐其乐也。问当时太守为谁，醉翁是也。（黄庭坚《瑞鹤仙·檃括醉翁亭记》）

艳真多态，更的的频回眄睐。便认得琴心相许，与写宜男双带。记画堂斜月朦胧，轻颦微笑娇无奈。便翡翠屏开，芙蓉帐掩，与把香罗偷解。　　自过了收灯后，都不见踏青挑菜。几回凭双燕，丁宁深意，往来却恨重帘碍。约何时再。正春浓酒暖，人间昼永无聊赖。厌厌睡起，犹有花梢日在。（贺铸《薄倖》）

南国本潇洒，六代浸豪奢。台城游冶，襞笺能赋属宫娃。云观登临清夏，璧月留连长夜，吟醉送年华。回首飞鸳瓦，却羡井中蛙。　　访乌衣，成白社，不容车。旧时王谢，堂前双燕过谁家。楼外河横斗挂，淮上潮平霜下，樯影落寒沙。商女篷窗罅，犹唱《后庭花》。（贺铸《水调歌头》）

慢词之途，既恢于柳，继而有作者，则为周邦彦。徽宗朝，置大晟府，而以邦彦提举其事。《大晟》者，崇宁四年所造新乐之名，设大司乐一员，曲乐二员，并为长贰，大乐令一员，协律郎四员，又有制撰官，当时充选者多属名流。其可考者，如晁端礼为协律郎，万俟雅言，田为等为制撰宫，即教坊大使丁仙现，亦有《绛都春》词流传，并能纠正大乐补徵调之失。是时旧曲存者千数，相与讨论古音，审定古调；邦彦又增衍慢曲引近，或移宫换羽，为三犯四犯之曲，按月令为之，其曲遂繁。今观《清真词》中，慢引近犯甚多：称慢者如《拜星月慢》、《浪淘沙慢》、《浣溪沙慢》、《粉蝶儿慢》、《长相思慢》；称引者如《华胥引》、《蕙兰芳引》；称近者如《早梅芳近》、《隔浦莲近》、《荔支香近》、《红林擒近》；称犯者如《侧犯》、《倒犯》、《花犯》、《玲珑四犯》等。其调时与柳氏相出入，但其下字用韵，皆有法度，较柳集为严整耳。盖柳为坊曲自悦之乐，故调可参差；周为乐府法定之官，故律宜精密。然北宋词调之演进，得二子而先后齐功矣。其词略曰：

夜色催更，清尘收露，小曲幽坊月暗。竹槛灯窗，识秋娘庭院。笑相遇，似觉琼枝玉树相倚，暖日明霞光烂。水眄兰情，总平生稀见。　　画图中旧识春风面。谁知道自到瑶台畔。眷恋雨润云温，苦惊风吹散。念荒寒寄宿无人馆。重门闭败壁秋虫叹。怎奈一缕相思，隔溪山不断。（周邦彦《拜星月慢》）

川原澄映，烟月冥蒙，去舟似叶。岸足沙平，蒲根水冷留雁唼。别有孤角吟秋，对晓风鸣轧。红日三竿，醉头扶起还怯。　　离思相萦，渐看看鬓丝堪镊。舞衫歌扇，何人轻怜细阅。点检从前恩爱，凤笺盈箧。愁剪灯花，夜来和泪双叠。（周邦彦《华胥引》）

花竹深，房栊好。夜阒无人到。隔窗寒雨，向壁孤灯弄余照。泪多罗袖重，意密莺声小。正魂惊梦怯，门外已知晓。去难留，话未了。早促登长道。风披宿雾，露洗初阳射林表。乱愁迷远览，苦语萦怀抱。漫回头，更堪归路杳。（周邦彦《早梅芳近》）

暮霞霁雨，小莲出水红妆靓。风定。看步袜江妃照明境。飞萤暗草，秉烛游花径。人静。携艳质追凉就槐影。金环皓腕，雪

藕清泉莹。谁念省满身香，犹是旧荀令。见说明姬，酒罅寂静。烟锁漠漠，藻池香井。（周邦彦《侧犯》）

晁端礼，字次膺，其先澶州清丰人，徙家彭门，冲之、补之，皆其侄，熙宁六年进士，两为县令，忤上官坐废，以蔡京荐，为大晟府协律郎。叶梦得《避暑录话》云："崇宁初，蔡京以大乐无徵调，欲补其阙，教坊大使丁仙现云，'音已久亡，不宜妄作'；京不听，使他工为之，有《徵招》、《角招》，及《黄河清》、《寿星明》之类。京大喜，召众工按试，使仙现听之，曲阕，问'何如？'仙现曰，'曲甚好，只是落韵'。"案落韵者，末音寄煞他调是也。近双照楼影宋本《闲斋琴趣外篇》，有《黄河清慢》、《寿星明》、《并蒂芙蓉》等，即所补徵调曲也；此外如《百宝妆》、《金人捧露盘》、《玉楼宴》、《上林春慢》、《庆寿光》、《黄鹂绕碧树》、《舜韶新》、《脱银袍》等，皆其自创慢词而他集所无者也。其词略曰：

晴景初升风细细。云收天淡如洗。望外凤皇双阙，葱葱佳气。朝罢香烟满袖，侍臣报天颜有喜。夜来连得封章，奏大河澈底清泚。　君王寿与天齐，馨香动上穹，频降嘉瑞。大晟奏功，六乐初调角徵。合殿熏风乍转，万花覆千官尽醉。内家传诏，重开宴未央宫里。（晁端礼《黄河清慢》）

按姜夔《徵招序》："《徵招》《角招》者，政和间大晟府尝制数十曲，音节驳矣。唐田畸《声律要诀》云：'徵与二变之调，咸非流美，故自古少徵调曲。'徵为去母调，以黄钟为母，不用黄钟乃谐。……然黄钟以林钟为徵，住声于林钟。若不用黄钟声，便自成林钟宫矣。故大晟府徵调兼母声，一句似黄钟均，一句似林钟均，所以当时有落韵之语。"白石所作《徵招》，自云："因旧曲正宫《齐天乐慢》，前两拍是徵调；故足成之。虽兼用母声；较大晟曲为无病"云。张文虎云："《黄河清慢》，与《徵招》句调亦略近，姜实蓝本旧腔。"据此，则《黄河清慢》即《徵招》耳。

万俟咏，字雅言，自号词隐，有《大声集》，今不传；选家所录，有《春草碧》、《三台》、《恋芳春慢》、《安平乐慢》、《卓牌儿钿带长中腔》等，殆皆自制之调。田为，字不伐，黄升云："制撰官凡七，田亦供职大乐，众谓得人。"词集不传；见于选本者，有《江神子慢》、《惜黄花慢》、《探春》等词。当时曾官乐府者，前乎此，有教坊使袁绹之解《六丑》，为合六调之声美者而成，而自作亦有《五彩结同心》之侧调焉；后乎此，则政和初罢大晟府，并于太常，徐伸以知音律为大常典乐，亦有《转调二郎神》，见称一时；其《青山乐府》，虽颇蒙尘杂之讥，亦未易才也。又如乐工花日新之作《越调解愁》，亦有类也。其词略曰：

又随芳渚生，看翠霁连空，愁遍征路。东风里，谁望断西塞，恨迷南浦。天涯地角，意不尽消沉万古。曾是送别长亭上，细绿暗烟雨。　　何处，乱红铺绣茵，有醉眠荡子，拾翠游女。王孙远，柳外共残照，断云无语。池塘梦醒，诸公后还能继否：独上台楼，春山暝雁飞去。（万俟咏《春草碧》）

玉台挂秋月。铅素浅，梅花传香雪。冰姿洁。金莲衬，小小凌波罗袜。雨初歇。楼外孤鸿声渐远，远山外，行人音信绝。此恨对语犹难，那堪更寄书说。　　教人红销翠减，觉衣宽金缕，都为轻别。太情切。销魂处，画角黄昏时节。声呜咽。落尽庭花春去也，银蟾回，无情圆又缺。恨伊不似余香，惹鸳鸯结。（田为《江神子慢》）

闷来弹鹊，又搅碎一帘花影。漫试着春衫，还思纤手，熏彻金猊烬冷。动是愁端如何向，但怪得新来多病。嗟旧日沈腰，如今潘鬓，怎堪临镜。　　重省。别时泪渍，罗襟犹凝。料为我厌厌，日高慵起，长托春酲未醒。雁足不来，马蹄人去，门掩一庭芳景。空伫立，尽日阑干倚遍，昼长人静。（徐伸《转调二郎神》）

其当时士大夫，虽不官乐府，而常创新调者，如杜安世，京兆人，有《寿域词》，其中《合欢带》、《杜韦娘》、《采明珠》，皆自度曲。刘几，字伯寿，官秘书监，神宗时与范蜀公重定大乐；其所制调，有《花发状元红慢》，《梅苑》有《梅花》三曲，以介甫三诗度曲，调各不同，皆自制也。又如曹勋，字功显，阳翟人，一慢词大作家也，以进士甲科，于靖康中除武义大夫，后随徽宗北迁，旋遁归；建炎初至南京。建议募死士奉徽宗归，为执政所格，九年不用；今观其《松隐乐府》中，慢词极多，如《大椿》、《保寿乐》、《赏松菊》、《松梢月》、《隔帘花》、《忆吹箫》、《秋蕊香》、《十六贤》、《杏花天》、《蜀溪春》、《倚楼人》、《夹竹桃花》、《峭寒轻》、《二色莲》、《八音谐》、《清风满桂楼》、《雁侵云慢》、《索酒》、《锦标归》、《六花飞》、《四槛花》等调，皆诸家所无；即通行各调如《水龙吟》、《透碧霄》、《国香慢》等，亦多有异；而《八音谐》犯八调而成，《十六贤》集十六调而成，尤为后来南曲集曲之滥觞。惜其书晚出，故朱氏《词综》、万氏《词律》，皆未收入耳。其词略曰：

楼台高下冷玲珑。斗芳树，绿阴浓。芍药孤栖香艳晚，见樱桃万颗初红。巢喧乳燕，珠帘镂曳，满户香风。罩纱帏象床屏枕，昼眠才似朦胧。　　起来无语更兼慵。念分明事成空。被你厌厌牵系我，怪纤腰绣带宽松。春来早是，风飞雨处，长恨西东。玉如今扇移明月，簟铺寒浪与谁同。（杜安世《合欢带》）

三春向暮，万卉成阴，有嘉艳方坼。娇姿嫩质。冠群品，共赏倾城倾国。上苑晴昼暄，千素万红尤奇特。绮筵开，会咏歌才子，压倒元白。　　别有芳幽苞小，步障华丝，绮轩油壁。与紫鸳鸯，素蛱蝶，自清旦往往连夕。巧莺喧翠管，娇燕语雕梁留客，武陵人，念梦役意浓，堪遣情溺。（刘几《花发状元红慢》）

宿雨初晴，花艳迎阳，槛前如绣如绮。向晓峭寒轻，窣真珠十二。正朝曦桃杏暖，透影帘栊烘春霁。似暂隔祥烟香雾，朝仙侣庭际。　　更值迟迟丽日，且休约寻芳，与开瑶席。未拟上金钩，尽围红遮翠。命佳名，坤殿喜。为写新声传新意。待向晚迎香，临月须卷起。（曹勋《隔帘花》）

北宋词较之五代，有三胜焉：一、慢词繁重，音节纡徐，调胜也；二、局势开张，便于抒写，气胜也；三、兼具刚柔，不偏姿媚，品胜也。唐词初率单调，后增为双叠，及五代犹然。北宋则如柳之《戚氏》、《十二时》、《夜半乐》，周之《西河》、《瑞龙吟》、《兰陵王》，已三叠矣；及《莺啼序》出，则又为四叠，铺张排比，俨然赋也。故东坡可逞议论，东堂可贡谀词，《乐章》倾绵邈之情，《清真》尽物态之妙，以视五代之纤巧，不远过耶？然涓涓之为江河，功固不可没也。

（三）南宋词之极盛

南渡建都江左，湖山明秀，风物清淳，文学之美，殆与表里。是时慢词大作，名家众多。如向子諲、朱敦儒、康与之、李邴等，皆负时誉。又如陆游、范成大、陈与义、张孝祥等，皆以诗人工词。叶梦得、张元干、辛弃疾、韩无咎等，或重气骨，或饶情韵，所作并裒然可观。若夫深通音律辨析体制，足以垂范于世者，首推姜夔。夔精音律，尝献《大乐议》、《琴书》，纠大晟府之病。今观《白石道人歌曲》中，《琴曲》则著指法，《越九歌》则著律吕；今慢数首及自度曲、自制曲，则著旁谱宫调，为词家所绝无仅有。自度曲有《扬州慢》、《长亭怨慢》、《淡黄柳》、《石湖仙》、《暗香》、《疏影》、《惜红衣》、《角招》、《徵招》；自制曲有《秋宵吟》、《凄凉犯》、《翠楼吟》、《湘月》；令慢旧调著谱者，有《鬲溪梅令》、《杏花天》、《醉吟商小品》、《玉梅令》、《霓裳中序第一》。其小序中附论音律处，每多精到；尤以《琴曲》下之论侧商调，《徵招》下之论徵调去母声，及《凄凉犯》下之驳唐人论犯之说，至为典核。余如《满江红》，谓旧调用仄韵多不协律，而改为平韵，《念奴娇》之鬲指声，吹以双调，即为《湘月》，审别毫厘，非精于乐律者不办。至其旁谱诸字，与张炎《词源》及朱子《大全集》中字样小异，盖即半字之谱，其法以合（ㄙ），下四四（マ），下一一（一），上（乙），勾（ㄥ），尺（人），下工工（フ），下凡以凡（ル），配十二律，以六（夂），下五五（ㄋ），高五（ㄋ），配四清声，凡十六声。（今人度曲以上尺工六五配五声，以一凡配二变，而各有低声高声，凡二十一声，然不尽用，以之配字，各有条理，故即依旁谱歌姜词，亦必不能相合。据张文虎《舒艺室余笔》。）夔于庆元三年上《大乐议》，其言最精，略谓："绍兴大乐，用大晟所造三钟三磬，未必相应；埙有大小，箫篪笛有长短，笙竽之簧有厚薄，未必能合度；琴瑟弦有缓急，燥湿，轸有旋复，柱有进退，未必能合调。总众音言之，金欲应石，石欲应丝，丝欲应竹，竹欲应匏，匏欲应土；而四金之音，又欲应黄钟，不知其果应否。乐曲知以七律为一调，而未知度曲之义；知以一律配一字，而未知永言之旨。七音之协四声，各有自然之理；今以平入配重浊，以上去配轻清，奏之不谐协。”其语至为扼要。又作《琴瑟考古图》，又上《圣宋铙歌鼓吹曲》十四首，并议宋所用《鼓吹导引》、《十二时》、《歌头》三篇，皆用羽调，音节悲促，五礼殊情，乐不异曲，义理未究，乞诏有司考定。书奏，诏付有司收掌，令太常寺与议；当世嫉其能，不获尽其议。同时惟待制朱熹，尝叹夔深于礼乐，然终无所遇。朱彝尊谓“词至南宋始极其工尽其变”，且以白石为正宗，而以张辑、史达祖、卢祖皋、吴文英、蒋捷、周密、王沂孙、张炎、陈允平等，皆宗夔而各得其一体。诸家得失，俟后篇论之。今略录《白石旁谱》及《序论》：

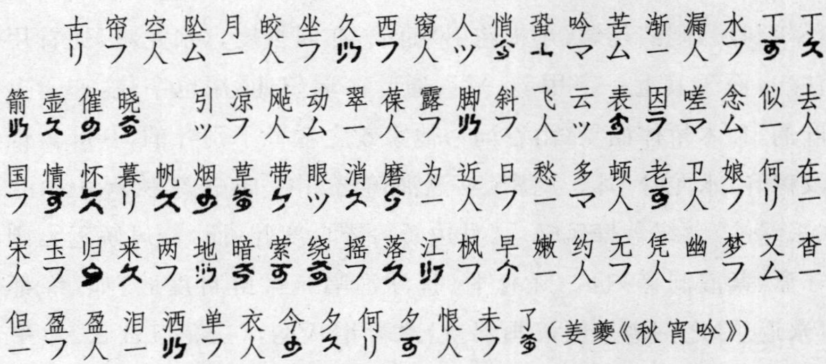

（姜夔《秋宵吟》）

琴七弦，散声具宫商角徵羽者为正弄，慢角清商宫调，慢宫黄钟调是也。加变宫变徵为散声者曰侧弄、侧楚、侧蜀、侧商是也。侧商之调久亡，唐人诗云：“侧商调里唱《伊州》”，予以此语寻之，《伊州》大食调，黄钟律法之商，乃以慢角转弦，取变宫变徵散声。此调甚流美也。盖慢角乃黄钟之正，侧商乃黄钟之侧，它言侧者同此，然非三代之声，乃汉燕乐尔。（姜夔《琴曲侧商调序》）

凡曲言犯者，谓以宫犯商，商犯宫之类。如道调宫上字住，双调亦上字住，所住字同，故道调曲中犯双调，或于双调曲中犯道调，其他准此。唐人《乐书》云：“犯有正旁偏侧，宫犯宫为正，宫犯商为旁，宫犯角为偏，宫犯羽为侧”，此说非也。十二宫所住字各

不同，不容相犯，十二宫特可犯商角羽耳。（姜夔《凄凉犯序》）

张辑受诗法于白石，其词名《东泽绮语债》及《清江渔谱》，虽无自度，而好倚旧腔，别立新名，传词亦不多。史达祖《梅溪词》中，如《寿楼春》、《玉簟凉》、《月当厅》、《湘江静》、《换巢鸾凤凰》等，当为自度腔。卢祖皋《蒲江词》中，《锦园春三犯》，又名《月城春》，即刘过《龙洲词》之《四犯剪梅花》，又名《辘轳金井》者，其调两用《醉蓬莱》，合《解连环》、《雪狮儿》而成，故称三犯，又曰四犯也。吴文英《梦窗词》中，自《西子妆慢》以下《江南春》、《梦芙蓉》、《高山流水》、《霜花腴》、《澡兰香》、《玉京谣》、《探芳新》八调，皆自度腔；《秋思》则采琴曲入词；《暗香疏影》，则合白石二调为一；《惜秋华》疑亦自度；《江南好》与《满庭芳》同，疑亦过腔鬲指之类，《梦行云》则大曲《六幺花十八》之摘遍耳；又本集所未载，而见于《铁网珊瑚》之《古香慢》，亦自度腔也。蒋捷《竹山》词中，如《翠羽吟》，则演越调《小梅花引》而成，亦属自度；《水龙吟》通首用些字住句，而于其上一字用韵，平仄通叶；《瑞鹤仙》用也字住，亦于上一字叶韵，独木桥体始见《山谷词》，他家效之者皆不别叶韵，其叶者惟竹山及稼轩《水龙吟》耳。周密《苹洲渔笛谱》中，如《玉京秋》（与《东山》异）、《采绿吟》、《绿盖舞风轻》、《月边娇》，皆自度腔；而《倚风娇近》，则填杨守斋《紫霞洞谱》也。陈允平《日湖渔唱》，虽鲜自度腔，如《绛都春》、《永遇乐》之翻谱平韵，《画锦堂》之翻谱仄韵，《三犯渡江云》本平韵间一仄叶，而有全平全仄各一首，非通声律不能为也。此外如王质《雪山词》之《无月不登楼》、《别素质》、《风时春》、《红窗怨》，冯艾子之《春风袅娜》、《春云怨》、《云仙引》，皆自度曲之较多者也。其词略曰：

裁春衫寻芳。记金刀素手，同在晴窗。几度因风残絮，照花斜阳。谁念我，今无裳。自少年消磨疏狂。但听雨挑灯，攲床病酒，多梦睡时妆。　　飞花去，良宵长。有丝阑旧曲，金谱新腔。最恨湘云人散，楚兰魂伤。身是客，愁为乡。算玉箫犹逢韦郎。近寒食人家，相思未忘。苹藻香。（史达祖《寿楼春·寻春服感念》）

醉痕潮玉，爱柔英未吐，露丛如簇。解连环 绝艳矜春，分流芳金谷。醉蓬莱 风梳雨沐。耿空抱夜阑清淑。雪狮儿 杜老情疏，黄州赋冷，谁怜幽独。醉蓬莱 玉环睡醒未足。记传榆试火，高照宫烛。解连环 锦幄风翻，渺春容难续。醉蓬莱 迷红怨绿。漫惟有旧愁相触。雪狮儿 一舸东游，何时更约，西飞鸿鹄。（卢祖皋《锦园春三犯·赋海棠》）

翠眉重拂，后房深，自唤小蛮娇小。绣带罗垂，报浓妆才了。堂虚夜悄。但依约鼓箫声闹。一曲梅花，清尊舞彻，梨花新调。　　高阳醉山未倒。看鞋飞凤翼，钗褪微溜。秋满东湖，更西风凉早。桃源路杳。记流水泛舟曾到。桂子香浓，梧桐影转，月寒天晓。（刘过《辘轳金井·席上赠马佥判舞姬》）

流水麴尘，艳阳酷酒，画舸游情如雾。笑拈芳草不知名，乍凌波断桥西堍。垂杨漫舞。总不解将春系住。燕归来，问彩绳纤手，如今何许。　　欢盟误。一箭流光，又趁寒食去。不堪衰鬓与飞花，傍绿阴冷烟深树。玄都秀句。记前度刘郎曾赋。最伤心，一片孤山细雨。（吴文英《西子妆慢·湖上清明薄游》）

绀露浓映素空。楼观峭玲珑。粉冻霁英，冷光摇荡古青松。半规黄昏淡澹，梅气山影溟蒙。有丽人步依修竹，萧然态若游龙。　　绡袂微皱水溶溶。仙茎清瀣，净洗斜红。劝我浮香桂酒，环佩暗解，声飞芳霭中。弄春弱柳，垂丝慢按，翠舞娇童。醉不知何处，惊剪剪凄紧霜风。梦醒寻痕访踪。但留残星挂穹。梅花未老，翠羽双吟，一片晓峰。（蒋捷《翠羽吟·演越调小梅花引》）

烟水阔。高林弄残照，晚蜩凄切。碧砧度韵，银床飘叶。衣湿桐阴露冷，采凉花时赋秋雪。难轻别。一襟幽事，砌蛩能说。　　客思吟商还怯。怨歌长，琼壶暗缺。翠扇恩疏，红衣香褪，翻成消歇。玉骨西风，恨最恨，闲却新凉时节。楚箫咽。谁倚西楼澹月。（周密《玉京秋·长安独客又见西风素月丹枫凄然其为秋也因调夹钟羽一解》）

风流三径远，此君淡薄，谁与伴清足。岁寒人自得，傍石锄云，闲里种苍玉。琅玕翠立，爱细雨疏烟初沐。春昼长秋声不断，洗红尘凡俗。　　高独。虚心共许，淡节相期，几人间棋局。堪爱处月明琴院，雪晴书屋。心盟更许青松结，笑四时梅矾兰菊。庭砌晓，东风旋添新绿。（陈允平《三犯渡江云·旧平声今改入声为竹友谢少保寿》）

池塘生春草，梦中共水仙相识。细拨冰绡，低沉玉骨，搅动一池寒碧。吹尽杨花，糁毡消白。却有青钱，点点如积。渐成翠亭亭如立。汉女江妃入。奁室擘破，靓妆拥出。夜月明前，夕阳敧后，清妙世间标格。中贮琼瑶汁。才嚼破露飞霜泣。何益。未转眼度秋风，成陈迹。（王质《无月不登楼·种花》）

被梁间双燕，话尽春愁。朝粉谢，午花柔。倚红阑故与，蝶围蜂绕，柳绵无数，飞上梢头。凤管声圆，蚕房香暖，笑挽罗衫须少留。隔院兰馨趁风远，邻墙桃影伴烟收。　　些子风情未减，眉头眼尾，万千事欲说还休。蔷薇刺，牡丹球，殷勤记省，前度绸缪。梦里飞红，觉来无觅，望中新绿，别后空稠。相思难偶，叹无情明月，今年已是，三度如钩。（冯艾子《春风袅娜》）

（四）两宋词流类纪

有宋词流之盛，多由于君上之提倡。北宋则太宗为词曲第一作家；真、仁、神三宗俱晓声律；徽宗之词尤擅胜场，即所传十余篇，固已无愧作者。至若韩缜北使西夏，以离筵作芳草《凤箫吟》一词，神宗忽中批步兵司遣兵为搬家追送，而出疆使节，得以爱妾追随；宋祁以繁台街《鹧鸪天》一词，而蓬山不远，遂拜内人之赐；蔡挺以《喜迁莺》一词，而有枢管之命；苏轼以《水调歌头》一词，而获爱君之叹；至周邦彦以《兰陵王》一词，而追回为徽猷阁待制，则事所或有也。其一时将相风流名胜，如吕申公眷眷于陈尧佐之《踏莎行》；聂冠卿以《多丽》一词，名满中外；范周以《宝鼎现》一词，吴守贶以美酒五百壶，而“夕阳西下”传遍红牙；柳永以《望海潮》一词，孙何以千金厚贶，而“荷花桂子”传唱虏廷。南渡以后，流风未泯。高宗能词，有《舞杨花》自制曲，廖莹中《江行杂录》谓光尧《渔歌子》十五章，备骚雅之体，虽老于江湖者不能企及；又复刻意提倡，奖掖词才，康与之、张抡、吴琚之伦，皆以词受知，赏赉甚厚；而其改俞国宝《风入松》之末句，识林外《洞仙歌》之用闽音，尤具卓解。孝、光、宁三宗虽鲜流传，而歌舞湖山，其游赏进御各词，至今犹有清响。则两宋词流之众，非啻一时风会已也。其词略曰：

宫梅粉淡，岸柳金匀，皇州乍庆春回。凤阙端门，棚山彩建蓬莱。沉沉洞天向晚，宝舆还，花满钧台。轻烟里，谁将金莲，陆地齐开。　　触处笙歌鼎沸，香鞯趁，雕轮隐隐轻雷。万家罗幕，千步锦绣相挨。银蟾皓月如昼，共乘欢争忍归来。疏钟断，听行歌犹在禁街。（宋徽宗《声声慢》）

锁离愁，连绵无际，来时陌上初熏。绣帏人念远，暗垂珠露，泣送征轮。长行长在眼，更重重远水孤村。但望极楼高尽日，目断王孙。　　销魂。池塘从别后，曾行处，绿妒轻裙。恁时携素手，乱花飞絮里，缓步香茵。朱颜空自改，向年年芳意长新。遍绿野嬉游醉眼，莫负青春。（韩缜《凤箫吟·芳草》）

画毂凋鞍狭路逢。一声肠断绣帘中。身无彩凤双飞翼，心有灵犀一点通。　　金作屋，玉为笼。车如流水马游龙。刘郎已恨蓬山远，更隔蓬山几万重。（宋祁《鹧鸪天》）

霜天秋晓。正紫塞故垒，黄云衰草。汉马嘶风，边鸿叫月，陇上铁衣寒早。剑歌骑曲悲壮，尽道君恩须报。塞垣乐，尽櫜鞬锦带，山西年少。　　谈笑。刁斗尽，烽火一把，时送平安耗。圣主忧边，威怀遐远，骄寇尚宽天讨。岁华向晚愁思，谁念玉关人老。太平也，且欢娱莫惜，金尊倾倒。（蔡挺《喜迁莺》）

明月几时有，把酒问青天。不知天上宫阙，今夕是何年。我欲乘风归去，又恐琼楼玉宇，高处不胜寒。起舞弄清影，何似在人间。　　转朱阁，低绮户，照无眠。不应有恨，何事长向别时圆。人有悲欢离合，月有阴晴圆缺，此事古难全。但愿人长久，千里共

婵娟。(苏轼《水调歌头·丙辰中秋欢饮达旦大醉作此篇兼怀子由》)

柳阴直。烟里丝丝弄碧。隋堤上曾见几番，拂水飘绵送行色。登临望故国。谁识。京华倦客。长亭路，年去岁来，应折柔条过千尺。　闲寻旧踪迹。又酒趁哀弦，灯照离席。梨花榆火催寒食。愁一箭风快，半篙波暖，回头迢递便数驿。望人在天北。　凄恻。恨堆积。渐别浦萦回，津堠岑寂。斜阳冉冉春无极。念月榭携手，露桥闻笛。沉思前事，似梦里，泪暗滴。(周邦彦《兰陵王》)

二社良辰，千家庭院。翩翩又睹双飞燕。凤皇巢稳许为邻，潇湘烟暝来何晚。　乱入红楼，低飞绿岸。画梁轻拂歌尘转。为谁归去为谁来，主人恩重珠帘卷。(陈尧佐《踏莎行》)

夕阳西下，暮霭红溢；香风罗绮。乘夜景华灯争放，浓焰烧空连锦砌。睹皓月，浸严城如昼，花影寒笼绛蕊。渐掩映芙蕖万顷，迤逦齐开秋水。　太守无限行歌意。拥麾幢光动珠翠。倾万井歌台舞榭，瞻望朱轮骈鼓吹。控宝马，耀貔貅千骑。银烛交光数里。似乱簇寒星万点，拥入蓬壶影里。　来伴宴阁多才，环艳粉，瑶簪珠履。恐看看丹诏归春，伴宸游燕侍。便趁早占通宵醉。莫放笙歌起。任画角吹彻寒梅，月满西楼十二。(范周《宝鼎现》)

东南形胜，江湖都会，钱塘自古繁华。烟柳画桥，风帘翠幕，参差十万人家。云树绕堤沙。怒涛卷霜雪，天堑无涯。市列珠玑，户盈罗绮竞豪奢。　重湖叠巘清佳。有三秋桂子，十里荷花。羌管弄晴，菱歌泛夜，嬉嬉钓叟莲娃。千骑拥高牙。乘醉听箫鼓，吟赏烟霞。异日图将好景，归去凤池夸。(柳永《望海潮》)

水涵微雨湛虚明。小笠青蓑未要晴。明鉴里，縠纹生。白鹭飞来空外声。(宋高宗《渔父词》)

瑞烟浮禁苑。正绛阙春回，新正方半。冰轮桂华满。溢花衢歌市，芙蓉开遍。龙楼两观。见银烛星球有烂。卷珠帘尽日笙歌，盛集宝钗金钏。　堪羡。绮罗丛里，兰麝香中，正宜游玩。

风柔夜暖。花影乱，笑声喧。闹蛾儿满路成团打块，簇着冠儿斗转。喜皇都旧日风光，太平再见。（康与之《瑞鹤仙·上元应制》）

柳色初匀。轻寒似水，纤雨如尘。一阵东风，縠纹微皱，碧水粼粼。　仙娥花月精神。奏凤管鸾丝斗新。万岁声中，九霞杯里，长醉芳春。（张抡《柳梢青·侍宴》）

玉虹遥挂，望青山隐隐，有如一抹。忽觉天风吹海立，好似春霆初发。白马凌空，琼鳌驾水，日夜朝天阙。飞龙舞凤，郁葱环拱吴越。　此景天下应无，东南形胜，伟观真奇绝。好是吴儿飞彩帜，蹴起一江秋雪。黄屋天临，水犀云拥，看击中流楫。晚来波静，海门飞上明月。（吴琚《酹江月·观潮应制》）

一春长费买花钱。日日醉湖边。玉骢惯识西湖路，骄嘶过沽酒楼前。红杏香中歌舞，绿杨影里秋千。　暖风十里丽人天。花压鬓云偏。画船载取春归去，余情付湖水湖烟。明日重扶残醉，来寻陌上花钿。（俞国宝《风入松》）

飞梁欹水，虹影澄清晓。橘里渔村半烟草。叹来今往古，物换人非，天地里，惟有江山不老。　雨巾风帽。四海谁知我。一剑横空几番过。按玉龙嘶未断，月冷波寒，归去也，林屋洞门无锁。认云屏烟障是吾庐，任满地苍苔，年年不扫。（林外《洞仙歌》）

宗室能词者：北宋则元祐以后如士暕、士宇、叔益、令畤、鱙之，皆有篇什闻于时，不具录；近属环卫中能词者尤多，如嗣濮王仲御，喜为长短句，有上元扈跸《瑶台第一层》词，具有承平景象。南宋则赵彦端，字德庄，有《介庵琴趣》，其《西湖谒金门》词，极为孝宗所赏；赵汝愚，字子直，其《题丰乐楼柳梢青》词，亦为湖山生色；至若赵鼎，字元镇，闻喜人，则中兴名相，其《得全居士词》，婉媚不减《花间》；赵孟坚，字子固，嘉兴人，则故国王孙，其《彝斋诗余》，风味颇近北宋。其余作者，不下百十家也。各录一首：

嶰管声催。人报道嫦娥步月来。风灯鸾炬，寒轻帘箔，光浸楼台。万里正春未老，更帝乡日月蓬莱。从仙仗，看星河银界，绵绣天街。　　欢陪。千官万骑，九霄人在五云堆。赭袍光里，星球宛转，花影徘徊。未央宫漏永，散异香龙阙崔嵬。翠舆回。奏仙韶歌吹，宝殿尊罍。(赵仲御《瑶台第一层》)

休相忆。明日远如今日。楼外绿烟村幂幂。花飞如许急。　　柳岸晚来船集。波底夕阳红湿。送尽去云成独立。酒醒愁又入。(赵彦端《谒金门》)

水月光中，烟霞影里，涌出楼台。空外笙歌，人间笑语，身在蓬莱。　　天香暗逐风回。正十里荷花尽开。买个轻舟，山南游遍，山北还来。(赵汝愚《柳梢青》)

香冷金炉，梦回鸳帐，余香嫩。更无人问。一枕江南恨。　　消瘦休文，顿觉春衫褪。清明近。杏花吹尽。薄暮东风紧。(赵鼎《点绛唇》)

檐头看尽百花春。春事只三分。不似莺莺燕燕，相将红杏芳园。　　名缰易绊，征尘难浣，极目销魂。明日清明到也，柳条插向谁门。(赵孟坚《朝中措·客中感春》)

勋戚能词者：北宋则太宗时驸马李遵勖，字公武，有《滴滴金》、《忆汉月》词；神奈时驸马王诜，字晋卿，开封人，有《忆故人》、《黄莺儿》、《落梅风》、《踏青游》等词；向子諲，字伯恭，临江人，为钦圣宪肃皇后族侄，有《酒边词》，胡寅谓其"步趋苏堂而哜其胾"。南宋则杨缵，字继翁，号守斋，亦号紫霞翁，严陵人，为宁宗杨后兄次山之孙，度宗杨淑妃之父，通音律，有《紫霞洞谱》，又有《作词五要》，张炎《词源》备采之，其《被花恼》一词，自制曲也；又如张镃，字功甫，号约斋，张循王孙，有《玉照堂词》，今传本题《南湖诗余》；共族孙枢，字斗南，号寄闲，工词名世，仅传八首；枢子炎，字叔夏，号玉田生，有《山中白云词》八卷；其《词源》二卷，尤倚声家之科律也。(炎词详后论)各录一首：

帝城五夜宴游歇。残灯外，看残月。都来犹在醉乡中，听更漏初彻。　　行乐已成闲话说。如春梦，觉时节。大家同约探春

行，问甚花先发。（李遵勖《滴滴金》）

烛影摇红，向夜阑，乍酒醒心情懒。尊前谁为唱《阳关》，离恨天涯远。　　无奈云沉雨散。凭阑干东风泪眼。海棠开后，燕子来时，黄昏庭院。（王铣《忆故人》）

去年雪满长安树。望断扬州路。今年看雪在扬州。人在蓬莱深处若为愁。　　而今不恨伊相误。自恨来何暮。平山堂下旧嬉游。只有舞春杨柳自风流。（向子諲《虞美人》）

疏疏宿雨酿轻寒，帘幕静垂清晓。宝鸭微温睡烟少。檐声不动，春禽对语，梦怯频惊觉。欹珀枕，倚银床，半窗花影明东照。　　惆怅夜来风，生怕娇香混瑶草。披衣便起，小径回廊，处处都行到。正千红万紫竟芳妍，又还是年时被花恼。蓦忽地，省得而今双鬓老。（杨缵《被花恼》）

月洗高梧，露溥幽草，宝钗楼外秋深。土花沿翠，萤火坠墙阴。静听寒声断续，微韵转凄咽悲沉。争求侣，殷勤劝织，促破晓机心。　　儿时曾记得，呼灯灌穴，敛步随音。任满身花影，犹自追寻。携向画堂试斗，亭台小笼巧装金。今休说，从渠床下，凉夜听孤吟。（张镃《满庭芳·促织》）

卷帘人睡起。放燕子归来，商量春事。风光又能几。减芳菲都在卖花声里。吟边眼底。被嫩绿移红换紫。甚等闲半委东风，半委小溪流水。　　还是苔痕溅雨，竹影留云，待晴犹未。阑舟静舣。西湖上多少歌吹。粉蝶儿守定花心不去，湿重寻香两翅。怎知人一点新愁，寸心万里。（张枢《瑞鹤仙》）

显达能词者：北宋如晏殊、寇准、韩琦、宋祁、范仲淹、司马光、欧阳修、王安石等，姑俟后详。南宋如李纲，字伯纪，邵武人，官左仆射，有《梁溪词》；史浩，字直翁，鄞人，官右丞相枢密，有《鄮峰真隐词》，且工大曲；周必大，字子充，一字洪道，庐陵人，官左丞相，进益国公，有《平园近体乐府》；洪适，字景伯，鄱阳人，官右丞相，有《盘洲乐章》；京镗，字仲远，豫章人，官左丞相，有《松坡居士词》；吴潜，字毅夫，号履斋，宁国人，官左丞相，封庆国公，有《履斋诗余》；陈与义，字去非，号简斋，洛人，官参知政事，有《无住词》；张纲，字彦正，金坛人，亦官参知政事，有《华阳长短句》；丘密，字宗乡，江阴军人，官枢密，有《文定公词》；程大昌，字泰之，休宁人，官龙图阁直学士，有《文简公词》；皆甚著称。各录一首：

归去好，迂骑过江乡。茅店鸡声寒逗月，板桥人迹晓凝霜。一望楚天长。　　春信早，山路野梅香。映水酒帘斜飏日，隔林渔艇静鸣榔。杳杳下残阳。（李纲《忆江南·池阳道中》）

片帆初落甬勾东。碧湖空。满汀风。回首一川，银浪飐孤蓬。且驾两桡烟雨里，凭曲槛，浥空蒙。　　闲移拄杖上晴峰。莫匆匆。伴冥鸿。笑指家山，苹叶藕花中。脚力倦时呼小艇，归棹隐，月朦胧。（史浩《江城子》）

秋夜乘槎，客星容到天孙渚。眼波微注。将谓牵牛渡。　　见了还非，重理《霓裳舞》。虽无误。几年一遇。莫讶周郎顾。（周必大《点绛唇·赠歌者小琼》）

整顿春衫欲跨鞍。一杯少属入开颜。愁蛾不似旧时弯。　　未见两星添柳宿，忍教三叠唱《阳关》。相思空望会稽山。（洪适《浣溪沙·饯范子芬》）

锦里先生，草堂筑浣花溪上。料饱看阶前雀食，篱边渔网。跨鹤骑鲸归去后，桥西潭北留佳赏。况依然一曲抱村流，江痕涨。　　鱼龙戏，相浩荡。禽鸟乐，增舒畅。更绮罗十里，棹歌来往。上坐英贤今李郭，邦人应作仙舟想。澹澹乎落日未西时，船休放。（京镗《满江红·浣花溪赋》）

柳带榆钱，又还过清明寒食。天一笑满园罗绮，满城箫笛。花树得晴红欲染，远山过雨青如滴。问江南池馆有谁来，江南客。　　乌衣巷，今犹昔。乌衣事，今难觅。但年年燕子，晚烟斜日。抖擞一春尘土债，悲凉万古英雄迹。且芳尊随分趁芳时，休虚掷。（吴潜《满江红·金陵乌衣园》）

忆昔午桥桥上饮。坐中都是豪英。长沟流月去无声。杏花疏影里，吹笛到天明。　　二十余年成一梦，此身虽在堪惊。闲

登小阁眺新晴。古今多少事，渔唱起三更。(陈与义《临江仙·夜登小阁忆洛中旧游》)

梅柳约东风，迎腊暗传消息。粉面翠眉偷笑，似欣逢佳客。　晚来歌管破余寒，沉烟袅轻碧。老去不禁卮酒，奈尊前春色。(张纲《好事近》)

鸣鸠乳燕。春在梨花院。重门镇掩，沉沉帘不卷。纱窗红日三竿，睡鸭余香一线。佳眠悄无人唤。　谩消遣。行云无定，楚雨难凭梦魂断。清明渐近，天涯人正远。尽教闲了秋千，觑著海棠开遍。难禁旧愁新怨。(丘崈《扑蝴蝶》)

才出沧溟底，旋明紫岫腰。玉光漫漫涌层潮。上有乘流海客卧吹箫。　更上云台望，翻牵旅思遥。浮生何许著箪瓢。却向天涯起舞影萧萧。(程大昌《南歌子》)

将帅能词者：北宋则范仲淹，以"穷塞主"著称；蔡挺以"玉关人老"蒙召；又有曹组，字元宠，颍昌人，以进士转武阶，给事殿中，官副使，有《箕颍集》。南宋则辛弃疾有《稼轩词》十二卷，卓然大家，俟后详论；若岳飞、韩世忠，皆名将也，而岳有《小重山》、《满江红》词，韩有《临江仙》、《南乡子》词，虽所作不多，然生气勃勃也；余玠，少无行，尝杀人，脱身走襄淮，以词谒制置使，渐知名，后为蜀帅，有惠政，有《樵隐词》，不传；陈策，字次贾，号南野，上虞人，以功授武阶，有仲宣楼《摸鱼子》词。各录一首：

草薰风暖，楼阁笼轻雾。墙短出花梢，映谁家绿杨朱户。寻芳拾翠，绮陌自青春，江南远，踏青时，谁念方羁旅。　昔游如梦，空忆横塘路。罗袖舞台风，想桃花依然旧树。一怀离恨，满眼欲归心，山连水，水连云，怅望人何处。(曹组《蓦山溪》)

昨夜寒蛩不住鸣。惊回千里梦，已三更。起来独自绕阶行。人悄悄，帘外月胧明。　白首为功名。旧山松菊老，阻归程。欲将心事付瑶琴。知音少，弦断有谁听。(岳飞《小重山》)

冬日青山潇洒静，春来山暖花浓。少年衰老与花同。世间名

利客，富贵与贫穷。　　荣华不是长生药，清闲不是死门风。劝君识取主人公。丹方只一味，尽在不言中。（韩世忠《临江仙》）

怪新来瘦损。对镜台，霜华零乱鬓影。胸中恨谁省。正关山寂寞，暮天风景。貂裘渐冷。听梧桐声敲露井。可无人为向楼头，试问塞鸿音信。　　争忍。勾将愁绪，半掩金铺，雨欺灯晕。家僮卧困。呼不应，自高枕。待吹他天际银蟾飞上，唤取嫦娥细问。要乾坤表里光辉，照人醉饮。（余玠《瑞鹤仙》）

倚危梯酹春怀古，轻寒才转花信。江城望极多愁思，前事恼人方寸。湖海兴。算合付元龙举白浇谈吻。凭高试问。问旧日王郎，依刘有地，何事赋幽愤。　　沙头路，休记家山远近。宾鸿一去无信。沧波渺渺空归梦，门外北风凄紧。乌帽整。便做得功名难绿星星鬓。敲吟未稳。又白鹭飞来，垂杨自舞，谁与寄离恨。（陈策《摸鱼子·仲宣楼赋》）

理学能词者：朱熹《晦庵词》，无论矣；真德秀，字希元，浦城人，官翰林学士，知制诰，学者称西山先生，不以词名，而《绝妙好词》特选其《蝶恋花·咏红梅》，情致婉丽；又有《雨霖铃》、《诉衷情》、《望江南》词，深入《华严》，宣衍玄奥，殊不类作《大学衍义》人手笔；魏了翁，字华父，号鹤山，浦江人，累官福州安抚使，卒赠太师，有《鹤山长短句》三卷。各录一首：

江水浸云影，鸿雁欲南飞。携壶结客何处，空翠渺烟霏。尘世难逢一笑，况有紫萸黄菊，堪插满头归。风景今朝是，身世昔人非。　　酬佳节，须酩酊，莫相违。人生如寄，何事辛苦怨斜晖。无尽今来古往，多少春花秋月，那更有危机。与问牛山客，何必泪沾衣。（朱熹《水调歌头·檃括杜牧之九日齐州诗》）

雨岸月桥花半吐。红透肌香，暗把游人误。尽道武陵溪上路。不知迷入江南去。　　先自冰霜真态度。何事枝头，点点胭脂污。莫是东君嫌淡素。问花花又娇无语。（真德秀《蝶恋花·红梅》）

被西风吹不断新愁,吾归欲安归。望秦云苍淡,蜀山渺莽,楚泽平漪。鸿雁依人正急,不奈稻粱稀。独立苍茫外,数遍群飞。
多少曹苻气势,只数舟燥苇,一局枯棋。更元颜何事,花玉困重围。算眼前未知谁恃,恃苍天终古限华夷。还须念,人谋如旧,天意难知。(魏了翁《八声甘州》)

佞幸能词者:曾觌,字纯甫,号海野老农,汴人,见幸孝宗,累官开府仪同三司,加少保,有《海野词》,特工感慨;其过汴京《金人捧露盘》,端人所不废也。姜特立,字邦杰,丽水人,累官春坊官,幸于太子,后为庆远军节度使,有《梅山续稿词》。各录一首:

记神京,繁华地,旧游踪。正御沟春水溶溶。平康巷陌,绣鞍金勒跃青骢。解衣沽酒,醉弦管柳绿花红。　　到如今,余霜鬓,嗟前事梦魂中。但寒烟满目飞蓬。雕阑玉砌,空余三十六离宫。塞笳惊起,暮天雁寂寞东风。(曾觌《金人捧露盘》)

飘粉吹香三月暮。病酒情怀,愁绪浑无数。有个人人来又去。归期有恨难留住。　　明日尊前无觅处。咿轧篮舆,只向双溪路。我辈情钟君漫与。为云为雨应难据。(姜特立《蝶恋花·送妓》)

布衣能词者:北宋则林逋,字君复,莆田人,隐西湖之孤山,仁宗赐谥和靖先生,有《和靖先生词》;李廌,字方叔,华山人,有《月岩集》;葛郯,字谦问,丹阳人,有《信斋词》。王灼,字晦叔,遂宁人,有《颐堂词》。南宋则扬无咎,字补之,清江人,有《逃禅词》;王千秋,字锡老,东平人,有《审斋词》;汪莘,字叔耕,休宁人,隐居黄山,有《方壶诗余》;汪晫,字处微,绩溪人,隐居环谷,有《康范诗余》;汪元量,字大有,号水云,钱塘人,有《水云词》:皆其荦荦者。至若姜夔、吴文英、刘过、高观国、陈允平,皆布衣而以词名家者,当俟后详。前叙诸家,各录一首:

金谷年年,乱生春色谁为主。余花落处。满地和烟雨。

又是离歌，一阕长亭暮。王孙去。萋萋无数。南北东西路。（林逋《点绛唇·春草》）

玉阑干外清江浦。渺渺天涯雨。好风如扇雨如帘。时见岸花汀草涨痕添。　　青林枕上关山路。卧想乘鸾处。碧芜千里思悠悠。惟有霎时凉梦到南州。（李廌《虞美人》）

琼楼十二，无限神仙侣。紫绂丹麾彩鸾驭。步虚声杳霭，碧落天高，微云淡，点破瑶阶白露。　　暗香来水阁，冰簟纱橱，一枕风轻自无暑。更上水晶帘，斗挂阑干，银河浅，天孙将渡。终不是归去在苕川，看千顷菰蒲，乱鸣秋雨。（葛郯《洞仙歌·纳凉》）

坠红飘絮，收拾春归去。长恨春归无觅处，心事欲谁分付。　　卢家小苑回塘，于飞多少鸳鸯。纵使东墙隔断，莫愁应念王昌。（王灼《清平乐》）

秋来愁更深，黛拂双蛾浅。翠袖怯春寒，修竹萧萧晚。　　此意有谁知，恨与孤鸿远。小立背西风，又是重门掩。（扬无咎《生查子》）

老去频惊节物，乱来依旧江山。清明雨过杏花寒。红紫芳菲何限。　　春病无人消遣，芳心有酒摧残。此情拍手问阑干。为甚多愁我惯。（王千秋《西江月》）

一片江南春色晚。牡丹花谢莺声懒。问君离恨几多长，芳草连天犹觉短。　　昨夜溪头新溜满。樽前自起喷龙管。明朝飞棹下钱塘，心共白苹香不断。（汪莘《玉楼春·赠别孟仓使》）

午夜凉生风小住。银汉无声，云约疏星度。佳客欲眠知未去。对床只欠萧萧雨。　　素月三更山外吐。酒醒衾寒，消尽沉烟缕。料想玉楼人倚处。归帆日伫烟中浦。（汪晫《蝶恋花·秋夜简赵尉》）

独倚浙江楼，满耳怨笳哀笛。犹有梨园声在，念那人天北。　　海棠憔悴怯春寒，风雨怎禁得。回首华清池畔，渺露芜烟荻。（汪元量《好事近·浙江楼闻笛》）

方外能词者：缁流则僧挥，字仲殊，好食蜜，东坡呼之为蜜殊，有

《宝月集》；惠洪，字觉范，有《石门文字禅》、《筠溪集》；《罗湖野录》载湖州甘露寺圆禅师，有《渔父词》二十首，仅传一首；《东溪词话》载僧祖可，字正平，苏伯固子，与陈师道、谢逸结江西诗社，工诗及长短句，有《东溪集》；羽流则张伯端，继先，世袭天师，伯端有《紫阳真人词》，继先有《虚靖真君词》；夏元鼎有《蓬莱鼓吹》，葛长庚有《海琼词》。各录一首：

岸草平沙。吴王故苑，柳袅烟斜。雨后寒轻，风前香软，春在梨花。　行人一棹天涯。酒醒处残阳乱鸦。门外秋千，墙头红粉，深院谁家。（僧仲殊《柳梢青》）

绿槐烟柳长亭路。恨取次分离去。日永如年愁难度。高城回首，暮云遮尽，目断知何处。　解鞍旅舍天将暮。暗忆丁宁千万句。一寸柔肠情几许。薄衾孤枕，梦回人静，破晓潇潇雨。（僧惠洪《青玉案》）

本是潇湘一钓客。自东自西自南北。只把孤舟为屋宅。无宽窄。幕天席地人难测。　顷闻四海停戈革。金门懒去投书策。时向滩头歌月白。真高格。浮名浮利谁拘得。（圆禅师《渔家傲》）

谁向江头遣恨浓。碧波流不断，楚山重。柳烟和雨隔疏钟。黄昏后，罗幕更朦胧。　桃李小园空。阿谁犹笑语，拾残红。珠帘卷尽夜来风。人不见，春在绿芜中。（僧祖可《小重山》）

晚风歇。漫自棹孤舟，顺流观雪。山耸瑶峰，林森玉树，高下尽无分别。襟怀澄澈。更没个故人堪说。恍然身世，如居天上，水晶宫阙。　万尘声影绝。莹虚空无外，水天相接。一叶身轻，三花预聚，永夜不愁寒冽。愧怜薄劣。但只解赴炎趋热。停桡失笑，知心都付，野梅江月。（张继先《雪夜渔舟》）

人世何为，江湖上渔蓑堪老。鸣榔处汪汪万顷，清波无垢。欸乃一声虚谷应，夷犹短棹关心否。向晚来垂钓傍寒汀，牵星斗。　沙碛畔，蒹葭茂。烟波际，盟鸥友。喜清风明月，多情相守。紫绶金章朝路险，青蓑蒻笠沧溟浩。舍浮云富贵乐天真，酾

江酒。(夏元鼎《满江红》)

云屏谩锁空山,寒猿啼断松枝翠。芝英安在,术苗已老,徒劳展齿。应记洞中,凤箫锦瑟,镇常歌吹。怅苍苔路杳,石门信断,无人问,溪头事。　回首暝烟无际。但纷纷落花如泪。多情易老,青鸾何处,书成难寄。欲问双蛾,翠蝉金凤,向谁娇媚。想分香旧恨,刘郎去后,一溪流水。(葛长庚《水龙吟》)

女子能词者:曾布妻魏夫人,赵明诚妻李清照,俱负盛誉,见称于朱子;李清照词可为大家,俟后详述。魏夫人有《菩萨蛮》、《好事近》、《点绛唇》、《江城子》、《卷珠帘》等作;杨子冶妻吴淑姬有《阳春白雪词》五卷;黄铢母孙道绚有《滴滴金》、《如梦令》、《忆少年》、《秦楼月》、《南乡子》、《清平乐》等词;郑文妻孙氏有《忆秦娥》、《烛影摇红》等词;朱淑真,号幽栖居士,钱塘人,工诗,嫁为市井民妻,不得志以殁,有《断肠词》;杨娃,宁宗杨后之妹,有《诉衷情》;王清惠,字冲华,宋昭仪,宋亡,入燕,乞为女冠,有题驿壁《满江红》词,文天祥尝和之。其余偶有篇章流传者,不暇偻举。各录一首:

溪山掩映斜阳里,楼台影动鸳鸯起。隔岸两三家,出墙红杏花。　绿杨堤下路,早晚溪边去。三见柳绵飞,离人犹未归。(魏夫人《菩萨蛮》)

谢了荼蘼春事休。无多花片子,缀枝头。庭槐影碎被风揉。莺虽老,声尚带娇羞。　独自倚妆楼。一川烟草浪,衬云浮。不如归去下帘钩。心儿小,难著许多愁。(吴淑姬《小重山》)

月光飞入林前屋。风策策,度庭竹。夜半江城击柝声,动寒梢凄宿。　等闲老去年华促。只有江梅伴幽独,梦绕夷门旧家山,恨惊回难续。(孙道绚《滴滴金》)

花深深,一钩罗袜行花阴。行花阴,闲将柳带,试结同心。耳边消息空沉沉,画眉楼上愁登临。愁登临,海棠开后,想到如今。(孙氏《忆秦娥》)

春已半,触目此情无限。十二阑干闲倚遍,愁来天不管。

好是风和日暖，输与莺莺燕燕。满院落花帘不卷，断肠芳草远。（朱淑真《谒金门》）

闲中一弄七弦琴。此曲少知音。多因淡然无味，不比郑声淫。　　松院静，竹林深。夜沉沉。清风拂轸，明月当窗，谁会幽心。（杨娃《诉衷情·题马远松院鸣琴》）

太液芙蓉，浑不似旧时颜色。曾记得春风雨露，玉楼金阙。名播兰簪妃后里，晕生莲脸君王侧。忽一声鼙鼓揭天来，繁华歇。　　龙虎散，风云绝。无限事，凭谁说。对山河百二，泪沾襟血。驿馆夜惊乡国梦，宫车晓拟关山月。愿嫦娥相顾肯从容，随圆缺。（王清惠《满江红·题驿壁》）

宋人词专集之传于今者，以毛晋汲古阁汇刻《宋六十一家词》为最先，计北宋二十三家：

晏殊《珠玉词》	欧阳修《六一词》	柳永《乐章集》
晏几道《小山词》	苏轼《东坡词》	黄庭坚《山谷词》
秦观《淮海词》	程垓《书舟词》	晁补之《琴趣外篇》
陈师道《后山词》	李之仪《姑溪词》	毛滂《东堂词》
杜安世《寿域词》	葛胜仲《丹阳词》	周紫芝《竹坡词》
谢逸《溪堂词》	周邦彦《片玉词》	吕渭老《圣求词》
王安中《初寮词》	蔡伸《友古词》	赵师侠《坦庵词》
赵长卿《惜香乐府》	向子諲《酒边词》	

南宋三十八家：

叶梦得《石林词》	陈与义《无住词》	张元干《芦川词》
韩玉《东浦词》	扬无咎《逃禅词》	侯寘《懒窟词》
曾觌《海野词》	辛弃疾《稼轩词》	黄公度《知稼翁词》
葛立方《归愚词》	张孝祥《于湖词》	周必大《近体乐府》
王千秋《审斋词》	赵彦端《介庵词》	程珌《洺水词》
刘克庄《后村别调》	沈端节《克斋词》	姜夔《白石词》
杨炎正《西樵语业》	陆游《放翁词》	陈亮《龙川词》
刘过《龙洲词》	毛开《樵隐词》	卢祖皋《蒲江词》

洪咨夔《平斋词》 卢炳《哄堂词》 黄机《竹斋诗余》
高观国《竹屋痴语》 史达祖《梅溪词》 李昂英《文溪词》
戴复古《石屏词》 洪瑹《空同词》 张榘《芸窗词》
方千里《和清真词》 黄升《散花庵词》 吴文英《梦窗词》
蒋捷《竹山词》 石孝友《金谷遗音》

次则侯文灿汇刻《名家词》，计北宋三家：

张先《子野词》 贺铸《东山词》 葛郯《信斋词》

南宋二家：

吴儆《竹洲词》 赵以夫《虚斋乐府》

次则王鹏运《四印斋汇刻词》，计北宋四家，除苏轼《东坡乐府》、贺铸《东山寓声乐府》、周邦彦《清真集》已见毛侯二刻外，凡一家：

潘阆《逍遥词》

南宋三十四家，除辛弃疾《稼轩长短句》，姜夔《白石道人词》、陈亮《龙川词》、史达祖《梅溪词》已见毛刻外，凡三十家：

赵鼎《得全居士词》 李光《庄简词》 李纲《梁溪词》
胡铨《澹庵词》 李弥逊《筠溪词》 郑萧《栟榈词》
朱敦儒《樵歌》 朱雍《梅词》 倪偁《绮川词》
高登《东溪词》 丘崈《文定公词》 曹冠《燕喜词》
姜特立《梅山词》 赵磻老《拙庵词》 袁去华《宣卿词》
李处全《晦庵词》 管鉴《养拙堂词》 王炎《双溪诗余》
陈人杰《龟峰词》 许棐《梅屋诗余》 方岳《秋崖词》
张炎《山中白云词》 王沂孙《花外词》 李好古《碎锦词》
何梦桂《潜斋词》 赵必瑑《覆瓿词》 欧良《抚掌词》
李清照《漱玉词》 朱淑真《断肠词》 无名氏《章华词》

次则江标《灵鹣阁汇刻名家词》，计北宋三家，除葛郯《信斋词》已见侯刻外，凡二家：

向滈《乐斋词》 黄裳《演山词》

南宋七家，除吴儆《竹洲词》、赵以夫《虚斋乐府》已见侯刻外，凡五家：

朱熹《晦庵词》 杨泽民《和清真词》 林正大《风雅遗音》

文天祥《文山乐府》　姚勉《雪坡词》

次则吴昌绶《双照楼汇刻词》，计北宋六家，除欧阳修《近体乐府》、黄庭坚《琴趣外篇》、晁补之《晁氏琴趣》、贺铸《东山词》、周邦彦《片玉词》、向子諲《酒边词》已见毛、侯、王诸刻外，凡一家：

晁端礼《闲斋琴趣外篇》

南宋十二家，除张元干《芦川词》、辛弃疾《稼轩词》、张孝祥《于湖词》、陆游《渭南词》、戴复古《石屏词》、刘克庄《后村诗余》、许棐《梅屋诗余》、赵以夫《虚斋乐府》、方岳《秋崖乐府》、蒋捷《竹山词》已见毛、侯、王诸刻外，凡二家：

魏了翁《鹤山长短句》　李曾伯《可斋词》

次则朱祖谋《彊村丛书》，计北宋二十七家，除张先《张子野词》，柳永《乐章集》，晏几道《小山词》，苏轼《东坡乐府》，黄庭坚《山谷琴趣》，秦观《淮海居士长短句》，贺铸《东山词》、《贺方回词》，毛滂《东堂词》，周邦彦《片玉词》已见毛、侯、王、吴诸刻外，凡十八家：

《宋徽宗词》　范仲淹《范文正公诗余》

范纯仁《忠宣公诗余》(附)　韩维《南阳词》

王安石《临川先生歌曲》　韦骧《韦先生词》

张伯端《紫阳真人词》　刘弇《龙云先生乐府》

米芾《宝晋斋长短句》　张舜民《画墁词》

廖行之《省斋诗余》　吴则礼《北湖诗余》

王灼《颐堂词》　汪藻《浮溪词》

陈克《赤城词》　阮阅《阮户部词》

沈与求《龟溪长短句》　王之道《相山居士词》

南宋八十五家，除陈与义《无住词》、朱敦儒《樵歌》、辛弃疾《稼轩词》、刘过《龙洲词》、周必大《平园近体乐府》、姜夔《白石道人歌曲》、赵彦端《介庵琴趣外编》、高观国《竹屋痴语》、卢祖皋《蒲江词》、丘密《文定公词》、刘克庄《后村长短句》、吴文英《梦窗词》、蒋捷《竹山词》、张炎《山中白云词》已见毛、侯、王、吴诸刻外，凡七十一家：

米友仁《阳春集》　张继先《虚靖真君词》

刘一止《苕溪乐章》　张纲《华阳长短句》

洪皓《鄱阳词》
朱翌《灊山诗余》
刘子翚《屏山词》
王以宁《王周士词》
史浩《鄮峰真隐词曲》
韩元吉《南涧诗余》
王之望《汉滨诗余》
曾协《云庄词》
程大昌《文简公词》
杨万里《诚斋乐府》
陈三聘《和石湖词》
吕胜己《渭川居士词》
沈瀛《竹斋词》
李石《方舟词》
杨冠卿《客亭乐府》
赵善括《应斋词》
张镃《南湖诗余》
吴泳《鹤林词》
徐鹿卿《徐清正公词》
游九言《默斋词》
王迈《臞轩诗余》
陈耆卿《筼窗词》
吴潜《履斋先生诗余》
赵崇嶓《白云小稿》
刘学箕《方是闲居士词》
陈著《本堂词》
牟巘《陵阳词》
周密《苹洲渔笛谱》
冯取洽《双溪词》
熊禾《勿轩长短句》

欧阳澈《飘然先生词》
曹勋《松隐乐府》
仲并《浮山诗余》
李流谦《澹斋词》
张抡《莲社词》
洪适《盘洲乐章》
李洺《芸庵诗余》
李吕《澹轩诗余》
王质《雪山词》
范成大《石湖词》
京镗《松坡词》
姚述尧《箫台公余词》
葛长庚《玉蟾先生诗余》
韩淲《涧泉诗余》
汪晫《康范诗余》
蔡戡《定斋诗余》
张枢词(附)
郭应祥《笑笑词》
张辑《东泽绮语债》
汪莘《方壶诗余》
徐经孙《矩山词》
吴渊《退庵词》
赵孟坚《彝斋诗余》
夏元鼎《蓬莱鼓吹》
柴望《秋堂诗余》
卫宗武《秋声诗余》
刘辰翁《须溪词》
汪元量《水云词》
陈允平《日湖渔唱》
李彭莱老《龟溪二隐词》

黄公绍《在轩词》　　　　陈德武《白雪遗音》

家铉翁《则堂诗余》　　　汪梦斗《北游词》

蒲寿宬《心泉诗余》　　　张玉《兰雪词》

宋人词选本有《草堂诗余》四卷，庆元以前人所辑。赵闻礼《阳春白雪》八卷，外集一卷，皆不分时代家数。黄大舆《梅苑》十卷，录唐宋人咏梅词。曾慥《乐府雅词》三卷，录词三十四家，去其涉谐谑者，故名《雅词》。黄升《唐宋诸贤绝妙词选》十卷，始李白而终北宋王昂，《中兴以来绝妙词选》十卷，始康与之而终洪瑹，殿以己作，凡八十九家，总名《花庵词选》。周密《绝妙好词》七卷，始张孝祥而终仇远，殿以己作，凡三十二家，采掇菁华，不堕俗弊，选本之善者也。

宋词之发达，既如上述，即研究词学者亦不乏人，谈词之书亦有多种。大抵寻择规矩，探索精奥，或明体制，或论格调。盖词之流至是而大，讲说者亦至是而精。犹之刘勰《雕龙》、钟嵘《诗品》，不起于汉魏而出于齐梁，亦时代酝酿之结果也。其间佳者，有王灼之《碧鸡漫志》，详载曲调源流，首述古初至唐宋歌声递变之由；次列二十八调，溯其得名之所自，与其渐变宋调之沿革，但据其传授分明者，至晚出杂曲则不暇悉举。又有沈义父之《乐府指迷》，论词宗美成，颇多中理，所云"去声字要紧"及"入声可替平，不可替上"等语，皆入微之解；又谓古曲谱亦有异同，唱者多有添字，亦足以解释纠纷。又杨缵之《作词五要》，阐明择腔，择律，句韵按谱，随律押韵，及立新意之道，语简而赅。其最精博者为张炎之《词源》，上卷论五音律吕谱字管色，列表绘图，典赡难及，足便后学寻索；下卷论词之作法标准及格调情味，语多透辟，条理厘然。世之传者，多遗其上卷，如明陈继儒《宝颜堂秘笈》中，竟以其下卷凑合元陆韶之《词旨》而署曰《乐府指迷》，致与沈作相混。亦以见后世声乐沦亡，仅注意于词之一面已也。

析派第五

文学至于五季，衰敝极矣。诗格卑陋，固无可称；士气颓唐，尤不足道。细其所自，盖由契胡内侵，中原俶扰，国失其理，民怨其生，上无礼，下无学，故恒人无所砥修，天才亦被压抑。文学之根本修养既阙，何望于兴起哉？惟时南方蒙患较轻，君臣宴豫，犹得从容樽俎，驰骋声歌。虽无经纬天地之文，尚有抒发性情之作。如西蜀、南唐，词体大张，作家辈出。绮词丽句，璧合珠联。论者谓《蜉蝣》、《羔裘》，曹郐之所以弱小；《敝笱》、《墙茨》，鲁卫之所以衰微。词之盛也，徒以病国。虽非衷论，亦有深因。然事物之兴，因果往往相背。譬之桃花轻薄，而如拳之实以生。珠泉细微，而稽天之流自出。方其始也，不敢必其所效；及其既也，或至讶其所成。五代之词，止于嘲风弄月，怀土伤离，节促情殷，辞纤韵美。入宋则由令化慢，由简化繁。情不囿于燕私；辞不限于绮语。上之可寻圣贤之名理；大之可发忠爱之热忱，寄慨于剩水残山；托兴于美人香草。合风雅骚章之轨；同温柔敦厚之归。故可抗手三唐，希声六代。树有宋文坛之帜，绍汉魏乐府之宗。否则技仅雕虫，用惟仗马，何足深道哉？今叙宋初，讫于其季，就其神味，析其派流。不姝姝于陈言，不斤斤于琐事。不震于世誉而致美；不惑于时论而为言。庶条贯朗于列眉，定论同乎立鹄云尔。

（一）北宋诸词家

五代令词，固已胜矣，然未尽其量也；至北宋则发其已孕之苞，而大呈其烂漫之色，进且结离离之实矣。其显达者如寇准、韩琦、宋祁、范仲淹、司马光，皆非纯词人，然所为小词，则婉丽精妙，《花间》之遗也。就常理言，以彼柱石重臣，文宗理学，似不应有此旖旎之词；然圣贤豪杰，才智过人，情感未有不盛者，彼不得发其情于他文，又适有此一种文体便于抒写，自可出其余力以为之，故亦佳也。如寇准之《江南春》、韩琦之《点绛唇》、宋祁之《玉楼春》，皆情韵绵邈，不似勋劳大臣所为。至范仲淹更不限于绮情，并兼气势挥洒议论宏肆之长矣。其《御街行》、《苏幕遮》，情语入妙；而一观其《渔家傲》，则又极骀宕之致，《剔银灯》更议论慷慨，导苏辛之先路矣。录寇、韩、宋各一首，范四首：

波渺渺，柳依依。孤村芳草远，斜日杏花飞。江南春尽离肠断，苹满汀洲人未归。（寇准《江南春》）

病起恹恹，庭前花影添憔悴，乱红飘砌。滴尽真珠泪。惆怅前春，谁向花前醉。愁无际，武陵凝睇。人远波空翠。（韩琦《点绛唇》）

东城渐觉风光好。皱縠波纹迎客棹。绿杨烟外晓云轻，红杏枝头春意闹。　　浮生长恨欢娱少。肯爱千金轻一笑。为君持酒劝斜阳，且向花间留晚照。（宋祁《玉楼春》）

纷纷坠叶飘香砌。夜寂静，寒声碎。真珠帘卷玉楼空，天淡银河垂地。年年今夜，月华如练，长是人千里。　　愁肠已断无由醉。酒未到，先成泪。残灯明灭枕头攲，谙尽孤眠滋味。都来此事，眉间心上，无计相回避。（范仲淹《御街行》）

碧云天，红叶地。秋色连波，波上寒烟翠。山映斜阳天接水。芳草无情，更在斜阳外。　　黯乡魂，追旅思。夜夜除非，好梦留人睡。明月楼高休独倚。酒入愁肠，化作相思泪。（范仲淹《苏幕遮》）

塞下秋来风景异。衡阳雁去无留意。四面边声连角起。千嶂里。长烟落日孤城闭。　　浊酒一杯家万里。燕然未勒归无计。羌管悠悠霜满地。人不寐。将军白发征夫泪。（范仲淹《渔家傲》）

昨夜因看《蜀志》。笑曹操孙权刘备。用尽机关，徒劳心力，只得三分天地。屈指细寻思，争如共刘伶一醉。　　人世都无百

岁。少痴呆，老成尪悴。只有中间，些子少年，忍把浮名牵系。一品与千金，问白发如何回避。（范仲淹《剔银灯》）

司马光以理学名臣，言行不苟，而《西江月》词有“相见争如不见，有情还似无情”之语，虽或称其诬，然其《阮郎归》一词，真描写尽致矣。王安石以拗相公，长于政治，而《桂枝香》一词，独称绝唱，即苏轼亦叹其为“野狐精”。若夫欧阳修、晏殊，学际人天，作为小歌词，直如酌蠡水于大海，虽李清照议其为句读不葺之诗，然不尽当也。今观欧公集中，《蝶恋花》之沉刻幽杳，《临江仙》之隽逸清妙，《浣溪沙》之精爽，《玉楼春》之流丽，何尝非词家当行？至其《朝中措》平山堂饯刘原父一首，尤豪放开东坡之先声。曾慥《乐府雅词序》，谓“小人或作艳语谬为公词”，陈振孙谓“公词多与《花间》、《阳春》相混。亦有鄙亵之语厕其中，当是仇人无名子所为”，罗泌谓“其浅近者，多谓是刘烨伪作”，然欧公之能为艳词，不能尽讳也；且即为艳词，何足为其病乎？（案今行世《六一居士词》三卷，自文集出，赝作一首不存。宋时坊间刻本《醉翁琴趣外篇》六卷，则什九赝作，而真词反少，此本元以来即已不行于世。故吾人对宋人所言，反不能得其确证也。近双照楼吴氏剔刻北宋本《六一居士词》三卷，即通行本所从出；又剔刻宋本《醉翁琴趣外篇》六卷，则赝作具在矣。）录司马、王各一首，欧阳五首：

渔舟容易入深山。仙家日日闲。绮窗纱幌映朱颜。相逢醉梦间。　　松露冷，海霞殷。匆匆整棹还。落花寂寂水潺潺。重寻此路难。（司马光《阮郎归》）

登临送目。正故国晚秋，天气初肃。千里澄江似练。翠峰如簇。征帆去棹斜阳里，背西风酒旗斜矗。彩舟云淡，星河鹭起，画图难足。　　念自昔豪华竞逐。叹门外楼头，悲恨相续。千古凭高对此，谩嗟荣辱。六朝旧事如流水，但寒烟衰草凝绿。至今商女，时时犹唱，《后庭》遗曲。（王安石《桂枝香·金陵怀古》）

庭院深深深几许。杨柳堆烟，帘幕无重数。玉勒雕鞍游冶处。楼高不见章台路。　　雨横风狂三月暮。门掩黄昏，无计留春住。泪眼问花花不语。乱红飞过秋千去。（欧阳修《蝶恋花》）

柳外轻雷池上雨，雨声滴碎荷声。小楼西角断虹明。阑干倚处，待得月华生。　　燕子飞来窥画栋，玉钩垂下帘旌。凉波不动簟纹平。水精双枕。旁有堕钗横。（欧阳修《临江仙》）

堤上游人逐画船。拍堤春水四垂天。绿杨楼外出秋千。　　白发戴花君莫笑，《六幺》催拍盏频传。人生何处似尊前。（欧阳修《浣溪沙》）

湖边柳外楼高处。望断云山多少路。阑干倚遍使人愁，又是天涯初日暮。　　轻无管系狂无数。水畔飞花风裹絮。算伊浑似薄情郎，去便不来来便去。（欧阳修《玉楼春》）

平山阑槛倚晴空。山色有无中。手种堂前垂柳，别来几度春风。　　文章太守，挥毫万字，一饮千钟。行乐直须年少，尊前看取衰翁。（欧阳修《朝中措》）

北宋令词之专精者，首推晏殊，盖直继声《花间》者也。殊字同叔，临川人，真宗时举进士，仁宗朝拜集贤殿学士，同中书门下平章事，兼枢密使，卒谥元献；有《珠玉词》，刘攽《中山诗话》谓“元献尤喜冯延巳歌词，其所自作，亦不减延巳乐府”，然其局度情调，自具清雅之致，以其处境坦夷，无忧恨悲苦之撄心也。集中名句，如“无可奈何花落去，似曾相识燕归来”，“楼头残梦五更钟，花外离愁三月雨”，“双燕欲归时节，银屏昨夜微寒”，“一场愁梦酒醒时，斜阳却照深深院”，皆深思婉出，不让南唐。其幼子几道，字叔原，有《小山词》，黄庭坚序之，谓其“嬉弄于乐府之余，而写以诗人句法，清壮顿挫，能摇动人心”；又谓其有四痴“仕宦连蹇，而不能一傍贵人之门，是一痴也；论文自有体，不肯一作新进士语，此又一痴也；费资千百万，家人寒饥而面有孺子之色，此又一痴也；人百负之而不恨，己信人终不疑其欺己，此又一痴也”。足见其耿介直率之性，有以影响其词，集中佳制极多，名句如“落花人独立，微雨燕双飞”，“年年底事不归去，怨月愁烟长为谁”，“红烛自怜无好计，夜寒空替人垂泪”，“弹到断肠时，春山眉黛低”，皆极清丽。故陈振孙、毛晋，皆谓其“直逼《花间》”，然其风韵天然，音节谐婉，殆过之矣。各录四首：

一曲新词酒一杯，去年天气旧亭台。夕阳西下几时回。无可奈何花落去，似曾相识燕归来。小园香径独徘徊。（晏殊《浣溪沙》）

绿杨芳草长亭路。年少抛人容易去。楼头残梦五更钟，花外离愁三月雨。　　无情不似多情苦。一寸还成千万缕。天涯地角有穷时，只有相思无尽处。（晏殊《玉楼春》）

金风细细，叶叶梧桐坠。绿酒初尝人易醉，一枕小窗浓睡。　　紫微朱槿初残，斜阳却照阑干。双燕欲归时节，银屏昨夜微寒。（晏殊《清平乐》）

小径红稀，芳洲绿遍。高台树色阴阴见。春风不解禁杨花，蒙蒙乱扑行人面。　　翠叶藏莺，珠帘隔燕。炉香静逐游丝转。一场愁梦酒醒时，斜阳却照深深院。（晏殊《踏莎行》）

梦后楼台高锁，酒醒帘幕低垂。去年春恨却来时。落花人独立，微雨燕双飞。　　记得小苹初见，两重心字罗衣。琵琶弦上说相思。当时明月在，曾照彩云归。（晏几道《临江仙》）

陌上蒙蒙残絮飞。杜鹃花里杜鹃啼。年年底事不归去，怨月愁烟长为谁。　　梅雨细，晓风微。倚楼人听欲沾衣。故园三度群花谢，曼倩天涯犹未归。（晏几道《鹧鸪天》）

醉别西楼醒不记。春梦秋云，聚散真容易。斜月半窗还少睡。画屏闲展吴山翠。　　衣上酒痕诗里字。点点行行，总是凄凉意。红烛自怜无好计。夜寒空替人垂泪。（晏几道《蝶恋花》）

哀筝一弄湘江曲，声声写尽湘波绿。纤指十三弦，细将幽恨传。　　当筵秋水慢，玉柱斜飞雁。弹到断肠时，春山眉黛低。（晏几道《菩萨蛮》）

张先，柳永之增衍慢词，前既言之。即论词格，亦巨子也。先字子野，乌程人，晏元献尝辟为通判，官至都官郎中，与宋祁苏轼皆友善；神宗时卒，年已八十九；有《安陆词》，李之仪议其“才不足而情有余”，而晁补之则谓“子野韵高，是耆卿所乏处”。今观其集中胜作，如《青门引》、《生查子》、《系裙腰》、《天仙子》等，皆清出生脆，味极隽永；至好句如其得名之三影:"云破月来花弄影","娇柔懒起,帘押卷花影","柳径无人,坠轻絮无影",固工于描画;而其"庭轩寂寞近清明,残花中酒,又是去年病","雁柱十三弦,一一春莺语",更能情景交融。录六首:

《水调》数声持酒听,午醉醒来愁未醒。送春春去几时回,临晚镜,伤流景,往事后期空记省。　　沙上并禽池上暝,云破月来花弄影。重重帘幕密遮镫,风不定,人初静。明日落红应满径。(张先《天仙子》)

声转辘轳闻露井。晓引银瓶牵素绠。西园人语夜来风,丛英飘坠红成径。宝猊烟未冷。莲台香蜡残痕凝。等身金,谁能得意,买此好光景。　　粉落轻妆红玉莹。月枕横钗云坠领。有情无物不双栖,文禽只合常交颈。昼长欢岂定。争如翻作春宵永。日曈昽,娇柔懒起,帘押卷花影。(张先《归朝欢》)

野绿连空,天青垂水,素色溶漾都净。柳径无人,坠轻絮无影。汀洲日落人归,修巾薄袂,撷香拾翠相竞。如解凌波,泊烟渚春暝。　　彩绦朱索新整。宿绣屏画船风定。金凤响双槽,弹出今古,幽思谁省。玉盘大小乱珠迸。酒上妆面,花艳媚相并。重听尽汉妃一曲,江空月静。(张先《翦牡丹·舟中闻双琵琶》)

乍暖还轻冷。风雨晚来方定。庭轩寂寞近清明,残花中酒,又是去年病。　　楼头画角风吹醒。入夜重门静。那堪更被明月,隔墙送过秋千影。(张先《青门引》)

含羞整翠鬟,得意频相顾。雁柱十三弦,一一春莺语。　　娇云容易飞,梦断知何处。深院锁黄昏,阵阵芭蕉雨。(张先《生查子》)

清霜淡照夜云天。朦胧影,画勾栏。人情纵似长情月,算一年年。又难得,几回圆。　　欲寄相思题叶字,流不到,五亭前。东池始有荷新绿,尚小如钱。问何日藕,几时莲。(张先《系裙腰》)

永初名三变,字耆卿,崇安人,仁宗朝进士,官至屯田员外郎,为举子时，多游狭斜，善为歌辞，仁宗初好之，乃一见斥于“忍把浮名，换了浅斟低唱”之句；再见斥于“太液波翻”之词，境遇潦倒，遂至流连坊曲，放浪形骸。故其所作，大率纤艳之中，间以抑郁；惟词句中率常杂以俚语，陈师道议其“骫骳从俗”，李清照评其“词语尘下”，固中其病，亦暴其长。盖当时传播之广，至于有井水处皆能歌之，亦未始非俚语之便传习有以致之也。集中慢词，多属其创制之调，其长词如《夜半乐》、《戚氏》等，缠绵宛转，工于写繁复之情；《八声甘州》、《玉蝴蝶》、《竹马子》、《安公子》等，怀乡念远，不限纤艳；他如《雨霖铃》、《水调倾杯乐》之冷隽，《木兰花慢》、《望海潮》之温丽，皆各尽其妙。名句如“渐霜风凄紧，关河冷落，残照当楼”，晁补之谓其“不减唐人语”；“今宵酒醒何处，杨柳岸晓风残月”，袁绹谓其“宜十七八少女，按红牙拍唱之”；余如“衣带渐宽终不悔，为伊消得人憔悴”，“一日不思量，且攒眉千度”，情至语精刻入骨。陈振孙谓其“音节谐宛，词意妥帖，承平气象形容曲尽，尤工于羁旅行役”，周济谓其“铺叙委婉，言近意远，森秀幽淡之趣在骨”，冯煦谓其“曲处能直，密处能疏，奡处能平，状难状之景，达难达之情，而出之以自然”，皆能道其精深，而冯说尤切焉。录五首：

冻云黯淡天气。扁舟一叶，乘兴离江渚。度万壑千岩，越溪深处。怒涛渐息，樵风乍起，更闻商旅相呼，片帆高举。泛画鹢，翩翩过南浦。　望中酒旆闪闪，一簇烟村，数行霜树。残日下，渔人鸣榔归去。败荷零落，衰杨掩映，岸边两两三三，浣沙游女。避行客含羞笑相语。　到此因念，绣阁轻抛，浪萍难驻。叹后约丁宁竟何据。惨离怀，空恨岁晚归期阻。凝泪眼，杳杳神京路。断鸿声远长天暮。（柳永《夜半乐》）

对潇潇暮雨洒江天，一番洗清秋。渐霜风凄紧，关河冷落，残照当楼。是处红衰翠减，苒苒物华休。惟有长江水，无语东流。不忍登高临远，望故乡渺邈，归思难收。叹年来踪迹，何事苦淹留。想佳人妆楼凝望，误几回天际识归舟。争知我倚阑干处，正恁凝愁。（柳永《八声甘州》）

寒蝉凄切。对长亭晚，骤雨初歇。都门帐饮无绪，方留恋处，兰舟催发。执手相看泪眼，竟无语凝咽。念去去千里烟波，暮霭沉沉楚天阔。　　多情自古伤离别。更那堪冷落清秋节。今宵酒醒何处，杨柳岸晓风残月。此去经年，应是良辰好景虚设。便纵有千种风情，待与何人说。（柳永《雨霖铃》）

坼桐花烂漫，乍疏雨洗清明。正艳杏烧林，缃桃绣野，芳景如屏。倾城。尽寻胜赏，骤雕鞍绀幰出郊垌，风暖繁弦脆管，万家竞奏新声。　　盈盈。门草踏青。人艳冶，递逢迎。向路旁往往，遗簪坠珥，珠翠纵横。欢情。对佳丽地，任金罍罄竭玉山倾，拚却明朝永日，画堂一枕春酲。（柳永《木兰花慢》）

独倚危楼风细细，望极离愁，黯黯生天际。草色烟光残照里，无人会得凭阑意。也拟疏狂图一醉，对酒当歌，强乐还无味。衣带渐宽终不悔，为伊消得人憔悴。（柳永《蝶恋花》）

自来为词者皆目之为艳科，以为绸缪宛转，绮罗香泽，乃词之正宗。如明张綖谓“词体大约有二：一婉约，一豪放，大抵以婉约为正。”然徒事婉约，则气骨不高。且辗转相效，尤易穷迫，流为蹈袭。北宋小令既有欧公大小晏之清妙，慢词又有屯田之滂洋，几于靡矣。自苏轼出，而气为之一振。轼，字子瞻，眉山人，嘉祐进士，累官端明殿学士，礼部尚书，中坐谤讪，安置惠州，后赦还，提举玉局观，卒谥文忠，有《东坡乐府》。其诗文皆名家，而词亦自立门户，成为大家；以其学问之博，天才之雄，艺事无不精，气节靡所缺，出其闲情余力以为词，岂屑蹈常人窠臼？则发为盘礴排宕之词，固其宜矣。顾当时风尚，亦多主情韵，如陈师道谓“东坡以诗为词，如教坊雷大使舞，虽极天下之工，要非本色”，蔡伯世谓“子瞻辞胜乎情”，李清照谓“往往不协音律”，晁补之谓“居士词，人谓多不谐音律，然横放杰出，自是曲子中缚不住者”，诸家对苏评语，皆有不满。实则词既上承乐府，远绍《风骚》，理宜不限一涂，传情万态；况刚柔迭用，喜愠分情，志动于中，则歌咏外发，岂可自小其域，而区区以婉约为正哉？

世之议《东坡词》者二端：一非本色，二疏音律。姑无论以东坡之天才学力，不必拘拘于所谓婉约之本色，优妓之歌喉；即就其集中诸作细按之，亦未必遂为确论。《东坡词》实兼具豪放婉约二格者。张炎谓"《东坡词》清丽舒徐处，高出人表，周秦诸人所不能到"，王世贞谓"枝上柳绵，恐屯田缘情绮靡，未必能过，孰谓坡但解作'大江东去'耶?"令词如《蝶恋花》多首、《江城子》多首、《菩萨蛮》多首、《虞美人》多首、《减字木兰花》多首、《浣溪沙》多首，皆顽艳清绵，不减《花间》；慢词如《贺新凉》为营妓秀兰作，《水龙吟》杨花、《永遇乐》燕子楼，与寄孙巨源《雨中花慢》、《赏牡丹》、《满庭芳》、《洞仙歌》等，皆温丽可与柳周抗手，特其俊爽之气，时时流露，与纯为艳词者有别耳。至音律则其时方盛，东坡岂果不能歌？陆游云："晁以道谓，绍圣初，与东坡别于汴上，东坡酒酣，自歌《古阳关》，则公非不能歌，但豪放不喜剪裁以就声律耳。"至其集中如《哨遍》之檃括《归去来辞》，使就声律，《戚氏》之叙《山海经》，随妓歌声填写，歌竟篇就，《贺新凉》之令秀兰歌以侑觞，《醉翁操》之补琴曲辞，皆明言其词可歌。是岂与后人但依谱填词者同哉？后世耳食者遂执为东坡病，诬已！

坡词高亮处，得诗中渊明之清，太白之逸，老杜之浑。其《念奴娇》之赤壁怀古，《水调歌头》之中秋，因已脍炙人口矣；至其平生襟怀之淡宕，实与渊明默契。诗之和陶无论矣，即词之檃括《归去来辞》，迥异浮慕；而《满庭芳》赴临汝归阳羡二首，皆以"归去来兮"句起，盖其时时自拟于陶公。其他纪游写景之作，无不清超绝俗，读之使人神往；偶有隽语，又不伤尖巧，但觉其才大心细，取精用弘。故胡寅称之云："眉山苏氏，一洗绮罗香泽之态，摆落绸缪宛转之度，使人登高望远，举首高歌，而逸怀浩气超乎尘垢之外，于是《花间》为皂隶，而耆卿为舆儓矣。"信有见也。录九首：

花褪残红青杏小。燕子飞时，绿水人家绕。枝上柳绵吹又少，天涯何处无芳草。　　墙里秋千墙外道。墙外行人，墙里佳人笑。笑渐不闻声渐杳，多情却被无情恼。(苏轼《蝶恋花》)

黄昏犹是雨纤纤。晓开帘，欲平檐。江阔天低，无处认青帘。孤坐冻吟谁伴我，揩病目，捻衰髯。　　使君留客醉厌厌。水晶盐，为谁甜。手把梅花，东望忆陶潜。雪似故人人似雪，虽可爱，

有人嫌。(苏轼《江城子·大雪怀朱康叔》)

秋风湖上潇潇雨,使君欲去还留住。今日谩留君,明朝愁杀人。　尊前千点泪,洒向长河水。不用敛双蛾,路人啼更多。(苏轼《菩萨蛮·湖西》)

湖山信是东南美,一望弥千里。使君能得几回来,便使尊前醉倒更徘徊。　沙河塘里镫初上,《水调》谁家唱。夜阑风静欲归时,惟有一江明月碧琉璃。(苏轼《虞美人·有美堂赠述古》)

闽溪珍献,过海云帆来似箭。玉座金盘,不贡奇葩四百年。　轻红酾白,雅称佳人纤手擘。骨细肌香,恰似当年十八娘。(苏轼《减字木兰花·荔枝》)

道字娇娥苦未成,末应春阁梦多情。朝来何事绿鬟倾。彩索身轻长趁燕,红窗睡重不闻莺。困人天气近清明。(苏轼《浣溪沙》)

明月如霜,好风如水,清景无限。曲港跳鱼,圆荷泻露,寂寞无人见。　纨如三鼓,铿然一叶,黯黯梦云惊断。夜茫茫重寻无处,觉来小园行遍。　天涯倦客,山中归路,望断故园心眼。燕子楼空,佳人何在,空锁楼中燕。古今如梦,何曾梦觉,但有旧戏新怨。异时对黄楼夜景,为余浩叹。(苏轼《永遇乐·彭城夜宿燕子楼梦盼盼因作此词》)

大江东去,浪淘尽,千古风流人物。故垒西边,人道是,三国周郎赤壁。乱石穿云,惊涛拍岸,卷起千堆雪。江山如画,一时多少豪杰。　遥想公瑾当年,小乔初嫁了,雄姿英发。羽扇纶巾,谈笑间,樯橹灰飞烟灭。故国神游,多情应笑我,早生华发。人间如梦,一樽还酹江月。(苏轼《念奴娇·赤壁怀古》)

为米折腰,因酒弃家,口体交相累。归去来谁不遣君归,觉从前皆非今是。露未晞,征夫指予归路,门前笑语喧童稚。嗟旧菊都荒,新松暗老,吾生今已如此。但小窗容膝蔽柴扉。策杖看孤云暮鸿飞。云出无心,鸟倦知还,本非有意。　噫!归去来兮,我今忘我兼忘世。亲戚无浪语,琴书中有真味。步翠麓崎岖,泛溪窈窕,涓涓暗谷流春水。观草木欣荣,幽人自感,吾生行且休矣。念寓形宇内复几时。不自觉皇皇欲何之。委吾心去留谁计。神仙知在何处，富贵非吾志。但知临水登山啸咏，自引壶觞自醉。此生天命更何疑，且乘流遇坎还止。（苏轼《哨遍·檃括归去来辞》）

自有柳耆卿，而词情始尽缠绵；自有苏子瞻，而词气始极畅旺。柳词足以充词之质；苏词足以大词之流。非柳无以发儿女之情；非苏无以见名士之气。以方古文，则分具阴柔阳刚之美者也。故后之言词者并举二家为宗，而东坡之沾溉尤溥矣。

与东坡同时词人最著者，称秦七、黄九。秦观字少游，一字太虚，高邮人，因苏轼荐除秘书省正字，兼国史院编修官，后坐党籍，屡遭徙放，卒于古藤；观少豪俊慷慨，溢于文词，长于议论，文丽而思深，有《淮海词》一卷，其婉丽处似柳，而益以爽朗之气，沉郁之怀。蔡伯世谓"辞情相称者惟秦少游"；叶梦得谓"少游乐府语工而入律，知乐者谓之作家"；而李清照则谓其"专主情致，少故实，譬如贫家美女，非不妍丽，终乏富贵态"。集中小令似《花间》；慢词略似柳而究自成一格，如《满庭芳》"山抹微云"一阕，为都下盛唱，东坡则笑其"销魂当此际"句学柳七，其他究不尽肖也；《望海潮》、《梦扬州》等首，均工丽而偏沉着，后之周邦彦似之；而其屡遭徙放，苦闷牢骚，时得警句，如"便做春江都是泪，流不尽许多愁"，"自在飞花轻似梦，无边丝雨细如愁"，"可堪孤馆闭春寒，杜鹃声里斜阳暮"，皆极深刻。故冯煦谓其为"古之伤心人也"。黄庭坚字鲁直，号山谷道人，分宁人，官秘书丞，诗为大家，称江西诗派之宗；有《山谷词》二卷，有豪放似东坡者，亦有纤艳似耆卿者，慢词佳者甚少，且喜以俚语为艳词，后人或至不解。至《沁园春》等十三首，尤为亵诨，法秀道人谓"作艳词当堕犁舌地狱"，正指其言情而流于秽者；其小令则多高妙可比东坡。陈师道以其与少游并举为当代词手，而黄实逊秦；即就山谷一身言，其词之造诣，亦远不及其诗也。各录五首：

山抹微云，天粘衰草，画角声断谯门。暂停征棹，聊共引离樽。多少蓬莱旧事，重回首烟霭纷纷。斜阳外，寒鸦数点，流水绕孤村。　　销魂。当此际，香囊暗解，罗带轻分。漫赢得青楼，薄幸名存。此去何时见也，襟袖上空染啼痕。伤情处，高城望断，灯火已黄昏。（秦观《满庭芳》）

梅英疏淡，冰澌溶泄，东风暗换年华，金谷俊游，铜驼巷陌，新晴细履平沙。长记误随车。正絮翻蝶舞，芳思交加。柳下桃蹊，乱分春色到人家。　　西园夜饮鸣笳。有华灯碍月，飞盖妨花。兰苑未空，行人渐老，重来事堪嗟。烟暝酒旗斜。但倚楼极目，时见栖鸦。无奈归心，暗随流水到天涯。（秦观《望海潮·洛阳怀古》）

西城杨柳弄春柔。动离忧，泪难收。犹记多情，曾为系归舟。碧野朱桥当日事，人不见，水空流。　　韶华不为少年留。恨悠悠，几时休。飞絮落花时候一登楼。便做春江都是泪，流不尽，许多愁。（秦观《江城子》）

漠漠轻寒上小楼，晓阴无赖是穷秋。淡烟流水画屏幽。
自在飞花轻似梦，无边丝雨细如愁。宝帘闲挂小银钩。（秦观《浣溪沙》）

雾失楼台，月迷津渡。桃源望断无寻处。可堪孤馆闭春寒，杜鹃声里斜阳暮。　　驿寄梅花，鱼传尺素。砌成此恨无重数。郴江幸自绕郴山，为谁流下潇湘去。（秦观《踏莎行》）

瑶草一何碧，春入武陵溪。溪上桃花无数，枝上有黄鹂。我欲穿花寻路，直入白云深处，浩气展虹蜺。只恐花深里，红雾湿人衣。　　坐玉石，倚玉枕，拂金徽。谪仙何处，无人伴我白螺杯。我为灵芝仙草，不为绛唇丹脸，长啸亦何为。醉舞下山去，明月逐人归。（黄庭坚《水调歌头》）

春意渐归芳草。故国佳人，千里信沉音杳。雨润烟光，晚景澄明，极目危栏斜照。梦当年少。对尊前上客邹枚，小鬟燕赵。共舞雪歌尘，醉里谈笑。　　花色枝枝争好。鬓丝年年渐老。如今遇风景，空瘦损向谁道。东君幸赐与，天幕翠遮红绕。休休，醉乡歧路，华胥蓬岛。（黄庭坚《逍遥乐》）

济楚好得些。憔悴损都是因它。那回得句闲言语，傍人尽道，你管又还，鬼那人吵。　　得过口儿嘛。直勾得风了自家。是即好意也害毒，我还甜杀了人，怎生申报孩儿。（黄庭坚《丑奴儿》）

中秋无雨，醉送月衔西岭去。笑口须开，几度中秋见月来。　　前年江外，儿女传杯兄弟会。此夜登楼，小谢清吟慰白头。（黄庭坚《减字木兰花》）

天涯也有江南信，梅破知春近。夜阑风细得香迟，不道晓来开遍向南枝。　　玉台弄粉花应妒，飘到眉心住。平生个里愿杯深，去国十年老尽少年心。（黄庭坚《虞美人·宣州见梅作》）

黄、秦与张、晁号为苏门四学士。张耒，字文潜，淮阴人，第进士，元祐初，仕至起居舍人，从东坡游，绍圣后，迭坐党谪；有《柯山集》，传词甚少，惟《风流子》为著。晁补之，字无咎，钜野人，仕至著作郎国史编修官，才气飘逸，嗜学不倦，尤精《楚辞》；有《琴趣外篇》，《四库提要》谓其“神姿高秀与苏轼可以肩随”，而陈振孙谓其“佳者固未逊于秦七黄九”，盖其宗尚所至也。同时又有李之仪、陈师道、程垓、毛滂、谢逸、贺铸，皆负词名；诸人所作，不必尽出于苏，而有时足相呼应。李之仪，字端叔，沧州无棣人，元祐初，为枢密编修官，受知苏轼于定州幕府，徽宗时，提举河东常平，得罪，编管太平州；有《姑溪词》，小令最工，《四库提要》称其“清婉峭蒨，殆不减秦观”，毛晋谓其“小令更长于淡语、景语、情语，黄叔旸不列之南渡诸家，得毋遗珠之恨。”陈师道，字无已，一字履常，号后山，彭城人，以苏轼荐为徐州教授，历秘书省正字；有《后山词》，自谓“他文未能及人，独于词不减秦七黄九”，实则其词无甚过人处，而远逊于其诗也。程垓，字正伯，眉山人，与苏轼为中表，（据毛晋跋。而朱氏《词综》列之南宋，殆南宋初犹存。）有《书舟词》，情致绵邈，善托新意，挥洒自在。毛滂，字泽民，江山人，官杭州法曹；有《东堂词》，情韵特胜，惟因阿附蔡京以得官，词中多贡谀之作，不免贬其词格。谢逸，字无逸，临川人，举八行不就，著《春秋广微》、《樚谈》，及《溪堂集》；有《溪堂词》，《提要》称其“淘炼清圆，点染工丽”，尤以《江神子》“杏花春馆”一词为著。贺铸，字方回，卫州人；元祐中通判泗州，后退居吴下，自号庆湖遗老；其词开后之四明一派，有《东山寓声乐府》，张耒序称其“盛丽如游金张之堂，妖冶如揽嫱施之祛，幽洁如屈宋，悲壮如苏李”。尤以《青玉案》一词为著，时人因呼之为“贺梅子”云。各录二首：

亭皋木叶下，重阳近，又是捣衣秋。奈愁入庾肠，老侵潘鬓，漫簪黄菊，花也应羞。楚天晚，白苹烟尽处，红蓼水边头。芳草有情，夕阳无语，雁横南浦，人倚西楼。　玉容知安否，香笺共锦字，两处悠悠。空恨碧云离合，青鸟沉浮。向风前懊恼，芳心一点，寸眉两叶，禁甚闲愁。情到不堪言处，分付东流。（张耒《风流子》）

个人风味，只有梅花些子似。每到开时，满眼春愁只自知。　霞裾仙珮，姑射神人风露态。蜂蝶休忙，不与春风一点香。（张耒《减字木兰花》）

谯园幽古，烟锁前朝桧。摇落枣红时，满园空，几株苍翠。使君才誉，金殿握兰人，将风调，改荒凉，便是嬉游地。　刘郎莫问，去后桃花事。司马更堪怜，掩金觞琵琶催泪。愁来不醉，不醉奈愁河，汝南周，东阳沈，劝我如何醉。（晁补之《蓦山溪·谯园饮酒为守令作》）

无穷官柳，无情画舸，无根行客。南山尚相送，只高城人隔。　罨画园林溪绀碧，算重来尽成陈迹。刘郎鬓如此，况桃花颜色。（晁补之《忆少年·别历下》）

柔肠寸折。解袂留清血。蓝桥动是经年别。掩门春絮乱，攲枕秋蛩咽。檀篆灭。鸳衾半枕空床月。　妆镜分来缺。尘污菱花洁。嘶骑远，鸣机歇。密封书锦字，巧绾香囊结。芳信绝。东风半落梅梢雪。（李之仪《千秋岁》）

回首芜城旧苑。还是翠深红浅。春意已无多，斜日满帘飞燕。不见。不见。门掩落花庭院。（李之仪《如梦令》）

九里山前千里路。流水无情，只送行人去。路转河回寒日暮。连峰不许重回顾。　水解随人花却住。衾冷香销，但有残

妆污。泪入长江空几许。双洪一抹无寻处。(陈师道《蝶恋花》)

秋声隐地,叶叶无留意。冰簟流光团扇坠,惊起双栖燕子。　　夜堂帘合回廊,风帷吹乱凝香。卧看一庭明月,晚寒不耐微凉。(陈师道《清平乐》)

金鸭懒熏香,向晚来,春酲一枕无绪。浓绿涨瑶窗,东风外,吹尽乱红飞絮。无言伫立,断肠惟有流莺语。碧云欲暮。空惆怅韶华,一时虚度。　　追思旧日心情,记题叶西楼,吹花南浦。老去觉欢疏,伤春恨,都付断云残雨。黄昏院落,问谁犹在凭阑处。可堪杜宇。空只解声声,催他春去。(程垓《南浦》)

月挂霜林寒欲坠,正门外催人起。奈离别如今真个是。欲住也留无计,欲去也来无计。　　马上离魂衣上泪,各自个供憔悴。问江路梅花开也未。春尽也须频寄,人别也书频寄。(程垓《酷相思》)

泪湿阑干花着露,愁到眉峰碧聚。此恨平分取,更无言语空相觑。　　短雨残云无意绪,寂寞朝朝暮暮。今夜山深处,断魂分付潮回去。(毛滂《惜分飞·官阳道舍代作别语》)

余寒尚峭。早凤沼冻开,芝田春到茂,对诞期,天与公春向廊庙。元功开物争春妙。付与秾华多少。召还和气,拂开霁色,未妨谈笑。飏缥缈。五云乱处,种雕菰向熟,碧桃犹小。雨露在门,光彩充闾乌亦好。宝熏郁雾城南道。天自锡公难老。看公身任安危,二十四考。(毛滂《绛都春·太师生辰》)

杏花村馆酒旗风。水溶溶,飏残红。野渡舟横,杨柳绿阴浓。望断江南山色远,人不见,草连空。　　夕阳楼外晚烟笼。粉香融,淡眉峰。记得年时,相见画屏中。只有关山今夜月,千里外,素光同。(谢逸《江神子》)

暖日温风破浅寒,短青无数簇幽兰。三年春在病中看。　　中酒心情长似梦,探花时候不能闲。故园芳信隔秦关。(谢逸《浣溪沙》)

城下路,凄风露。今人犁田古人墓。岸头沙,带蒹葭。漫漫昔时流水今人家。黄埃赤日长安道。倦客无浆马无草。开函关,掩函关。千古如何，不见一人闲。　　六国扰，三秦扫。初谓商山遗四老。驰单车，致缄书。裂荷焚芰，接武曳长裾。高流端得酒中趣。深入醉乡安稳处。生忘形，死忘名。谁论二豪，初不数刘伶。（贺铸《小梅花·将进酒》）

凌波不过横塘路。但目送芳尘去。锦瑟华年谁与度。月桥花榭，琐窗朱户。惟有春知处。　　碧云冉冉蘅皋暮。彩笔新题断肠句。试问闲愁都几许。一川烟草，满城风絮。梅子黄时雨。（贺铸《青玉案》）

殿北宋之末，而集其大成者，有二人焉，曰周邦彦、李清照。周起于南；李出于北。周气体高丽；李清味精永。盖异趣而不为歧，同能而不相掩也。周字美成，钱塘人，自号清真居士，性疏隽少检，博涉百家之书，以献《汴都赋》登进，累官秘书监，进徽猷阁待制，提举大晟府，于声律词调，多所创作，每制一词，名流辄为赓和；出知顺昌府，徙处州，卒。有《清真集》，曹杓注，南宋嘉定间，庐陵陈少章删定旧注十卷，改题《片玉词》。其词抚写物态，曲尽其妙，浑厚和雅，善融诗句，富艳精工，长于铺叙，自贵人学士，市僧妓女，皆知其词为可爱。诚能汇前此晏欧秦柳之长，而成一大派；树后此姜史吴张之鹄，而开其大宗。集中名作如林，尤以《兰陵王》、《锁窗寒》、《齐天乐》、《六丑》、《夜飞鹊》、《满庭芳》、《渡江云》、《西河》、《浪淘沙慢》、《忆旧游》、《过秦楼》、《尉迟杯》等首为绝工，状风物，写羁情，怀旧即景，无不真妙；令词如《玉楼春》、《蝶恋花》、《南乡子》、《浣溪沙》多首，皆极清隽。兼之妙通音律，下字用韵，皆有法度，故方千里杨泽民和作，步趋绳尺，不敢稍失，直奉为典则矣。录八首：

暗柳啼鸦，单衣伫立，小帘朱户。桐花半亩，静锁一庭愁雨。洒空阶更阑未休，故人剪烛西窗语。似楚江暝宿，风灯零乱，少年羁旅。　　迟暮。嬉游处。正店舍无烟，禁城百五。旗亭唤酒，付与高阳俦侣。想东园桃李自春，小唇秀靥今在否。到归时定有残英，待客携尊俎。（周邦彦《锁窗寒》）

绿芜凋尽台城路，殊乡又逢秋晚。暮雨生寒，鸣蛩劝织，深阁时闻裁剪。云窗静掩。叹重拂罗裀顿疏花簟。尚有练囊，露萤清夜照书卷。　　荆江留滞最久，故人相望处，离思何限。渭水西风，长安落叶，空忆诗情宛转。凭高眺远，正玉液新篘，蟹螯初荐。醉倒山翁，但愁斜照敛。（周邦彦《齐天乐》）

风老莺雏，雨肥梅子，午阴嘉树清圆。地卑山近，衣润费炉烟。人静乌鸢自乐，小桥外新绿溅溅。凭阑久，黄芦苦竹，疑泛九江船。　　年年。如社燕，飘流瀚海，来寄修椽。且莫思身外，长近樽前。憔悴江南倦客，不堪听急管繁弦。歌筵畔，先安枕簟，容我醉时眠。（周邦彦《满庭芳·夏日溧水无想山庄作》）

记愁横浅黛，泪洗红铅，门掩秋宵。坠叶惊离思，听寒螀夜泣，乱雨潇潇。凤钗半脱云鬓，窗影烛光摇。渐暗竹敲凉，疏萤照晓，雨地魂消。　　迢迢。问音信，道径底花阴，时认鸣镳。也拟临朱户，叹因郎憔悴，羞见郎招。旧巢更有新燕，杨柳拂河桥。但满眼惊尘，东风竟日吹露桃。（周邦彦《忆旧游》）

桃溪不作从容住，秋藕绝来无续处。当时相候赤阑桥，今日独寻黄叶路。　　烟中列岫青无数，雁背夕阳红欲暮。人如风后入江云，情似雨余沾地絮。（周邦彦《玉楼春》）

鱼尾霞生明远树。翠壁黏天，玉叶迎风举。一笑相逢蓬海路。人间风月如尘土。　　剪水双眸云半吐。醉倒天瓢，笑语生青雾。此会未阑须记取。桃花几度吹红雨。（周邦彦《蝶恋花》）

寒夜梦初醒。行尽江南万里程，早是愁来无会处，时听。败叶相传细雨声。　　书信也无凭。万事由他别后情。谁信归来须及早，长亭。短帽轻衫走马迎。（周邦彦《南乡子》）

水涨鱼天拍柳桥。云鸠拖雨过江皋。一番春信入东郊。闲碾凤团消短梦，静看燕子垒新巢。又移月影上花梢。（周邦彦《浣溪沙》）

李清照，号易安居士，济南人，李格非女，赵明诚妻，幼嗜文学，适明诚后，尤喜搜讨考订，记览甚博；晚年际南渡之乱，明诚又卒，颠沛无依，遭遇甚苦。其于词学用力至勤，作《词论》，评骘诸家，皆致不满，略谓“欧、晏、苏不协音律，柳虽协音律而辞语尘下，晏叔原苦无铺叙，贺方回苦少典重，秦少游专主情致而少故实，黄鲁直尚故实而多疵病，张子野宋子京虽时有妙语，而破碎不足名家”。有《漱玉集》、《宋史·艺文志》六卷、《直斋书录解题》五卷，皆已散亡，今存本为毛晋所刊，仅十七阕，虽所存不多，而并皆精采。张端义《贵耳集》，谓其“以寻常语度入音律，炼句精巧则易，平淡入律者难”。又谓其“秋词《声声慢》，乃公孙大娘舞剑手，本朝非无能词之士，曾未有一下十四叠字者”，黄升谓其“宠柳娇花之语，亦甚奇俊，前此未有能道之者”，《四库提要》谓“清照以一妇人，而词格乃抗周轶柳”，且亦许为大宗。集中名句皆深刻精透，不拾前人牙慧，宜其睥睨一切矣。录六首：

萧条庭院，又斜风细雨。重门须闭。宠柳娇花寒食近，种种恼人天气。险韵诗成，扶头酒醒，别是闲滋味。征鸿过尽，万千心事难寄。　　楼上几日春寒，帘垂四面，碧阑干慵倚。被冷香消新梦觉，不许愁人不起。清露晨流，新桐初引，多少游春意。日高烟敛，更看今日晴未。（李清照《念奴娇》）

寻寻觅觅，冷冷清清，凄凄惨惨戚戚。乍暖还寒时候，最难将息。三杯两盏淡酒，怎敌他晚来风急。雁过也，正伤心，却是旧时相识。　　满地黄花堆积。憔悴损，如今有谁堪摘。守着窗儿，独自怎生得黑。梧桐更兼细雨，到黄昏点点滴滴。这次第，怎一个愁字了得。（李清照《声声慢》）

香冷金猊，被翻红浪，起来慵自梳头。任宝奁尘满，日上帘钩。生怕离怀别苦，多少事欲说还休。新来瘦，非干病酒，不是悲秋。　　休休。这回去也，千万遍《阳关》，也则难留。念武陵人远，烟锁秦楼。惟有楼前流水，应念我终日凝眸。凝眸处，从今又添，一段新愁。（李清照《凤凰台上忆吹箫》）

薄雾浓云愁永昼，瑞脑消金兽。佳节又重阳，玉枕纱橱，半夜凉初透。　　东篱把酒黄昏后，有暗香盈袖。莫道不销魂，帘卷西风，人比黄花瘦。（李清照《醉花阴》）

红藕香残玉簟秋。轻解罗裳，独上兰舟。客中谁寄锦书来，雁字回时，月满西楼。　　花自飘零水自流。一种相思，两处闲愁。此情无计可消除，才下眉头，又上心头。（李清照《一剪梅》）

风住尘香花已尽，日晚倦梳头。物是人非事事休。欲语泪先流。　　闻说双溪春尚好，也拟泛轻舟。只恐双溪舴艋舟。载不动，许多愁。（李清照《武陵春》）

此外如周紫芝、葛胜仲、王安中、李祁、刘一止、吕渭老、蔡伸、李甲，均为北宋末期较著之词家，虽无特长，而各有成就者也。各录一首：

夕阳低尽柳如烟。澹平川，断肠天。今夜十分霜月更娟娟。乍得人如天上月，虽暂缺，有时圆。　　断云飞雨又经年。思凄然，泪涓涓。且做如今要见也无缘。因甚江头来去雁，飞不到，小楼边。（周紫芝《江城子》）

玉琯还飞换岁灰。定山新棹酒船回。年时梁燕双双在，肯为人愁便不来。　　衰意绪，病情怀。玉山今夜为谁颓。年时梅蕊垂垂破，肯为人愁便不开。（葛胜中《鹧鸪天》）

秋鸿只向秦筝住。终寄青楼书不去。手因春梦有携时，眼到花开无著处。　　泥金小字回文句。翠袖红裙今在否。欲寻巫峡旧时云，问取高唐台畔路。（王安中《玉楼春》）

袅袅秋风起，萧萧败叶声。岳阳楼上听哀筝。楼下凄凉江月为谁明。　　雾雨沉云梦，烟波渺洞庭。可怜无处问湘灵。只有无情江水绕孤城。（李祁《南歌子》）

晓光催角。听宿鸟未惊，邻鸡先觉。迤逦烟村，马嘶人起，残月尚穿林薄。泪痕带霜微凝，酒力冲寒犹弱。叹倦客，悄不禁重梁，风尘京洛。　　追念人别后，心事万重，难觅孤鸿托。翠幌娇深，曲屏香暖，念岁寒飘泊。怨月恨花，须不是不曾经著。这情味，望一成消减，新来还恶。（刘一止《喜迁莺·晓行》）

隙月垂篦，乱蛩催织，秋晚嫩凉房户。燕拂帘旌，鼠窥窗网，寂寂飞萤来去。金铺镇掩，漫记得花时南浦。约重阳萸糁菊英，小楼遥夜歌舞。　　银烛暗佳期细数。帘幕渐西风，半窗秋雨。叶底翻红，水面皱碧，镫火裁缝砧杵，登台望极，正雾锁官槐归路。定须相将，宝马钿车，访吹箫侣。（吕渭老《百宜娇》）

冰结金壶，寒生罗幕，夜阑霜月侵门。翠筠敲韵，疏梅弄影，数声雁过南云。酒醒欹粲枕，怆犹有残妆泪浪。绣被孤拥，余香未歇，犹是那时熏。　　长记得扁舟寻旧约，听小窗风雨，镫火黄昏。锦茵才展，琼签报曙，宝钗又是轻分。黯然携手处，倚朱箔愁凝黛颦。梦回云散，山遥水远空断魂。（蔡伸《飞雪满群山》）

卖酒垆边，寻芳原上，乱花飞絮悠悠。已蝶稀莺散，便拟把长绳，系日无由。漫道草忘忧，也徒将酒解闲愁。正江南春尽，行人千里，苹满汀洲。　　有翠红径里盈盈侣，簇芳茵禊饮，时笑时讴。当暖风迟景，任相将永日。烂漫狂游。谁信盛狂中，有离情忽到心头。向尊前拟问，双燕来时，曾过秦楼。（李甲《过秦楼》）

（二）南宋诸词家

朱彝尊《词综·发凡》云："世人言词必称北宋；然词至南宋始极其工，至宋季而始极其变。"而明宋徵璧则曰："词至南宋而繁，亦至南宋而敝。"平亭二说，朱氏为允。北宋海宇承平，风尚泰侈，词人伎俩，大率绘景言情；其上者亦仅抒羁旅之怀，发迟暮之感而已。其局势无由而大，其气格无由而高也。至于南渡，偏安半壁，外患频仍，君臣苟安，湖山歌舞。降及鼎革，尚有遗黎。铜驼遂荒，金仙不返。有心人感慨兴废，凭吊丘墟，词每茹悲，情多不忍。斜阳依旧，禹迹都无；关塞莽然，长淮望断。竹西佳处，乔木犹厌言兵；荆鄂遗民，故垒还知恨苦。望四桥之烟草，泪眼东风；消几度之斜阳，枯形阅世。凡兹丧乱，自启哀思，穷苦易工，忧患知道，盖《民劳》《板荡》之余，《哀郢》《怀沙》之嗣，所谓极其工，极其变者，岂不信哉？至于状儿女之情，托风月之兴，仍无以越乎北宋也。

北宋词人至南宋而显者，有向子諲、康与之、赵鼎、陈与义、叶梦得、李邴、朱敦儒诸人。向、康、赵、陈，已见前。叶梦得，字少蕴，吴县人，绍圣四年进士，累官龙图阁直学士，帅杭州；高宗朝，除尚书右丞，江东安抚使，兼知建康府行营留守，移知福州，提举洞霄宫；晚居吴兴弁山，自号石林居士；有《石林集》，关注谓其“妙龄词甚婉丽，绰有温李之风；晚岁落其华而实之，能于简淡时出雄杰，合处不减东坡”，毛晋谓其“不作柔语殢人，真词家逸品”。李邴，字汉老，任城人，崇宁五年进士，累官翰林学士，绍兴初，拜参知政事，资政殿学士，晚寓泉州，卒谥文敏；有《云龛草堂集》，与汪藻、楼钥，称南渡三词人。朱敦儒，字希真，洛阳人，以荐起，绍兴五年进士，官秘书省正字，兵部郎官，迁两浙东路提点刑狱，上疏乞归，居嘉禾；有《樵歌》三卷，汪莘谓其“词多尘外之想，虽杂以微尘，而其清气自不可没”。黄升谓其“天资旷远，有神仙风致”。余如李弥逊、左誉、侯寘、葛立方、黄公度、胡铨、张元干、袁去华，皆南宋初期较著之词家，而承北宋之绪者也。各录一首：

睡起啼莺语。掩苍苔房栊向晚，乱红无数。吹尽残花无人见，惟有垂杨自舞。渐暖霭初回轻暑。宝扇重寻明月影，暗尘侵尚有乘鸾女。惊旧恨，遽如许。　　江南梦断蘅皋渚。浪黏天葡萄涨绿，半空烟雨。无限楼前沧波意，谁采苹花寄取。但怅望兰舟容与。万里云帆何时到，送孤鸿目断千山阻。谁为我，唱《金缕》。（叶梦得《贺新郎》）

潇洒江梅。向竹梢疏处，横两三枝。东风也不爱惜，雪压霜欺。无情燕子，怕春寒轻失花期。惟是有南来塞雁，年年长记开时。　　清浅小溪如练，问玉堂何似，茅舍疏篱。伤心故人去后，冷落新诗。微云淡月，对孤芳分付他谁。空自倚清香未减，风流不在人知。（李邴《汉宫春》）

故国当年得意，射麋上苑，走马长楸。对葱葱佳气，赤县神州。好景何曾虚过，胜游是处相留。向伊川雪夜，洛浦花朝，占断狂游。　　胡尘卷地，南走炎荒，曳裾强学应刘。空漫说螭蟠龙卧，谁取封侯。塞雁年年北去，蛮江日日西流。此生老矣，除非春

梦，重到东周。（朱敦儒《雨中花·岭南作》）

江城烽火连三月，不堪对酒长亭别。休作断肠声，老来无泪倾。　风高帆影疾，目送舟痕碧。锦字几时来，薰风无雁回。（李弥逊《菩萨蛮》）

黄昏楼上杏花寒。斜月小阑干。一双燕子，两行征雁，画角声残。　绮窗人在东风里，洒泪对春闲。也应似旧，盈盈秋水，淡淡春山。（左誉《眼儿媚》）

三年牢落荒江路。忍明日轻帆去。冉冉年光真暗度。江山无助，风波有险，不是留君处。　梅花万里伤迟暮。驿使来时望佳句。我拼归休心已许。短篷孤棹，绿蓑青笠，稳泛潇湘雨。（侯寘《青玉案·戏用贺方回韵饯别朱少章》）

袅袅水芝红，脉脉蒹葭浦。淅淅西风淡淡烟，几点疏疏雨。　草草展杯觞，对此盈盈女。叶叶红衣当酒船。细细流霞举。（葛立方《卜算子》）

湖上送残春，已负别时归约。好在故园桃李，为谁开谁落。　还家应是荔支天，浮蚁要人酌。莫把舞裙歌扇，便等闲抛却。（黄公度《好事近》）

十年目断鲸波阔。万里相逢歌怨咽。髻鬟春雾翠微重，眉黛秋山烟雨抹。　小槽旋滴真珠滑。断送一生《花十八》。醉中扶上木肠儿，酒醒梦回空对月。（胡铨《玉楼春·赠督监侍儿是夕歌六幺》）

梦绕神州路。怅秋风连营画角，故宫离黍。底事昆仑倾砥柱。九地黄流乱注。聚万落千村狐兔。天意从来高难问，况人情易老悲难诉。更南浦，送君去。　凉生岸柳摧残暑。耿斜河疏星淡月，断云微雨。万里江山知何处，回首对床夜雨。雁不到书成谁与。目尽青天怀今古，肯吾曹恩怨相尔汝。举太白，听《金缕》。（张元干《贺新郎·送胡邦衡待制赴新州》）

鸟影度疏木，天势入平湖。沧波万顷，轻风落日片帆孤。渡口千章云木，冉冉炊烟一缕，人在翠微居。客里更愁绝，回首忆吾庐。　功名事，今老矣，待何如。拂衣归去，谁道张翰为莼鲈。

且就竹深荷静，坐看山高月小，剧饮与谁俱。长啸动林木，意气欲凌虚。（袁去华《水调歌头》）

南宋词人大声独发，高格首标者，厥推辛弃疾。弃疾字幼安，号稼轩，济南历城人。耿京聚兵山东，节制忠义军马，留掌书记；绍兴三十二年，令奉表南归，高宗召见，授承务郎；宁宗朝，累官湖南、江西、浙东安抚使，加龙图阁待制，进枢密都承旨，卒，德祐初，赠少师，谥忠敏；有《稼轩长短句》，刘克庄谓其"大声镗鞳，小声铿锵，横绝六合，扫空万古"，楼俨谓其"驱使庄骚经史，无一点斧凿痕"，《四库提要》谓其"慷慨纵横，有不可一世之概，于倚声家为变调；而异军特起，能于剪红刻翠之外，屹然别立一宗，迄今不废"。盖稼轩词备四时之气，固为大家，而其人实不仅为词人。观其斩僧义端，擒张安国，剿赖文政，设飞虎营，武绩烂然，固英雄也；恤吴交如，济刘改之，哭朱文公，笃于友谊，则义侠也；晚年营带湖，师陶令，溪山作债，书史成淫，又隐逸之俦也。故其为词激昂排宕，不可一世；而潇洒隽逸，旖旎风光，亦各极其能事。东坡有其胸襟，无其才气；清真有其情韵，无其风骨。效之者或得其粗豪，而遗其精密；步其挥洒，而忘其胎息焉。后人或讥之为"词论"，或讥之为"掉书袋"，要皆未观其大。特其天才学问蓄积之所就，非浅薄窒陋者所易学步耳。集中胜作极多，格调约分四派：豪壮、绵丽、隽逸、沉郁，皆各造其极，信中兴之杰也。录十二首：

楚天千里清秋，水随天去秋无际。遥岑远目，献愁供恨，玉簪螺髻。落日楼头，断鸿声里，江南游子。把吴钩看了，阑干拍遍，无人会，登临意。　　休说鲈鱼堪脍。尽西风季鹰归未。求田问舍，怕应羞见，刘郎才气。可惜流年，忧愁风雨，树犹如此。倩何人唤取，红巾翠袖，揾英雄泪。（辛弃疾《水龙吟·登建康赏心亭》）

千古江山，英雄无觅，孙仲谋处。舞榭歌台，风流总被，雨打风吹去。斜阳草树，寻常巷陌，人道寄奴曾住。想当年金戈铁马，气吞万里如虎。　　元嘉草草，封狼居胥，赢得仓皇北顾。四十三年，望中犹记，烽火扬州路。可堪回首，佛狸祠下，一片神鸦社鼓。凭谁问廉颇老矣，尚能饭否。（辛弃疾《永遇乐·京口北固亭怀古》）

醉里挑灯看剑，梦回吹角连营。八百里分麾下炙，五十弦翻塞外声。沙场秋点兵。　马作的卢飞快，弓如霹雳弦惊。了却君王天下事，赢得生前身后名。可怜白发生。（辛弃疾《破阵子·为陈同甫赋壮词以送之》）

更能消几番风雨。匆匆春又归去。惜春长怕花开早，何况落红无数。春且住。见说道天涯芳草无归路。怨春不语。算只有殷勤，画檐蛛网，尽日惹飞絮。　长门事，准拟佳期又误。蛾眉曾有人妒。千金纵买相如赋。脉脉此情谁诉。君莫舞。君不见玉环飞燕皆尘土。闲愁最苦。休去倚危阑，斜阳正在，烟柳断肠处。（辛弃疾《摸鱼儿·淳熙己亥自湖北漕移湖南同官王正之置酒小山亭为赋》）

敲碎离愁，纱窗外风摇翠竹。人去后吹箫声远，倚楼人独。满眼不堪三月暮，举头已觉千山绿。但试把一纸寄来书，从头读。　相思字，空盈幅。相思意，何时足。滴罗襟点点，泪珠盈掬。芳草不迷行客路，垂杨只碍离人目。最苦是立尽月黄昏，阑干曲。（辛弃疾《满江红》）

宝钗分，桃叶渡。烟柳暗南浦。怕上层楼，十日九风雨。断肠点点飞红，都无人管，更谁劝啼莺声住。　鬓边觑。应把花卜归期，才簪又重数。罗帐镫昏，哽咽梦中语。是他春带愁来，春归何处，却不解带将愁去。（辛弃疾《祝英台近·晚春》）

亭上秋风，记去年袅袅，曾到吾庐。山河举目虽异，风景非殊。功成者去，觉团扇便与人疏。吹不断斜阳依旧，茫茫禹迹都无。　千古茂陵词在，甚风流章句，解拟相如。只今木落江冷，渺渺愁余。故人书报，莫因循忘却莼鲈。谁念我新凉灯火，一编《太史公书》。（辛弃疾《汉宫春·会稽秋风亭观雨》）

带湖吾甚爱，千丈翠奁开。先生杖屦无恙，一日走千回。凡我同盟鸥鹭，今日既盟之后，来往莫相猜。白鹤在何处，尝试与偕来。　　破青萍，排翠藻，立苍苔。窥鱼笑汝痴计，不解举吾杯。废沼荒丘畴昔，明月清风此夜，人世几欢哀。东岸绿阴少，杨柳更须栽。（辛弃疾《水调歌头·盟鸥》）

枕簟溪堂冷欲秋。断云依水晚来收。红莲相倚浑如醉，白鸟无言定是愁。　　书咄咄，且休休。一丘一壑也风流。不知筋力衰多少，但觉新来懒上楼。（辛弃疾《鹧鸪天·鹅湖归病起作》）

绿树听鹈鴂。更那堪鹧鸪声住，杜鹃声切。啼到春归无啼处，苦恨芳菲都歇。算未抵人间离别。马上琵琶关塞黑，对长门翠辇辞金阙。看《燕燕》，送归妾。　　将军百战身名裂。向河梁回头万里，故人长绝。易水萧萧西风冷，满座衣冠似雪。正壮士悲歌未彻。啼鸟还知如许恨，料不啼清泪长啼血。谁伴我，醉明月。（辛弃疾《贺新郎·别茂嘉十二弟》）

野棠花落，又匆匆过了，清明时节。刬地东风欺客梦，一枕云屏寒怯。曲岸持觞，垂杨系马，此地曾经别。楼空人去，旧游飞燕能说。　　闻道绮陌东头，行人曾见，帘底纤纤月。旧恨春江流不断，新恨云山千叠。料得明朝，尊前重见，镜里花难折。也应惊问，近来多少华发。（辛弃疾《念奴娇·书东流村壁》）

郁孤台下清江水，中间多少行人泪。西北望长安，可怜无数山。　　青山遮不住，毕竟东流去。江晚正愁余，山深闻鹧鸪。（辛弃疾《菩萨蛮·书江西造口壁》）

近稼轩而实导源东坡者，有张孝祥、范成大、陆游。孝祥，字安国，号于湖，简池人，寓居历阳，年二十余，对策魁天下，因忤秦桧，屡遭迁黜；及桧死，始得隆遇，入直中书；有《于湖词》三卷，汤衡序称其“平昔为词，未尝著稿，笔酣兴健，顷刻即成，如《歌头》《凯歌》诸曲，骏发踔厉，寓以诗人句法，自仇池仙去，能继其轨者非公而谁？”陈应行序称其“前无古人，后无来者，读之泠然洒然，真非烟火食人辞语。”洵非过誉。成大，字致能，吴郡人，绍兴二十四年进士，孝宗时，累官权吏部尚书，拜参知政事，进资政殿学士，提举洞霄宫，卒，谥文穆；有《石湖居士集》，多纵爽之作。游字务观，山阴人，隆兴初进士，范成大帅蜀，为参议官累知严州，嘉泰初，诏同修国史，兼秘书监，迁宝章阁待制，致仕，晚自号放翁；有《剑南集》二卷，刘克庄谓“放翁稼轩，一扫纤艳，不事斧凿。但时时掉书袋”；杨慎《词品》则谓“放翁纤丽处似淮海，雄快处似东坡”。今观其词纤丽时复有之，要以疏爽处为多；盖其晚年返雄心于恬淡，所谓“萧条病骥，向暗里消尽当年豪气”，其自道固确也。各录三首：

长淮望断，关塞莽然平。征尘暗，霜风劲，悄边声。黯消凝。追想当年事，殆天数，非人力，洙泗上，弦歌地，亦膻腥。隔水毡乡落日，牛羊下，区脱纵横。看名王宵猎，骑火一川明。笳鼓悲鸣。遣人惊。　　念腰间箭，匣中剑，空埃蠹，竟何成。时易失，心徒壮，岁将零。渺神京。干羽方怀远，静烽燧，且休兵。冠盖使，纷驰骛，若为情。闻道中原遗老，常南望翠葆霓旌。使行人到此，忠愤气填膺。有泪如倾。（张孝祥《六州歌头》）

洞庭青草，近中秋，更无一点风色。玉界琼田三万顷，着我扁舟一叶。素月分辉，银河共影，表里俱澄澈。怡然心会，妙处难与君说。　　应念岭海经年，孤光自照，肝肺皆冰雪。短发萧骚襟袖冷，稳泛沧溟空阔。尽挹西江，细斟北斗，万象为宾客。扣舷独啸，不知今夕何夕。（张孝祥《念奴娇·洞庭》）

路尽湘江水，人行瘴雾间。昏昏西北度严关。天外一簪初见岭南山。　　北雁连书断，秋霜点鬓斑。此行休问几时还。准拟桂林佳处过春残。（张孝祥《南歌子·过严关》）

罨画溪山，行欲遍风蒲还举。天渐远，水云初静，柁楼人语。月色波光看不定，玉虹横卧金鳞舞。算五湖今夜只扁舟，追千古。　　怀往事，渔樵侣。曾共醉，松江渚。笑今年依旧，一杯沧浦。宇宙此身元是客，不须怅望家何许。但中秋时节好溪山，皆吾土。（范成大《满江红》）

万里汉家使，双节照清秋。旧京行遍，中夜呼啸济黄流。寥落桑榆西北，无限大行紫翠，相伴过芦沟。岁晚客多病，风露冷貂裘。　　对重九，须烂醉，莫牵愁。黄花为我一笑，不管鬓霜羞。

袖里天书咫尺，眼底关河百二，歌罢此身浮。惟有平安信，随雁到南州。（范成大《水调歌头·燕山九日作》）

栖乌飞绝，绿雾星明灭。烧香曳簟眠清樾。花影吹笙，满地淡黄月。　　好风碎竹声如雪。《昭华》三弄临风咽。鬓丝撩乱纶巾折。凉满北窗，休共软红说。（范成大《醉落魄》）

华鬓星星，惊壮志成虚，此身如寄。萧条病骥。向暗里消尽当年豪气。梦断故国山川，隔重重烟水。身万里。旧社凋零，青门俊游谁记。　　尽道锦里繁华，叹官闲昼永，紫荆添睡。清愁自醉。念此际付与何人心事。纵有楚柁吴樯，知何时东逝。空怅望脍美菰香，秋风又起。（陆游《双头莲·呈范致能待制》）

东望山阴何处是。往来一万三千里。写得家书空满纸。流清泪。书回已是明年事。　　寄语红桥桥下水。扁舟何日寻兄弟。行遍天涯真老矣。愁无寐。鬓丝几缕茶烟里。（陆游《渔家傲·寄仲高》）

当年万里觅封侯。匹马戍梁州。关河梦断何处，尘暗旧貂裘。　　胡未灭，鬓先秋。泪空流。此生谁料，心在天山，身老沧洲。（陆游《诉衷情》）

自稼轩绍东坡而开豪壮之宗，南宋词人之继声者甚众，其最著者有二刘。刘过，字改之，号龙洲道人，泰和人，嘉泰中为稼轩之客，相得极欢，性亢爽自负；有《龙洲词》一卷，如《六州歌头》、《沁园春》、《念奴娇》等之豪壮；《小桃红》、《醉太平》之绵丽；《唐多令》、《天仙子》之隽逸；《贺新郎》、《祝英台近》之沉郁，皆足与稼轩相应和，但功业名位不及耳。刘克庄，字潜夫，号后村，莆田人，淳祐中赐进士出身，官龙图阁直学士，卒谥文定；有《后村别调》五卷，张炎议其"直致近俗，乃效稼轩而不及者"。集中《沁园春》、《念奴娇》、《满江红》、《水龙吟》、《贺新郎》多首皆极肖。大抵后村龙洲，皆稼轩之羽翼，惟龙洲局度不若稼轩之宏，而后村气势又稍逊龙洲之壮，然以视其他效辛者，皆高出数筹也。录龙洲四首，后村二首：

万里湖南，江山历历，皆吾旧游。看飞凫仙子，张帆直上，周郎赤壁，鹦鹉沧洲。尽吸西江，醉中横笛，人在岳阳楼上头。波澜静，泛洞庭青草。东整兰舟。　长沙会府风流。有万户娉婷帘玉钩。恨楚城春晚，岸花樯燕，还将客送，不是人留。且唤阳城，更招元结，摩抚三关歌咏休。心期处，算世间真有，骑鹤扬州。（刘过《沁园春·送人赴营道宰》）

晚入纱窗静，戏弄菱花镜。翠袖轻匀，玉纤弹去，小妆红粉。画行人愁外两青山，与尊前离恨。　宿酒醺难醒，笑记香肩并。暖借莲腮，碧云微透，晕眉斜印。最多情生怕外人猜，拭香津微揾。（刘过《小桃红·在襄州作》）

芦叶满汀洲，寒沙带浅流。二十年重过南楼。柳下系船犹未稳，能几日，又中秋。　黄鹤断矶头，故人曾到不。旧江山浑是新愁。欲买桂花同载酒，终不似，少年游。（刘过《唐多令·安远楼小集》）

老去相如倦。向文君说似如今，怎生消遣。衣袂京尘曾染处，空有香红尚软。料彼此魂销肠断。一枕新凉眠客舍，听梧桐疏雨秋声颤。镫晕冷，记初见。　楼低不放珠帘掷。晚妆残翠蛾狼藉，泪痕凝脸。人道愁来须殢酒，无奈愁深酒浅。但托意焦琴纨扇。莫鼓琵琶江上曲，恨荻花枫叶俱凄怨。云万叠，寸心远。（刘过《贺新郎·赋赠四明老倡》）

何处相逢，登宝钗楼，访铜雀台。唤厨人斫就，东溟鲸脍，圉人呈罢，西极龙媒。天下英雄，使君与操，余子谁堪共酒杯。车千乘，载燕南代北，剑客奇才。　饮酣鼻息如雷。谁道被邻鸡催唤回。叹年光过尽，功名未立，书生老去，机会方来。使李将军，遇高皇帝，万户侯何足道哉。推衣起，但凄凉感旧，慷慨生哀。（刘克庄《沁园春·梦方孚若》）

年年跃马长安市。客舍似家家似寄。青钱换酒日无何，红烛呼卢宵不寐。　易挑锦妇机中字。难得玉人心下事。男儿西北有神州，莫滴水西桥畔泪。（刘克庄《木兰花·戏林推》）

与稼轩同时而别树一帜者，是为姜夔。夔字尧章，鄱阳人，幼随官古沔，学诗于萧东父，后寓吴兴，与白石洞天为邻，自号白石道人；庆元中，上书乞正太常雅乐，隐居不仕，啸傲山林，往来湖湘淮左，与范成大杨万里友善；卒于临安永磨方氏馆，葬西马塍。生平著作甚多，有《白石道人歌曲》五卷，因其精通乐律，故常自度新腔。陈郁称其"襟期洒落，如晋宋间人，意到语工，不期于高远而自高远"，黄升谓"白石词极精妙，不减清真，其高处有美成所不能及"，赵孟坚谓其为"词家之申韩"，张炎谓其"如野云孤飞，去留无迹"，而沈义父谓其"清劲知音，未免有生硬处"。白石在南宋至负盛名，自誉多而毁少。今观其词，语无不隽，意无不婉，韵饶而气能运，字稳而情不沾，真词苑之当行，后生之膏馥也。其《暗香》《疏影》二阕，张炎叹为绝唱，以为"用事不为事使"；他如《扬州慢》、《一萼红》、《念奴娇》、《琵琶仙》、《长亭怨慢》、《淡黄柳》、《惜红衣》、《凄凉犯》、《齐天乐》等阕，皆格调高迥，吐属隽雅，读者咀嚼之若有余味；尤以词前小序之清妙，为诸家所无。或议其"堆砌典实，有损真情"，或议其"过尚清高，殆濒贵族"，此以后世眼光妄度古人，不足为定论也。录六首：

旧时月色。算几番照我，梅边吹笛。唤起玉人，不管清寒与攀摘。何逊而今渐老，都忘却春风词笔。但怪得竹外疏花，香冷入瑶席。　　江国。正寂寂。叹寄与路遥，夜雪初积。翠尊易泣。红萼无言耿相忆。长记曾携手处，千树压西湖寒碧，又片片吹尽也，几时见得。（姜夔《暗香·石湖咏梅》）

淮左名都，竹西佳处，解鞍少驻初程。过春风十里，尽荠麦青青。自胡马窥江去后，废池乔木，犹厌言兵。渐黄昏清角吹寒，都在空城。　　杜郎俊赏，算如今重到须惊。纵豆蔻词工，青楼梦好，难赋深情。二十四桥仍在，波心荡冷月无声，念桥边红药，年年知为谁生。（姜夔《扬州慢·丙申至日过维扬》）

古城阴。有官梅几许，红萼未宜簪。池面冰胶，墙腰雪老，云意还又沉沉。翠藤共闲穿径竹，渐笑语惊起卧沙禽。野老林泉，故王台榭，呼唤登临。　　南去北来何事，荡湘云楚水，目极伤心。朱户粘鸡，金盘簇燕，空叹时序侵寻。记曾共西楼雅集，想垂柳还袅万丝金。待得归鞍到时，只怕春深。（姜夔《一萼红·丙午人日登长沙定王台》）

渐吹尽枝头香絮，是处人家，绿深门户。远浦萦回，暮帆零乱向何许。阅人多矣，谁得似长亭树。树若有情时，不会得青青如此。　　日暮。望高城不见，只见乱山无数。韦郎去也。怎忘得玉环分付。第一是早早归来，怕红萼无人为主。算空有并刀，难剪离愁千缕。（姜夔《长亭怨慢》）

空城晓角。吹入垂杨陌。马上单衣寒恻恻。看尽鹅黄嫩绿，都是江南旧相识。　　正岑寂。明朝又寒食。强携酒小乔宅。怕梨花落尽成秋色。燕燕归来，问春何在，惟有池塘自碧。（姜夔《淡黄柳·客居合肥》）

燕雁无心，太湖西畔随云去。数峰清苦。商略黄昏雨。　　第四桥边，拟共天随住。今何许。凭阑怀古。残柳参差舞。（姜夔《点绛唇·丁未冬过吴淞作》）

朱彝尊云："词莫善于姜夔，宗之者张辑、卢祖皋、史达祖、吴文英、蒋捷、王沂孙、张炎、周密、陈允平、张翥、杨基，皆具夔之一体；基之后，得其门者寡矣。"翥，元人，基，明人，姑待后论。张辑，字宗瑞，号东泽，鄱阳人，冯深居目为东仙；有《欸乃集》、《东泽绮语债》二卷，多倚旧腔而别立新名，亦好奇之故也，以《疏帘淡月》、《淮甸春》、《垂杨碧》等首为胜。卢祖皋，字申之，又字次夔，号蒲江，永嘉人，嘉定间为军器少监，权直学院；有《蒲江词》一卷，小令时有佳趣，慢词如《木兰花慢》，颇肖白石。史达祖，字邦卿，号梅溪，汴人，少举进士不第，依韩侂胄为掾吏，侂胄诛，达祖亦被黥；有《梅溪词》一卷，美夔谓其"清奇逸秀，有李长吉之韵，盖能融情景于一家，会句意于两得"，张镃谓其"妥帖清圆，辞情俱到，可以分镳清真，平睨方回，而纷纷三变辈几不足比数"。集中如《绮罗香》、《双双燕》、《东风第一枝》、《齐天乐》、《夜合花》等阕，皆体物偏工，不留滞于物，余词亦多胜作，足媲白石，后人咸惜其降志为权奸堂吏，品格不高云。录张、卢各二首，史四首：

梧桐雨细。渐滴作秋声，被风惊碎。润逼衣篝，线袅蕙炉沉水。悠悠岁月天涯醉。一分秋一分憔悴。紫箫吹断，素笺恨切，夜寒鸿起。　　又何苦凄凉客里。负草堂春绿，竹溪空翠。落叶西风，吹老几番尘世。从前谙尽江湖味。听商歌归兴千里。露侵宿酒，疏帘淡月，照人无寐。（张辑《疏帘淡月》）

花半湿，睡起一窗晴色。千里江南真咫尺，醉中归梦直。
前度兰舟送客，双鲤沉沉消息。楼外垂杨如此碧，问春来几日。（张辑《垂杨碧》）

嫩寒催客棹，载酒去，载诗归。正红叶漫山，清泉漱石，多少心期。三生溪桥话别，怅薜萝犹惹翠云衣。不似今番醉梦，帝城几度斜晖。　　鸿飞。烟水弥弥。回首处，只君知。念吴江鹭忆，孤山鹤怨，依旧东西。高峰梦醒云起，是瘦吟窗底忆君时。何日还寻后约，为余先寄梅枝。（卢祖皋《木兰花慢·别西河两诗僧》）

画楼帘幕卷新晴。掩银屏，晓寒轻。坠粉飘香，日日唤愁生。暗数十年湖上路，能几度，著娉婷。　　年华空自感飘零。拥春酲，对谁醒。天阔云闲，无处觅箫声。载酒买花年少事，浑不似，旧心情。（卢祖皋《江城子》）

做冷欺花，将烟困柳，千里偷催春暮。尽日冥迷，愁里欲飞还住。惊粉重蝶宿西园，喜泥润燕归南浦。最妨他佳约风流，钿车不到杜陵路。　　沉沉江上望极，还被春潮晚急，难寻官渡。隐约遥峰，和泪谢娘眉妩。临断岸新绿生时，是落红带愁流处。记当日门掩梨花，剪镫深夜语。（史达祖《绮罗香·春雨》）

过春社了，度帘幕中间，去年尘冷。差池欲往，试入旧巢相并。还相雕梁藻井。又软语商量不定。飘然快拂花梢，翠尾分开红影。　　芳径。芹泥雨润。爱贴地争飞，竞夸轻俊。红楼飞晚，看足柳昏花暝。应自栖香正稳。便忘了天涯芳信。愁损翠黛双蛾，日日画栏独凭。（史达祖《双双燕》）

晚雨未摧宫树，可怜闲叶，犹抱凉蝉。短景归秋，吟思又接愁边。漏初长梦魂难禁，人渐老风月俱寒。想幽欢。土花庭甃，虫网阑干。　　无端。啼蛄搅夜，恨随团扇，苦近秋莲。一笛当楼，谢娘悬泪立风前。故园晚强留诗酒，新雁远不致寒暄。隔苍烟。楚香罗袖，谁伴婵娟。（史达祖《玉蝴蝶》）

雁足无书古塞幽。一程烟草一程愁。帽檐尘重风吹野，帐角香消月满楼。　　情思乱，梦魂浮。缃裙多忆敝貂裘。官河水静阑干暖，徙倚斜阳怨晚秋。（史达祖《鹧鸪天·卫县道中有怀》）

宗姜而能自开一境者，必推吴文英。吴字君特，号梦窗，本姓翁，四明人，尝从吴履斋诸公游，与贾似道亦友善；有《梦窗词》，尹焕谓“求词于吾宋，前有清真，后有梦窗”，沈义父亦许其“深得清真之妙”，然又斥其“失在用事下语太晦处，人不易知”，张炎又议其“如七宝楼台，眩人眼目，拆碎下来，不成片段”；后人遂摭拾以为梦窗病，谓其“专重隶事修辞，而不注意词之脉络”，甚至谓“词至梦窗为一大厄运”，真武断皮相之论矣！比事属辞，为辞赋家正当本领。惟梦窗善于隶事，故其词蕴藉而不刻露；惟其工于修辞，故其词隽洁而不粗率。且梦窗固长于行气者，特其潜气内转，不似苏辛之显，安得遂谓其无脉络邪？抑张氏之言亦过矣！夫既曰“拆碎”，则尚何“片段”之有？况其眩人眼目者，犹是七宝乎？沈氏谓其“用事下语太晦”，信非无据，梦窗确有晦处，当时歌筵舞席间，必有乍听而不解者；不似柳七之能使有井水处，皆歌其词也。虽然，梦窗之词，盖《雅》而非《风》也，浅人不能为，不能识，夫何害哉？冯煦云：“梦窗之词丽而则，幽邃而绵密，脉络井井，而卒焉不得其端倪。”斯语最为得之。今观集中胜作，不可胜数，尤脍炙者：慢词如《高阳台》、《声声慢》、《木兰花慢》、《齐天乐》、《八声甘州》等首，皆纤秾合度，气势清空；令近如《唐多令》、《风入松》、《祝英台近》等首，亦纯任白描，未填典实；至《莺啼序·春晚》一首，尤婉密骚雅，惆怅切情。集诸家之长，而无诸家之弊，无惑乎尹氏之推重也，提要拟之为“诗家之李商隐”，犹未尽耳。录九首：

帆落回潮，人归故国，山椒感慨重游。弓折霜寒，机心已堕沙鸥。镫前宝剑清风断，正五湖雨笠扁舟。最无情，岩上闲花，腥染春愁。　　当时白石苍松路，解勒回玉辇，雾掩山羞。木客歌阑，青春一梦荒丘。年年古苑西风到，雁怨啼绿水葓秋。莫登临，几树残烟，西北高楼。（吴文英《高阳台·过种山》）

凭高入梦，摇落关情，寒香吹尽空岩。坠叶消红，欲题秋思谁缄。重阳正隔残照，趁西风不响云尖。乘半暝，看残山濯翠，剩水开奁。　　暗省长安年少，几传杯吊甫，把菊招潜。身老江湖，心随归雁天南。乌纱倩谁重整，映风林钩玉纤纤。漏声起，乱星河入影画檐。（吴文英《声声慢·和沈时斋八日登高韵》）

送秋云万里，算舒卷，总何心。叹路转羊肠，人营燕垒，霜满蓬簪。愁侵。庾尘满袖，便封侯那羡汉淮阴。一醉莼丝脍玉，忍教菊老松深。　　离音。又听西风，金井树，动秋吟。向暮江目断，鸿飞渺渺，天色沉沉。沾襟。四弦夜语，问杨琼往事到寒砧。争似湖山岁晚，静梅香底同斟。（吴文英《木兰花慢·送翁五峰游江陵》）

三千年事残鸦外，无言倦凭秋树。逝水移川，高陵变谷，那识当时神禹。幽云怪雨。翠萍湿空梁，夜深飞去。雁起青天，数行书是旧藏处。　　寂寥西窗久坐，故人悭会遇，同剪镫语。积藓残碑，零圭断壁，重拂人间尘土。霜红罢舞。漫山色青青，雾朝烟暮。岸锁春船，画旗喧赛鼓。（吴文英《齐天乐·与冯深居登禹陵》）

渺空烟四远，是何年，青天坠长星。幻苍崖云树。名娃金屋，残霸宫城。箭径酸风射眼，腻水染花腥。时靸双鸳响，廊叶秋声。　　宫里吴王沉醉，倩五湖倦客，独钓醒醒。问苍波无语，华发奈山青。水涵空阑干高处，送乱鸦斜日落渔汀，连呼酒，上琴台去，秋与云平。（吴文英《八声甘州·灵岩陪庾幕诸公游》）

何处合成愁，离人心上秋。纵芭蕉不雨也飕飕。都道晚凉天气好，有明月，怕登楼。　　年事梦中休。花空烟水流。燕辞归客尚淹留，垂柳不萦裙带住，漫长是，系行舟。（吴文英《唐多令》）

听风听雨过清明。愁草瘗花铭。楼前绿暗分携路，一丝柳一寸柔情。料峭春寒中酒，交加晓梦啼莺。　　西园日日扫林亭。

依旧赏新晴。黄蜂频扑秋千索，有当时纤手香凝。惆怅双鸳不到，幽阶一夜苔生。（吴文英《风入松》）

剪红情，裁绿意，花信上钗股。残日东风，不放岁华去。有人添烛西窗，不眠侵晓，笑声转新年莺语。　旧樽俎。玉纤曾擘黄柑，柔香系幽素。归梦湖边，还迷镜中路。可怜千点吴霜，寒消不尽，又相对落梅如雨。（吴文英《祝英台近》）

残寒正欺病酒，掩沉香绣户。燕来晚飞入西城，似说春事迟暮。画船载清明过却，晴烟冉冉吴宫树。念羁情游荡随风，化为轻絮。　千载西湖，傍柳系马，趁娇尘软雾。溯红渐招入仙谷，锦儿偷寄幽素。倚银屏春宽梦窄，断红湿歌纨金缕。暝堤空，轻把斜阳，总还鸥鹭。　幽兰旋老，杜若还生，水乡尚寄旅。别后访六桥无信，事往花委，瘗玉埋香，几番风雨。长波妒盼，遥山羞黛，渔镫分影春江宿，记当时短楫桃根渡。青楼仿佛，临分败壁题诗，泪墨惨淡尘土。　危亭望极，草色天涯，叹鬓侵半苧。暗点检离痕欢唾，尚染鲛绡，亸凤迷归，破鸾慵舞。殷勤待写，书中长恨，蓝霞辽海沉过雁，漫相思弹入哀筝柱。伤心千里江南，怨曲重招，断魂在否。（吴文英《莺啼序·春晚》）

蒋捷，字胜欲，自号竹山，义兴人，德祐进士，宋亡不仕；有《竹山词》一卷，其隽婉者固出白石；而时有豪作，则效稼轩，如《沁园春》、《满江红》、《贺新凉》等，仅得其粗。毛晋谓其"语语纤巧，真《世说》靡也，字字妍倩，真六朝腴也"，《四库提要》谓其"炼字精深，调音谐畅，为倚声之矩矱"，推许可谓甚至。王沂孙，字圣与，号碧山，又号中仙，会稽人，宋亡，落拓以终；有《花外集》，全本不传，今刻本仅其下卷，又《乐府补题》载其咏物诸作，皆工丽而别有寄托。张炎谓其"闲雅有白石意趣"，周济谓其"胸次恬淡，故《黍离》《麦秀》之感，只以唱叹出之"，信然。各录三首：

清逼池亭，润侵山馆，云气凝聚。未有蝉前，已无蝶后，花事随流水。西园支径，今朝重到，半碍醉筇吟袂。除非是莺声瘦小，暗中引雏穿去。　　梅檐溜滴，风来吹断，放得斜阳一缕。玉子敲枰，香绡落剪，声度深几许。层层离恨，凄迷如此，点破漫烦轻絮。应难认争春旧馆，倚红杏处。（蒋捷《永遇乐·绿阴》）

妒花风恶。吹青阴涨却，乱红池阁。驻媚景别有仙葩，遍琼甃小台，翠油疏箔。旧日天香，记曾绕玉奴弦索。自长安路远，腻紫肥黄，但谱东洛。　　天津霁虹似昨。听鹃声度月，春又寥寞。散艳魄飞入江南，转湖渺山茫，梦境难托。万叠花愁，正困倚钩阑斜角。待携樽醉歌醉舞，劝花自乐。（蒋捷《解连环·岳园牡丹》）

白鸥问我泊孤舟，是身留，是心留。心若留时，何事锁眉头。风拍小帘镫晕舞，对闲影，冷清清，忆旧游。　　旧游，旧游，今在不。花外楼。柳下舟。梦也，梦也，梦不到寒水空流。漠漠黄云，湿透木绵裘。都道无人愁似我，今夜雪，有梅花，似我愁。（蒋捷《梅花引·荆溪阻雪》）

渐新痕县柳，淡彩穿花，依约破初暝。便有团圆意，深深拜，相逢谁在香径。画眉未稳。料素娥犹带离恨。最堪爱一曲银钩小，宝帘挂秋冷。　　千古盈亏休问。叹漫磨玉斧，难补金镜。太液池犹在，凄凉处，何人重赋清景。故山夜永。试待他窥户端正。看云外山河，还老桂华旧影。（王沂孙《眉妩·新月》）

一襟余恨宫魂断，年年翠阴庭树。乍咽凉柯，还移暗叶，重把离愁深诉。西窗过雨。怪瑶珮流空，玉筝调柱，镜暗妆残，为谁娇鬓尚如许。　　铜仙铅泪似洗，叹移盘去远，难贮零露。病翼惊秋，枯形阅世，消得斜阳几度。余音更苦。甚独抱清商，顿成凄楚。漫想薰风，柳丝千万缕。（王沂孙《齐天乐·赋蝉》）

白石飞仙，紫霞凄调。断歌人听知音少。几番幽梦欲回时，旧家池馆生青草。　　风月交游，山川怀抱。凭谁说与春知道。空留离恨满江南，相思一夜苹花老。（王沂孙《踏莎行·题草窗诗卷》）

张炎，字叔夏，号玉田生，晚又号乐笑翁，张循王孙，家临安，生于淳祐间，宋亡落魄，纵游卖卜；有《山中白云》八卷，仇远谓其“意度超玄，律吕协洽，当与白石老仙相鼓吹”，楼俨谓其“能以翻笔侧笔取胜，其章法句法俱超，清虚骚雅，可谓脱尽蹊径，自成一家”，邓牧谓“玉田《春水》词，绝唱今古，人以张春水目之”。今观其集中胜作，远过其《春水》一词者甚众，如《高阳台》之西湖春感，《渡江云》之寄王菊存，《甘州》之饯沈秋江，《台城路》之遇汪菊坡，《锁窗寒》悼王碧山，及《忆旧游》等，皆清丽沉着，兼极其工。陆韶《词旨》中，摘录其警句甚多，后人遂谓其“只在字句上着功夫，不肯换意”。究之，玉田于词学研究极深，《词源》一书，所论意趣赋情等，至有精意，而清空一义，尤其得力之处。就宋末论，固不得不推之为大家矣！录六首：

接叶巢莺，平波卷絮，断桥斜日归船，能几番游，看花又是明年。东风且伴蔷薇住，到蔷薇春已堪怜。更凄然。万绿西冷，一抹荒烟。　　当年燕子知何处，但苔深韦曲，草暗斜川。见说新愁，如今也到鸥边。无心再续笙歌梦，掩重门浅醉闲眠。莫开帘。怕见飞花，怕听啼鹃。（张炎《高阳台·西湖春感》）

山空天入海，倚楼望极，风急暮潮初。一帘鸠外雨，几处闲田，隔水动春锄。新烟禁柳，想如今绿到西湖。犹记得当年深隐，门掩两三株。　　愁余。荒洲古溆，断梗疏萍，更漂流何处。空自觉围羞带减，影怯镫孤。常疑即见桃花面，甚近来翻致无书。书纵远，如何梦也都无。（张炎《渡江云·久客山阴王菊存问予近作书以寄之》）

记玉关踏雪事清游，寒气脆貂裘。傍枯林古道，长河饮马，此意悠悠。短梦依然江表，老泪洒西州。一字无题处，落叶都愁。　　载取白云归去，问谁留楚佩，弄影中洲。折芦花赠暖，零落一身秋。向寻常野桥流水，待招来不是旧沙鸥。空怀感，有斜阳处，最怕登楼。（张炎《甘洲·饯沈秋江》）

十年前事翻疑梦，重逢可怜俱老。水国春空，山城岁晚，无语相看一笑。荷衣换了。任京洛尘沙，冷凝风帽。见说吟情，近来不到谢池草。　　欢游曾步翠窈。乱红迷紫曲，芳意今少。无扇招香，歌桡唤玉，犹忆钱塘苏小。无端暗恼。又几度流连，燕昏莺晓。回首妆楼，甚时重去好。（张炎《齐天乐·庚辰会汪菊坡于蓟

北怳然如梦回忆旧游已十八年矣》）

断碧分山，空帘剩月，故人天外。香留酒殢。蝴蝶一生花里。想如今愁魂正远，夜台梦语秋声碎。自中仙去后，词笺赋笔，便无清致。　都是。凄凉意。怅玉笥埋云，锦衣归水。形容憔悴。料应也孤吟山鬼。那知人弹折素弦，黄金铸出相思泪。但柳枝门掩枯阴，候虫愁暗苇。（张炎《锁窗寒·悼王碧山》）

记开帘送酒，隔水悬镫，款语梅边。未了清游兴，又飘然独去，何处山川。淡风暗收榆荚，吹下沈郎钱。叹客里光阴，消磨艳冶，都在樽前。　留连。住人处，是鉴曲窥莺，兰沼围泉。醉拂珊瑚树，写百年幽恨，分付吟笺。故旧几回归梦，江雨夜凉船。纵忘却归期，千山未必无杜鹃。（张炎《忆旧游·新朋故侣醉酒迟留吴山纵横渺渺兮予怀也》）

周密，字公谨，号草窗，济南人，流寓吴兴，居弁山，号弁阳啸翁，淳祐中，为义乌令，著《蜡屐集》、《草窗韵语》六卷，及《齐东野语》、《武林旧事》、《癸辛杂识》等；词名《蘋洲渔笛谱》二卷，其《木兰花慢》赋西湖十景，传唱一时，属和者甚众；入元以来，尤多亡国之音，如《一萼红》之登蓬莱阁，《玉漏迟》之题《梦窗词集》、《法曲献仙音》之吊香雪亭梅等，皆时时流露，大抵与《梦窗词》同一机杼，但局度稍逊耳，要是宋末巨子。陈允平，字君衡，一字衡仲，号西麓，明州人，有《西麓继周集》一卷，皆和《清真词》、《日湖渔唱》二卷，分令慢及寿词，张炎谓其“所作平正，亦有佳者”，然亦有谓其“无健举之笔，沉挚之思”者，盖词至宋末，气象萧条，无法以振拔之也。录周四首，陈三首：

觅梅花信息，拥吟袖，暮鞭寒。自放鹤人归，月香水影，诗冷孤山。等闲。泮寒晛暖，看融成御水到人间。瓦垄竹根更好，柳边小驻游鞍。　琅玕。半倚云湾。孤棹晚，载诗还。是醉魂醒处，画桥第二，奁月初三。东阑。有人步玉，怪冰泥沁湿锦鸳班。还见晴波涨绿，谢池梦草相关。（周密《木兰花慢·断桥残雪》）

步深幽。正云黄天淡，雪意未全休。鉴曲寒沙，茂林烟草，俯仰今古悠悠。岁华晚飘零渐远，谁念我同载五湖舟。磴古松斜，崖阴苔老，一片清愁。　　回首天涯归梦，几魂飞西浦，泪洒东州。故国山川，故园心眼，还似王粲登楼。最负他秦鬟妆镜，好江山何事此时游。为唤狂吟老监，共赋消忧。（周密《一萼红·登蓬莱阁有感》）

老来欢意少。锦鲸仙去，紫箫声杳。怕展金奁，依旧故人怀抱。犹想乌丝醉墨，惊醉语香红围绕。闲自笑。与君共是，承平年少。　　雨窗短梦难凭，是几调宫商，几番吟啸。泪眼东风，回首四桥烟草。载酒倦游处，已换却花间啼鸟。春恨悄。天涯暮云残照。（周密《玉漏迟·题吴梦窗霜花腴词集》）

松雪飘寒，岭云吹冻，红破数枝春浅。衬舞台荒，浣妆池冷，凄凉市朝轻换。叹花与人凋谢，依依岁华晚。共凄黯。问东风几番吹梦，应惯识当年，翠屏金辇。一片古今愁，但废绿平烟空远。无语销魂，对斜阳衰草泪满。又西泠残笛，低送数声春怨。（周密《法曲献仙音·吊香雪亭梅》）

爱吟休问瘦，为诗句，几凭阑。有可画亭台，宜春帐箔，如寄身闲。胸中四时胜景，小蓬莱幻出五云间。一掬苹香暗沼，半梢松影虚坛。　　相看。倦羽久知还。回首鹭盟寒。记步屧寻云，呼镫听雨，越岭吴峦。幽情未应共懒，把周郎旧曲谱新翻。帘外垂杨自舞，为君时按弓弯。（陈允平《木兰花慢·和李篔房题张寄闲家圃韵》）

赤阑桥畔斜阳外，临江暮山凝紫。戏鼓才停，渔榔乍歇，一片芙蓉秋水。余霞散绮。正银钥停关，画船催舣。鱼板敲残，数声初入万松里。　　坡翁诗梦未老，翠微楼上月，曾共谁倚。御苑烟花，宫斜露草，几度西风弹指。黄昏尽矣，有眠月闲僧，醉香游子。鹫岭啼猿，唤人吟思起。（陈允平《齐天乐·南屏晚钟》）

何处是秋风，月明霜露中。算凄凉未到梧桐。曾向垂虹桥上看，有几树，水边枫。　　客路怕相逢，酒浓愁更浓。数归期犹是初冬。欲寄相思无好句，聊折赠，雁来红。（陈允平《唐多令·吴江道上赠郑可大》）

上述南宋词派，不外辛姜二宗。辛派尚有：韩元吉，字无咎，许昌人，官吏部尚书，有《南涧诗余》。陈亮，字同甫，永康人，有《龙川词》。杨炎正，字济翁，庐陵人，有《西樵语业》。程珌，字怀古，休宁人，绍熙进士，累官端明殿学士，封新安郡侯，有《洺水词》。黄机，字几仲，东阳人，有《竹斋诗余》。洪咨夔，字舜俞，於潜人，嘉定进士，累官刑部尚书、翰林学士、端明殿学士，有《平斋词》。皆不及稼轩之排奡而妥帖。姜派尚有：高观国，字宾王，山阴人，有《竹屋痴语》。洪瑹，字叔玙，有《空同词》。黄升，字叔旸，号玉林，有《散花庵词》。严仁，字次山，邵武人，有《清江欸乃集》。赵以夫，字用父，长乐人，有《虚斋乐府》。刘辰翁，字会孟，庐陵人，有《须溪词》。亦皆未及白石之骚雅而清劲。余如王易简、冯应瑞、唐艺孙、吕同老、李彭老、莱老、李居仁、陈恕可、唐珏、赵汝钠等，皆与碧山、玉田、草窗同唱和，见《乐府补题》，自属姜派。女子如朱淑真之《断肠词》，音多幽怨，名贤如文天祥词，语多壮烈，皆二派支流之荦荦者。前诸家各录一首：

南风五月江波，使君莫袖平戎手。燕然未勒，渡泸声在，宸衷怀旧。卧占湖山，楼横百尺，诗成千首。正菖蒲叶老，芙蕖香润，高门瑞，人知否。　　凉夜光躔牛斗。梦初回长庚如昼。明年看取，蜂旗南下，六骡西走。功画凌烟，万钉宝带，百壶清酒。便留公剩馥，蟠桃分我，作归来寿。（韩元吉《水龙吟・寿辛侍郎》）

不见南师久，漫说北群空。当场只手，毕竟还我万夫雄。自笑堂堂汉使，得似洋洋河水，依旧只流东。且复穹庐拜，会向藁街逢。　　尧之都，舜之壤，禹之封。于中应有，一个半个耻臣戎。万里腥膻如许，千古英灵安在，磅礴几时通。胡运何须问，赫日自当中。（陈亮《水调歌头・送章德茂大卿使虏》）

典尽春衣，也应是京华倦客。都不记曲尘香雾，西湖南陌。儿女别时和泪拜，牵衣曾问归时节。待归来稚子已成阴，空头白。　　功名事，云霄隔。英雄伴，东南坼。对鸡豚社酒，依然乡国。三径不成陶令隐，一区未有杨雄宅。问渔樵学作老生涯，从今日。（杨炎正《满江红》）

归来一笑，尚看看趁得人间寒食。阿寿牵衣仍问我，双鬓新来添白。忍见庭前，去年芳草，依旧青青色。西湖雨后，绿波两岸平拍。　天教断送流年，三之一矣，又是成疏隔。燕子春寒浑未到，谁说江南消息。玉树熏香，冰桃翻浪，好个真消息。这回归去，松风深处横笛。（程珌《念奴娇·忆先庐春山之胜》）

击碎珊瑚树。为留春怕春欲去，驶如风雨。春不留兮君休问，付与流莺自语。但莫赋绿波南浦。世上功名花梢露，政何如一笑翻《金缕》。系白日，莫教暮。　苍头引马城西路。趁池亭荻芽尚短，梅心未苦。小雨欲晴晴不定。漠漠雪飞轻絮。算行乐春来几度。鞭影不摇鞍小据，过横塘试把前山数。双白鹭，忽飞去。（黄机《乳燕飞·次岳总干韵》）

秋气悲哉，薄寒中人，皇皇何之。更黄花秋雨，苍苔滑屐，阑空斗鸭，床老支龟。静里蛩音，明边眉睫，蹴踏星河天脱靰。清谈久，顿两忘妍丑，嫫母西施。　濂溪家住江湄。爱出水芙蓉清绝姿。好光风霁月，一团和气，尸居龙见，神动天随。著察工夫，诚存体段，个里语言文字非。君家事，莫空将太极，打散图碑。（洪咨夔《沁园春·用周潜夫韵》）

晚云知有关山念，澄霄卷开清霁。素景中分，冰盘正溢，何啻婵娟千里。危阑静倚。正玉管吹凉，翠觞留醉。记约清吟，锦袍初唤醉魂起。　孤光天地共影，浩歌谁与舞，凄凉风味。古驿烟寒，幽垣梦冷，应念秦楼十二。归心对此。想斗插天南，雁横辽水。试问姮娥，有愁能为寄。（高观国《齐天乐·中秋夜怀梅溪》）

潮平风稳，行色催津鼓。回首望重城，但满眼红云紫雾。分香解佩，空记小楼东，银烛暗，绣帘垂，昵昵凭肩语。　关山千里，垂柳河桥路。燕子又归来，但惹得满身花雨。彩笺不寄，兰梦更无凭，灯影下，月明中，魂断金钗股。（洪瑹《蓦山溪·忆中都》）

青林雨歇，珠帘风细，人在绿阴庭院。夜来能有几多寒，已瘦了梨花一半。　宝钗无据，玉琴难托，合造一襟幽怨。云窗雾阁事茫茫，试与问杏梁双燕。（黄升《鹊桥仙》）

一曲危弦断客肠。津桥捩拖转牙樯。江心云带蒲帆重，楼上

风吹粉泪香。　瑶草碧，柳芽黄。载将离恨过潇湘。请君看取东流水，方识人间别意长。（严仁《鹧鸪天》）

九日无风雨。一笑凭高，浩气横秋宇。群峰青可数。寒城小，一水萦回如缕。西北最关情，漫遥指东徐南楚。黯销魂斜阳冉冉，雁声悲苦。　今朝寒菊依然，重上南楼，草草成欢聚。诗朋休浪赋。旧题处，俯仰已随尘土。莫放酒行疏，清漏短凉蟾当午。也全胜白衣未至，独醒凝伫。（赵以夫《龙山会·九日》）

送春去。春去人间无路。秋千外芳草连天，谁遣风沙暗南浦。依依甚意绪。漫忆海门飞絮。乱鸦过斗转城荒，不见来时试灯处。　春去。最谁苦。但箭雁沉边，梁燕无主。杜鹃声里长门暮。想玉树凋土。泪盘和露。咸阳送客屡回顾。斜日未能渡。　春去。尚来否。正江令恨别，庾信愁赋。苏堤尽日风和雨。叹神游故国，花记前度。人生流落，顾孺子，共夜语。（刘辰翁《兰陵王·丙子送春》）

自柳黄由婉约而流为亵诨，效之者有赵长卿之《惜香乐府》，石孝友之《金谷遗音》等，常以俚语写男女猥冶之情，其失在伤雅；自苏辛由豪放而纵为议论，效之者有张继先之《虚靖真君词》、夏元鼎之《蓬莱鼓吹》等，竟以道流语为丹经炉火之论，其失在不韵。伤雅非词之正轨，然尚足为词；不韵则并词之面目都非，精神全失，虽用词体，躯壳而已，此词之敝，而后人所不宜复蹈者也。各录一首：

讲柳谈花，我从来口快，欢说他家。眼前见了，无限楚女吴娃。千停万稳，较量来终不如他。便做得宫仪院体，歌谈不带烟花。　从前万事堪夸。爱拈笺弄管，锦字攲斜。新来与人牖著，不许胡巴。嚎濂漫惹，料福缘浅似他些。谁为传诗递曲，殷勤题上窗纱。（赵长卿《汉宫春》）

合下相逢，算鬼病须沾惹。闲深里做场话霸。负我看承，枉驼许多时价。冤家，你教我如何割舍。　苦苦孜孜，独自个空嗟讶。便心肠捉他不下。你试思量，亮从前说风话。冤家，休直

待教人咒骂。(石孝友《惜奴娇》)

真一长存,太虚同体,妙门自开。既混元初判,两仪布景,复还根本,全藉灵台。浩气冲开,谷神滋化,渐觉神光空际来。幽绝处,听龙呼虎啸,蓦地风雷。　　奇哉妙道难猜。解点化愚顽成大材。试与君说破,分明状似,蚌含渊月,秋兔怀胎。壮志男儿,当年高士,真把身心惹世埃。功成后,任身居紫府,名列仙阶。(张继先《沁园春》)

久视长生,登仙大道,思量无甚神通。正心诚意,儒道释俱同。虽是无为清净,依然要八面玲珑。朝朝见,日乌月兔,造化运西东。　　黄婆能匹配,天机玄妙,朔会相逢。正三旬一遇,消息无穷。不待存心想肾,非关是打坐谈空。君知否,灵明宝藏,收在水晶宫。(夏元鼎《满庭芳》)

(三)金诸词家

金以女真占略中原,土地人民,率仍其旧,典章文物,多出南朝。初,太宗取汴,得宋之仪章钟磬乐簴,挈之以归。熙宗始就用宋乐,及大定明昌之际而大备。其隶太常者有郊庙祀享;隶教坊者有铙歌鼓吹;又有散乐,渤海乐及本国旧音(见《金史·乐志》)。至民间歌曲,亦与南宋同时并趋。词之作者,亦不乏可称。元好问曾辑《中州乐府》,总三十六人,百二十四首,于金词略可具见,今揭其尤者附诸两宋之后。

吴激,字彦高,建州人,宋宰相栻子,米芾婿,使金,留不遣,官翰林待制,皇统初,出知深州,卒;有《东山集词》一卷,黄升称其《春从天上来》、《人月圆》二曲"精妙清婉";而元好问亟称其《诉衷情》"夜寒茅店",与《满庭芳》"谁挽银河"等篇,谓为"国朝第一手"。同时有蔡松年,才誉并推,号"吴蔡体"。松年,字伯坚,真定人,累官吏部尚书,右丞相,进封卫国公,卒谥文简;有《萧闲公集》,词《明秀集》六卷,魏道明注,今存三卷,极隽爽,其《大江东去》"离骚痛饮"一首,为生平最得意之作;《石州慢》"云海蓬莱"一首,亦传唱一时。其子珪,亦有声,金人推为文宗。赵可，字献之，高平人，贞元二年进士，仕至翰林直学士，风流文采，有《玉峰散人集》，其《雨中花慢》、《望海潮》等作，皆高亢。党怀英，字世杰，奉符人，少与辛弃疾同师刘岩老，后擢大定甲科，累官翰林学士承旨，文艺兼擅，词亦俊拔。王庭筠，字子端，熊岳人，大定甲科，负才名，累官修撰，自号黄华山主，词豪婉俱备。完颜璹，字子瑜，越王长子，封密国公，宗室中第一流人，多文好学，自号樗轩老人，其诗及乐府，号《如庵小稿》；词皆潇洒，《青玉案》、《临江仙》，人以为可歌。赵秉文，字周臣，滏阳人，大定进士，兴定中拜礼部尚书，知集贤院，自号闲闲居士，著作甚富，词效东坡，壮伟不羁。高宪，字仲常，辽东人，泰和三年乙科登第，年未三十，作诗已数千首，极慕东坡，词有《梅花引》，情意萧旷。余如邓千江、折元礼，皆作《望海潮》，雄浑高妍，为世传诵。录吴四首，蔡、赵、完颜二首，余人一首：

海角飘零。叹汉苑秦宫，坠露飞萤。梦里天上，金屋银屏。歌吹竞举青冥。问当时遗谱，有绝艺鼓瑟湘灵。促哀弹，似林莺呖呖，山溜泠泠。　　梨园太平乐府，醉几度春风，鬓发星星。舞破中原，尘飞沧海，风雪万里龙庭。写胡笳哀怨：人憔悴不似丹青。酒微醒。对一窗凉月，灯火青荧。（吴激《春从天上来》）

南朝千古伤心事，犹唱《后庭花》。旧时王谢，堂前燕子，飞向谁家。　　恍然一梦，仙肌胜雪，宫鬓堆鸦。江州司马，青衫泪湿，同是天涯。（吴激《人月圆》）

夜寒茅店不成眠。残月照吟鞭。黄花细雨时候，催上渡头船。　　鸥似雪，水如天。忆当年。到家应是，童稚牵衣，笑我华颠。（吴激《诉衷情》）

谁挽银河，青冥都洗，故教独步苍蟾。露华仙掌，清泪向人沾。画栋秋风袅袅，飘桂子时入疏帘。冰壶里，云衣雾鬓，掬水弄春纤。　　厌厌。成胜赏，银槃泼汞，宝鉴披奁。待不放楸梧，影转西檐。坐上淋漓醉墨，人人看老子掀髯。明年会，清光未减，白发也休添。（吴激《满庭芳》）

《离骚》痛饮，问人生佳处，能消何物。江左诸人成底事，空想岩岩青壁。五亩苍烟，一丘寒玉，岁晚忧风雪。西州扶病，至今悲感前杰。　　我梦卜筑萧闲，觉来岩桂，十里幽香发。块磊胸中冰与炭，一酌春风都灭。胜日神交，悠然得意，离恨无毫发。古今同致，永和徒记年月。（蔡松年《大江东去》）

云海蓬莱，风雾鬓鬟，不假梳掠。仙衣卷尽云霓，方见宫腰纤弱。心期得处，世间言语非真，海犀一点通。寥廓无物比情浓，觅无情相博。　　离索。晓来一枕，余香酒病，赖花医却。滟滟金尊，收拾新愁重酌。片帆云影，载将无际关山，梦魂应被杨花觉。梅子雨丝丝，满江干楼阁。（蔡松年《石州慢·高丽使还日作》）

鹊声迎客到庭除。问谁欤。故人车。千里归来，尘色半征裾。珍重主人留客意，奴白饭，马青刍。　　东城入眼杏千株。雪模糊。俯平湖。与子花间，随分到金壶。归报东垣诗社友，曾念我，醉狂无。（蔡珪《江城子·王温季自北都归过予三河坐中赋此》）

云朔南陲，全赵幕府，河山襟带名藩。有朱楼缥缈，千雉回旋。云度飞狐绝险，天围紫塞高寒。吊兴亡余迹，咫尺西陵，烟树苍然。　　时移事改，极目伤心，不堪独倚危阑。惟是年年飞雁，霜雪知还。楼上四时长好，人生一世谁闲。故人有酒，一尊高兴，不减东山。（赵可《雨中花慢·代州南楼》）

云垂余发，霞拖广袂，人间自有飞琼。三馆俊游，百衔高选，翩翩老阮才名。银汉会双星。尚相看脉脉，似隔盈盈。醉玉添春，梦云同夜惜卿卿。　　离觞草草同倾。记灵犀旧曲，晓枕余酲。海外九州，邮亭一别，此生未卜他生。江上数峰青。怅断云残雨，不见高城。二月辽阳芳草，千里路旁情。（赵可《望海潮·发高丽作》）

云步凌波小凤钩。年年星汉踏清秋。只缘巧极稀相见，底用人间乞巧楼。　　天外事，两悠悠。不应也作可怜愁。开帘放出窥窗月，且尽新凉睡美休。（党怀英《鹧鸪天》）

衰柳疏疏苔满地。十二阑干，故国三千里。南去北来人老矣。短亭依旧残阳里。　　紫蟹黄柑真解事，似倩西风，劝我归

欤未。王粲登临寥落际。雁飞不断天连水。(王庭筠《凤栖梧》)

冻云封却驼冈路。有谁访溪梅去。梦里疏香风似度。觉来惟见,一窗凉月,瘦影无寻处。　　明朝画笔江天暮。定向渔蓑得奇句。试问帘前深几许。儿童笑道,黄昏时候,犹是廉纤雨。(完颜璹《青玉案》)

倦客更遭尘事冗,故寻闲地婆娑。一尊芳酒一声歌。卢郎心未老,潘令鬓先皤。　　醉向繁台台上问,满川细柳新荷。薰风楼阁夕阳多,倚阑凝思久,渔笛起烟波。(完颜璹《临江仙》)

秋光一片,问苍苍桂影,其中何物。一叶扁舟波万顷,四顾黏天无壁。叩枻长歌,嫦娥欲下,万里挥冰雪。京尘千丈,可能容此人杰。　　回首赤壁矶边,骑鲸人去,几度山花发。澹澹长空今古梦,只有归鸿明灭。我欲从公乘风归去,散此麒麟发。三山安在,玉箫吹断明月。(赵秉文《大江东去·用东坡先生韵》)

蒿火目,藜羹腹。书生宁有封侯骨。长须奴,下泽车。艰关险阻,谁教涉畏途。半生落寞长安道。一事无成双鬓老。南辕胡,北辕吴。功名富贵,情知不可图。　　槐安梦,鼓笛弄。驰骤百年尘一哄。陶渊明,张季鹰。一杯浊酒,焉知身后名。有溪可渔林可缴。须信在家贫也乐。熊门春,泂江云。几时作个,山间林下人。(高宪《梅花引》)

云雷天堑,金汤地险,名藩自古皋兰。营屯绣错,山形米聚,喉襟百二秦关。鏖战血犹殷。见阵云冷落,时有雕盘。静塞楼头晓月,依旧玉弓弯。　　看看定远西还。有元戎阃令,上将斋坛。区脱昼空,兜零夕举,甘泉又报平安。吹笛虎牙闲。且宴陪珠履,歌按云鬟。未拓兴灵,醉魂长绕贺兰山。(邓千江《望海潮·上兰州守》)

地雄河岳,疆分韩晋,重关高压秦头。山倚断霞,江吞绝壁,野烟萦带沧洲。牙旆拥貔貅。看阵云截岸,霜气横秋。千雉严城,五更残角月如钩。　　西风晓入貂裘。恨儒冠误我,却羡兜鍪。六郡少年,三明老将,贺兰烽火新收。天外岳莲楼。想断云横晓,谁识归舟。剩着黄金换酒,羯鼓醉《凉州》。(折元礼《望海潮·从军舟中作》)

此外尚有段克己、成己兄弟。克己字复之，河东人，有《遁斋乐府》一卷；成己字诚之，有《菊轩乐府》一卷：二人幼有才名，赵秉文识诸童时，目之曰“二妙”，大书“双飞”二字名其里，俱第进士，入元后俱不仕，时人目为“儒林标榜”。又，王寂，字元老，玉田人，有《拙轩词》；李俊民，字用章，泽州人，有《庄靖先生乐府》：诸人皆宗东坡。各录一首：

归去来兮，吾家何在，结茅水际林边。自无人到，门设不须关。蛮触正争蜗角，荣枯事不到尊前。应堪叹，清溪流水，东去几时还。　　此山何处著，从教容与，木雁之间。算躬耕陇亩，在我无难。便把锄头为枕，眠芳草醉梦长安。烟波客，新来有约，要买钓鱼竿。（段克己《满庭芳·山居偶成》）

昔年兄弟共弹冠。转头看，各苍颜。千古功名，都待似东山。慷慨一杯风露下，追往事，叙幽欢。　　晨霞翠柏尚堪餐。养余闲，未全悭。十丈冰花，况有藕如船。醉里忽乘鸾鹤去，尘土外，两癯仙。（段成己《江城子·幽怀追和遁庵兄韵》）

先生老矣，饱阅人间世。磨衲簪缨等游戏。趁余生强健，好赋归欤，收拾个，经卷药炉活计。　　辟寒金剪碎，漉蚁浮香，恰近重阳好天气。有荆钗举案，彩服儿嬉，随分地，且贵人生适意。也不愿堆金数中书，愿岁岁今朝，对花沉醉。（王寂《洞仙歌·自寿》）

忍泪出门来，杨花如雪。惆怅天涯又离别。碧云西畔，举目乱山重叠。据鞍归去也，情凄切。　　一日三秋，寸肠千结。敢向青天问明月。算应无恨，安用暂圆还缺。愿人长似月，圆时节。（李俊民《感皇恩·出京门有感》）

元好问，字裕之，秀容人，兴定三年登进士第，历官南阳内乡令，左司都事，员外郎，金亡，不仕；有《遗山新乐府》五卷，张炎谓其“深于用事，精于炼句，风流蕴藉处不减周秦”。而遗山自序中则极推苏、辛，且似羞比秦、晁、贺、晏。集中《水调歌头》、《木兰花慢》、《水龙吟》、《沁园春》、《满江红》、《江城子》、《临江仙》多首，皆扫空凡响，逼近苏辛；其

《蝶恋花》、《南乡子》、《鹧鸪天》、《浪淘沙》、《太常引》、《清平乐》、《浣溪沙》多首，又婉丽隽永，不让周秦。观其序所称陈去非词“谓之言外句，含咀之久，不传之秘隐然眉睫间”，可知其于审味设色间极所着意，信金源惟一大家也。录四首：

牛羊散平楚，落日汉家营。龙拿虎掷何处，野蔓罥荒城。遥想朱旗回指，万里风云奔走，惨淡五年兵。天地入鞭箠，毛发懔威灵。　　一千年，成皋路，几人经。长河浩浩东注，不尽古今情。谁谓麻池小竖，偶解东门长啸，取次论韩彭。慷慨一尊酒，胸次若为平。（元好问《水调歌头·汜水故城登眺》）

渺漳流东下，流不尽，古今情。记海上三山，云中双阙，当日南城。黄星。几年飞去，澹春阴平野草青青。冰井犹残石甃，露盘已失金茎。　　风流千古《短歌行》。慷慨缺壶声。想酾酒临江，赋诗鞍马，词气纵横。飘零。旧家王粲，似南飞乌鹊月三更。笑杀西园赋客，壮怀无复平生。（元好问《木兰花慢》）

幽意曲中传。总是才情得处偏。唱到断肠声欲断，还连。一串骊珠个个圆。　　画扇绮罗筵。韩马风流在眼前。坐上有人持酒听，凄然。梦里梁园又一年。（元好问《南乡子》）

离愁宛转，瘦觉妆痕浅。飞去飞来双语燕。消息知他近远。　　楼前小雨珊珊。海棠帘幕轻寒。杜宇一声春去，树头无数青山。（元好问《清平乐》）

构律第六

有韵之文，肇自谣谚，成于诗歌，大于辞赋。三百篇既衍为五七言矣；楚辞复衍为汉赋。句之长短有定字；篇之开阖有定法；声之呼应有定韵。由简而繁，由疏而密，由放而守，事物进化之顺序然也。夫文字之于人心，关系切矣。顾何以简策名数之记，敷奏陈说之言，不足以感人而使之嗟叹咏歌舞蹈邪？此其中必有超乎文字者在，则情感是矣。《诗序》云："情动于中，而形于言。"又云："情发于声，声成文谓之音。"所谓"情动于中"者，哀乐喜怒敬爱是也；所谓"声成文"者，曲直繁瘠廉肉节奏之间而已。是以诗者，以情为内容，而言与音为外形，其义盖不可易也。

《乐记》云："凡音之起，由人心生也；人心之动，物使之然也。感于物而动，故形于声；声相应，故生变；变成方，谓之音；比音而乐之，及干戚羽旄，谓之乐。乐者，音之所由生也，其本在人心之感于物也。"由是言之，诗与乐同出乎情感，而同形于声音，二者固一本尔。

自乐音亡而徒诗生，于是协音者遂别为乐府，诗乐之途，从此分矣；寖假而乐府亦多不协音，于是乐府与乐之途亦分矣。文人既不尽通声乐，而但求抒发其感情。遂不计及字句之间，尚有所谓音律调韵者在。其有高言妙句，音韵天成者，皆暗与理合，匪由思至也。乃自梁沈约创四声八病之说，审宫商平仄之分，于是两句十字之中，亦有颠倒轻重之妙；发自古辞人未观之秘，而启文学之新途。由是而唐之律诗作矣。然其所谓律者，其法犹宽；及诗变为词，则昔之离乐为诗者，今且返诗于乐，其律遂不得不加密焉。盖艺术随时代演进，必先粗而后精；法律由习惯构成，亦始宽而终密。故词体之繁，词律之严，实倍蓰于诗。独惜宋元以降，律吕渐亡，徒词又作。致后世言词者，极其所至，亦不过于调韵平仄之间，检点讹舛而已。今就往词之可寻绎者，区其调格，括其韵部，析其四声五音，而一纳之于情。不暇为图谱之星罗，无取乎章句之毛举；要本自然之天籁，借窥古人之用心。若乎红牙按拍，铁笛偷声，顾误周郎，隐名李八，则事已消沉，书多缺佚，强作解事，徒劳罔功。其于所不知，盖阙如也。

(一)调 谱

词初无调也，唐初乐府，五七言律诗而已。中叶以还，渐变为长短句，则词调生焉(说详前具体篇)。逮宋则制作纷起，调日以繁。词之体益大，词之法益密矣(说详前衍流篇)。由是调有定格，字有定数，韵有定声。后人括调为谱，按谱填词之事，于是乎起。

词调之发生，其始必甚短，继乃稍长，晚则愈长。最短者为单调；稍长有换头，为双叠；进而有双曳头或三换头，为三叠；更进至四叠止矣。(叠又或称片。)调以均为节。(一均略如诗之一联，有上下句，下句住韵，起转之韵不计。)单调有二均者，有三均者。展为双叠则有四均、六均者；有八均、十均以至十二均者。三叠则有十均、十二均以至十六均者。四叠则十六均止矣。宋人词体见于张炎《词源》所述者凡九类。其中法曲，大曲上变隋唐，专掌于教坊，缠令，诸宫调下启金元，流传于市井，皆非词之正体。惟令、引、近、慢，则为文人学士所通行之词体；至三台，序子则又摘自大曲而偶播于歌场者也。令、引、近、慢，在宋时名曰小唱，惟以哑觱篥合之，不必备众乐器，故当时便于通行。其节奏以均拍区分，短者为令，稍长者为引、近，愈长则为慢词矣。拍者，所以齐乐，施于句终，故名曰齐乐，又曰乐句。拍之多少以均而定，约两拍为一均。令则以四均为正；引近则以六均为正；慢则以八均为正。(《词源》讴曲旨要首二句云："歌曲：令曲，四掯匀；破，近，六均；慢，八均。"盖篇首先将诸小唱均数揭出，其下始分述各种唱法。顾后人多忽之，或误解，是可惜耳。)然令有不及四均者，亦有延至六均者；引近亦有延至八均者；慢亦有延至十均、十二均、十六均者。盖四均六均八均之限，乃南宋以来就其大较区之耳；若词调则多倡于北宋，此时均拍之数固未刻定若是也。故不少六均之调明称为令，八均之调明称为引，近者；至于八均以上之慢，又不胜数矣。盖令、引、近、慢，各有本原，各有唱法。本未混，法未亡，纵出入伸缩而无害；本昧法绝，虽墨守曲说而无功。后人不得其解，或强以字数多少区之。如毛先舒谓“五十八字以内为小令，五十九字至九十字为中调，九十一字以外为长调，盖古人定例”。实则说无根据。若以多少一字为界，则如《七娘子》有五十八字、六十字两体，将为小令乎？抑中调乎？《雪狮儿》有八十九字、九十二字两体，将为中调乎？抑长调乎？知无以自圆其说矣。今将令、引、近、慢之叠数均数括为一表；至三台，序子亦附着焉。

<table>
<tr><td>词类</td><td colspan="4">令</td><td colspan="2">近引</td><td colspan="6">慢</td><td>三台</td><td>序子</td></tr>
<tr><td>叠数</td><td colspan="2">单</td><td colspan="2">双</td><td colspan="2">双</td><td colspan="3">双</td><td colspan="3">三</td><td>三</td><td>四</td></tr>
<tr><td>均数</td><td>二</td><td>三</td><td>四</td><td>六</td><td>六</td><td>八</td><td>八</td><td>十</td><td>十二</td><td>十</td><td>十二</td><td>十六</td><td>十五</td><td>十六</td></tr>
<tr><td>调例</td><td>捣练子
南乡子等</td><td>何满子
抛球乐等</td><td>探春令
惜双双令
清平乐
菩萨蛮等
令之正体此类最多</td><td>且坐令
师师令</td><td>千秋岁引
祝英台近
风入松
离亭燕等
引近正体此类最多</td><td>阳关引
隔浦莲近</td><td>上林春慢
木兰花慢
满江红
摸鱼子等
慢之正体此类最多</td><td>破阵乐
玉女摇仙珮</td><td>六州歌头
穆护砂</td><td>十二时 前四中三后三
瑞龙吟 前二中二后六</td><td>浪淘沙慢 为三叠而每叠四均者。余如宝鼎现夜半乐皆同</td><td>威氏 前六中四后六</td><td>三台 词源论拍眼谓三台慢二急三拍，今按三台每叠五均，每均中第一第二第五三均字多则为急拍，第三第四两均字少则为慢拍。</td><td>莺啼序</td></tr>
</table>

（附注）下列诸例分均皆用・为号

深院静，小庭空。断续寒砧断续风。无奈夜长人不寐，数声和月到帘栊。（《捣练子》南唐后主）

岸远沙平。日斜归路晚霞明。孔雀自怜金翠尾。临水。认得行人惊不起。（《南乡子》欧阳炯）

写得鱼笺无限，其如花锁春晖。目断巫山云雨，空教残梦依依。却爱熏香小鸭，羡他长在屏帏。（《何满子》和凝）

霜积秋山万树红。倚岩楼上挂朱栊。白云天远重重恨，黄叶烟深淅淅风。《梁州曲》，吹在谁家玉笛中。（《抛球乐》冯延巳）

绿杨枝上晓莺啼，报融和天气。被数声吹入纱窗里。又惊起娇娥睡。　　绿云斜亸金钗坠。惹方心如醉。为少年湿了，鲛绡帕上，都是相思泪。（《探春令》晏几道）

风外橘花香暗度。飞絮绾，残春归去。酝造黄梅雨。冷烟晓占横塘路。　　翠屏人在天低处。惊梦断，行云无据。此恨凭谁诉。恁时却倩危弦语。（《惜双双令》刘龠龠）

小庭春老，碧砌红萱草。长忆小阑闲共绕。携手绿丛含笑。　　别来音信全乖。旧期前事堪猜。门掩日斜人静，落花愁点青苔。（《清平乐》欧阳修）

红楼别夜堪惆怅，香灯半掩流苏帐。残月出门时，美人和泪辞。　　琵琶金翠羽，弦上黄莺语。劝我早归家，绿窗人似花。（《菩萨蛮》韦庄）

闲院落。误了清明约。杏花雨过胭脂绰。紧了秋千索。斗草人归，朱门悄掩，梨花寂寞。　　书万纸，恨凭谁托。才封了，又揉却。冤家何处贪欢乐，引得我心儿恶。怎生全不思量着。那人人情薄。（《且坐令》韩玉）

香钿宝珥。拂菱花如水。学妆皆道称时宜，粉色有天然春意。蜀彩衣长胜未起。纵乱霞垂地。　　都城池苑夸桃李。问东风何似。不须回扇障清歌，唇一点小于朱蕊。正值残英和月坠。寄此情千里。（《师师令》张先）

别馆寒砧，孤城画角，一派秋声入寥廓。东归燕从海上去，南来雁向沙头落。楚台风，庾楼月，宛如昨。　　无奈被些名利缚。

无奈被他情耽搁。可惜风流总闲却。当初谩留华表语。如今误我秦楼约。梦阑时，酒醒后，思量着。(《千秋岁引》王安石)

挂轻帆，飞急浆，还过钓台路。酒病无聊，欹枕听鸣橹。断肠簇簇云山，重重烟树，回首望孤城何处。　间离阻。谁念萦损襄王，何曾梦云雨。旧恨前欢，心事两无据。要知欲见无由。痴心犹自，倩人道一声传语。(《祝英台近》苏轼)

禁烟过后落花天。无奈轻寒。东风不管春归去，共残红飞上秋千。看尽天涯芳草，春愁堆上阑干。　楚江横断夕阳边。无限青烟。旧时云雨今何处，山无数柳涨平川。与问风前回雁，甚时吹过江南。(《风入松》周紫芝)

十载尊前谈笑。天禄故人年少。可是陆沈英俊地，看即锁窗批诏。此处忽相逢，潦倒秃翁同调。　西顾郎官湖渺。东看庾楼人小。短艇绝江空怅望，寄得诗来高妙。梦去倚君旁，蝴蝶归来清晓。(《离亭燕》黄庭坚)

蔓草蛩吟咽。暗柳萤飞灭。空庭雨过，西风紧，飘黄叶。卷书帷寂静，对此伤离别。重感叹，中秋数日又圆月。　沙觜樯竿上，淮水阔。有飞凫客，词珠玉，气冰雪。且莫教皓月，照影惊华发。问几时，清樽夜景空佳节。(《阳关引》晁补之)

新篁摇动翠葆。曲径通深窈。夏果收新脆，金丸落，惊飞鸟。浓霭迷岸草。蛙声闹。骤雨明池沼。水亭小。　浮萍破处，檐花帘影颠倒。纶巾羽扇，困卧北窗清晓。屏里吴山梦自到。惊觉。依前身在江表。(《隔浦莲近》周邦彦)

帽落宫花，衣惹御香，凤辇晚来初过。鹤降诏飞，龙衔烛戏，端门万枝灯火。满城车马，对明月有谁闲坐。任狂游，更许傍禁街，不扃金锁。　玉楼人暗中掷果。珠帘下，笑着春衫袅娜。素蝶绕钗，轻蝉扑鬓，垂垂柳丝梅朵。夜阑饮散，但赢得翠翘双亸。醉归来，又重向晓窗梳裹。(《上林春慢》晁冲之)

倚危楼伫立，乍萧索，晚晴初。渐素景衰残，风砧韵冷，霜叶红疏。云衢。见新雁过，奈佳人自别阻音书。空遣悲秋念远，寸肠万恨萦纡。　陪都。暗想欢游。成往事，动欷歔。念对酒当

歌，低帏并枕，翻恁轻孤。归涂。纵凝望处，但斜阳暮霭满平芜。赢得无言悄悄，凭阑尽日踟蹰。（《木兰花慢》柳永）

清颍东流，愁目断孤帆明灭。游宦处青山白浪，万重千叠。孤负当年林下意，对床夜雨听萧瑟。恨此生长向别离中，添华发。　　一尊酒，黄河侧。无限事，从头说。恍相看如昨，许多年月。衣上旧痕余苦意，眉间喜气添黄色。便与君池上觅残春，花如雪。（《满江红》苏轼）

买陂塘旋栽杨柳，依稀淮岸湘浦。东皋喜雨添新涨，沙觜鹭来鸥聚。堪爱处。最好是，一川夜月流光渚。无人独舞。任翠幄张天，柔茵藉地，酒尽未能去。　　青绫被，莫忆金闺故步。儒冠曾把身误。弓刀千骑成何事，荒了邵平瓜圃。君试觑。满青镜星星，鬓影今如许。功名浪语。便似得班超，封侯万里，归计恐迟暮。（《摸鱼子》晁补之）

露花倒影，烟芜蘸碧，灵沼波暖。金柳摇风木末，系彩舫龙船遥岸。千步虹桥，参差雁齿，直趋水殿。绕金堤曼衍鱼龙戏，簇娇春罗绮，喧天丝管。霁色荣光，望中似睹，蓬莱清浅。　　时见。凤辇宸游，临翠水，开镐宴。两两轻舠飞画楫，竞夺锦标霞烂。罄欢娱，歌《鱼藻》，徘徊宛转。别有盈盈游洛女，采明珠争收翠钿。相将归去，渐觉云海沉沉，洞天日晚。（《破阵乐》柳永）

飞琼伴侣，偶别珠宫，未返神仙行缀。取次梳妆，寻常言语，有得几多姝丽。拟把名花比。恐旁人笑我，谈何容易。细思算奇葩艳卉，惟是深红浅白而已。争如这多情，占得人间，千娇百媚。　　须信画堂绣阁，皓月清风，忍把光阴轻弃。自古及今，佳人才子，少得当年双美。且恁相偎倚。未消得怜我多才多艺。但愿取兰心蕙性，枕前言下，表余深意。为盟誓。从今断不孤鸳被。（《玉女摇仙珮》柳永）

向来抵掌，未必总谈空。难遍举，质三事，试从公。记当年，赋得一丘一壑，天鸢阔，渊鱼静，莫击磬，但酌酒，尽从容。一水西来他日，会从公曳杖其中。问前回归去，笑白发成蓬。不识如今，几西风。　　蒙庄多事，论虱豕，推羊蚁，未辞终。又骤说，鱼得计，孰能通。叹如云网罟，龙伯唉，渺难穷。凡三惑，谁使我，释然融。岂是匏瓜系者，把行藏悉付鸿蒙。且从头检校，想见共迎公。湖上千松。（《六州歌头》程珌）

底事兰心苦。便凄然泣下如雨。倚金台独立，揾香无主。断肠封家如妒。乱扑葳骊珠愁有许。向午夜铜盘倾注。便不是红冰缀颊，也湿透仙人烟树。罗绮筵中，海棠花下，淫淫常怕凤枝枯。比洛阳年少，江州司马，多少定谁似。　照破别离心绪。学人生有情酸楚。想洞房佳会，而今寥落，谁能暗收玉筯。算只有金钗曾巧补。轻拭了粉痕如故。愁思减舞腰纤细，清血尽媚脸肤腴。又恐娇羞，绛纱笼却，绿窗伴我检诗书。更休教邻壁偷窥，幽兰啼晓露。（《穆护砂》宋褧）

晚晴初，淡烟笼月，风透蟾光如洗。觉翠帐凉生，秋思渐入，微寒天气。败叶敲窗，西风满院，睡不成还起。更漏咽滴破忧心，万感并生，都在离人愁耳。　天怎知，当时一句，做得十分萦系。夜永有时，分明枕上，觑著孜孜地。烛暗时酒醒，原来又是梦里。睡觉来，披衣独坐，万种无憀情意。怎得伊来，重偕连理，再整余香被。祝告天发愿。从今永无抛弃。（《十二时》柳永）

章台路。还见褪粉梅梢，试华桃树。暗暗芳陌人家，定巢燕子，归来旧处。黯凝伫。因念个人痴小，乍窥门户。侵晨浅约宫黄，障风映袖，盈盈笑语。　前度刘郎重到，访邻寻里，同时歌舞。惟有旧家秋娘，声价如故。吟笺赋笔，犹记燕台句。知谁伴名园露饮，东城闲步。事与孤鸿去。探春尽是，伤离意绪。官柳低金缕。归骑晚。纤纤池塘飞雨。断肠院落，一帘风絮。（《瑞龙吟》周邦彦）

晓阴重，霜凋岸草，雾隐城堞。南陌脂车待发。东门帐饮乍阕。正拂面垂杨堪揽结。掩红泪玉手亲折。念汉浦离鸿去何许，经时音信绝。　情切。望中地远天阔。向露冷风清无人处，耿耿寒漏咽。嗟前事难忘，惟是轻别。翠尊未竭。凭断云留取，西楼残月。　罗带光销纹金叠。连环断，旧香顿歇。怨歌永，琼壶敲尽缺。恨春去不与人期，弄夜色。空余满地梨花雪。（《浪淘

沙慢》周邦彦)

晚秋天。一霎微雨洒庭轩。槛竹萧疏，井梧零乱，惹残烟。凄然。望江关。飞云黯淡夕阳闲。当时宋玉悲感，向此临水与登山。远道迢递，行人凄楚，倦听陇水潺湲。正蝉鸣败叶。蛩响衰草，相应声喧。　孤馆度日如年。风露渐变，悄悄至更阑。长天静绛河清浅，皓月婵娟。思绵绵。夜永对景，那堪屈指暗想从前。未名未禄，绮陌红楼，往往经岁迁延。　帝里风光好，当年少日，暮宴朝欢。况有狂朋怪侣，遇当歌对酒竞留连。别来迅景如梭，旧游似梦，烟水程何限。念利名憔悴长萦绊。追往事空惨愁颜。漏箭移稍觉轻寒。听呜咽画角数声残。对闲窗畔，停灯向晓，抱影无眠。(《戚氏》柳永)

见梨花初带夜月。海棠半含朝雨。内苑春不禁过青门，御沟涨潜通南浦。东风静，细柳垂金缕。望凤阙，非烟非雾。好时代朝野多欢，遍九陌太平箫鼓。　乍莺儿百啭断续，燕子飞来飞去。近绿水台榭映秋千，斗草聚双双游女。饧香更，酒冷踏青路。会暗识，夭桃朱户。向晚骤宝马雕鞍，醉襟惹乱花飞絮。　正轻寒轻暖漏永，半阴半晴云暮。禁火天已是试新妆，岁华到三分佳处。清明看，汉蜡传宫炬。散翠烟，飞入槐府。敛兵卫阊阖门开，任传宣又还休务。(《三台》万俟咏)

横塘棹穿艳锦，引鸳鸯弄水。断霞晚，笑折花归，绀纱低护镫蕊。润玉瘦，冰轻倦浴，斜拖凤股盘云坠。听银床，声细梧桐，渐搅凉思。　窗隙流光，冉冉迅羽，诉空梁燕子。误惊起风竹敲门，故人还又不至。记琅玕新诗细掐，早陈迹香痕纤指。怕因循罗扇恩疏，又生秋意。　西湖旧日，画舸频移，叹几萦梦寐。霞珮冷，叠澜不定，麝霭飞雨，乍湿鲛绡，暗盛红泪。练单夜共，波心宿处，琼箫吹月霓裳舞，向明朝未觉花容悴。嫣香易落，回头澹碧消烟，镜空画罗屏里。　残蝉度曲，唱彻西园，也感红怨翠。念省惯吴宫幽憩，暗柳追凉，晓岸参斜，露零沤起。丝萦寸藕，留连欢事。桃笙平展湘浪影，有昭华秾李冰相倚。如今鬓点凄霜，半箧秋词，恨盈蠹纸。(《莺啼序》吴文英)

调之长短，盖系于作者情事之繁简。当词调未发达时，作者如欲写繁复之情事，则叠用小令多首以为之，稍后则引近慢词渐进，可以放手抒写矣。张炎云："大词之料，可以敛为小词，小词之料，不可展为大词。"料者即情事也。

词调有以加减而变者：如《浣溪沙》之有摊破，则以原调结句破七字为十字；《木兰花》之有减字，则以原调一三五七句减七字为四字，而转入两平韵，偷声则前用原调，后同减字；《丑奴儿》之有摊破，则于原调每段下加"也罗"等八字为和声；《南乡子》之有摊破，则由原调加字而略变其句法；《踏莎行》之有转调，则于原调每段后半加字，而略变其句法。他如《法驾导引》，则叠《忆江南》之首句而成；《钗头凤》，则于《摘红英》前后段末加三叠字而成，其加二叠字则为《惜分钗》；《鹧鸪天》，则破《瑞鹧鸪》第五句之七字句为两三字句而成；《洞庭春色》，则破《沁园春》中间及换头处句法而成；《鼓笛慢》，则破《水龙吟》中间句法而成。

<table>
<tr><td>浣溪沙　　（张曙）
枕障熏炉冷绣帷。二年终日苦相思。杏花明月尔应知。　天上人间何处去，旧欢新梦觉来时。黄昏微雨画帘垂。</td><td>摊破浣溪沙　　（南唐中主）
菡萏香销翠叶残。西风愁起绿波间。还与韶光共憔悴，不堪看。　细雨梦回鸡塞远，小楼吹彻玉笙寒。多少泪珠无限恨，倚阑干。</td></tr>
<tr><td>木兰花　　（欧阳炯）
儿家夫婿心容易。身又不来书不寄。闲庭独立鸟关关，争忍抛奴深院里。　闷向绿纱窗下睡。睡又不成愁已至。今年却忆去年春，同在木兰花下醉。</td><td>减字木兰花　　（欧阳修）
楼台向晓，淡月低云天气好。翠幕风微，宛转凉州入破时。　香生舞袂，楚女腰肢天与细。汗粉重匀，酒后轻寒不见人。
偷声木兰花　　（张先）
云笼琼苑梅花瘦，外院重扉联宝兽。海月新生，上得高楼没奈情。　帘波不动银缸小，今夜夜长争得晓。欲梦荒唐，只恐觉来添断肠。</td></tr>
</table>

丑奴儿　　（和凝） 蝤蛴领上诃梨子，绣带双垂。椒户闲时，竞学樗蒱赌荔枝。　丛头鞋子红编细，裙窣金丝。无事颦眉，春思还教阿母疑。	摊破丑奴儿　　（赵长卿） 树头红叶飞都尽，景物凄凉。秀出群芳。又见江梅浅淡妆，也罗，真个是，可人香。　兰魂蕙魄应羞死，独占风光。梦断高唐。月送疏枝过女墙。也罗，真个是，可人香。
南乡子　　（晏几道） 新月又如眉。长笛谁教月下吹。楼倚暮云初见雁，南飞。漫道行人雁后归。　意欲梦佳期。梦里关山路不知。却待短书来破恨，应迟。还是凉生玉枕时。	摊破南乡子（《山谷集》误题《丑奴儿》，《词律》误改《促拍丑奴儿》，今依《书舟集》改） （黄庭坚） 得意许多时。长醉赏月下花枝。暴风急雨年年有，金笼锁定，莺雏燕友，不被鸡欺。　红旆转逶迤。悔无计千里追随。再来重绾庐南印。而今目下，栖惶怎向，日永春迟。
踏莎行　　（晏殊） 细草愁烟，幽花怯露。凭阑总是销魂处。日高深院静无人，时时海燕双飞去。　带缓罗衣，香残蕙炷。天长不禁迢迢路。垂杨只解惹春风，何曾系得行人住。	转调踏莎行　　（曾觌） 翠幄成阴，谁家帘幕。绮罗香拥处，觥筹错。清和将近，奈春寒更薄。高歌看簌簌梁尘落。　好景良辰，人生行乐。金杯无奈是，苦相虐。残红飞尽，袅垂杨轻弱。来岁断不负莺花约。
忆江南　　（白居易） 江南忆，最忆是杭州。山寺月中寻桂子，郡亭枕上看潮头。何日更重游。	法驾导引　　（陈与义） 东风起，东风起，海上百花摇。十八风鬟云半动，飞花和雨着轻绡。归路碧迢迢。
摘红英　　（无名氏） 风摇动，雨蒙茸。翠条柔弱花头重。春衫窄，香肌湿。记得年时，共伊曾摘。　都如梦，何曾共。可怜孤似钗头凤。关山隔，晚云碧。燕儿来也，又无消息。	钗头凤　　（陆游） 红酥手，黄縢酒。满城春色宫墙柳。东风恶，欢情薄。一怀愁绪，几年离索。错。错。错。　春如旧，人空瘦。泪痕红浥鲛绡透。桃花落，闲池阁。山盟虽在，锦书难托。莫。莫。莫。 惜分钗　　（吕渭老） 重帘挂，微灯下。背阑同说春风话。月盈楼，泪盈眸。觑着红裀，无计迟留。休。休。　莺花谢，春残也。等闲泣损香罗帕。见无由，恨难收。梦短屏深，清夜浓愁。悠。悠。

瑞鹧鸪 （冯延巳）	鹧鸪天 （晏几道）
才罢严妆怨晓风。粉墙画壁宋家东。蕙兰有恨枝犹绿，桃李无言花自红。　燕燕巢时罗幕卷，莺莺啼处凤台空。少年薄幸知何处，每夜归来春梦中。	彩袖殷勤捧玉钟。当筵拚却醉颜红。舞低杨柳楼心月，歌尽桃花扇底风。　从别后，忆相逢。几回魂梦与君同。今宵剩把银釭照，犹恐相逢是梦中。
沁园春 （苏轼）	洞庭春色 （陆游）
孤馆镫青，野店鸡号，旅枕梦残。渐月华收练，晨霜耿耿，云山摛锦，朝露漙漙。世路无穷，劳生有限，似此区区长鲜欢。微吟罢，凭征鞍无语，往事千端。　当时共客长安。似二陆初来俱少年。有笔头千字，胸中万卷，致君尧舜，此事何难。用舍由时，行藏在我，袖手何妨闲处看。身长健，但优游卒岁，且斗尊前。	壮岁文章，暮年勋业，自昔误人。算英雄成败，轩裳得失，难如人意，空丧天真。请看邯郸当日梦，待炊罢黄粱徐欠伸。方知道，许多时富贵，何处闲身。　人间定无可意，怎换得玉脍丝莼。且钓竿渔艇，笔床茶灶，闲听荷雨，一洗衣尘。洛水秦关千古后，尚棘暗铜驼空怆神。何须更慕，封侯定远，图像麒麟。
水龙吟 （秦观）	鼓笛慢 （秦观）
小楼连苑横空，下窥绣毂雕鞍骤。疏帘半卷，单衣初试，清明时候。破暖轻风，弄晴微雨，欲无还有。卖花声过尽，斜阳院落，红成阵，飞鸳甃。 玉佩丁东别后。怅佳期参差难又。名缰利锁，天还知道，和天也瘦。花下重门，柳边深巷，不堪回首。念多情但有，当时皓月，照人依旧。	乱花丛里曾携手，穷艳景，迷欢赏。到如今谁把，雕鞍锁定，阻游人来往。好梦随春远，从前事，不堪思想。念香闺正杳，佳欢未偶，难留恋，空惆怅。 永夜婵娟未满，叹玉楼几时重上。那堪万里，却寻归路，指阳关孤唱。苦恨东流水，桃源路欲回双桨。仗何人细与，丁宁问我，如今怎向。

词调有以重叠而变者：如《忆故人》之叠为《烛影摇红》，《梁州令》之叠为《梁州令叠韵》，《梅花引》之叠为《小梅花》，《接贤宾》之叠为《集贤宾》之类。

忆故人 （毛滂）	烛影摇红 （周邦彦）
老景萧条，送君归去添凄断。赠君明月满前溪，直到西湖畔。　门掩绿苔应遍。为黄花频开醉眼。橘奴无恙，蝶子相迎，寒窗日短。	香脸轻匀，黛眉巧画宫妆浅。风流天付与精神，全在娇波转。早是萦心可惯。更那堪频频顾盼。几回得见，见了还休，争如不见。　烛影摇红，夜阑饮散春宵短。当时谁解唱《阳关》。离恨天涯远。无奈云收雨散。凭阑干，东风泪眼。海棠开后，燕子来时，黄昏庭院。

梁州令　　　　　（晁补之）	梁州令叠韵　　　（晁补之）
二月春犹浅。去岁樱桃开遍。今年春色怪迟迟，红梅常早，未露胭脂脸。东君故遣春来缓。似会人深愿。蟠桃新镂双盏。相期似此春长远。	田野间来惯。睡起初惊晓燕。樵青早挂小帘钩，南园昨夜，细雨红芳遍。平芜一带烟花浅。过尽南归雁。江云渭树俱远。凭阑送目空肠断。　好景难常占。过眼韶华如箭。莫教鶗鴂送韶华，多情杨柳，为把长条绊。清斟满酌谁为伴。花下提壶传。何妨醉卧花底，愁容不上春风面。
梅花引　　　　　（王特起）	小梅花　　　　　（贺铸）
山之麓，水之曲。一弯秀色盘虚谷。水溶溶，雨蒙蒙。有人行李，萧萧落叶中。　人家篱落炊烟湿。天外云峰迷淡碧。野云昏，失前村。溪桥路滑，平沙没旧痕。	城下路，凄风露。今人犁田古人墓。岸头沙，带蒹葭。漫漫昔时，流水今人家。黄埃赤日长安道。倦客无浆马无草。开函关，闭函关。千古如何，不见一人闲。　六国扰，三秦扫。初谓商山遗四老。驰单车，致缄书。裂荷焚芰，接武曳长裾。高流端得酒中趣。身入醉乡安稳处。生忘形，死忘名。谁论二豪，初不数刘伶。
接贤宾　　　　　（毛文锡）	集贤宾　　　　　（柳永）
香鞯镂襜五花骢。值春景初融。流珠喷沫躞蹀，汗血流红。　少年公子能乘驭，金镳玉辔珑璁。为惜珊瑚鞭不下，骄生百步千踪。信穿花，从拂柳，向九陌追风。	小楼深巷狂游遍，罗绮成丛。就中堪人属意，最是虫虫。有画难描雅态，无花可比芳容。几回饮散良宵永，鸯衾暖，凤枕香浓。算得人间天上，惟有两心同。　近来云雨忽西东。诮恼损情悰。纵然偷期暗会。长是匆匆。争似和鸣偕老，免教敛翠啼红。眼前时暂疏欢宴，盟言在，更莫忡忡。诗作真个宅院，方信有初终。

词调有以犯调而变者：如《江月晃重山》之半为《西江月》，半为《小重山》；《暗香疏影》之前半为《暗香》，后半为《疏影》；（见《梦窗集》，方成培《词尘》谓是张肯所合，按肯乃明人。）皆犯两调而成者也。他如《四犯剪梅花》两用《醉蓬莱》合《解连环》、《雪狮儿》而成；（见《龙洲集》，又名《辘轳金井》。其见于《蒲江集》中者，名《锦园春三犯》，又名《月城春》。）《四犯令》，《玲珑四犯》之合四调而成；《六丑》之六合调而成（见《清真集》）；《八音谐》之合八曲而成；（见《松隐乐府》，谢元淮《碎金词谱》按九宫谱为之察校分出，未知确否。）《八犯玉交枝》之合八曲而成；（见《无弦琴谱》，又名《八宝妆》。）皆明见

著录。至其余调名中之“犯”者，或为犯宫调，非尽合调也。

芳草洲前道路，夕阳楼上阑干。碧云何处望归鞍。从军客，耽乐不思还。 洞里仙人种玉，江边楚客滋兰。鸳鸯沙暖鹡鸰寒。菱花晚，不奈鬓毛班。（《江月晃重山》陆游）

占春压一。卷峭寒万里，平沙飞雪。数点酥钿，凌晓东风已吹裂。独曳横梢瘦影，入广平裁冰词笔。记五湖清夜推篷，临水一痕月。 何逊扬州旧事，五更梦半醒，胡调吹彻。若把南枝，图入凌烟，香满玉楼琼阙。相将初试红盐味，到烟雨青黄时节。想雁空北落冬深，淡墨晚天云阔。（《暗香疏影》吴文英）

水殿风凉，赐环归，正是梦熊华旦。解连环叠雪罗轻，称云章题扇。醉蓬莱西清侍晏。望黄伞日华笼辇。雪狮儿金券三生，玉壶四世，帝恩偏眷。醉蓬莱临安记龙飞凤舞，信神月有厚，竹梧阴满。解连环笑折花看，橐荷香红润。醉蓬莱功名岁晚。带河与砺山长远。雪狮儿麟脯杯行，绒鞯坐稳，内家宣劝。醉蓬莱（《四犯剪梅花》刘过）

月破轻云天淡注。夜悄花无语。莫听阳关牵离绪。拌酩酊，花深处。 明日江郊芳草路。春逐行人去。不似荼蘼开独步。能着意，留春住。（《四犯令》侯寘）

秾李夭桃，是旧日潘郎，亲试春艳。自别河阳，长负露房烟脸。憔悴鬓点吴霜，细念想梦魂飞乱。叹画阑玉砌都换。才始有缘重见。 夜深偷展香罗荐。暗窗前，醉眠葱蒨。浮花浪蕊都相识，谁更重抬眼。休问旧色旧香，但认取芳心一点。又片时一阵，风雨恶，吹分散。（《玲珑四犯》周邦彦）

芳草到横塘，官柳阴低覆，新过疏雨。《春草碧》首句至三句望处藕花密，映沙汀烟渚。《望春回》四句至五句波静翠痕琉璃，《茅山逢故人》六句似伫立飘飘川上女。《迎春乐》第三句弄晓色，正鲜妆照影，《飞雪满群山》第十二句幽香潜度。 水阁薰风对万姝，共泛泛红绿，闹花深处。《兰陵王》十四句至十七句移棹采初开，嗅金缨留取。趁时凝赏池边，预后约淡云低护。《孤鸾》十三句至十六句未饮且凭阑，更待满荷珠露。《眉妩》末二句（《八音谐》曹勋）

沧鸟云连，绿瀛秋入，暮景却沉洲屿。无浪无风天地白，听得潮生人语。擎空孤柱。翠倚高阁凭虚，中流苍碧迷烟雾。惟见广寒门外，青无重数。　　不知是水是山，不知是树漫漫知是何处。倩谁问凌波轻步。漫凝睇乘鸾秦女。想庭曲霓裳正舞。莫须长笛吹愁去。怕唤起鱼龙，三更喷作前山雨。（《八犯玉交枝》仇远）

词调有以过腔而变者：如东坡之《水龙吟》，注云“盖越调《鼓笛慢》”；晁无咎之《消息》，注云“自过腔，即越调《永遇乐》”；白石之《湘月》，注云“即《念奴娇》之鬲指声也，于双调中吹之，鬲指今谓之过腔”；《水龙吟》本属越调尚未过宫；《永遇乐》本歇指调，歇指入越调，中隔商调一宫；《念奴娇》本大石调，鬲指声当是入双调，以中隔高大石一宫也。

小舟横截春江，卧看翠壁红楼起。云间笑语，使君高会，佳人半醉。危柱哀弦，艳歌余响，绕云萦水。念故人老大，风流未减，空回首，烟波里。　　推枕惘然不见，但空江月明千里。五湖闻道，扁舟归去，仍携西子。云梦南州，武昌东岸。昔游应记。料多情梦里，端来见我，也参差是。（苏轼《水龙吟》）

松菊堂深，芰荷池小，长夏清暑。燕引雏还，鸠呼妇往，人静郊原趣。麦天已过，薄衣轻扇，试起绕园徐步。听衡宇。欣欣童稚，共说夜来初雨。　　苍苔径里，紫葳枝上，数点幽花垂露，东里催锄，西邻助饷，相戒清晨去。斜川归兴，倏然满目，回首帝乡何处。只愁恐轻鞍犯夜，灞陵旧路。（晁补之《消息》）

五湖旧约，问经年底事，长负清景。暝入西山，渐唤我，一叶夷犹乘兴。倦网都收，归禽时度，月上汀洲冷。中流容与，画桡不点清镜。　　谁解唤起湘灵，烟鬟雾鬟。理哀弦鸿阵。玉麈谈

玄，叹座客，多少风流名胜。暗柳萧萧，飞星冉冉，夜久知秋信。鲈鱼应好，旧家乐事谁省。（姜夔《湘月》）

词调有以摘取而变者：如《泛清波摘遍》、《薄媚摘遍》、《熙州慢》、《氐州第一》、《剑器近》、《法曲第二》、《法曲献仙音》、《霓裳中序第一》、《六幺令》、《六幺花十八》（即梦行云），以及《水调歌头》、《齐天乐》、《万年欢》等，皆自大曲或法曲中摘取其声音美听而可独唱起结无碍者一遍单谱而单唱之；遂离原来之大遍而为寻常之散词，虽字句不相远，而已别成其调矣。

催花雨小，着柳风柔，多是去年时候好。露红烟绿，尽有狂情斗春早。长安道。秋千影里，系管声中，谁放艳阳轻过了。倦客登临，暗惜光阴恨多少。　　楚天渺。归思正如乱云，短梦未成芳草。空把吴霜点鬓华，自悲清晓。帝城杳。双凤旧约渐虚，孤鸿后期难到。且趁花朝夜月，翠樽倾倒。（《泛清波摘遍》晏几道）

桂香消，梧影瘦，黄菊迷深院。倚西风，看落日，长江东去如练。先生底事，有赋飘然，刚道为田园。独醒何为，持杯自劝未能免。　　休把茱萸吟玩。但管年年健。千古事，几凭阑。吾生九十强半。欢娱终日，富贵何时，一笑醉乡宽。倒载归来，回廊月又满。（《薄媚摘遍》赵以夫）

武林乡，占第一湖山，咏画争巧。鹫石飞来，倚翠楼烟霭，清猿啼晓。况值禁园师帅，惠政流入欢谣。朝暮万景，寒潮弄月，乱峰回照。　　天使寻春不早。并行乐，免有花愁花笑。持酒更听红儿，肉声长调。潇湘故人未归，但目送游云孤鸟。际天杪。离情尽寄芳草。（《熙州慢》张先）

波落寒汀，村渡向晚，遥看数点帆小。乱叶翻鸦，惊风破雁，天角孤云缥缈。官柳萧疏，甚尚挂微微残照。景物关情，川原换目，顿来催老。　　渐解狂朋欢意少。奈犹被思牵情绕。座上琴心，机中锦字，觉最萦怀抱。也知人悬望久，蔷薇谢归来一笑。欲梦高唐，未成眠，霜空已晓。（《氐州第一》周邦彦）

夜来雨。愿倩得东风吹住。海棠正娇娆处。且留取悄庭户。试细听莺啼燕语。分明共人愁绪。怕春去。　　佳树。翠阴初转午。重帘未卷，乍睡起，寂寞看风絮。偷弹清泪寄烟波，见江头故人，为言憔悴如许。彩笺无数。去却寒暄，到了浑无定据。断肠落日千山暮。（《剑器近》袁去华）

青翼传情，香径偷期，自觉当年草草。未省同衾枕，便轻许相将，平生欢笑。怎生向，人间好事到头少，漫悔懊。　　细追思，恨从前容易，致将恩爱成烦恼。心下事，千种尽凭音耗。似此萦牵，等伊来自家向道。待相见，喜欢存问，又还忘了。（《法曲第二》柳永）

蝉咽凉柯，燕飞尘幕，漏阁签声时度。倦脱纶巾，困便湘竹，桐阴半侵庭户。向抱影凝情处。时闻打窗雨。耿无语。叹文园近来多病。情绪懒，尊酒易成间阻。缥缈玉京人，想依然京兆眉妩。翠幕声中，对徽容空在纨素。待花前月下，见了不教归去。（《法曲献仙音》周邦彦）

亭皋正望极，乱落莲归未得。多病却无气力。况纨扇渐疏。罗衣寒切。流光过隙。叹杏梁双燕如客。人何在，一帘淡月，仿佛照颜色。　　幽寂。乱蛩吟壁。动庾信清愁似织。沉思年少浪迹。笛里关山，柳下芳陌。坠红无信息。漫暗水涓涓溜碧。飘零久，如今何意，醉卧酒垆侧。（《霓裳中序第一》姜夔）

雪残风信，悠扬春消息。天涯倚楼新恨，杨柳几丝碧。还是南云雁少，锦字无端的。宝钗瑶席。彩弦声里，拼作尊前未归客。　　遥想疏梅此际，月底香英折。别后谁绕前溪，手拣繁枝摘。莫道伤高恨远，付与临风笛。尽堪愁寂。花时往事，更有多恨个人忆。（《六幺令》晏几道）

簟波皱纤縠。朝炊熟。眠未足。青奴细腻，未拌真珠斛。素莲幽怨风前影，搔头斜坠玉。　　画阑枕水，垂杨梳雨，青丝乱如乍沐。娇蝉微韵，晚蝉理秋曲。翠阴明月胜花夜，那愁春去速。（《梦行云》吴文英　原注即《六幺花十八》）

词有调异名同者，其类有三：一则如《长相思》、《西江月》之类，原有令词，而复有慢，篇幅长短迥异，而仍其名；二则如《相见欢》、《锦堂春》，俱别名《乌夜啼》；《浪淘沙》、《谢池春》，俱别名《卖花声》；三则如《新雁过》、《妆楼别》名《八宝妆》，而别有《八宝妆》正调；《菩萨蛮》别名《子夜歌》，而别有《子夜歌》正调；《一落索》别名《上林春》，而别有《上林春》正调；《眉妩》别名《百宜娇》，而别有《百宜娇》正调；《绣带子》别名《好女儿》，而别有《好女儿》正调，皆其类也。

词亦有调同名异者：如《木兰花》与《玉楼春》之类，五代即有异名。宋人则多取词中字句以名篇，如《贺新凉》名《乳燕飞》，《水龙吟》名《小楼连苑》等，庞杂朦混，难偻指数，宋人颇多此习：如贺铸《东山词》一卷，及《贺方回词》二卷，亦名《寓声乐府》，多用新名；又张辑《东泽绮语债》一卷，全不用本调名称；丘处机《磻溪词》一卷，半属旧调新名。大抵厌常喜新，无关宏旨。致后人为谱者矜多炫博，误别复收，徒乱词体而贻笑柄；倚声者巧立新名，故镌旧号，徒眩耳目而启纷歧，大雅所宜戒也。（参阅《词律》及诸集，例不具举。）

唐词多缘题所赋；《临江仙》则言水仙；《女冠子》则述道情；《河渎神》则咏祠庙；《巫山一段云》则状巫峡。其后则即本词取句命名：如后唐庄宗之《一叶落》、《如梦令》，韦庄之《天仙子》，欧阳炯之《木兰花》、《江城子》，毛文锡之《西溪子》等。更后则两宋词家自度新曲，随手立名：如白石之《暗香》、《疏影》，梦窗之《高山流水》等。再后则按前人谱调填词耳。故调名之立，未必可尽寻其原。俞彦云："宋人词调不下千余，新度者即本词取句命名，余均按谱填词；若一一推凿，何能尽符原旨？安知昔人最始命名者，其原词不已失传乎？且僻调甚多，安能一一传会载籍，自命稽古？学者宁失阙疑，毋使后人徒资弹射可耳。"乃明人杨慎、都穆、董逢元、沈际飞辈偏好推调名缘起，为之附会。清人毛先舒著《填词名解》，尤自谓"参伍钩稽颇获端绪"。究其所举者多属碎义末节，且有但举异名，竟未解其所由起者，诚自愧其名矣！

五代宋初之词，调下无题。其后填词者始于调下附著作意，启此风者是为东坡。东坡集中，几全有题或小序。此为词之进步，因著题则不能为泛泛之词，且使读者易明其旨也。迨白石出，则小序尤极优美，往往低回反复，清气洋溢，为本词增色不少，宜独步两宋已。

词调与宫调有密切之关系，惜后世无从悉知。试取柳永《乐章集》勘之，尚可见其端倪。集中诸词，皆依宫调分列：同曰《鹤冲天》也，大石调与黄钟宫不同，同曰《望远行》也，中吕调与仙吕调不同；同曰《安公子》也，中吕调与般涉调不同；同曰《归去来》也，平调与中吕调不同；同曰《瑞鹧鸪》也，南吕调与般涉调不同；同曰《尾犯》也，正宫与林钟商不同；同曰《洞仙歌》也，中吕调与仙吕调不同；同曰《定风波》也，双调与林钟商不同；同曰《凤归云》也，林钟商与仙吕调不同；同曰《女冠子》也，大石调与仙吕调不同；同曰《倾杯乐》也，仙吕宫与大石、林钟商、黄钟羽、散水调俱各不同。藉曰传写讹错，或作者通脱，则何以集中多首者，如《玉楼春》、《巫山一段云》、《少年游》、《玉蝴蝶》、《满江红》、《木兰花慢》等，亦整饬犹人乎？（参阅本集，例不具举。）

宋人乐律之书，有宋仁宗之《景祐乐髓新经》、蔡元定之《律吕新书》、陈旸之《乐书》，皆详悉繁重，不暇论列。其简要者，惟张炎《词源》，其论音谱，略云："有法曲，有五十大曲，有慢曲。法曲则以倍四头管品之，其声清越。大曲则以倍六头管品之，其声流美。即歌者所谓曲破，如《望瀛》，如《献仙音》，乃法曲，其源自唐来；如《六幺》，如《降黄龙》，乃大曲，唐时鲜有闻。……慢曲引近则名曰小唱。"又论拍眼略云："法曲大曲慢曲之次，引近辅之。皆定拍眼。盖一曲有一曲之谱，一均有一均之拍，若停声待拍，方合乐曲之节。所以众部乐中，用拍板名曰齐乐，又曰乐句。唱法曲、大曲、慢曲，当以手拍，缠令则用拍板。"说甚精微，在南宋知者已鲜。故仇远致讥于不知宫调者，仅能四字《沁园春》，五字《水调》，七字《鹧鸪天》、《步蟾宫》。亦可识兹事之难矣。

唐燕乐用二十八调，至南宋则仅用七宫十二调。七宫者：正宫，高宫，仲吕宫，道宫，南吕宫，仙吕宫，黄钟宫；十二调者：大石调，般涉调，双调，仲吕调，小石调，正平调，歇指调，高平调，商调，仙吕调，越调，羽调是也（见《词源》）。各宫调各有管色，所以定乐器用调高下之标准；又各有结声，视其结声以定宫调之名。结声于宫，则以宫称；结声于商角徵羽，则以调称。调不同则结声亦异。——结声者，或曰杀声，又曰住字，即词句末归韵处所用之声也。今考《词源》所列八十四调各有杀声，其字皆当时俗乐所用之简笔字，惟传刻多讹，渐少识者，然悉心察究，尚可一一厘正也。《词源》曾将八十四调雅俗名及结声字备列为表。今但摘取宋时所用之七宫十二调，参以白石旁谱及方（成培）凌（廷堪）张（文虎）陈（澧）诸家之说，补列用字，共为一表如次：

<table>
<tr><th colspan="7">七宫十二调名称管色结声用字表</th></tr>
<tr><th>宫</th><th>管色</th><th>雅　名</th><th>俗　名</th><th>律　字</th><th>结声</th><th>用　　字</th></tr>
<tr><td rowspan="3">黄钟宫</td><td rowspan="3">スム</td><td>黄钟宫</td><td>正　宫</td><td>ム本律合</td><td>六合</td><td rowspan="3">合四一勾尺工凡六五
宫商角徵变徵羽宫闰宫商</td></tr>
<tr><td>黄钟商</td><td>大石调</td><td>マ太簇四</td><td>四</td></tr>
<tr><td>黄钟羽</td><td>般涉调</td><td>フ南宫</td><td>工</td></tr>
<tr><td>大吕宫</td><td>(ㄣ) ㋮</td><td>大吕宫</td><td>高宫</td><td>本律
㋮下四</td><td>下四</td><td>宫商角变徵羽闰闰宫
下下　　下下　　下
四一上尺工凡合六五</td></tr>
<tr><td rowspan="3">夹钟宫</td><td rowspan="3">㊀</td><td>夹钟宫</td><td>中吕宫</td><td>㊀本律下一</td><td>下</td><td rowspan="3">宫商角变徵羽闰羽闰
下　　　下
一上尺工凡合四六五</td></tr>
<tr><td>夹钟商</td><td>双　调</td><td>(ㄣ)中吕上</td><td>上</td></tr>
<tr><td>夹钟羽</td><td>中吕调</td><td>ム黄钟合</td><td>六</td></tr>
<tr><td rowspan="3">中吕宫</td><td rowspan="3">ㄣ</td><td>中吕宫</td><td>道　宫</td><td>(ㄣ)本律上</td><td>上</td><td rowspan="3">宫商角变徵羽闰徵羽
上尺工凡合四一六五</td></tr>
<tr><td>中吕商</td><td>小石调</td><td>人林钟尺</td><td>尺</td></tr>
<tr><td>中吕羽</td><td>正平调</td><td>マ太簇四</td><td>四</td></tr>
<tr><td rowspan="3">无射宫</td><td rowspan="3">㋷</td><td>无射羽</td><td>羽　调</td><td>火林钟尺</td><td>尺</td><td rowspan="3">下
凡合四一上尺工六五
宫商角变徵羽闰商角</td></tr>
<tr><td>无射商</td><td>越　调</td><td>ム黄钟合</td><td>六</td></tr>
<tr><td>无射宫</td><td>黄钟宫</td><td>㋷本律下凡</td><td>下凡</td></tr>
<tr><td rowspan="3">夷则宫</td><td rowspan="3">㋫</td><td>夷则羽</td><td>仙吕调</td><td>ㄣ中吕上</td><td>上</td><td rowspan="3">工下　　一
凡下合四下上尺六五
宫商角变徵羽闰角变</td></tr>
<tr><td>夷则商</td><td>商　调</td><td>㋷无射下凡</td><td>下凡</td></tr>
<tr><td>夷则宫</td><td>仙吕宫</td><td>㋫本律下工</td><td>下工</td></tr>
<tr><td rowspan="3">林钟宫</td><td rowspan="3">人</td><td>林钟羽</td><td>高平调</td><td>一姑洗一</td><td>一</td><td rowspan="3">　　　四　　　五
尺工凡下四一勾下五
宫商角变徵羽闰变徵</td></tr>
<tr><td>林钟商</td><td>歇指调</td><td>フ南吕工</td><td>工</td></tr>
<tr><td>林钟宫</td><td>南吕宫</td><td>人本律尺</td><td>尺</td></tr>
</table>

观《白石旁谱》所用住字，无一逾越。如用无射宫（即俗黄钟宫）者，则住字为リ凡。用仙吕宫者，则住字为フ工。用中吕宫，高平调及黄

钟角者，则住字为一卜。用越调及中吕调者，则住字为ス六。用正平调者，则住字为マ四。用双调者，则住字为么上。用商调者，则住字为リ凡。用黄钟下徵者，则住字为人尺。证以《词源》之论结声正讹，亦皆吻合。其说如下：

> 商调是儿字结声，用折而下，若声直而高而不折，则成ス字，即犯越调。　仙吕宫是フ字结声，现平直，若微折而下，则成儿字，即犯黄钟官。　正平调是マ字结声，用平直而去，若微折而下，则成ㄅ字，即犯仙吕调。　道宫是ㄣ(同么)字结声，要平下，莫太平，若折而带一声，即犯中吕官。　高官是ㄎ字结声，要清高，若平下则成儿字，犯黄钟，微高成ス字，是正官。　南吕官是人字结声，要平而去，若折而下，则成一字，即犯高平调。

据上说，道宫之结声为上，可证白石所论道宫上字住，双调亦上字住，所住字同，故道调曲中犯双调，或双调曲中犯道调之说；并可知结声之不同者不能相犯矣。惟宋词歌法，后世无传，虽《九宫大成谱》及《碎金词谱》载有多调，然皆以曲法歌之，非词谱之真面目也。

宫调之与情感关系至切。今按陶宗仪《辍耕录》，与周德清《中原音韵》，俱有宫调声情之说，惟皆出于元人。又就当时曲调分析，故止有六宫十一调。然词曲理原一贯，吾人不妨借以观词。兹录于下：

仙吕宫清新绵邈	南吕宫感叹悲伤	中吕宫高下闪赚
黄钟宫富贵缠绵	正宫惆怅雄壮	道宫飘逸清幽
大石风流蕴藉	小石旖旎妩媚	高平条畅滉漾
般涉拾掇坑堑	歇指急并虚歇	商角悲伤宛转
双调健捷激袅	商调凄怆怨慕	角调呜咽悠扬
宫调典雅沉重	越调陶写冷笑	

上列宫调，较宋时所用七宫十二调数已减少。而其后南曲且减为十三调，及明则仅有九宫之名。于此可见用调之日趋于简矣。

词调与文情，亦有密切之关系。观杨守斋《作词五要》所论：第一要择腔，腔不韵则勿作；第二要择律，律不应月则不美；第三要填词按谱；第四要随律押韵：可知宫律词调，声响文情，皆属一贯。就作者言：则本情以寻声，因声以择调，由调以配律。就词体言：则本律而立调，由调而定声，以声而见情。今宋词之宫调律谱，固无从悉知；然词调之声情，尚可得而审别。试观北宋晏欧诸公，规模《花间》，其用调亦略相同；《乐章》《东坡》二集风格不同，其中用调亦迥异。梦窗用调，多同美成；草窗、碧山、玉田辈又多同梦窗。稼轩用调多同东坡；龙洲、后村、遗山辈，又多同稼轩。使假柳周集中著调以效苏辛，必不成章，即勉为之，亦失韵味；以苏辛集中惯调而拟姜史，亦自格格不入。盖词有刚柔二派，调亦如之：毗刚者，亢爽而隽快：毗柔者，芳悱而缠绵。赋情寓声，自当求其表里一致，不得乖反。若《雨霖铃》、《尉迟杯》、《还京乐》、《六丑》、《瑞龙吟》、《大酺》、《绕佛阁》、《暗香》、《疏影》、《国香慢》等调，则沉冥凝咽，不适豪词；《六州歌头》、《水调歌头》、《水龙吟》、《念奴娇》、《贺新郎》、《摸鱼儿》、《满江红》、《哨遍》等调，则挥洒纵横，未宜侧艳。纵高才健笔，偶有通融，如南涧之"东风着意"，清真之"昼日移阴"，白石之"闹红一舸"，龙洲之"洛浦凌波"之类，然究未若还其真面之为愈。此中消息，深思自知。守斋致论于择腔，亦此旨耳。

东风着意，先上小桃枝。红粉腻。娇如醉。倚朱扉。记年时，隐映新妆面。临水岸。春将半。云日暖。斜阳转。夹城西。草软沙平骤马，垂杨渡玉勒争嘶。认蛾眉凝笑，脸薄拂胭脂。绣户曾窥。恨依依。　　昔携手处。香如雾。红随步。怨春迟。消瘦损。凭谁问。只花知。泪空垂。旧日堂前燕，和烟雨，又双飞。人自老。春长好。梦佳期。前度刘郎几许，风流地花也应悲。但茫茫暮霭，目断武陵溪。往事难追。（韩元吉《六州歌头》）

昼日移阴，揽衣起春帷睡足。临宝鉴绿云撩乱，未忺装束。蝶粉蜂黄都褪了，枕痕一线红生玉。背画阑脉脉尽无言，寻棋局。　　重会面，犹未卜。无限事，萦心曲。想秦筝依旧，尚鸣金屋。芳草连天迷远望，宝香薰被成孤宿。最苦是蝴蝶满园飞，无

心扑。(周邦彦《满江红》)

闹红一舸,记年时常与,鸳鸯为侣。三十六陂人未到,水珮风裳无数。翠叶吹凉,玉容消酒,更洒菰蒲雨。嫣然摇动,冷香飞上诗句。　　日暮。青盖亭亭,行人不见,争忍凌波去。只恐舞衣寒易落,愁入西风南浦。高柳垂阴,老鱼吹浪,留我花间住。田田多少,几回沙际归路。(姜夔《念奴娇》)

洛浦凌波,为谁微步,轻生暗尘。记踏花芳径,乱红不损,步苔幽砌,嫩绿无痕。衬玉罗悭,销金样窄,载不起盈盈一段春,嬉游倦,笑教人款捻,微褪些根。　　有时自度歌声。悄不觉微尖点拍频。忆金莲移换,文鸳得侣,绣茵催衮,舞凤轻分。懊恨深遮,牵情半露,出没风前烟缕裙。如何似,似一钩新月,浅碧笼云。(刘过《沁园春》)

词调之著为谱,始自明张南湖之《诗余图谱》。南湖名綖,字世文,高邮人。其谱分列词调,而用白黑圈表平仄,半白黑圈表可平可仄。载调既略,漏误亦甚。且圈之黑白,钞刻亦易讹混。嗣钱塘谢天瑞从而广之;吴江徐师曾去图而著谱。新安程明善遂辑为《啸余谱》,明以来其书通行,群称博核,奉若圭臬;然触目瑕瘢,通身罅漏,以其根据错误之刊本,故至以讹传讹。如《念奴娇》之与《无俗念》,《百字谣》之与《大江乘》,《贺新郎》之与《金缕曲》,《金人捧露盘》之与《上西平》,皆本一调而分列数体;尤可笑者,《燕台春》之即《燕春台》,《大江乘》之即《大江东》,《秋霁》之即《春霁》,《棘影》之即《疏影》,本无异名,而误沿讹字,或列数体,或逸本名;甚至错乱句读,增减字数,而强缀标目,妄分韵脚;又如《千年调》、《六州歌头》、《阳关引》、《帝台春》之类,句数率皆淆乱。又其分类为题,有所谓二字题、三字题、通用题、歌行、思忆、人事、声色、珍宝之属,皆随意区分,了无义例。又每调分列第一、第二等体,而次序之先后殊无标准。清初仁和赖以邠复著《填词图谱》,图则仿张,谱则依程,参稽既疏,讹谬仍旧;且一遇新名,则不审而复收;至于分调分段之误谬,字句平仄之脱略,尤更仆难数。因循明人荒落之病;反贻后世歧路之忧,良足憾也!迨宜兴万树起而著《词律》,为调六百六十，为体一千一百八十余，始悉心钩稽，恪守绳墨，订正前讹，发明新旨。如论五言句有上二下三，上一下四之别，七言句有上四下三，上三下四之别，四言句有上下各二，中二相连之别；又论上入声作平与去声激调等语，皆微妙有心得，《四库提要》谓其“剪除榛楛之功不可没”，盖公言也。此书后有徐本立之《拾遗》，补调补体凡四百九十五，于原书稍有订正。杜文澜又补五十调，名曰《补遗》。此外尚有康熙《钦定词谱》，为王弈清等所编，增调至八百二十六，体至二千三百零六，仿《诗余图谱》法以白黑圈表平仄，其条注于诸调得名之源流，倚声之平仄，句法之异同，以及大曲之套数，俱号称赅备云。

(二)韵　协

凡字之尾音相类者为韵。字以韵而有所归；句以韵而得所叶。古无韵书，其谣谚歌诗皆由口音自然之调协。至魏李登撰《声类》十卷，始以五声命字，是为韵书之始。晋吕静仿之为《韵集》五卷，宫商角徵羽各一篇。至齐梁之际，乃兴四声。南齐周颙作《四声切韵》，梁沈约作《四声谱》，隋陆法言、刘臻等八人论音韵之南北是非古今通塞而作《切韵》。唐孙湎本之而作《唐韵》，合四声，区二百六部，为唐时通行韵本。今诸书皆不传。(毛先舒《韵白》乃谓二百六部者为沈约韵，一百七部者为《唐韵》，大误。)宋陈彭年等因《切韵》而重修《广韵》，为今存韵书之最早者。稍后有丁度等所撰之《集韵》，及戚纶等撰《礼部韵略》，为宋时程试功令。南宋平水刘渊乃取而并之为一百七部，平上去各三十韵，入声十七韵，是为《平水韵》，书亦不传。(近人说谓《平水韵》即《礼部韵略》，刘渊撰，误。)元阴时夫作《韵府群玉》，乃本《平水韵》而删去上声之拯韵为一百六韵，即近世通行《佩文诗韵》之所本也。兹以《广韵》二百六部与《诗韵》一百六部并列一表，以见今古韵递嬗之迹。

平声（上广韵 下诗韵）		上声		去声		入声	
东	东	董	董	送	送	屋	屋
冬钟	冬	肿	肿	宋用	宋	沃烛	沃
江	江	讲	讲	绛	绛	觉	觉
支脂之	支	纸旨止	纸	寘至志	寘		
微	微	尾	尾	未	未		
鱼	鱼	语	语	御	御		
虞模	虞	麌姥	麌	遇暮	遇		
齐	齐	荠	荠	霁祭	霁		
佳皆	佳	蟹骇	蟹	泰卦怪夬	卦泰		
灰咍	灰	贿海	贿	队代废	队		
真谆臻	真	轸准	轸	震稕	震	质术栉	质
文殷	文	吻隐	吻	问焮	问	物迄	物
元魂痕	元	阮混很	阮	愿慁恨	愿	月没	月
寒桓	寒	旱缓	旱	翰换	翰	曷末	曷
删山	删	潸产	潸	谏裥	谏	黠辖	黠
先仙	先	铣猕	铣	霰线	霰	屑薛	屑
萧宵	萧	筱小	筱	啸笑	啸		
肴	肴	巧	巧	效	效		
豪	豪	皓	皓	号	号		
歌戈	歌	哿果	哿	个过	个		
麻	麻	马	马	祃	祃		
阳唐	阳	养荡	养	漾宕	漾	药铎	药
庚耕清	庚	梗耿静	梗	映劲诤	敬	陌麦昔	陌
青	青	迥	迥	径	径	锡	锡
蒸登	蒸	拯等		证嶝		职德	职
尤侯幽	尤	有厚黝	有	宥候幼	宥		
侵	侵	寝	寝	沁	沁	缉	缉
覃谈	覃	感敢	感	勘阚	勘	合盍	合
盐添	盐	琰忝	琰	艳㮇	艳	叶怗	叶
咸衔严凡	咸	豏槛俨范	豏	陷鉴酽梵	陷	洽狎业乏	洽

宋词既盛，率用当时诗赋通行之韵而略宽其通转，初未别创词韵也。及朱敦儒尝拟应制词韵十六条，而外列入声韵四部。其后张辑释之；冯取洽增之；元陶宗仪议其侵寻，盐咸，廉纤闭口三韵混入，拟为改定，今其书不传，目亦无考。惟《菉斐轩词韵》，不知何人所作，但称绍兴二年刊，平声立十九韵，次以上去声，其入声即分隶三声，不别立部，究似北曲。且一百六部之目尤不应出于南宋，殆后人所伪托耳。

元人周德清作《中原音韵》，以入声派作平上去三声，共分十九类，盖曲韵也。其目如次：

一东钟　二江阳　三支思　四齐微　五鱼模　六皆来　七真文　八寒山　九桓欢　十先天　十一萧豪　十二歌戈　十三家麻　十四车遮　十五庚青　十六尤侯　十七侵寻　十八监咸　十九廉纤

上类多所合并，惟车遮与家麻，旧同属麻韵。歌曲则将麻韵中侈口而声散之字别立为车遮一类，是所增耳。

填词用韵，既不能同于北曲以入声派作三声，则词韵之作自不容已。明初范善溱作《中州全韵》。洪武时命宋濂等定《正韵》。王士禛乃谓范书"当为词韵"，谓"《洪武正韵》斟酌诸书而成，其分并俱与宋词暗合，填词者所当援据"，不知《中州》之比《中原》，止省阴阳之别；至其减入声作三声，及分车遮等法，仍一本《中原》，固犹是曲韵也。至《洪武正韵》则并诗韵为七十六部，平上去各二十二韵，入声十韵，其分合之间多异词而同曲，毛先舒方本之而撰《南曲正韵》，是亦不得为词韵也。至词韵专作自明及清略有数家：一、胡文焕之《文会堂词韵》，三声用曲韵，而入声用诗韵，大乖词法。二、沈谦之《词韵略》，取《诗韵》删并，不知寻《广韵》原纽，分合不清，字复乱次以济；其按语且谓侵韵与真文及庚青蒸可以合并，混乱音类，未足为训，毛先舒既括其略而辩正之矣；其后赵钥、曹亮武皆沿沈书而作《词韵》，分合之间亦多可议。三、李渔之《词韵》，列二十七部，析以乡音，尤为不经。四、吴烺、程名世合作之《学宋斋词韵》，以平上去三声分十一部，入声分四部，既混真文庚青蒸侵，又混元寒删先覃盐咸及月曷黠屑合叶，荒杂太甚，贻误匪浅。嗣有郑春波作《绿漪亭词韵》，叶申芗作《天籁轩词韵》，以羽翼之，而词韵遂大紊。至若毛奇龄谓词韵可任意取押通转，其谬又不待言矣。

词韵经邹祇谟毛先舒辨论，稍有端绪。邹氏《远志斋词衷》，内有《韵衷》，论析颇审。毛氏作《唐人四声表》，约韵为六类，说颇可取。六类者：一穿鼻，东冬江阳庚青蒸；二展辅，支微齐佳灰；三敛唇，鱼虞萧肴豪尤；四抵腭，真文元寒删先；五直喉，歌麻；六闭口，侵覃盐咸。上去可以类推，惟入声有异。稍后有仲恒之《词韵》，吴应和之《榕园词韵》，皆据《广韵》分三声为十四部，入声为五部，共十九部，颇为周洽。又有《晚翠轩词韵》，附见清怡王所刊之《白香词谱》后，其分部亦略同吴氏，惟所据为《佩文诗韵》耳。及戈载作《词林正韵》，乃本吴氏书参酌审定，视以前诸家皆较精当，遂立词韵之准。其书据《集韵》，标目亦与《广韵》字小异。兹括其概为表如下：

<table>
<tr><th>平　韵</th><th>上　韵</th><th>去　韵</th><th rowspan="2">入　韵</th></tr>
<tr><td>一　东冬钟</td><td>童肿</td><td>送宋用</td></tr>
<tr><td>二　江阳唐</td><td>讲养荡</td><td>绛漾宕</td><td rowspan="3">十五　屋沃烛</td></tr>
<tr><td>三　支脂之微齐灰</td><td>纸旨止尾荠贿</td><td>寘至志未霁祭太队废</td></tr>
<tr><td>四　鱼虞模</td><td>语噳姥</td><td>御遇暮</td></tr>
<tr><td>五　佳半皆咍</td><td>蟹骇海</td><td>太半卦怪夬代</td><td rowspan="3">十六　觉药铎</td></tr>
<tr><td>六　真谆臻文欣魂痕</td><td>轸准吻隐混很</td><td>震稕问焮慁恨</td></tr>
<tr><td>七　元寒桓删山先仙</td><td>阮旱缓潸产铣狝</td><td>愿翰换谏裥霰线</td></tr>
<tr><td>八　萧宵爻豪</td><td>筱小巧皓</td><td>啸笑效号</td><td rowspan="2">十七　质术栉陌麦昔锡职德缉</td></tr>
<tr><td>九　歌戈</td><td>哿果</td><td>个过</td></tr>
<tr><td>十　佳半麻</td><td>马</td><td>卦半祃</td><td rowspan="3">十八　迄月没曷末黠牵屑薛叶帖</td></tr>
<tr><td>十一　庚耕清青蒸登</td><td>梗耿静迥拯等</td><td>映诤劲径证嶝</td></tr>
<tr><td>十二　尤侯幽</td><td>有厚黝</td><td>宥候幼</td></tr>
<tr><td>十三　侵</td><td>寝</td><td>沁</td><td rowspan="2">十九　合盍业洽狎乏</td></tr>
<tr><td>十四　覃谈盐沾严咸衔凡</td><td>感敢琰忝俨豏槛范</td><td>勘阚艳桥验陷鑑梵</td></tr>
</table>

词韵固缘宋词而立，而宋人之作亦时有越出范围者。如清真之《齐天乐》，（感韵句如“云窗静掩，顿疏花簟，但愁斜照敛”，余均为阮韵句。）《过秦楼》，（感韵句如“渐懒趁时匀染，还看稀星数点”，余均为阮韵句。）则阮感并

叶；龙洲之《醉太平》，（真韵句如“情高意真，思君忆君”，余均为庚韵。）梅溪之《夜合花》，（真韵句如“楚山长锁秋云，长啸苏门，常时低度西邻，空照天津”，余均为庚韵。）则真庚互施。玉田之《迈陂塘》，（轸韵句如“苍茫一片清润”，梗韵句如“花影倒窥天镜”，寝韵句“如凭高露饮”。）则轸梗而更杂寝声；《忆旧游》，（真韵句如“都是愁恨”，庚韵句如“同赋飘零”，侵韵句如“花月锁春深”。）则真庚而忽搀侵韵：盖穿鼻抵腭及闭口三类相混也。他如范希文之《苏幕遮》，（芳草无情更在斜阳外。）欧阳六一之《踏莎行》，（行人更在春山外。）本纸韵而杂入外字；白石之《疏影》，（但暗忆江南江北。）于湖之《满江红》，（迷南北。）本屋韵而杂入北字；白石之《长亭怨慢》，（不会得青青如此。）本语韵而杂入此字；龙洲之《贺新郎》，（把菱花自笑人憔悴，更忍对灯花弹泪。）本语韵而杂入悴字泪字；则展辅与敛唇相混也。是皆一时通脱，未足为训。至于山谷之《念奴娇》，（最爱临风笛。）本屋韵而笛字则借叶蜀音；梦窗之《法曲献仙音》，（啼绡粉痕冷。）本养韵而冷字则借叶吴音；林外之《洞仙歌》，（林屋洞门无锁。）本筱韵而锁字则借叶闽音：若持严格，皆未可依。盖词之用韵宁严而毋滥也。

转韵之词，唐五代为多。如《调笑》之三转，《菩萨蛮》、《虞美人》、《南乡子》、《更漏子》、《减字木兰花》之四转，《酒泉子》、《荷叶杯》、《河传》之短句急转，《定风波》、《最高楼》、《离别难》之中间插转，用韵愈密，情致愈迫，大率皆令近也。亦有慢词而密转者，如《小梅花》平仄互转至八韵，南涧之《六州歌头》（见前）逐段自相为叶凡换五韵，皆觉节促而情殷。

平仄通叶之词亦多。如《西江月》、《渡江云》、《丑奴儿慢》、《换巢鸾凤》、《穆护砂》、《哨遍》、《戚氏》等皆是。他如《乐章》之《曲玉管》以秋洲叶久偶，（烟波满目凭阑久，千里清秋，别来锦字终难偶，冉冉飞下汀洲。）《山谷》之《鼓笛令》以婆罗叶我过，（见来便觉情于我，厮守着新来好过，人道他家有婆婆，更有些儿得处罗。）《撼庭竹》以你叶梅飞，（呜咽南楼吹落梅，闻鸦树惊飞，如今却被天嗔你。）《盘洲》之《江梅引》以蕊里叶飞，（空恁遐想笑摘蕊，断回肠思故里，慢弹绿绮，引三弄不觉魂飞。）《清真》之《四园竹》以里纸叶扉知，（未放满朱扉，庭柯影里，好风襟袖先知，犹在纸。）《寿域》之《渔家傲》以远怨叶天娟，（疏雨才收淡净天，微云绽处月婵娟，寒雁一声人正远，添幽怨，那堪往事思量遍。)《两同心》以递计叶枝依,(寒霜覆林枝,望衰柳色尚依依,瞻京都迢递,惟独个未有归计。)《逃禅》之《二郎神》以都叶雨宇,(更几日薰风吹雨,特作澄清海宇,协佐皇都。)《金谷》之《蝶恋花》以期伊叶计意,(别来相思无限期,欲说相思要见终无计。拟写相思持送伊,如何得尽相思意。)《友古》之《飞雪满群山》以里叶猗时,(绮窗森玉猗猗,洞房宛是当时,黯相对浑如梦里。)《竹山》之《大圣乐》以歌涡叶破,(寿仙曲破,群唱莲歌,展一笑微微红透涡。)《西麓》之《绛都春》以懒远叶寒闲,(不耐春寒,飞梭庭院绣帘闲,梅妆欲试芳情懒,琴心不度春云远。)《昼锦堂》以上叶阳觞,(历历犹寄斜阳,邀妃试酌清觞,湖上。)皆可细按而得。至若《东山》之《水调歌头》(见前),《六州歌头》,通体仄声落句处,皆与平韵相叶,几于无句无韵,是又其特例矣。

词调有本用仄韵而易以平韵者。如晁无咎之《尉迟杯》、《绿头鸭》(即《多丽》),杜龙沙之《雨霖铃》,《芦川》之《念奴娇》,《白石》之《满江红》,《圣求》之《满路花》,《竹山》之《霜天晓角》,《西麓》之《绛都春》、《永遇乐》,苏茂一之《祝英台近》,郑文妻之《忆秦娥》等。有本用平韵而易以仄韵者,如《乐章》之《两同心》,《淮海》之《雨中花慢》,《寿域》之《山亭柳》,《漱玉》之《声声慢》,《稼轩》之《醉太平》,康伯可之《汉宫春》,《花外》之《庆春宫》等。大凡平仄互易之调,其仄韵必为入声。盖平入相近,以就歌喉,龃龉较少也。至调有必须用入声韵者,如《丹凤吟》、《大酺》、《兰陵王》、《霓裳中序第一》、《六幺令》、《解连环》、《雨霖铃》、《凄凉犯》、《暗香》、《疏影》、《淡黄柳》、《惜红衣》、《玉京秋》、《好事近》、《谒金门》等,皆不可用上去韵;又如《念奴娇》、《满江红》等,虽偶有用上去韵者,而究以入韵为宜也。

词有通首用一韵者,谓之福唐独木桥体(福唐义未详)。如山谷《瑞鹤仙》全用也字韵(见前);后村《转调二郎神》连五首全用省字韵;金谷《惜奴娇》全用你字韵;稼轩《水龙吟·题瓢泉》全用些字韵,《柳梢青·赋八难》全用难字韵;竹山《声声慢·秋声》全用声字韵,《水龙吟·招落梅之魂仿辛体》、《瑞鹤仙·寿东轩》全用也字韵:皆词中别体。又辛蒋用些字也字落者,上一字皆叶韵,尤为精密。

韵与文情关系至切:平韵和畅,上去韵缠绵,入韵迫切,此四声之别也;东董宽洪,江讲爽朗,支纸缜密,鱼语幽咽,佳蟹开展,真轸凝重,元阮清新，萧筱飘洒，歌哿端庄，麻马放纵，庚梗振厉，尤有盘旋，侵寝沈静，覃感萧瑟，屋沃突兀，觉药活泼，质术急骤，勿月跳脱，合盍顿落，此韵部之别也。此虽未必切定，然韵近者情亦相近，其大较可审辨得之。又凡用平韵入韵者当阴阳相调，用上去韵者当上去相调，庶声情不至板滞。是在细心者有以自得之耳。

（三）四　声

古无四声之目，而字读之长短抗坠自然而分。李登《声类》、吕静《韵集》，书均不传。至齐梁间，四声之用始显。《南齐书·陆厥传》云："永明末，盛为文章，吴兴沈约，陈郡谢朓，琅琊王融，以气类相推毂；汝南周禺善识声韵。约等文皆用宫商，以平上去入为四声，以此制韵，不可增减，世呼为永明体。"《梁书·沈约传》云："撰《四声谱》，以为在昔词人累千载而不寤，而独得胸衿，穷其妙旨，自谓入神之作。高祖雅不好焉，尝问周舍曰：'何谓四声？'舍曰：'天子圣哲是也。'然帝竟不遵用。"然约书亦不传。观其于《宋书·谢灵运传》后论云："欲使宫羽相变，低昂舛节，若前有浮声，则后须切响。一简之内，音韵尽殊，两句之中，轻重悉异，妙达此旨，始可言文。"盖语言文字使四声相间成章，则言者分明，听者愉快，而成文朗诵，尤见铿锵。伊古佳篇，多与暗合。自是厥后，则注意为之，故近体诗兴焉。夫情发于声，声成文谓之音。人情有喜怒哀乐之殊，字音因有浮切轻重之异。用之得当，则声情相称，不当则声情相乖。律吕五音者，音乐之声调也；平仄四声者，文字之声调也。入乐则律吕主之而五音相调；行文则平仄主之而四声迭和。乐在演奏，文则吟诵，事歧理一，故皆可称曰宫商也。唐人近体诗较古诗调谐多矣；近体乐府，较古乐府亦调谐多矣；词出于近体乐府（见前具体篇），则其调谐更为必要可知，否则成诵尚难，何论入乐？虽然，词与近体诗之所谓调谐不同也：诗之调谐，字音前后浮切相变而已；词之调谐，则视音乐节奏之抑扬缓急而定之。故诗之变简，而词之变繁；诗尽调谐，而词或拗涩。柳、周、姜、吴等之制腔度曲，皆按宫调以求协歌喉，施之弦管，声律文情，各取其当而已。文学中之精微而艰深者莫此若也。

词调平仄之谐者无论矣；即论其拗者，如《兰陵王》、《凄凉犯》之末句及《莺啼序》之次叠第二句皆用全仄，《醉翁操》及《寿楼春》多全平之句，皆别具风味。至平仄作用之分别，万氏《词律·发凡》论之甚详，略谓："平止一涂，而仄兼三声，不可遇仄而以三声概填。有时上去互易则调不振起，便成落腔。尾句尤要，如《永遇乐》之'尚能饭否'，《瑞鹤仙》之'又成瘦损'，'尚'、'又'必仄，'能'、'成'必平，'饭'、'瘦'必去，'否'、'损'必上，如此，然后发调；若用平上或平去，或去去，上上，上去，皆为不合。又上声舒徐和软，其腔低，去声激厉劲远，其腔高，相配用之，方能抑扬有致；两上两去，在所当避。又名家词转折跌宕处多用去声者，因三声之中上入二者可以作平，去则独异。当用去者，非去则激不起；用入且不可，断勿用平上。用上或入作平者，不可因其仄声而填作他仄声字。"诸语皆精思造微之论。

又戈载《词林正韵·发凡》论入声作三声，略谓"入声作三声，词家亦多承用。押韵者如晏几道《梁州令》'莫唱阳关曲'，曲作上；柳永《女冠子》'楼台悄似玉'，玉作去；晁补之《黄莺儿》'两两三三修竹'，竹作上；辛弃疾《丑奴儿慢》'过者一霎'，霎作去；(按元本此字作夏，是未尝借韵。)张炎《西子妆慢》'遥岑寸碧'，碧作上；杜安世《惜春令》'闷无绪玉箫抛掷'，掷作平，等。在句者如欧阳修《摸鱼子》'恨人去寂寂凤枕难孤宿'，寂寂作平，又《望远行》'斗酒十千'，十作平；周邦彦《瑞鹤仙》'正值寒食'，值作平；万俟雅言《三台》'饧香更酒冷踏青路'，踏作平；辛弃疾《千年调》'万斛泉'，斛作平；秦观《望海潮》'金谷俊游'，谷作上；陈允平《应天长》'曾惯识凄凉岑寂'，识作上；万俟雅言《梅花引》'家在日边'，日作去；方千里《瑞龙吟》'暮山翠接'，接作上；《倒犯》'楼阁参差帘栊悄'，阁作去"等，多不备举，言皆有征。

(四)五　音

五音者,字读出音之阻分为喉牙舌齿唇五处,韵家所谓等韵之学也。等韵之学,初原反切,其事始于东汉之末,至魏而大行。初用之以注经籍之读音;继扩之而为命名之利用。(顾炎武《音论》引南北朝双反之法,并取反语以命人名地名国号等事,例如梁武帝立同泰寺,开大通门,取反语以协同泰,唐高祖改元通乾,以反语天穷停之之类。)自是双声叠韵之用显矣。双声者,发声相同之字,即古人之所谓和,切韵家之所谓同母,而小学家所谓一声之转也。叠韵者,收韵相同之字,即古人之所谓谐,切韵家之所谓同韵,而小学家所谓音近之字也。双声之字如蒹葭、鸳鸯、踟躇、黾勉之类;叠韵之字如芃兰、螳螂、崔巍、逍遥之类是也。陆法言《切韵》,皆取双声叠韵之字以为切,然以无固定之字母,故双声取字,泛滥无归。至唐末沙门守温,遂以梵字拼音之法,参之中国字发音部类,制为三十六字母。宋人又分为四等呼,所以辨音读而明讹转,此后音纽遂有标准。守温原图已亡,而司马光《切韵指掌图》,郑樵《通志·七音略》皆遵用之,金韩道昭《五音集韵》,更析为十类,括表如下:

阻　位	清	浊
牙(气触　牲牙)	见　溪	群　疑
舌头(舌端　击腭)	端　透	定　泥
舌上(舌上　抵腭)	知　彻	澄　娘
重唇(两唇　相搏)	帮　滂	并　明
轻唇(音穿　唇缝)	非　敷	奉　微

阻位	清	浊
齿头 音在齿尖	精 清 心	从 邪
正齿 音在齿上	照 穿 审	床 禅
喉 音出中宫	晓浅 影深	匣浅 喻深
半舌 舌稍击腭		来
半齿 舌上轻微		日

旧以喉牙舌齿唇分配宫商角徵羽，而为之诀云："欲知宫，舌居中；欲知商，口大张；欲知角，舌后缩；欲知徵，舌抵齿；欲知羽，唇上取。"不过借以明发音之部位耳，非如音律中之所谓宫商也。诗中用字，取音从宽，仅须平仄，不患声病已足；词则为入乐便歌计，不得不进求五音之调协矣。大抵五音之用，最宜相间；双声连用，勿至于三；洪继以纤，轻振以重；然后歌者无拗捩之患，听者得和谐之美。若如"信宿渔翁还泛泛"之句，声已为累；更如"故国观光君未归"之句，直佶屈而不可歌矣。然在诗无害，于词则深忌之也。宋词惟《乐章》、《清真》、《白石》、《梦窗》数家深得其妙。试取诸家词悉心咀嚼，自可得之。观于玉田述其父寄闲翁作《瑞鹤仙》"粉蝶儿扑定花心不去"句，觉扑字不协，改作守字乃协；《惜花春起早》"琐窗深"句，觉深字不协，改幽字亦不协，改作明字始协。夫扑守皆仄，而扑不协者，以其字过重，非徒入声之异于上也。深幽明皆平，而深不协者，以其字与琐窗同属齿音；幽不协者，以其字过轻，非徒阴声之异于阳也。可知词之用字，审辨必精，亦可知词律之不仅限于句读韵脚平仄之间已也。惟其运用之妙系乎一心，殊难划为定式。故如江顺诒之讥万氏《词律》不重五音，亦求备而过当矣。今录《清真》、《窗梦》词各一首，各注其音类以窥一斑：

水正齿浴深喉清齿头蟾正齿，叶深喉喧齿头凉半舌吹正齿，巷浅喉陌重唇马重唇声正齿初正齿断舌头。闲浅喉依深喉露半舌井齿头，笑齿头扑重唇流半舌萤深喉，惹半齿破重唇画浅喉罗半舌轻牙音扇正齿。人半齿静齿头夜深喉久牙音凭重唇阑半舌，愁正齿不重唇归音牙眠重唇，立半舌残正齿更牙音箭齿头。叹舌头年舌头华浅喉一深喉瞬正齿，人半齿今牙音千牙音里半舌，梦重唇沉正齿书正齿远深喉。　　空牙音见牙音说正齿鬓重唇怯牙音琼牙音梳正齿，容深喉销齿头金牙音镜牙音，渐齿头懒半舌趁正齿时正齿匀深喉染半齿。梅重唇风轻唇地舌头溽半齿，梧牙音雨深喉苔舌头滋正齿，一深喉架牙音舞轻唇红浅喉都舌头变重唇。谁正齿信齿头无轻唇聊半舌为深喉伊深喉，才齿头减牙音江牙音淹深喉，情齿头伤正齿荀齿头倩正齿。但舌头明重唇河浅喉影深喉下浅喉，还浅喉看牙音稀浅喉星齿头数正齿点舌头。（周邦彦《过秦楼》）

宫牙音粉轻唇雕舌头痕浅喉，仙齿头云深喉堕舌头影深喉，无轻唇人半齿野深喉水正齿荒浅喉湾深喉。古牙音石正齿埋重唇香浅喉，金牙音沙正齿锁齿头骨牙音连半舌环浅喉。南舌头楼半舌不重唇恨浅喉吹正齿横浅喉笛舌头，恨浅喉晓浅喉风轻唇千齿头里半舌关牙音山正齿。半重唇飘重唇零半舌庭舌头上正齿黄浅喉昏浅喉，月牙音冷半舌阑半舌干牙音。　　寿正齿阳深喉空牙音理半舌愁正齿鸾半舌镜牙音，问轻唇谁正齿调舌头玉牙音髓齿头，暗牙音补重唇香浅喉瘢重唇。细齿头雨深喉归牙音鸿浅喉，孤牙音山正齿无轻唇限浅喉春正齿寒浅喉。离半舌魂浅喉难舌头倩正齿招舌上清齿头些齿头，梦重唇缟牙音衣深喉解牙音珮重唇溪牙音边重唇。最正齿愁正齿人半齿啼舌头鸟舌头清齿头明重唇，叶深喉底舌头青齿头圆深喉。（吴文英《高阳台》）

启变第七

语云:“古乐府变而为词,词变而为曲。”顾非骤变也,盖有以渐启之。古乐府之为词,前既详其变矣。词之为曲,亦非划然之界也。其间递嬗之迹,若犬牙之错,苞萼之发焉。《艺苑卮言》云:“词不快北耳而后有北曲。”又云:“曲者词之变,自金元入主中国,所用胡乐嘈杂凄紧缓急之间,词不能按,乃更为新声以媚之。”此笼统语耳,未尝析其节凑,明其顺序也。词之变曲,实不始于北,亦非创于金,盖词体曼衍旁流之极,自然而生之变化耳。

词之源固出自古乐府,乐府之流实不仅为词。有法曲,有大曲,有蕃曲,有队舞,皆自北宋时有之,悉词之昆弟行,而金元戏曲之所由生也。宋初教坊云韶之法曲大曲,前于《衍流》篇中已略言之。蕃曲则徽宗朝颇为盛行,《能改斋漫录》所谓“政和后民间不废鼓板之戏,第改名太平鼓”,曾敏行《独醒杂志》所谓“宣和末,京师街巷鄙人多歌蕃曲,名曰《异国朝》、《四国朝》、《六国朝》、《蛮牌序》、《蓬蓬花》等,其言至俚,一时士大夫亦皆歌之”,皆其类也。至队舞则见《宋史·乐志》,分小儿、女弟子二类,其名各十。小儿队凡七十二人,一曰柘技队,二曰剑器队,三曰婆罗门队,四曰醉胡腾队,五曰诨臣万岁乐队,六曰儿童感圣乐队,七曰玉兔浑脱队,八曰异域朝天队,九曰儿童解红队,十曰射雕回鹘队。女弟子队凡一百五十三人,一曰菩萨蛮队,二曰感化乐队,三曰抛球乐队,四曰佳人剪牡丹队,五曰拂霓裳队,六曰采莲队,七曰凤迎乐队,八曰菩萨献香花队,九曰采云仙队,十曰打球乐队。其衣色执物,各随其队名而异。凡此皆戏曲之种子也。今先述曲体之胎化,而次及于戏剧之完成。

(一)由词入曲之初期

词以述怀咏事，被之管弦，施于宴会，一二阕而已。其连续歌一曲者，则有欧阳修《六一词》之《采桑子》，述西湖之胜，凡十一首，有序引首，词略曰：

昔者王子猷之爱竹，造门不问于主人；陶渊明之卧舆，遇酒便留于道上。况西湖之胜概，擅东颍之佳名。虽美景良辰，固多于高会；而清风明月，幸属于闲人。并游或结于良朋；乘兴有时而独往。鸣蛙暂听，安问属官而属私？曲水临流，自可一觞而一咏。至欢然而会意，亦旁若于无人。乃知偶来常胜于特来，前言可信；所有虽非于已有，其得已多。因翻旧曲之辞，写以新声之调。敢陈薄技，聊佐清欢！

轻舟短棹西湖好，绿水逶迤。芳草长堤。隐隐笙歌处处随。　无风水面琉璃滑，不觉船移。微动涟漪。惊起沙禽掠岸飞。

春深雨过西湖好，百卉争妍。蝶乱蜂喧。晴日催花暖欲然。　兰桡画舸悠悠去，疑是神仙。返照波间。水阔风高扬管弦。

群芳过后西湖好，狼藉残红。飞絮蒙蒙。垂柳阑干尽日风。　笙歌散尽游人去，始觉春空。垂下帘栊。双燕归来细雨中。(以下不具录)

又赵令畤《侯鲭录》之《商调蝶恋花》，咏《会真》之事，凡十首，皆有序引首，词本旧腔，格则新创。词略曰：

夫传奇者，唐元微之所述也。以不载于本集而出于小说，或疑其非是。今观其词，自非大手笔孰能与于此？至今士大夫极谈幽玄，访奇述异，莫不举此以为美谈。至于倡优女子，皆能调说大略。惜乎不被之以音律，故不能播之声乐，形之管弦。好事君子，极宴肆欢之余，愿欲一听其说。或举其末而忘其本，或纪其略而不终其篇，比吾曹之所共恨者也。今因暇日详观其文，略其烦亵，分之为十章，每章之下，属之以词。或全摭其文，或止取其意。又别为一曲，载之传前，先叙全篇之意。调曰商调，曲名《蝶恋花》。句句言情，篇篇见意。奉劳歌伴，先听调格，后听芜词！

丽质金娥生月殿。谪向人间，未免凡情乱。宋玉墙东流美盼。乱花深处曾相见。　　密意浓欢方有便。不奈浮名，便遣轻分散。最恨多才情太浅。等闲不念离人怨。

传曰：余所善张君，性温茂，美风仪，寓于蒲之普救寺。适有崔氏孀妇将归长安，路出于蒲，亦止兹寺，崔氏妇，郑女也；张出于郑，叙其亲，乃异派之从母。是岁，丁文雅不善于军，军之徒因大扰，劫掠蒲人。崔氏之家，财产甚厚，惶骇不知所措。张与将之党有善，请吏护之，遂不及难。郑厚张之德，因饰馔以命张，谓曰："姨之孤嫠未亡，提携弱子幼女，犹君子之所生也，岂可比常恩哉？今俾以仁兄之礼奉见。"乃命其子曰"欢郎"，女曰"莺莺"，"出拜尔兄"。崔辞以疾，郑怒曰："张兄保尔之命，宁复远嫌乎？"又久之，乃至，常服睟容，不加新饰，垂发浅黛，双脸断红而已，颜色艳异，光辉动人。张惊为之礼；因坐郑旁，凝眸丽绝，若不胜其体。张问其年岁，郑曰："十七岁矣。"张生稍以词导之，宛不蒙对，终席而罢。奉劳歌伴，再和前声！

锦额重帘深几许。绣履弯弯，未省离朱户。强出娇羞都不语。绛绡频掩酥胸素。　　黛浅愁深妆淡注。怨绝清凝，不肯聊回顾。媚脸未匀新泪污。梅英犹带春朝露。

张生由是拳拳，愿致其情，无由得也。崔之侍儿曰红娘，私为之礼者数四矣；间遂道其衷。翌日，红娘复至，曰："郎之言所不敢忘，崔之族姻，君所详知，何不因媒而求聘焉？"张曰："余始自孩提之时，性不苟合。昨日一夕间，竟不自持。数日以来，行忘止，食忘饱，恐不逾旦暮；若因媒而娶，则数月之间，索我于枯鱼之肆矣。”红娘曰：“崔之贞顺自保，虽所尊不能以非语犯之。然而善属文，往往沉吟章句，怨慕者久之。君试为谕情诗以乱之，不然，无由得也。”张大喜，立缀《春词》二首以授之。奉劳歌伴，再和前声！

懊恼娇痴情未惯。不道看看，役得人肠断。万语千言都不管。兰房跬步如天远。　　废寝忘餐思想遍。赖有青鸾，不必凭鱼雁。密写香笺论缱绻，《春词》一纸芳心乱。（以下不具录）

稍进而有转踏（见曾慥《乐府雅词》谓自九重传出云），《碧鸡漫志》谓之传摭，《梦粱录》谓之缠达，皆音之转也。转踏之体，盖以一曲连续歌之，或以一曲咏一事，多首即咏多事，或合多首咏一事。前者如《乐府雅词》所载无名氏之《调笑集句》，分咏巫山、桃源等八事；郑彦能之《调笑》，分咏罗敷、莫愁等十二事；晁无咎之《调笑》，分咏西子、宋玉等七事；毛滂《东堂词》之《调笑》，分咏崔徽、泰娘等八事；洪适《盘洲乐章》之《番禺调笑》，分咏羊仙、药洲等十地；皆首有勾队，（东堂谓之掾白语，《乐府雅词》未标名。）尾有破子遣队；（《乐府雅词》谓之放队而无破子，晁作并缺。）秦观《淮海词》之《调笑》令，分咏王昭君、乐昌公主等十事，则首尾皆缺；凡此并以一诗一曲相间，诗则七言，曲则以《调笑》为主调。后者如《碧鸡漫志》所称石曼卿作《拂霓裳传摭》，述开元天宝遗事；（其词不传。）《乐府雅词》所载无名氏之《九张机》，写掷梭之春怨；《盘洲乐章》之《渔家傲引》，写渔父十二月之乐：体例略同，惟不用《调笑》间诗句耳。录《调笑集句》词：

盖闻行乐须及良辰，钟情正在吾辈。飞觞举白，目断巫山之暮云；缀玉联珠，韵胜池塘之春草。集古人之妙句，助今日之清欢。（按此即句队。）

珠壁流月暗连文。月入千江体不分。此曲只应天上有，歌声岂合世间闻。

（巫山）巫山高高十二峰。云想衣裳花想容。欲往从之不惮远，丹峰碧嶂深重重。楼阁玲珑五云起。美人娟娟隔秋水。江边一望楚天长，满怀明月人千里。

千里。楚江水。明月楼高愁独倚。井梧宫殿生秋意。望断巫山十二。雪肌花貌参差是。朱阁五云仙子。

(桃源)渔舟容易入春山。别有天地非人间。玉颜亭亭花下立，鬓乱钗横特地寒。留君不住君须去。不知此地归何处。春来遍是桃花水，流水落花空相误。

相误。桃源路。万里苍苍烟水暮。留君不住君须去。秋月春风闲度。桃花零乱如红雨。人面不知何处。

(洛浦)艳阳灼灼河洛神。态浓意远淑且真。入眼平生未曾有，缓步佯羞行玉尘。凌波不过横塘路。风吹仙袂飘飘举。来如春梦不多时，夭非花艳轻非雾。

非雾。花无语。还似朝云何处去。凌波不过横塘路。燕燕莺莺飞舞。风吹仙袂飘飘举。拟倩游丝系住。

(明妃)明妃初出汉宫时。青春绣服正相宜。无端又被东风误，故着寻常淡薄衣。上马即知无返日。寒山一带伤心碧。人生憔悴生理难，好在毡城莫相忆。

相忆。无消息。目断遥天云自白。寒山一带伤心碧。风土萧疏胡国。长安不见浮云隔。纵使君来争得。

(班女)九重春色醉仙桃。春娇满眼睡红绡。同辇随君侍君侧，云鬓花颜金步摇。一霎秋风惊画扇。庭院苍苔红叶遍。蕊珠宫里旧承恩，回首何时复来见。

来见。蕊宫殿。记得随班迎凤辇。余花落尽苍苔院。斜掩金铺一片。千金买笑无方便。和泪盈盈娇眼。

(文君)锦城丝管日纷纷。金钗半醉坐添春。相如正应居客右，当轩下马入锦茵。斜倚绿窗鸳鉴女。琴弹秋思明心素。心有灵犀一点通，感君绸缪送君去。

君去。逐鸳侣。斜倚绿窗鸳鉴女。琴弹秋思明心素。一寸还成千缕。锦城春色知何许。那似远山眉妩。

(吴娘)素枝环树一枝春。丹青难写是精神。偷啼自揾残妆粉，不忍重看旧写真。珮玉鸣鸾罢歌舞。锦瑟华年谁与度。暮雨潇潇郎不归，含情欲说独无处。

无处。难轻诉。锦瑟华年谁与度。黄昏更下潇潇雨。况是青春将暮。花虽无语莺能语。来道曾逢郎否。

（琵琶）十三学得琵琶成，翡翠帘开云母屏。暮去朝来颜色故，夜半月高弦索鸣。江水江花岂终极。上下花间声转急。此恨绵绵无绝期，江州司马青衫湿。

衫湿。情何极。上下花间声转急。满船明月芦花白。秋水长天一色。芳年未老时难得。目断远空凝碧。

（放队）玉炉夜起沉香烟。唤起佳人舞绣筵。去似朝云无觅处，游童陌上拾花钿。

《九张机》词曰：

《醉留客》者，乐府之旧名；《九张机》者，才子之新调。凭戛玉之清歌，写掷梭之春怨。章章寄恨，句句言情。恭对华筵，敢陈口号！

一掷梭心一缕丝。连连织就九张机。从来巧思知多少，苦恨春风久不归。

一张机。织梭光景去如飞。兰房夜永愁无寐。呕呕轧轧，织成春恨，留着待郎归。

两张机。月明人静漏声稀。千丝万缕相萦系。织成一段，回文锦字，将去寄呈伊。

三张机。中心有朵耍花儿。娇红嫩绿春明媚。君须早折，一枝浓艳，莫待过芳菲。

四张机。鸳鸯织就欲双飞。可怜未老头先白。春波碧草，晓寒深处，相对浴红衣。

五张机。芳心密与巧心期。合欢树上枝连理。双头花下，两同心处，一对化生儿。

六张机。雕花铺锦半离披。兰房别有留春计。炉添小篆，日长一线，相对绣工迟。

七张机。春蚕吐尽一生丝。莫教容易裁罗绮。无端剪破，仙鸾彩凤，分作两般衣。

八张机。纤纤玉手住无时。蜀江濯尽春波媚。香遗囊麝，花房绣被，归去意迟迟。

九张机。一心长在百花枝。百花共作红堆被。都将春色，藏头里面，不怕睡多时。

轻丝。象床玉手出新奇。千花万草光凝碧。裁缝衣着，春天歌舞，飞蝶语黄鹂。

春衣。素丝染就已堪悲。尘昏汗污无颜色。应同秋扇，从兹永弃，无复奉君时。

歌声飞落画梁尘。舞罢香风卷绣茵。更欲缕成机上恨，尊前恐有断肠人。敛袂而归，相将好去。

然此皆宋初体格也，至宋末则渐变。《梦粱录》云："在京时只有缠令、缠达，有引子尾声为缠令，引子后只有两腔迎互循环间为缠达。"似即转踏之蜕形。盖勾队变为引子，遣队变为尾声，曲前之诗亦变而用他曲，故曰"引子后只有两腔迎互循环"也。惟其词无传。亦有仅作勾放乐语而不制歌词者，如《六一》《东坡》及《盘洲》《乐章》之《勾降黄龙舞》、《勾南吕薄媚舞》等，则所重乃在舞耳。录盘洲《勾降黄龙舞》词：

伏以玳席接欢，杯滟东西之玉；锦茵唤舞，钗横十二之金。咸驻目于垂螺，将应声而曳茧，岂无本事。愿吐妍辞！

（答）眄流席上，发《水调》于歌唇；色授裾边，属河东之才子。未满飞鹣之愿，已成别鹄之悲。折荷柄而愁缕无穷；剪鲛绡而泪珠难贯。因成绝唱，少相清欢！

（遣）情随杯酒滴郎心。不忍重开翡翠衾。封却软绡看锦水，水痕不似泪痕深。歌罢舞停，相将好去。

舞曲之最详者，莫过于《鄮峰真隐大曲》之各舞，有乐语，有歌词，有吹，有演，次序姿势，纤悉皆备，几同剧本。如《采莲舞》表演采莲，《太清舞》表演武陵源事，《渔父舞》表演渔家生活，《柘枝舞》、《花舞》、

《剑舞》，各表其态。厥后戏剧之唱、念、科、白、砌、末，此皆具雏形矣。录《太清舞》词：

（后行吹道引曲子，迎五人上，对厅一直立，乐住，竹竿子勾念）洞天门阙锁烟萝。琼室瑶台瑞气多。欲识仙凡光景异，欢谣须听太平歌。

（花心念）

伏以兽炉缥缈喷祥烟，玳席荧煌开邃幄。谛视人间之景物，何殊洞府之风光？恭惟衮绣主人，簪缨贵客，或碧瞳漆发，或绿鬓童颜。雄辩风生，英姿玉立。曾向蕊宫贝阙，为逍遥游；俱膺丹篆玉书，作神仙伴。故今此会，式契前踪。但儿等偶到尘寰，欣逢雅宴，欲陈末艺，上助清欢，未敢自专，伏候处分。

（竹竿子念问）

既有清歌妙舞，何不献呈？

（花心答念）

旧乐何在？

（竹竿子问念）

二部俨然。

（花心答念）

再韵前来！

（念了，后行吹《太清歌》，众舞讫，众唱）

武陵自古神仙府。有渔人迷路。洞户迸寒泉，泛桃花容与。寻花迤逦见灵光，舍扁舟飘然入去。注目渺红霞，有人家无数。

（唱了，后行吹《太清歌》，众舞，舞讫，花心唱）

须臾却有人相顾。把肴浆来聚。礼数既雍容，更衣冠淳古。渔人方问此何乡，众颦眉皆能深诉。元是避嬴秦，共携家来住。

（唱了，后行吹《太清歌》，众舞，换坐，当花心一人唱）

当时脱得长城苦。但熙熙朝暮。上帝锡长生，任跳丸乌兔。种桃千万已成阴，望家乡杳然何处。从此与凡人，隔云霄烟雨。

（唱了，后行吹《太清歌》，众舞，换坐，当花心一人唱）

渔舟之子来何所。尽相猜相语。夜宿玉堂空,见火轮飞舞。凡心有虑尚依然,复归指维舟沙浦。回首已茫茫,叹愚迷不悟。

(唱了,后行吹《太清歌》,众舞,换坐,当花心一人唱)

我今来访烟霞侣。沸华堂箫鼓。疑是奏钧天,宴瑶池金母。却将桃种散阶除,俾华实须看三度。方记古人言,信有缘相遇。

(唱了,后行吹《太清歌》,众舞,换坐,当花心一人唱)

云軿羽幰仙风举。指丹青烟雾。行作玉京朝,趁两班鹓鹭。玲珑环佩拥霓裳,却自有箫韶随步。含笑嘱芳筵,后会须来赴。

(唱了,后行吹《太清歌》,众舞,舞讫,竹竿子念)

欣听嘉音,备详仙迹。固知玉步,欲返云程。宜少驻于香车,伫再闻于雅咏。

(念了,花心念)

但儿等暂离仙岛,来止洞天,属当嘉节之临,行有清都之觐。芝华羽葆,已杂遝于青冥;玉女金童,正逢迎于黄道。既承嘉命,聊具新篇。

(篇曰)

仙家日月如天远,人世光阴若电飞。绝唱已闻惊列坐,他年同步太清归。

(念了,众唱破子)

游尘世,到仙乡。喜君王跻治虞唐。文德格遐荒。四裔尽来王。干戈偃息岁丰穰。三万里农桑。归去告穹苍。锡圣寿无疆。

(唱了,后行吹《步虚子》,四人舞上,劝花心酒,花心复劝。劝讫,众舞,列作一字行,竹竿子念遣队)

仙音缥缈,丽句清新。既归美于皇家,复激昂于坐客。桃源归路,鹤驭迎风。抃手阶前,相将好去。

(念了,后行吹《步虚子》出场。)

兼歌舞之技而歌词繁重,不仅以一曲重叠或两腔迎互者,是为大曲。大曲之歌词皆异词调。今可见者,有王明清《玉照新志》所载曾布之《水调》大曲,咏冯燕事,其节目曰,排遍第一,排遍第二,排遍第三,排遍第四，排遍第五，排遍第六带花遍，排遍第七攧花十八等七段。（原作《水调歌头》，误。唐乐府中有商调曲《水调歌》十一叠，见《溯源篇》。）《乐府雅词》所载董颖之《道宫薄媚》，咏西子事，其节目曰，排遍第八，排遍第九，第十攧，入破第一，第二虚催，第三衮遍，第四摧拍，第五衮遍，第六歇拍，第七煞衮等十段。曹勋《松隐乐府》之《法曲道情》，其节目曰，散序歌头，遍第一，遍第二，遍第三，第四攧，入破第一，第二，入破第三，入破第四，第五煞等十段。《鄮峰真隐大曲》之《采莲寿乡》词，其节目曰，延遍，攧遍，入破，衮遍，实催，衮，歇拍，煞衮等八段。诸目所以参差者，因宋人大曲遍数，往往多至数十，作者多裁截用之。《碧鸡漫志》谓："凡大曲有散序，靸，排遍，攧，正攧，入破，虚催，实催，衮遍，歇拍，杀衮，始成一曲，谓之大遍。予曾见一本有二十四段。后世就大曲制词者类从简省，而管弦家又不肯从首至尾吹弹，甚者学不能尽。"周密《齐东野语》谓："修内司所编《乐府混成集》，大曲一项，凡数百解，有谱无词者居半。"则有词之大曲，不必尽循其遍数，明矣。陈旸《乐书》谓："优伶常舞大曲，惟一工独进，但以手袖为容，踏足为节，其妙串者，虽风骞鸟旋，不逾其速矣。然大曲前缓叠不舞，至入破则羯鼓，襄鼓，与丝竹合作，句拍益急，舞者入场，投节制容，故有催拍，歇拍，姿势俯仰，百态横出。"则舞之重要，又可知也。录曾布《水调》词：

排遍第一

魏豪有冯燕，年少客幽并。击球斗鸡为戏，游侠久知名。因避仇来东郡，元戎留属中军。直气凌貔虎，须臾叱咤，风云懔懔坐中生。偶乘佳兴，轻裘锦带，东风跃马，往来寻访幽胜。游冶出东城。堤上莺花撩乱，香车宝马纵横。草软平沙稳，高楼两岸，春风笑语隔帘声。

排遍第二

袖笼鞭敲镫，无语独闲行。绿杨下，人初静，烟淡夕阳明。窈窕佳人独立，瑶阶掷果，潘郎瞥见红颜，横波盼，不胜娇软倚云屏。曳红裳，频推朱户，半开还掩，似欲倚咿哑声里，细诉深情。因遣林间青鸟，为言彼此心期，的的深相许，窃香解珮，绸缪相顾不胜情。

排遍第三

说良人，滑将张婴。从来嗜酒，回家镇长酩酊，闹狂酲(一作长醒)。屋上鸣鸠空斗，梁间客燕相惊。谁与花为主，兰房从此，朝云夕雨两牵萦。似游丝狂荡，随风无定。奈何岁华荏苒，欢计苦难凭。惟见新恩缱绻，连枝并翼，香闺日日为郎，谁知松萝托蔓，一比一毫轻。

排遍第四

一夕还家醉，开户起相迎。为郎引裾相庇，低首略潜形。情深无隐，欲郎乘间起佳兵。受青萍。茫然抚弄，不忍欺心。尔能负于彼，于我必无情。熟视花钿不足，刚肠终不能平。假手迎天意，一挥霜刀，窗间粉颈断瑶琼。

排遍第五

凤皇钗，宝玉飘零。惨然怅娇魂怨，饮泣吞声。还被凌波唤起，相将金谷同游，想见逢迎处，揶揄羞面，妆脸泪盈盈。醉眠人醒来晨起，血凝螓首，但惊喧白邻里，骇我卒难明。司败(原作思败，一本作致)幽囚推究，覆盆无计哀鸣。丹笔终诬服，圜门驱拥，衔冤垂首欲临刑。

排遍第六带花遍

向红尘里，有喧呼攘臂，转身避众，莫遣人冤滥，杀张室，忍偷生。僚吏惊呼呵叱，狂辞不变如初，投身属吏，慷慨吐丹诚。仿佛缧绁，自疑梦中，闻者皆惊叹为不平。割爱无心，泣对虞姬，手戮倾城宠，翻然起死，不教仇怨负冤声。

排遍第七攧花十八

义成元靖贤相国，嘉慕英雄士，赐金缯。闻此事，频叹赏，封章归印。请赎冯燕罪，日边紫泥封诏，阖境赦深刑。万古三河风义在，青简上，众知名。河东注，任流水滔滔，水涸名难泯。至今乐府歌咏，流入管弦声。(按此曲本事见唐沈亚之《冯燕传》)

此外又有诸宫调，亦始自北宋而衍于南宋及金。诸宫调者，小说之支流，而被以乐曲者也。《碧鸡漫志》云："熙宁元丰间，泽州孔三传始创诸宫调古传，士大夫皆能诵之。”《梦粱录》云：“说唱诸宫调，昨汴京有孔三传，编成传奇灵怪，入曲说唱，今杭城有女流熊保保，及后辈女童，皆效此说唱。”《东京梦华录》，纪崇宁大观以来瓦舍伎艺，有孔三传《耍秀才》诸宫调，《武林旧事》所载诸色伎艺人，诸宫调传奇，有高郎妇等四人。则南北宋均有之，惜其词皆无传。惟金董解元《西厢挡弹词》一种，前人多不识为何体。近人王国维始考其体制，断其为诸宫调(详《宋元戏曲考》)。解元佚其名；《挡弹词》者，世称《弦索西厢》，演《会真》之事，合琵琶而歌，有白，有曲，而无演舞，颇类今之大鼓书词，特其曲合多数宫调之曲以咏一事，变换其腔以为之耳。其词略曰：

〔黄钟宫・出队子〕最苦是离别。彼此心头难弃舍。莺莺哭得似痴呆。脸上啼痕都是血。有千种恩情何处说。夫人道，天晚教郎疾去，怎奈红娘心似铁。把莺莺扶上七香车。君瑞攀鞍空自撇，道得个冤家宁奈些。

〔尾〕马儿登程，坐车儿归舍。马儿往西行，坐车儿往东拽。两口儿一步儿离得远如一步也。

〔仙吕调・点绛唇缠令〕美满生离，据鞍兀兀离肠痛。旧欢新宠。变作高唐梦。回首孤城，依约青山拥。西风送。戍楼寒重。初品《梅花弄》。

〔瑞莲儿〕衰草凄凄一径通。丹枫索索满林红。平生踪迹无定着，如断蓬。听塞鸿，哑哑飞过暮云重。

〔风吹荷叶〕忆得枕鸳衾凤。今宵管半壁儿没用。触目凄凉千万种。见滴流流的红叶，淅零零的微雨，率剌剌的西风。

〔尾〕驴鞭半袅，吟肩双耸。休问离愁轻重。向个马儿上驼也驼不动。

离蒲西行三十里，日色晚矣，野景堪画。

〔仙吕调・赏花时〕落日平林噪晚鸦，风袖翩翩催瘦马。一径入天涯。荒凉古岸，衰草带霜滑。瞥见个孤林端入画。篱落萧疏带浅沙。一个老大伯捕鱼虾。横桥流水，茅舍映荻花。

〔尾〕驼腰的柳树上有鱼槎。一竿风旆茅檐上挂。澹烟潇洒。

横锁着两三家。

(生投宿于村落。)

其体制相近者,则杨万里《诚斋集》中有《归去来兮引》,共十二曲,不著调名。以今考之,则其第一、第七、第十,调为《朝中措》;其第二、第五、第八、第十一,调为《一丛花》;其第三、第六、第九、第十二,颇难确定为何调,似《唐多令》而后半不合,似《南歌子》而首句用韵不同,末亦多一句,惟与谱载无名氏之平韵《望远行》较近。然俱不用换头,且纯为代言体。诚斋生于绍兴初,卒于开禧二年,则此曲之作,殆与董解元《西厢》同时。然则元人杂剧,固参合宋金两邦歌曲体裁,以成一种新体。由此可知剧曲之体,仍由诗词递演而来也。今录杨词:

侬家贫甚诉长饥。幼稚满庭帏。正坐瓶无储粟,漫求为吏东西。(《朝中措》)

偶然彭泽近邻圻。公秫滑流匙。葛巾劝我求为酒,黄菊怨冷落东篱。五斗折腰,谁能许事,归去来兮。(《一丛花》)

老圃半榛茨,山田欲蒺藜。念心为形役又奚悲。独惆怅前迷不谏后方追。觉今来是了,觉昨来非。(《望远行》)

扁舟轻扬破朝霏。风细漫吹衣。试问征夫前路,晨光小恨熹微。(《朝中措》)

乃瞻衡宇载奔驰。迎候满荆扉。已荒三径存松菊,喜诸幼入室相携。有酒盈尊,引觞自酌,庭树遣颜怡。(《一丛花》)

容膝易安栖,南窗寄傲睨。更小园日涉趣尤奇。尽虽设柴门长是闭斜晖。纵遐观矫首,短策扶持。(《望远行》)

浮云出岫岂心思。鸟倦亦归飞。翳翳流光将入,孤松抚处凄其。(《朝中措》)

息交绝友堑山溪。世与我相违。驾焉复出何求者,旷千载今欲从谁。亲戚笑谈,琴书觞咏,莫遣俗人知。(《一丛花》)

解后又春熙。农人欲载菑。告西畴有事要耘耔。容老子舟车取意任委蛇。历崎岖窈窕,丘壑随宜。(《望远行》)

欣欣花木向荣滋。泉水始流澌。万物得时如许,此生休笑吾衰。(《朝中措》)

寓形宇内几何时。岂问去留为。委心任运何多虑,顾皇皇将欲何之。大化中间,乘流归尽,喜惧莫随伊。(《一丛花》)

富贵本危机,云乡不可期。趁良辰孤往恣游嬉。独临水登山舒啸更哦诗。除乐天知命,了复奚疑。(《望远行》)

要之,大曲与诸宫调开元人剧曲之先;此曲则为元人套数之祖。其中分别:大曲纯用一宫调,而《董西厢》则杂用诸宫调,此曲用词调,而元人套数则纯用曲调耳。

宋人乐曲之不限一曲者,诸宫调外尚有赚词。赚词者,取一宫调之曲若干合之以成一全体。《梦粱录》云:"绍兴年间,有张五牛大夫,因听动鼓板中有《太平令》,或赚鼓板,即今拍板大节抑扬处是也,遂撰为赚。赚者,误赚之之义。正堪美听中,不觉已至尾声,是不宜片序也。又有覆赚,其中变花前月下之情及铁骑之类。"是唱赚亦有表演故事者,今已不传。王国维始于日本翻元泰定本《事林广记》中,发见其一篇。其前具载唱赚规例,名曰《遏云要诀》;次有《遏云致语》、《鹧鸪天》一首;次有《圆社市语》,中吕宫之《柴苏丸》、《缕缕金》、《好女儿》、《大夫娘》、《好孩儿》五曲;继以《赚》一曲。《越恁好》、《鹘打兔》二曲,而结以尾声。其结构似北曲,其曲名则多见于南曲中。遏云者,南宋歌社之名,则此词当出南渡之后,亦元曲之先声也。(详见《宋元戏曲考》。王氏据《武林旧事》及《梦粱录》南宋有遏云社,因断为南宋时作品;又其曲名亦为南曲。)

(二)宋金戏曲之蕃衍

溯戏剧之远源,古有俳优侏儒;南北朝有百戏。至唐而甚盛,有《代面》、《拨头》、《踏摇娘》、《参军》、《樊哙排闼》等戏。按《旧唐书·音乐志》载:"《代面》出于北齐,兰陵王长恭,才武而面美,常着假面以对敌，尝击周师金墉城下，勇冠三军，齐人壮之，为此舞以效其指挥击刺之容。《拨头》出西域，胡人为猛兽所噬，其子求兽杀之，为此舞以象之。《踏摇娘》出于隋末河内，河内有人貌恶而嗜酒，常自号郎中，醉归必殴其妻，其妻美色善歌，为怨苦之辞，河朔演其声而被之弦管，因写其夫之容，妻悲诉每摇顿其身，故号《踏摇娘》。”《乐府杂录》载：“开元中，黄幡绰张野狐弄《参军》。”陈旸《乐书》载：“昭宗光化中，孙德昭之徒刃刘季述，始作《樊哙排闼剧》。”凡此皆演戏所托始，特其曲无征耳。

及宋则戏曲概谓之杂剧，《宋史·乐志》谓“真宗为杂剧词”，《梦粱录》谓“教坊大使孟角球曾做杂剧本子”，其体裁不可知，仅可于《武林旧事》得其官本杂剧段数二百八十本之目耳。此二百八十本中，用大曲者一百零三，用法曲者四，用诸宫调者二，用词调者三十，用曲调者九。兹计其大略，细目不备载也。

用大曲者一百零三本：《六幺》二十本 《瀛府》六本 《梁州》七本 《伊州》五本 《新水》四本 《薄媚》九本 《大明乐》三本 《降黄龙》五本 《胡渭州》四本 《石州》五本 《大圣乐》三本 《中和乐》四本 《万年欢》二本 《熙州》三本 《道人欢》四本 《长寿仙》三本 《剑器》二本 《延寿乐》二本 《贺皇恩》二本 《采莲》三本 《保金枝》一本 《嘉庆乐》一本 《庆云乐》一本 《君臣相遇乐》一本 《泛清波》二本 《彩云归》二本 《千春乐》一本 《罢金钲》一本

用法曲者四本：《棋盘法曲》 《孤和法曲》 《藏瓶法曲》 《车儿法曲》

用诸宫调者二本：《诸宫调霸王》 《诸宫调卦册儿》

用词调者三十本：《打地铺逍遥乐》 《病郑逍遥乐》 《崔护逍遥乐》 《瀍涵逍遥乐》 《四郑舞杨花》 《四偌满皇州》 《浮沤暮云归》 《五柳菊花新》 《四季夹竹桃》 《醉花阴爨》 《夜半乐爨》 《木兰花爨》 《月当厅爨》 《醉还醒爨》 《扑蝴蝶爨》 《满皇州卦铺儿》 《白苎卦铺儿》 《探春卦铺儿》 《三哮好女儿》 《二郎神变二郎神》 《大双头莲》 《小双头莲》 《三笑月中行》 《三登乐院》 《公狗儿》 《三教安公子》 《普天乐打三教》 《满皇州打三教》 《三姐醉还醒》 《三姐黄莺儿》 《卖花黄莺儿》

见于金元曲调者九本:《四小将整乾坤》《棹孤舟爨》《庆时丰卦铺儿》《三哮上小楼》《鹘打兔变二郎神》《双罗罗啄木儿》《赖房钱啄木儿》《园城啄木儿》《四国朝》

《武林旧事》作于南宋之末,然所载诸杂剧,实合两宋之戏剧而统计之。又《东京梦华录》所谓"三教装妇人神鬼,敲锣击鼓,巡门乞钱,俗呼为打夜胡";《续墨客挥麈》所谓"王子醇平熙河,边陲宁静,讲武之暇,因教军士为《讶鼓》戏";《朱子语类》所谓"如舞《讶鼓》,其间男子妇人僧道杂色无所不有,但都是假的";及《武林旧事》所纪之舞队六十九种,装作各种人物故事:皆戏剧之支流也。

杂剧始于宋真宗,宫调则始于神宗时,杂剧先矣;然至宋末则杂剧日盛,诸宫调亦容纳于其中。今其词虽皆不可考,然以理测之,自始至终,体亦不能无变也。宋代首尾凡三百余年,真宗至宋末凡二百八十二年;疆土都会,又自北而南。文学受时地迁流之影响,未有不发生变化者。故官本杂剧目中之大曲,皆见《乐志》及《通考》,教坊部十八调,大率北宋之作;而其用词调曲调者,殆即祝允明《猥谈》所谓温州杂剧之类,盖南宋之出品也。《碧鸡漫志》所谓诸宫调士大夫能诵,而《武林旧事》则归之诸色伎艺人矣。由是以推董解元之《西厢》,固可认为诸宫调,然不可谓凡诸宫调悉如此式也。然此皆金元戏曲之先河,断可识矣。

两宋戏曲既日以蕃衍,金之院本亦与之同时并趋。《辍耕录》所载院本名目六百九十一种,颇与宋官本杂剧相似,而复杂过之。其中分子目若干,计《和曲院本》十四,《上皇院本》十四,《题目院本》十二,《霸王院本》六,《诸杂大小院本》二百十一,《诸杂院爨》一百零七,《冲撞引首》一百零九,《拴搐艳段》九十二,《打略拴搐》八十八,《诸杂砌》三十。其中非尽为歌曲,盖杂各种竞伎、游戏、讲说、谐诨为之也。其诸明称院本者,多为歌曲。至《诸杂院爨》中,则歌以外时有讲说谐诨,如讲《来年好》,讲《道德经》,讲《百果》、《百花》、《百禽》、《背数千字文》、《论语谒食》之类。若《冲撞引首》中之遮截架解、三打步等,多属竞伎;《拴搐艳段》中之朦哑、呆木大等,多属谐诨;《打略拴搐》中之猜谜,及《诸杂砌》等,多属游戏;而数各种物名,及各种家门等,则讲说之类也。由是可知金时尚无纯粹之戏剧矣。

金院本中所用之曲名，亦多出大曲、法曲、词曲调。分别约举如下：

大曲十六：《上坟伊州》《烧花新水》《熙州骆驼》《列良瀛府》《贺贴万年欢》《异廪降黄龙》《列女降黄龙》(和曲院本)《进奉伊州》(诸杂大小院本)《闹夹棒六幺》《送宣道人欢》《扯彩延寿乐》《讳老长寿仙》《背箱伊州》《酒楼伊州》《抹面长寿仙》《羹汤六幺》(诸杂院爨)

法曲七：《月明法曲》《郓王法曲》《烧香法曲》《送香法曲》(和曲院本)《闹夹棒法曲》《望瀛法曲》《分拐法曲》(诸杂院爨)

词曲调三十八：《病郑逍遥乐》《四皓逍遥乐》《四酸逍遥乐》(和曲院本)《春从天上来》(上皇院本)《杨柳枝》(题目院本)《似娘儿》《丑奴儿》《马明王》《斗鹌鹑满朝欢》《花前饮》《卖花声》《隔帘听》《击梧桐》《海棠春》《更漏子》(诸杂大小院本)《逍遥乐打马铺》《夜半乐打明皇》《集贤宾打三教》《喜迁莺剁草鞋》《上小楼衮头子》《单兜望梅花》《双声叠韵》《河转迓鼓》《和燕归梁》《谒金门爨》(诸杂院爨)《憨郭郎》《乔捉蛇》《天下乐》《山麻秸》《捣练子》《净瓶儿》《调笑令》《斗鼓笛》《柳青娘》(冲撞引首)《归塞北》《少年游》(拴搐艳段)《春从天上来》《水龙吟》(打略拴搐)

宋金之间戏剧之交通颇易。如杂剧之名，由北而入南；唱赚之作，由南而入北。又如金院本名目中有《上皇院本》，盖演宋徽宗事；《陈桥兵变》、《佛印烧猪》、《说狄青》，皆演宋事；而宋官本杂剧目中，亦或杂以金元曲调，可证也。

上述宋金戏曲，固杂有种种竞伎游戏，非纯粹之戏剧也。故有置于正杂剧之前者，谓之艳段，即《辍耕录》所谓焰段，取其如火焰易明而易灭也；置于剧后之散段，谓之杂扮，即《云麓漫抄》所谓杂班，以借装为各种人物以资笑端也。此外则戏剧之脚色，为结构上之要件，不得不一叙。惟是编非专研戏剧之书，不暇穷究其远源，但举其影响于后世戏剧者述之。

脚色之名，在唐时仅有参军苍鹘；至宋而稍繁。《梦粱录》云："杂剧中末泥为长；每一场四人或五人，末泥色主张，引戏色分付，副净色发乔，副末色打诨，或添一人名曰装孤。"《武林旧事》载理宗御前只应优人十五人之名；又举教坊乐部杂剧之俳优六十六名，杂剧三甲一甲或八人，或五人。其所列脚色五，则有戏头而无末泥，有装旦而无装孤；而引戏、副净、副末三色则同，惟副净则谓之次净耳。《梦粱录》谓"杂剧中末泥为长"，则末泥或即戏头，然戏头引戏，实出古舞之舞头引舞，则末泥亦当出于古舞之舞末。净者参军之促音，宋代演剧时，参军色手执竹竿子以勾之，故参军亦谓之竹竿子(见鄮峰大曲中)。是末泥色以主张为职，参军色以指挥为职，不亲在搬演之列。故别有副末副净以辅之。《辍耕录》谓"副净古谓之参军，副末古谓之苍鹘，鹘能击禽鸟，末可打副净"。此在北宋即有之，盖最重之脚色也。至装孤装旦者，孤为当时官吏之称，旦为妇女之称；故假作官吏者谓之装孤，作妇女者谓之装旦。至元人脚色中，则简称为孤与旦矣(参阅王国维之《古剧脚色考》及《宋元戏曲考》)。

又金人仿辽大乐之制而作清乐，中有《连厢词》，其例专设司唱者一，杂设诸执器色者笙笛琵琶各一人，排坐场端，吹弹数曲，而后敷白道唱。男名末泥，女名旦儿，并杂色人等上场扮演，依唱词而作举止，此亦有脚色之名。然其唱者与演者，未尝合于一人。且叙事体之曲固有之，而代言体之戏是否已备，惜其本今皆不传，无由遽断。要其由歌舞剧滑稽剧进而为演故事之剧，则可确认也。

(三)元代戏剧之完成

戏剧之质，不外言动，而以歌舞表之。自唐以后，歌则由词而转踏，而大曲，而宫调、赚词；舞则由队舞而舞曲，而三教讶鼓，而艳段、杂扮，而杂剧、连厢，其源杂而支繁，皆戏剧之所由衍进也。汇众流而成巨浸者，厥惟元剧。元剧所用之曲，据《中原音韵》所载共三百十五章：

黄钟二十四章：《醉花阴》　《喜迁莺》　《出队子》　《刮地风》

《四门子》《水仙子》《寨儿令》《神仗儿》(亦作《煞》)《节节高》《者刺古》《愿成双》《贺圣朝》《红锦袍》(即《红衲袄》)《昼夜乐》《人月圆》《彩楼春》(即《抛球乐》)《侍香金童》《降黄龙衮》《双凤翘》(即《女冠子》)《倾杯序》《文如锦》《九条龙》《兴隆引》《尾声》

正宫二十五章:《端正好》《滚绣球》(一作《子母调》)《倘秀才》(一作《子母调》)《灵寿杖》(即《呆骨朵》)《叨叨令》《塞鸿秋》《脱布衫》《小梁州》《醉太平》《伴读书》(即《村里秀才》)《笑和尚》《白鹤子》《双鸳鸯》《货郎儿》(入南吕转调)《蛮姑儿》《穷河西》《芙蓉花》《菩萨蛮》《黑漆弩》(即《学士吟》《鹦鹉曲》)《月照庭》《六幺遍》(即《柳梢青》)《甘草子》《三煞》《啄木儿煞》(亦入中吕)《煞尾》

大石调二十一章:《六国朝》《归塞北》(即《望江南》)《卜金钱》(即《初开口》)《怨别离》《雁过南楼》《催花乐》(即《擂鼓体》)《净瓶儿》《念奴娇》《喜秋风》《好观音》(亦作《煞》)《青杏子》《蒙童儿》(即《憨郭郎》)《还京乐》《酴醾香》《催拍子》《阳关三叠》《蓦山溪》《初生月儿》《百字令》《玉翼蝉煞》《随煞》

小石调五章:《青杏儿》(即《青杏子》,亦入大石调)《天上谣》《恼煞人》《伊州遍》《尾声》

仙吕四十二章:《端正好》《赏花时》《八声甘州》《点绛唇》《混江龙》《油葫芦》《天下乐》《那吒令》《鹊踏枝》《寄生草》《六幺序》《醉中天》《金盏儿》(即《醉金钱》)《醉扶归》《忆王孙》《一半儿》《瑞鹤仙》《忆帝京》《村里迓鼓》《元和令》《上马娇》《游四门》《胜葫芦》《后庭花》(亦作《煞》)《柳叶儿》《青哥儿》《翠裙腰》《六幺令》《上京马》《祆神急》《大安乐》《绿窗怨》《穿窗月》《四季花》《雁儿落》《玉花秋》《三番玉楼人》(亦入越词)《锦橙梅》《双雁子》《太常引》《柳外楼》《赚煞尾》

中吕三十二章:《粉蝶儿》《叫声》《醉春风》《迎仙客》《红绣鞋》(即《朱履曲》)《普天乐》《醉高歌》《喜春来》(即《阳春曲》)《石榴花》《斗鹌鹑》《上小楼》《满庭芳》《十二月》《尧民歌》

《快活三》《鲍老儿》《古鲍老》《红芍药》《剔银灯》《蔓菁菜》《柳青娘》《道和》《朝天子》(即《谒金门》)《四边静》《齐天乐》《红衫儿》《苏武持节》(即《山坡羊》)《卖花声》(即《升平乐》,亦作《煞》)《四换头》《摊破喜春来》《乔捉蛇》《煞尾》

南吕二十一章:《一枝花》《梁州第七》《隔尾》《牧羊关》《菩萨梁州》《玄鹤鸣》(即《哭天皇》)《乌夜啼》《骂玉郎》《感皇恩》《采茶歌》(即《楚江秋》)《贺新郎》《梧桐树》《红芍药》《四块玉》《草池春》(即《斗虾蟆》)《鹌鹑儿》《阅金经》(即《金字经》)《翠盘秋》(亦入中吕,即《干荷叶》)《玉交枝》《煞》《黄钟尾》

双调一百章:《新水令》《驻马听》《乔牌儿》《沉醉东风》《步步娇》(即《潘妃曲》)《夜行船》《银汉浮槎》(即《乔木查》)《庆宣和》《五供养》《月上海棠》《庆东原》《拨不断》(即《续断弦》)《搅筝琶》《落梅风》(即《寿阳曲》)《风入松》《万花方三叠》《雁儿落》(即《平沙落雁》)《德胜令》(即《阵阵赢凯歌回》)《水仙子》(即《凌波仙》《湘妃怨》《冯夷曲》)《大德歌》《镇江回》《殿前欢》(即《小妇孙儿》《凤将雏》)《滴滴金》(即《甜水令》)《折桂令》(即《秋风第一枝》《天香引》《蟾宫曲》《步蟾宫》)《清江引》《春闺怨》《牡丹春》《汉江秋》(即《荆襄怨》)《小将军》《庆丰年》《太清歌》《小阳关》《捣练子》(即《胡捣练》)《秋莲曲》《挂玉钩序》《荆山玉》(即《侧砖儿》)《竹枝歌》《沽美酒》(即《琼林宴》)《太平令》《快活三》《乱柳叶》《豆叶黄》《川拨棹》《七兄弟》《梅花酒》《收江南》《挂玉钩》(即《挂搭沽》)《早乡词》《石竹子》《山石榴》《醉娘子》(即《醉也摩挲》)《驸马还朝》(即《相公爱》)《胡十八》《一锭银》《阿纳忽》《小拜门》(即《不拜门》)《慢金盏》(即《金盏儿》)《大拜门》《也不罗》(即《野落索》)《小喜人心》《风流体》《古都白》《唐元夕》《河西水仙子》《华严赞》《行香子》《锦上花》《碧玉箫》《袄神急》《骤雨打新荷》《驻马听》《金娥神曲》《神曲缠》《德胜乐》《大德乐》《楚天遥》《天仙令》《新时令》《阿忽令》《山丹花》《十棒鼓》《殿前喜》《播海令》《大喜人心》《醉东风》《间金四块玉》《减字木兰花》《高遇金盏儿》《对玉环》《青玉案》《鱼

游春水》《秋江送》《枳郎儿》《河西六娘子》《皂旗儿》《本调煞》《鸳鸯煞》《离亭燕带歇指煞》《收尾》《离亭宴煞》

越调三十五章:《斗鹌鹑》《紫花儿序》《金蕉叶》《小桃红》《踏阵马》《天净沙》《调笑令》(即《含笑花》)《秃厮儿》(即《小沙门》)《圣药王》《麻郎儿》《东原乐》《络丝娘》《送远行》《绵搭絮》《拙鲁速》《雪里梅》《古竹马》《郓州春》《眉儿弯》《酒旗儿》《青山口》《寨儿令》(即《柳营曲》)《黄蔷薇》《庆元贞》《三台印》(即《鬼三台》)《凭阑人》《要三台》《梅花引》《看花回》《南乡子》《唐多令》《雪中梅》《小络丝娘》《煞》《尾声》

南调十六章:《集贤宾》《逍遥乐》《上京马》《梧叶儿》(即《知秋令》)《金菊香》《醋葫芦》《挂金索》《浪来里》(亦作《煞》)《双雁儿》《望远行》《凤鸾吟》《玉抱肚》(亦入双调)《秦楼月》《桃花浪》《高平煞》《尾声》

商角调六章:《黄莺儿》《踏莎行》《盖天旗》《垂丝钓》《应天长》《尾声》

般涉调八章:《哨遍》《脸儿红》(即《麻婆子》)《墙头花》《瑶台月》《急曲子》(即《促拍令》)《要孩儿》(即《魔合罗》)《煞尾声》(与中吕《煞尾》同)

名同音律不同者十六章:(黄钟双调)《水仙子》(黄钟越调)《寨儿令》(仙吕正宫)《端正好》(仙吕双调)《袄神急》(仙吕商调)《上京马》(中吕越调)《斗鹌鹑》(中吕南吕)《红芍药》(中吕越调)《醉春风》

句字不拘可以增损者十四章:正宫(《端正好》《货郎儿》《煞尾》)仙吕(《混江龙》《后庭花》《青歌儿》)南吕(《草池春》《鹌鹑儿》《黄钟尾》)中吕(《道和》)双调(《新水令》《折桂令》《梅花酒》《尾声》)

上所列计十二宫调,惟其中小石商角般涉三调,元剧中用者甚少。故《辍耕录》无此三调之曲,仅有正宫《端正好》等二十五章,黄钟《愿成双》等十五章,南吕《一枝花》等二十章,中吕《粉蝶儿》等三十八章,仙吕《赏花时》等三十六章,商调《集贤宾》等十六章,双调《新水令》等六十章,共止二百三十章,似未完备,然元曲中所用少出其外者;此外百余,不过元人小令套数中用之耳。其曲名出于大曲,唐宋词及诸宫调曲者，三分之一；但字句之配合，篇幅之长短，则已变迁，非古调之旧矣。

元剧曲调配置之法，亦多出于宋。《梦粱录》谓“宋之缠达引子后，只有两腔迎互循环”，今考元剧仙吕及正宫之曲，实有用其体者。如马致远《陈抟高卧》剧之第一折仙吕，以《后庭花》《金盏儿》二曲迎互循环，其第四折正宫，以《滚绣球》《倘秀才》二曲相循环，是即《中原音韵》所谓子母调，盖自缠达出耳。

元剧之材料，亦多出于宋金戏剧。试考其目，颇多相同或相似者。如元杂剧有《崔护谒浆》；宋官本杂剧则有《崔护六幺》、《崔护逍遥乐》。元有《裴少俊墙头马上》；宋则有《裴少俊伊州》；金亦有《墙头马》。元有《崔莺莺待月西厢记》；宋则有《莺莺六幺》；金亦有董解元《西厢》。元有《洞庭湖柳毅传书》；宋则有《柳毅大圣乐》。元有《海神庙王魁负桂英》；宋则有《王魁三乡题》，又有《王魁戏文》。至出于金院本者尤多。元有《张生煮海》及《双斗医》；金亦有之。元有《姑苏台范蠡进西施》；金亦有《范蠡》。元有《隋炀帝牵龙舟》；金亦有《牵龙舟》。元有《薛昭误入兰昌宫》；金亦有《兰昌宫》。元有《花间四友庄周梦》；金亦有《庄周梦》。元有《崔怀宝月夜闻筝》；金亦有《月夜闻筝》。元有《曲江池杜甫游春》；金亦有《杜甫游春》。元有《唐三藏西天取经》；金亦有《唐三藏》。但金院本名目较元为简耳。其他尚有多种，可取元钟嗣成《录鬼簿》，及明宁献王权《太和正音谱》所载元剧目，与宋金二目互勘之。

元剧较之宋金戏曲，进步有二。一属于乐曲者：宋杂剧用大曲者几半，大曲遍数虽多，然通前后为一曲，其次序不容颠倒，字句不容增减，格律既严，运用不便；其用诸宫调者，则不拘于一曲，凡同在一宫调中者皆可用之；虽一宫调中或有联至十余曲者，然大抵用二三曲而止，移宫换韵，转变至多，故稍欠雄肆之气。若元杂剧则每剧皆用四折，每折易一宫调，每调中之曲必在十曲以上，且有句字不拘可以增损之十四曲，其视大曲为自由，而较诸宫调为雄肆矣。二属于体制者：宋大曲皆为叙事体，金诸宫调虽有代言处，而其大体仍为叙事。独元剧则歌演合诸一人，于科中叙事，而宾白曲文全为代言。此戏剧上之大进步，而所以底于完成也。

纪动作者曰科；纪言语者曰宾，曰白；纪所歌唱者曰曲：三者戏剧之要素，皆自元而备也。元剧中所纪动作皆以科字终，其后或称介，亦即金人所谓科泛也。宾者两人对谈，白者一人自语，皆所以辅曲意，而使其情文相生也。明臧懋循编《元曲选》共一百种，皆宾白具全，乃其自序谓宾白则演剧时伶人自为之，未免偏见。至演剧时所用之物谓之砌末，则随剧中情节而各异。

元剧以一宫调之曲一套为一折。普通杂剧，大率四折，或加楔子以足其未尽之意。如王实甫《西厢记》之十六折，则合四剧而成；关汉卿续四折，增为五剧。每折唱者只限一人，若末，若旦；他色则有白无唱，若唱则限于楔子中。至四折中之唱者必为末或旦，而末与旦所扮，不必皆为剧中主要人物。苟剧中主要人于此折不唱，则亦退居他色，而以末或旦扮唱者，此定例也。末旦为当场正色；此外有净，有丑。而末旦二色复分多派，其见于元剧者：末有外末、冲末、二末、小末；旦有老旦、大旦、小旦、旦徕、色旦、搽旦、外旦、贴旦。无非以表男女二色之各派人物耳。

元人杂剧之外，尚有院本。《辍耕录》纪国朝杂剧院本厘而为二，盖杂剧乃当时盛作，院本则金源之遗也。惟元人院本今无存者，其体若何，全不可考。仅就明周宪王所撰之《吕洞宾花月神仙会》杂剧中，窥见一二，知其有白，有唱，亦略同杂剧，惟唱者不限一人，其脚色有捷讥、末泥、付末、付净四色，以付净、付末二色为重，付净色尤重，盖古昔苍鹘参军之遗意耳。

元杂剧始于北而推于南，故谓之北曲。及其季也，南戏起而其体稍变。探其渊源，盖自南宋之戏文。祝允明《猥谈》谓“南戏出于宣和之后，南渡之际，谓之温州杂剧”。叶子奇《草木子》谓“俳优戏文始于《王魁》，永嘉人作之。其后元朝南戏盛行，及当乱，北院本特盛，南戏遂绝”。似其发生时代尚古于元杂剧。今考其曲调，则出于古曲者，更较元北曲为多。惟南曲宫调，元人未有著录，今可检者以明沈璟之《南九宫谱》为最详。谱载仙吕宫曲六十九章，羽调九章，正宫四十六章，大石调十五章，中吕宫六十五章，般涉调一章，南吕宫八十四章，黄钟宫四十章，越调五十章，商调三十六章，双调八十八章，附录三十九章，都五百四十三章。惟沈氏书中所列诸调，新增者不少，则元南曲之章数，未易确计。始就其所录观之，则其中出于大曲、唐宋词、诸宫调唱赚及其他古曲者几占半数，而同于元杂剧曲名者十有三耳。至其配置之法：一出中之曲，不限属于一宫调，颇似诸宫调；一出首尾只用一曲，周而复始，颇似转踏；同宫调之曲，可割裂而各取数句集为一曲，别命调名，又颇似词之犯调。至其每剧之出数无定，一出或以数色合唱，致各色皆有白有唱；又首出有开场，出场有引子，引下有过曲，出末有下场诗。皆其体制上之特性也。

元曲有三类，杂剧南戏外尚有散曲，散曲分小令、套数。小令只用一曲，与宋词略同；套数则合一宫调中诸曲为一套，与杂剧之一折略同。但杂剧所以代言而演故事，而套数则所以自叙而赋景物；杂剧有科白，而套数无之。至律格上则杂剧或借宫，或重韵，或衬字，而套数皆有限制也。

元人曲学著述流传者，以周德清之《中原音韵》为最。周字挺斋，高安人，工曲，其所作曾选入《太平乐府》。《中原音韵》分十九类，略见前《构律篇》，其大体排闽浙之音，遵中原之韵，其要点为声分平仄，与字别阴阳二事。略云："声分平仄者，谓无入声，以入声派作平上去三声以广其韵，有才者本韵自足。又广其韵者，为作词而设耳，然呼吸言语之间，还有入声之别。字别阴阳者，阴阳字平声有之，上去俱无，如东红二字，东属阴，红属阳。上去二声，施于句中，施于韵脚，无用阴阳。"皆前人所未发。又其作词十法：一知韵，二造语，三用事，四用字，五入作平，六阴阳，七务头，八对偶，九末句，十定格。率多密察而得，足与张炎《词源》之谈词，并称精洽。余如钟嗣成之《录鬼簿》，将元曲作家具分三期纪之。燕南芝庵《论曲》、赵子昂《论曲》及陶宗仪《辍耕录》中之论曲，则或明体裁，或叙流变。俟后征引。

（四）元曲本及其作家

元人所作杂剧，今不知究有若干种。明李开先作《张小山乐府序》，谓“洪武初年，亲王之国，必以词曲千七百本赐之”。然宁献王《太和正音谱》，著录元人杂剧，仅五百三十五本；加以明初人所作，亦仅五百六十六本，则李氏之言或过矣。按钟氏《录鬼簿序》，作于至顺元年，其纪事则讫于至正五年，所著录者亦仅四百五十八本，虽他书或尚有传于今者，然已鲜矣。则所谓千七百本，殆兼小令套数言之，非尽杂剧也。《元曲选》百种中，有明初人作六种，实得九十四种，为现存元曲之至多者。清初钱遵王《也是园藏曲目录》，元人所作一百四十一种，然书不可见。惟黄丕烈士礼居藏元刻《古今杂剧乙编》三十种，中有十七种为《元曲选》所无；合以元曲九十四种，及《西厢》五剧，共一百十六种。今人所可得见之元曲，实仅此耳。至其作者，据《录鬼簿》分为三期：一为前辈已死名公才人，有所编传奇行于世者，即元太宗取中原以后，至至元一统之初，是为蒙古时代；二为方今已亡名公才人，相知者，不相知者，即至元后，至至顺后至正间，是为一统时代；三为方今才人相知者，及闻名而不相知者，即元末，是为至正时代。此三期中之作家，第一期最盛，其著作存者亦多；第二期稍减；第三期则尤少矣。今就其所举作者之时期及生地，分列如下：

第一期

大都——关汉卿　王实甫　马致远　王仲文　杨显之　纪君祥　张国宾　孙仲章　石子章　王伯成（涿州）　（以上有作品存者）

庾天锡　费君祥　费唐臣　梁进之　赵明道　李子中　李宽甫　李时中　红字李二　（京兆）　（以上作品不存者）

中书省所属——李好古（保定）　白朴（真定）　李文蔚（同）　尚仲贤（同）　戴善甫（同）　郑廷玉（彰德）　武汉臣（济南）　岳伯川（同）　康进之（棣州）　高文秀（东平）　张寿卿（同）　吴昌龄（大同）　李寿卿（太原）　石君宝（平阳）　狄君厚（同）　孔文卿（同）　李行甫（绛州）　李直

夫(女直)　(以上有作品存者)

彭伯威(保定)　侯正卿(真定)　史九山人(同)　汪泽民(同)　赵文殷(彰德)　李进取(大名)　陈宁甫(同)　王廷秀(益都)　张时起(东平)　顾仲卿(同)　刘唐卿(太原)　于伯开(平阳)　赵公辅(同)　(以上作品不存者)

河南江北等处行中书省所属——孟汉卿(亳州)　(有作品存)

赵天锡(汴梁)　陆显之(同)　姚守中(洛阳)　(以上作品不存者)

江浙等处行中书省所属——(无)

第二期

大都——曾瑞　(有作品存)

中书省所属——宫天挺(大名)　乔吉(太原)　郑光祖(平阳)　(以上有作品存者)

赵良弼(东平)　陈无妄(同)　李显卿(同)　(以上作品不存者)

河南江北等处——睢景臣(扬州)　(作品不存)

江浙等处——金仁杰(杭州)　范康(同)　(以上有作品存者)

廖毅(建康)　沈和(杭州)　鲍天祐(同)　陈以仁(同)　范居中(同)　施惠(同)　黄天泽(同)　沈拱(同)　吴本世(同)　周文质(同)　胡正臣(同)　俞仁夫(同)　张以仁(湖州)　顾廷玉(松江)　李用之(同)　(以上作品不存者)

第三期

大都——(无)

中书省所属——高君瑞(真定)　(作品不存)

河南江北等处——孙子羽(扬州)　张鸣善(同)　(以上作品不存者)

江浙等处——秦简夫(杭州)　萧德祥(同)　王晔(同)　(以上有作品存者)

陆登善(杭州)　王仲元(同)　徐再思(嘉兴)　吴朴(平江)　黄公望(姑苏)　钱霖(松江)　顾德润(同)　张可久(庆元)　汪勉之(同)　赵善庆(饶州)　(以上作品不存者)

此外生地未详者:

第一期　赵子祥　李郎

第二期　屈彦英　王思顺　苏彦文　李齐贤　刘宣子

第三期 吴仁卿 高可道 屈子敬 李邦杰 曹明善 高敬臣高安道 王守中 （以上作品不存者） 朱凯 （有作品存）

《录鬼簿》未载之作家，尚有杨梓，海盐人，约在第二期；李致远、杨景贤，约在第三期。

由此可窥元剧变迁之大势矣。第一期作者五十六人，其生地率在北方，且以大都为最多；江浙等处绝无一人，仅马致远、尚仲贤、张寿卿诸人作吏于南，殆为传播北剧之最力者。第二期作者三十六人，而南方乃有十七，且以杭州为最多；北方则仅六七人，亦多流寓于杭。第三期则大都绝无一人，北方仅高君瑞一人，余均出于南方。盖其风气已自北而南矣。

元初名臣中有作小令套数者，而作杂剧者大抵布衣，否则为省掾令吏之属。蒙古色目人中亦有作令套数者，而作杂剧者则惟汉人，盖自金末重吏，自掾吏出身者，其任用反优于科目。至蒙古灭金，仅于太宗九年八月一行科举，后遂废止七十八年；至仁宗延祐元年，始复以科目取士。在此废止期间，文士非刀笔吏无以进身，故杂剧家多属掾吏。盖既无帖括以束缚其心思，自惟借词曲以发泄其才力，故元曲遂独擅千古。乃臧氏《元曲选・自序》、沈德符《万历野获编》，及吴伟业《北词广正谱序》，皆谓元以词曲取士，殆荒诞失考矣。

第一期之大作家，当推关、王、马、白。关汉卿，号已斋叟，金末为太医院尹，金亡不仕；作曲最多。《录鬼簿》载其五十八种，但可见之目有六十三种，然多散佚，今存者，仅《玉镜台》、《谢天香》、《金线池》，《窦娥冤》、《鲁斋郎》、《救风尘》、《蝴蝶梦》、《望江亭》、《西蜀梦》、《拜月亭》、《单刀会》、《调风月》及《续西厢》等十三种，尤以《窦娥冤》为最著。王实甫与关同时；作曲十四种，今存者仅《丽春堂》、《西厢记》二种，《西厢》尤为词林所脍炙。马致远，号东篱，曾任江浙行省务官；作曲十四种，今存《汉宫秋》、《荐福碑》、《岳阳楼》、《黄粱梦》、《青衫泪》、《陈抟高卧》、《三度任风子》七种；又其《秋思》散套，极负盛名，周德清评为万中无一。白朴，字仁甫，后字太素，号兰谷先生，官礼仪院太卿，作曲十五种，今存《梧桐雨》、《墙头马上》二种，《梧桐雨》甚著名。

此外则有高文秀作曲三十四种，今存《谇范叔》、《黑旋风》及《好酒赵元遇上皇》三种。郑廷玉作曲二十三种，今存《楚昭公》、《后庭花》、《忍字记》、《看钱奴》、《冤家债主》五种。尚仲贤作曲十一种，今存《单鞭夺槊》、《柳毅传书》、《气英布》三种。武汉臣作曲十一种，今存《老生儿》、《玉壶春》、《生春阁》三种。吴昌龄作曲十一种，今存《风花雪月》、《东坡梦》二种。杨显之与关汉卿友善；作曲八种，今存《酷寒亭》、《潇湘雨》二种。李寿卿曾除县丞；作曲十一种，今存《伍员吹箫》、《度柳翠》二种。石君宝作曲十种，今存《秋胡戏妻》、《曲江池》、《风月紫云亭》三种。戴善甫，曾为江浙行省务官；作曲五种，今存《风光好》一种。张国宾，本名酷贫，为喜时营教坊勾管，世称倡夫；作曲四种，今存《合汗衫》、《罗李郎》、《薛仁贵》三种。余如王仲文作曲十种，今存《救孝子》一种。纪君祥作曲六种，今存《赵氏孤儿》一种。孙仲章作曲三种，今存《勘头巾》一种。石子章作曲二种，今存《竹坞听琴》一种。王伯成作曲二种，今存《贬夜郎》一种。李好古作曲三种，今存《张生煮海》一种。李文蔚曾为瑞昌县尹；作曲十二种，今存《燕青博鱼》一种。岳伯川作曲二种，今存《铁拐李》一种。康进之作曲二种，今存《李逵负荆》一种。张寿卿有《红梨花》一种。狄君厚有《火烧介子推》一种。孔文卿有《东窗事犯》一种。李行甫有《灰阑记》一种。孟汉卿有《魔合罗》一种。李直夫作曲十二种，今存《虎头牌》一种。

第二期之大作家当推郑、乔。郑光祖，字德辉，以儒补杭州路吏，钟嗣成谓其名闻天下，声振闺阁，伶伦辈称郑老先生，皆知为德辉也；作曲凡十九种，今存《王粲登楼》、《倩女离魂》、《㑳梅香》、《周公摄政》四种。乔吉，字梦符，号笙鹤翁，又别号惺惺道人；旅寓杭州，作曲十一种，今存《金钱记》、《扬州梦》、《玉箫女》三种。此二人合之第一期之关、王、马、白，号为元六大家。余如曾瑞，字瑞卿，居杭州不仕，自号褐夫，有《留鞋记》一种。宫天挺，字大用，为钓台书院山长，卒于常州；作曲六种，今存《范张鸡黍》、《严子陵垂钓》二种。金仁杰，字志甫，曾为建康崇宁务官；作曲七种，今存《萧何追韩信》一种。范康，字子安，作曲二种，今存《竹叶舟》一种。杨梓作《豫让吞炭》、《霍光鬼谏》、《敬德不伏老》等剧，今存《霍光鬼谏》一种。

第三期作者殊少。二十五人中，仅有秦简夫作曲五种，今存《东堂老》、《赵礼让肥》二种。萧德祥，号复斋，业医；作曲五种，今存《杀狗劝夫》一种。王晔，字日华，作曲三种，今存《桃花女》一种。朱凯，字士凯，作曲二种，今存《孟良盗骨》一种。李致远有《还牢末》一种。杨景贤有《刘行首》一种。此外尚有无名氏之曲二十六种：《博望烧屯》、《张千替杀妻》、《焚儿救母》、《陈州粜米》、《鸳鸯被》、《风魔蒯通》、《三虎下山》、《来生债》、《浮沤记》、《合同文字》、《衣锦还乡》、《认父归朝》、《神奴儿》、《谢金吾》、《马陵道》、《渔樵记》、《举案齐眉》、《梧桐叶》、《隔江斗智》、《盆儿鬼》、《百花亭》、《连环计》、《抱妆盒》、《货郎旦》、《碧桃花》、《冯玉兰》等，其中亦不少佳制。

杂剧种类，据涵虚子《曲论》，共分十二科：一曰神仙道化；二曰林泉丘壑；三曰披袍秉笏；四曰忠臣烈士；五曰孝义廉节；六曰叱奸骂谗；七曰逐臣孤子；八曰钹刀赶棒；九曰风花雪月；十曰悲欢离合；十一曰烟花粉黛；十二曰神头鬼面。各剧本性质，大抵不外乎此。如《汉宫秋》为悲欢离合科；《黄粱梦》为神仙道化科；《单鞭夺槊》为钹刀赶棒科；《曲江池》为烟花粉黛科。余可类推。

元剧唱白繁重，征引殊费篇幅，今录第一期大作家关、王、马、白各一折以见一斑。

《窦娥冤》第三折　关汉卿

(外扮监斩官上云)下官监斩官是也，今日处决犯人，着做公的把住巷口，休放往来人闲走。

(净扮公人鼓三通锣三下科，刽子磨旗提刀押正旦带枷上，刽子云)行动些，行动些，监斩官去法场多时了。(正旦唱)

〔正宫·端正好〕没来由犯王法，不提防遭刑宪。叫声屈动地惊天。顷刻间游魂先赴森罗殿。怎不将天地也生埋怨。

〔滚绣球〕有日月朝暮悬，有鬼神掌着生死权。天地也只合把清浊分辨。可怎生糊突了盗跖颜渊？为善的受贫穷更命短，造恶的享富贵又寿延。天地也做得怕硬欺软。却原来也这般顺水推船。地也，你不分好歹何为地？天也，你错勘贤愚枉做天。哎，只落得两泪涟涟。

(刽子云)快行动些,误了时辰也。(正旦唱)

〔倘秀才〕则被这枷纽的我左侧右偏。人拥的我前合后偃。我窦娥向哥哥行有句言。(刽子云)你们甚么话说?(正旦唱)前街里去心怀恨,后街里去死无冤。休推辞路远。

(刽子云)你如今到法场上面,有甚么亲眷要见的,可教他过来见你一面也好。(正旦唱)

〔叨叨令〕可怜我孤身只影无亲眷,则落得吞声忍气空嗟怨。(刽子云)难道爷娘家也没的?(正旦云)只有个爹爹十三年前上朝取应去了,至今杳无音信。(唱)早已是十年多不睹爹爹面。(刽子云)你适才要我往后街里去,是什么主意?(正旦唱)怕则怕前街里被我婆婆见。(刽子云)你的性命也顾不得,怕他见怎的?(正旦云)俺婆婆若见我披枷带锁赴法场餐刀去呵,(唱)枉将他气杀也么哥,枉将他气杀也么哥,告哥哥临危好与人行方便。

(卜儿哭上科云)天那,兀的不是我媳妇儿。(刽子云)婆子靠后。(正旦云)既是俺婆婆来了,叫她来,待我来嘱咐她几句话咱。(刽子云)那婆子近前来,你媳妇要嘱咐你话哩。(卜儿云)孩儿,痛杀我也。(正旦云)婆婆,那张驴儿把毒药放在羊睹儿汤里,实指望药死了你,要霸占我为妻。不想婆婆让与他老子吃,倒把他老子药死了,我怕连累婆婆,屈招了药死公公,今日赴法场典刑。婆婆,此后遇着冬时年节,月一十五,有瀽不了的浆水饭,瀽半碗儿与我吃,烧不了的纸钱,与窦娥烧一陌儿,则是看你死的孩儿面上。(唱)

〔快活三〕念窦娥葫芦提当罪愆。念窦娥身首不完全。念窦娥从前已往干家缘。婆婆也,你只看窦娥少爷无娘面。

〔鲍老儿〕念窦娥伏侍婆婆这几年。遇时节将碗凉浆奠。你去那受刑法尸骸上烈些纸钱。只当把你个亡化的孩儿荐。(卜儿哭科云)孩儿放心,这个老身都记得,天哪,兀的不痛杀我也。(正旦唱)婆婆,再也不要啼啼哭哭烦烦恼恼怨气冲天。这都是我做窦娥的没时没运不明不暗负屈衔冤。

(刽子做喝科云)兀那婆子靠后,时辰到了也。(正旦跪科)

(刽子开枷科)(正旦云)窦娥告监斩大人,有一事肯依窦娥,便死而无怨。(监斩官云)你有什么事,你说。(正旦云)要一领净席,等我窦娥站立,又要丈二白练,挂在旗枪上,若是我窦娥委实冤枉,刀过处头落,一腔热血,休半点儿沾在地下,都飞在白练上者。(监斩官云)这个就依你,打甚么不紧。(刽子做取席站科,又取白练挂旗上科)(正旦唱)

〔耍孩儿〕不是我窦娥罚下这等无头愿。委实的冤情不浅。若没些儿灵圣与世人传,也不见得湛湛青天。我不要半星热血红尘洒,都只在八尺旗枪素练悬。等他四下里皆瞧见。这就是咱苌弘化碧,望帝啼鹃。

(刽子云)你还有甚的说话,此时不对监斩大人说,几时说那?(正旦再跪科云)大人,如今是三伏天道,若窦娥委实冤枉,身死之后,天降三尺瑞雪,遮掩了窦娥尸首。(监斩官云)这等三伏天道,你便有冲天的怨气,也召不得一片雪来,可不胡说!(正旦唱)

〔二煞〕你道是暑气暄。不是那下雪天。岂不闻飞霜六月因邹衍。若果有一腔怨气喷如火,定要感的六出冰花滚似绵。免着我尸骸现。要什么素车白马,断送出古陌荒阡。

(正旦再跪科云)大人,我窦娥死的委实冤枉,从今以后着这楚州亢旱三年。(监斩官云)打嘴,哪有这等说话!(正旦唱)

〔一煞〕你道是天公不可期,人心不可怜。不知皇天也肯从人愿。做甚么三年不见甘霖降?也只为东海曾经孝妇冤。如今轮到你山阳县。这都是官吏每无心正法,使百姓有口难言。

(刽子做磨旗科云)怎么这一会儿天色阴了也。(内做风科)(刽子云)好冷风也。(正旦唱)

〔煞尾〕浮云为我阴,悲风为我旋。三桩儿誓愿明题遍。(做哭科云)婆婆也,直等待雪飞六月亢旱三年呵,(唱)那其间才把你个屈死的冤魂这窦娥显。

(刽子做开刀,正旦倒科)(监斩官惊云)呀,真个下雪了,有这等异事!(刽子云)我也道平日杀人,满地都是鲜血,这个窦娥的血,都飞在那丈二白练上,并无半点落地,委实奇怪。(监斩官云)

这死罪必有冤枉，早两桩儿应验了，不知亢旱三年的说话，准也不准，且看后来如何。左右，也不必等待雪晴，便与我抬她尸首，还了那蔡婆婆去罢。（众应科抬尸下）

《西厢记》第二本第四折　王实甫

（末上云）红娘之言，深有意趣，天色晚也，月儿，你早些出来么！（焚香了）呀，却早发擂也。呀，却早撞钟也。（做理琴科）琴呵，小生与足下湖海相随数年，今夜这一场大功，都在你这神品金徽玉轸蛇腹断纹峄阳焦尾冰弦之上。天哪，却怎生借得一阵顺风，将小生这琴声，吹入俺那小姐玉琢成粉捏就知音的耳朵里去者？（旦引红上红云）小姐，烧香去来，好明月也呵！（旦云）事已无成，烧香何济。月儿，你团圆呵，咱却怎生？

〔越调·斗鹌鹑〕云敛晴空，冰轮乍涌。风扫残红，香阶乱拥。离恨千端，闲愁万种。夫人那靡不有初，鲜克有终。他做了个影儿里的情郎，我做了个画儿里的爱宠。

〔紫花儿序〕则落得心儿里念想，口儿里闲题，则索向梦儿里相逢。俺娘昨日个大开东阁，我则道怎生般炮凤烹龙，朦胧。可教我翠袖殷勤捧玉钟。却不道主人情重。则为他兄妹排连，因此上鱼水难同。（红云）姐姐，你看月阑，明日敢有风也。（旦云）风月天边有；人间好事无。

〔小桃红〕人间看波玉容。深锁绣帏中。怕有人搬弄。想嫦娥西没东生有谁共。怨天公。裴航不作游仙梦。这云似我罗帏数重。只恐怕嫦娥心动。因此上围住广寒宫。（红做咳嗽科）（末云）来了。（做理琴科）（旦云）这甚么响？（红发科）（旦唱）

〔天净沙〕莫不是步摇得宝髻玲珑。莫不是裙拖得环珮丁冬。莫不是铁马儿檐前骤风。莫不是金钩双控。吉丁当敲响帘栊。

〔调笑令〕莫不是梵王宫。夜撞钟。莫不是疏竹潇潇曲槛中。莫不是牙尺剪刀声相送。莫不是漏声长滴响壶铜。潜身再听在墙角东。原来是近西厢理结丝桐。

〔秃厮儿〕其声壮，似铁骑刀枪冗冗。其声幽，似落花流水溶溶。其声高，似风清月朗鹤唳空。其声低，似听儿女语小窗中。喁喁。

〔圣药王〕他那里思不穷，我这里意已通。娇鸾雏凤失雌雄。他曲未终。我意转浓。争奈伯劳飞燕各西东。尽在不言中。我近书窗听咱。（红云）姐姐，你这里听，我瞧夫人一会便来。（末云）窗外是有人，一定是小姐，我将弦改过，弹一曲，就歌一篇，名曰凤求凰。昔日司马相如得此曲成事，我虽不及相如，愿小姐如有文君之意。（歌曰）有美一人兮，见之不忘。一日不见兮，思之如狂。凤飞翩翩兮，四海求凤。无奈佳人兮，不在东墙。张弦代语兮，欲诉衷肠。何时见许兮，慰我彷徨。愿言配德兮，携手相将。不得于飞兮，使我沦亡。（旦云）是弹得好也呵。其词哀，其意切，凄凄然如鹤唳天，故使妾闻之，不觉泪下。

〔麻郎儿〕这的是令他人耳聪，诉自己情衷。知音者芳心自懂，感怀者断肠悲痛。

〔幺篇〕这一篇与本宫。始终。不同。又不是清夜闻钟。又不是《黄鹤醉翁》。又不是泣麟悲凤。

〔络丝娘〕一字字更长漏永，一声声衣宽带松。别恨离愁，变做一弄。张生呵越教人知重。（末云）夫人且做忘恩，小姐你也说谎也呵。（旦云）你差怨了我。

〔东原乐〕这的是俺娘的机变。非干是妾身脱空。若由得我呵乞求得效鸾凤。俺娘无夜无明并女工。我若得些儿闲空。怎教你无人处把妾身作诵。

〔绵搭絮〕疏帘风细，幽室镫清。都则是一层红纸，几榥儿疏棂。兀的不是隔着云山几万重。怎得个人来信息通。便做道十二巫峰。他也曾赋《高唐》来梦中。（红云）夫人寻小姐哩，咱家去来。（旦唱）

〔拙鲁速〕则见他走将来气冲冲。怎不教人恨匆匆。唬得人来怕恐。早是不曾转动。女孩儿家直恁响喉咙。紧摩弄索将他拦纵，则恐怕夫人行把我来厮葬送。

（红云）姐姐。则管里听琴怎么。张生着我对姐姐说，他回去也。(旦云)好姐姐呵,是必再着住一程儿。(红云)再说什么。(旦云)你去呵。

〔尾〕则说道夫人时下有人唧哝。好共歹不着你落空。不问俺口不应的狠毒娘,怎肯着别离了志诚种。(并下)

《汉宫秋》第三折　马致远

(番使拥旦上,奏胡乐科,旦云)妾身王昭君,自从选入宫中,被毛延寿将美人图点破,送入冷宫。甫能得蒙恩幸,又被他献与番王形像。今拥兵来索。待不去,又怕江山有失。没奈何,将妾身出塞和番。这一去,胡地风霜,怎生消受也。自古道,红颜胜人多薄命,莫怨春风当自嗟。(驾引文武内官上云)今日灞桥饯送明妃,却早来到也。(唱)

〔双调·新水令〕锦貂裘生改尽汉宫妆。我则索看昭君画图模样。旧恩金勒短,新恨玉鞭长。本是对金殿鸳鸯。分飞翼怎承望。

(云)您文武百官计议怎生退了番兵,免明妃和番者。(唱)

〔驻马听〕宰相每商量。大国使还朝多赐赏。早是俺夫妻悒怏。小家儿出外也摇装。尚兀自渭城衰柳助凄凉。共那灞桥流水添惆怅。偏您不断肠。想娘娘,那一天愁都撮在琵琶上。

(做下马科)(与旦打悲科)(驾云)左右慢慢唱着,我与明妃饯一杯酒。(唱)

〔步步娇〕您将那一曲《阳关》休轻放。俺咫尺如天样。慢慢的捧玉觞。朕本意待尊前挨些时光。且休问劣了宫商。您则与我半句儿俄延着唱。

(番使云)请娘娘早行,天色晚了也。(驾唱)

〔落梅风〕可怜俺别离重,你好是归去的忙。寡人心先到他李陵台上。回头儿却才魂梦里想。便休题贵人多忘。

(旦云)妾这一去,更何时得见陛下,把我汉家衣服,都留下者。正是今日汉宫人,明朝胡地妾,忍着主衣裳,为人作春色。(留衣服科)(驾唱)

〔殿前欢〕则甚么留下舞衣裳。被西风吹散旧时香。我委实怕官车再过青苔巷。猛到椒房。那一会想菱花镜里妆。风流相。兜的又横心上。看今日昭君出塞，几时似苏武还乡。

(番使云)请娘娘行吧，臣等来了多时也。(驾云)罢罢罢，明妃，你这一云，休怨朕躬也！(做别科)(驾云)我哪里是大汉皇帝！(唱)

〔雁儿落〕我做了别虞姬楚霸王。全不见守玉关征西将。那里取保亲的李左车，送女客的萧丞相。

(尚书云)陛下不必挂念。(驾唱)

〔得胜令〕他去也不沙架海紫金梁。枉养着那边庭上铁衣郎。您也要左右人扶侍，俺可甚糟糠妻下堂。您但提起刀枪，却早小鹿儿心头撞。今日央及煞娘娘。怎做的男儿当自强。

〔川拨棹〕怕不待放丝缰。咱可甚鞭敲金镫响。你管燮理阴阳。掌握朝纲。治国安邦。展土开疆。假若俺高皇差你个梅香。背井离乡，卧雪眠霜。若是他不恋恁春风画堂。我便官封你一字王。

(尚书云)陛下不必苦死留他，着他去了吧。(驾唱)

〔七弟兄〕说甚么大王不当恋王嫱。兀良。怎禁他临去也回头望。那堪这散风雪旌节影悠扬，动关山鼓角声悲壮。

〔梅花酒〕呀，俺向着这回野悲凉。草已添黄。色早迎霜。犬褪得毛苍。人搠起缨枪。马负着行装。车运着糇粮。打猎起围场。他，他，他伤心辞汉主。我，我，我携手上河梁。他部从入穷荒。我銮舆返咸阳。返咸阳，过宫墙。过宫墙，绕回廊。绕回廊，近椒房。近椒房，月昏黄。月昏黄，夜生凉。夜生凉，泣寒螀。泣寒螀，绿纱窗。绿纱窗，不思量。

〔收江南〕呀，不思量除是铁心肠。铁心肠也愁泪滴千行。美人图今夜挂昭阳。我那里供养。便是我高烧银烛照红妆。

(尚书云)陛下回銮吧，娘娘去远了也。(驾唱)

〔鸳鸯煞〕我煞大臣行说一个推辞谎。又则怕笔尖儿那火编修讲。不见他花朵儿精神，怎趁他草地里风光。唱道伫立多时，

徘徊半晌。猛听的塞雁南翔。呀呀的声嘹亮。却原来满目牛羊。是兀那载离恨的毡车半坡里响。(下)

(番王引部落拥昭君上云)今日汉朝不弃旧盟,将王昭君与俺番家和亲,我将昭君封为宁胡阏氏,坐我正宫,两国息兵,多少是好。众将士传下号令,大众起行,望北而去。(做行科)(旦问云)这里甚地面了?(番使云)这是黑龙江,番汉交界去处,南边属汉家,北边属我番国。(旦云)大王,借一杯酒望南浇奠,辞了汉家,长行去吧。(做奠酒科云)汉朝皇帝,妾身今生已矣,尚待来生也。(做跳江科)(番王惊救不及叹科云)咳,可惜,可惜,昭君不肯入番,投江而死,罢罢罢,就葬在此江边,号为青冢者。我想来,人也死了,枉与汉家结下这般仇隙,都是毛延寿那厮搬弄出来的。把都儿,将毛延寿拿下,解送汉朝处治。我依旧与汉朝结和,永为甥舅,却不是好。(诗云)则为他丹青画误了昭君,背汉主暗地私奔。将美人图又来哄我,要索取出塞和亲。岂知道投江而死,空落的一见销魂。似这等奸邪逆贼,留着他终是祸根。不如送他去汉朝哈喇,依还的甥舅礼两国长存。(下)

《梧桐雨》第四折　白朴

(高力士上云)自家高力士是也,自幼供奉内官,蒙主上抬举,加为六宫提督太监。往年主上悦杨氏容貌,命某取入宫中,宠爱无比,封为贵妃,赐号太真。后来逆胡称兵,伪诛杨国忠为名,逼的主上幸蜀,行至中途,六军不进。右龙武将军陈玄礼奏过,杀了国忠,祸连贵妃。主上无可奈何,只得从之,缢死马嵬驿中。今日贼平无事,主上还国,太子做了皇帝,主上养老退居西宫,昼夜只是想贵妃娘娘。今日教某挂起真容,朝夕哭奠,不免收拾停当,在此伺候咱。(正末上云)寡人自幸蜀还京,太子破了逆贼,即了帝位。寡人退居西宫养老,每日只是思量妃子,教画工画了一幅真容供养着,每日相对,越增烦恼也呵。(做哭科)(唱)

〔正宫・端正好〕自从幸西川还京兆。甚的是月夜花朝。这半年来白发添多少。怎打叠愁容貌。

〔幺篇〕瘦岩岩不避群臣笑。玉叉儿将画轴高挑，荔枝花果香檀卓。目觑了伤怀抱。(做看真容科)(唱)

〔滚绣球〕险些把我气冲倒。身谩靠。把太真妃放声高叫。叫不应雨泪嗥咷。这待诏手段高。画的来没半星儿差错。虽然是快染能描画。不出沉香亭畔回鸾舞，花萼楼前上马娇。一段儿妖娆。

〔倘秀才〕妃子呵，常记得千秋节华清宫宴乐。七夕会长生殿乞巧。誓愿学连理枝比翼鸟。谁想你乘彩凤返丹霄。命夭。(带云)寡人越看越添伤感，怎生是好。(唱)

〔呆骨朵〕寡人有心待盖一座杨妃庙。争奈无权柄谢位辞朝。则俺这孤辰限难熬。更打着离恨天最高。在生时同衾枕不能勾。死后也同棺椁。难承望马嵬坡尘土中，可惜把一朵海棠花零落了。(带云)一会儿身子困乏，且下这亭子去闲行一会咱。(唱)

〔白鹤子〕挪身离殿宇，信步下亭皋。见杨柳袅翠蓝丝，芙蓉拆胭脂萼。

〔幺〕见芙蓉怀媚脸，遇杨柳忆纤腰。依旧的两般儿点缀上阳宫，他管一灵儿潇洒长安道。

〔幺〕常记得碧梧桐阴下立，红牙箸手中敲。他笑整缕金衣，舞按《霓裳》乐。

〔幺〕到如今翠盘中荒草满，芳树下暗香消。空对井梧阴，不见倾城貌。

(做叹科云)寡人也怕闲行，不如回去来。(唱)

〔倘秀才〕本待闲散心经欢取乐。倒惹的感旧恨天荒地老。怏怏归来凤帏悄。甚法儿捱今宵。懊恼。

(带云)回到这寝殿中，一弄儿助人愁也。(唱)

〔芙蓉花〕淡氤氲串烟袅。昏惨刺银镫照。玉漏迢迢。才是初更报。暗觑清宵。盼梦里他来到。却不道口是心苗。不住的频频叫。

(带云)不觉一阵昏迷上来，寡人试睡些儿。(唱)

〔伴读书〕一会家心焦燥。四壁厢秋虫闹。忽见掀帘西风恶。

遥观满地阴云罩。俺这里披衣闷把帏屏靠。业眼难交。

〔笑和尚〕原来是滴溜溜绕闲阶败叶飘。疏剌剌刷落叶被西风扫。忽鲁鲁风闪得银镫爆。厮琅琅鸣殿铎。扑簌簌动朱箔。吉丁当玉马儿向檐间闹。(做睡科唱)

〔倘秀才〕闷打颏和衣卧倒。软兀剌方才睡着。(旦上云)妾身贵妃是也,今日殿中设宴,宫娥请主上赴席咱。(正末唱)忽见青衣走来报道。太真妃将寡人邀。宴乐。

(正末见旦科)妃子,你在哪里来?(旦云)今日长生殿排宴,请主上赴席。(正末云)分付梨园子弟齐备着。(旦下)(正末做惊科云)呀,原来是一梦,分明梦见妃子,却又不见了。(唱)

〔双鸳鸯〕斜亸翠鸾翘。浑一似出浴的旧风标。映着云屏一半儿娇。好梦将成还惊觉。半襟清泪湿鲛绡。

〔蛮姑儿〕懊恼。窨约。惊我来的又不是楼头过雁,砌下寒蛩,檐前玉马,架上金鸡,是兀那窗儿外梧桐上雨潇潇。一声声洒残叶,一点点滞寒梢。会把愁人定虐。

〔滚绣球〕这雨呵,又不是救旱苗。润枯草。洒开花萼。谁望这秋雨如膏。向青翠条。碧玉梢。碎声儿必剥。增百千倍歇和芭蕉。子管里珠连玉散飘千颗,平白地瀽瓮番盆下一宵。愁的人心焦。

〔叨叨令〕一会价紧呵,似玉盘中万颗珍珠落。一会价响呵,似玳筵前几簇笙歌闹。一会价清呵,似翠岩头一派寒泉瀑。一会价猛呵,似绣旗下数面征鼙操。兀的不恼杀人也么哥,兀的不恼杀人也么哥,则被他诸般儿雨声相聒噪。

〔倘秀才〕这雨一阵阵打梧桐叶凋,一点点滴人心碎了。枉着金井银床紧围绕。只好把泼枝叶做柴烧。锯倒。

(带云)当初妃子舞翠盘时,在此树下,寡人与妃子盟誓时亦对此树。今日梦境相寻,又被他惊觉了。(唱)

〔滚绣球〕长生殿那一宵。转回廊说誓约。不合对梧桐并肩斜靠。尽言词絮絮叨叨。沉香亭那一朝。按《霓裳》舞《六幺》。红牙箸声成腔调。乱宫商闹闹炒炒。是兀那当时欢会栽排下,今日凄凉厮辏著。暗地量度。

(高力士云)主上,这诸样草木,皆有雨声,岂独梧桐。(正末云)你哪里知道,我说与你听者。(唱)

〔三煞〕润蒙蒙杨柳雨,凄凄院宇侵帘幕。细丝丝梅子雨,装点江干满楼阁。杏花雨红湿阑干,梨花雨玉容寂寞。荷花雨翠盖翩翻,豆花雨绿叶萧条。都不似你惊魂破梦,助恨添愁,彻夜连宵。莫不是水仙弄娇。蘸杨柳洒风飘。

〔二煞〕味味似喷泉瑞兽临双沼,刷刷似食叶春蚕散满箔。乱洒环阶,水传宫漏。飞上雕檐,酒滴新槽。直下的更残漏断,枕冷衾寒,烛灭香消。可知道夏天不觉把高凤麦来漂。

〔黄钟煞〕顺西风低把纱窗哨,送寒气频将绣户敲。莫不是天故将人愁闷搅。度铃声,响栈道。似花奴,《羯鼓调》。如伯牙,《水仙操》。洗黄花,润篱落。渍苍苔,倒墙角。渲湖山,漱石窍。浸枯荷,溢池沼。沾残蝶,粉渐消。洒流萤,焰不着。绿窗前,促织叫。声相近,雁影高。催邻砧,处处捣。助新凉,分外早。斟量来,这一宵。雨和人,紧厮熬。伴铜壶,点点敲。雨更多,泪不少。雨湿寒梢。泪染龙袍。不肯相饶。共隔着一树梧桐直滴到晓。

元之中叶,南戏衰落。然《录鬼簿》谓南合北腔,自沈和甫始。沈为第二期杂剧作家,则当时未尝无作。及元末而南戏又渐兴,惟其存于今者,仅《荆》、《刘》、《拜》、《杀》及《琵琶》五种耳。然前四种实出元明之间,其确为元人所作者,惟《琵琶》耳。按《荆钗记》共四十八出,旧误为柯丹丘作,其实丹丘子即明宁献王也。《白兔记》共三十三出,不知撰人。《杀狗记》共三十六出,为徐晒作,晒字仲由,淳安人,洪武初征秀才,则明人也。惟《拜月亭》一名《幽闺记》,共四十出,明人皆以为施惠作,施为第二期杂剧作家,而《录鬼簿》不言其作此,则尚属疑问,但就文观之,当系元人之作。《琵琶记》共四十二出,或以为高拭作,然拭为燕山人,盖高明之误。明字则诚,温州瑞安人,中至正乙酉第,避元末之乱,寓居鄞之栎社,迄明尚存,著《柔克斋集》,其《琵琶记》情文真挚,极负时誉。惟此五种皆有蓝本;《荆钗记》本于史浩污诋孙汝权所作之传奇;《白兔记》本于元刘唐卿之《李三娘麻地捧印》杂剧;《拜月亭》本于关汉卿王实甫二人之《拜月亭》杂剧;《杀狗记》本于萧德祥之《王翛然断杀狗劝夫》杂剧;而《琵琶记》则金有《蔡伯喈》院本,陆游有"满村听唱蔡中郎"句,则其事皆非创作矣。录《琵琶记》一出:

第二十三出《代尝汤药》

越调引子〔霜天晓角〕(旦)难捱。怎避。灾祸重重至。最苦婆婆死矣。公公病又将危。

(旦云)屋漏更遭连夜雨,船迟又被打头风。奴家自从婆婆去后,万千狼狈,谁知公公病又将危。如今赎得些药已煎在此,不免再安排口粥汤。

〔犯胡兵〕(旦)囊无半点调药费,良医怎求。天那纵然救得目前,饮食何处有。料应难到后。谩道有病遇良医,饥荒怎救。公公这病呵。

〔前腔〕(旦)愁万苦千恁生受。装成这证候。药呵纵然救得目前,怎免得忧与愁。料应不会久。他只为不见孩儿,才得这病,若要这病好时呵,除非是子孝父心宽,方才可救。药已熟了,且扶公公出来吃些看何如。(旦下扶外上)

〔霜天晓角〕(外)神散魂飞。料应不久矣。(旦云)公公请闸闼。(外)我纵然抬头强起。形衰倦,怎支持。(旦云)公公,药已熟了,慢慢吃些。(外云)媳妇,我吃不得这药了。

南吕过曲〔香遍满〕(旦)论来汤药,须索是子先尝,方进与父母。公公莫不是为无子先尝,恰便寻思苦。(外吃药吐科)(旦云)公公且耐烦吃些。(外云)媳妇,这药我吃不得了。我宁可早死了吧,免得累你。(旦)公公你须索闸闼,怎舍得一命殂。(外云)媳妇,你吃糠省钱赎药与我吃,我怎的吃得下。(旦)苦,原来不吃药,也只为着糟糠妇。(旦云)公公,你既不吃药,且吃一口粥汤如何。(外吃粥吐科)(旦云)公公,还慢慢吃些。(外云)我肚腹膨胀,怎吃得下。

〔前腔〕(旦)公公你万千愁苦,堆积在闷怀成气蛊。可知道吃了吞还吐。(外云)媳妇,我不济事了,必是死也。孩儿又不回来。只是亏了你。(旦云)公公且自宽心,不须烦恼。(旦背哭科)怕添亲怨忆,暗将珠泪堕。(外云)媳妇你吃糠,却教我吃粥,我怎的吃得下。(旦)苦,原来不吃粥,也只为着糟糠妇。(外云)媳妇,我死也不妨,只怨孩儿不在家,亏杀了你。你近前来有两句言语分付你。(旦云)公公如何?(外作跌倒拜科)

仙吕过曲〔青歌儿〕(外)媳妇我三年谢得你相奉事,只恨我当初把你相耽误。天那我待欲报你的深恩,待来生你做我的公姑,我做你的媳妇。怨只怨蔡伯喈不孝子,苦只苦赵五娘辛勤妇。(旦云)公公,奴身不足惜。

〔前腔〕(旦)我一怨你公死后有谁来祭祀。二怨你有孩儿不得相看顾。三怨你三年间没有个饱暖的日子。三载相看甘共苦,一朝分别难同死。(外云)媳妇我死呵。

〔前腔〕(外)你将我骨头休埋在土。(旦云)呀,公公百岁后不埋在土,却放在哪里。(外云)媳妇,都是我当初不合教孩儿出去,误得你怎的受苦。(外)我甘受折罚,任取尸骸露。(旦云)公公,你休这般说,被人谈笑。(外云)媳妇,不笑着你。(外)留与旁人,道蔡伯喈不葬亲父。怨只怨蔡伯喈不孝子,苦只苦赵五娘辛勤妇。(旦云)公公倘你死呵。

〔前腔〕(旦)公婆已得做一处所。料想奴家不久也归阴府。苦可怜一家三个怨鬼在冥途。三载相看甘共苦。一朝分别难同死。(外云)媳妇,我毕竟是死了。你与我请张太公过来。(旦云)公公,说犹未了,恰好张太公来也。(末上云)岁歉无夫婿,家贫丧老亲。可怜贞洁女,日夜受艰辛。五娘子,你公公病证如何?(旦云)太公,我公公的病证,十分危笃。(末)如此,待我向前看看。老员外,你贵体若何?(外云)苦,张太公,我不济事了,毕竟是个死。今来得恰好,我凭你为证,写下遗嘱与媳妇收执,待我死后,教她休要守孝,早早改嫁便了。(旦云)公公,你休那般说,自古道忠臣不事二君,烈女不更二夫,公公休要写。(外云)媳妇,你取纸笔过来。(旦云)公公,奴家生是蔡郎妻,死是蔡郎妇,千万休写,枉自劳神。(外云)媳妇,你不取纸笔来,要气杀我也。(末云)五娘子你休逆他,嫁与不嫁在乎你,且将取过来。(旦取上外作写状)咳这一管笔到有千斤来重。

越调过曲〔罗帐里坐〕(外)媳妇你艰辛万千,是我耽误了伊。你不嫁人呀,身衣口食怎生区处。休休,当初原是我拆散你夫妻,我如今死了呵,终不然教你又守着灵帏。(放笔科)已知死别在须臾。更与甚么生人做主。

〔前腔〕(末)这中间就里,我难说怎提。五娘子你若不嫁人,恐非活计。若不守孝,又被人谈议。可怜家破与人离,怎不教人泪垂。

〔前腔〕(旦)公公严命,非奴取违。若是教我嫁人呵。那些个不更二夫,却不误奴一世。公公我一马一鞍,誓无他志。可怜家破与人离。怎不教人泪垂。

(外云)张太公,我凭你为证,留下这条拄杖,待我那不孝子回来,把他与我打将出去。(外倒旦扶科)

(旦)公公病里莫生嗔。(末)员外宽心保自身。(外)正是药医不死病,(合)果然佛度有缘人。

元人小令套数之存于今者,选集则有杨朝英之《乐府新编阳春白雪》十卷、《朝野新声太平乐府》九卷,无名氏之《乐府群珠》、《乐府群玉》五卷、《乐府新声》三卷,别集多散佚。存者有乔吉之《惺惺道人乐府》一卷,张可久之《北曲联乐府》三卷,外集一卷,补遗一卷。明宁献王朱权《太和正音谱》上卷,列乐府十五体:一丹丘体,豪放不羁;二宗匠体,词林老手之词;三黄冠体,神游广漠,寄情太虚,有餐霞服日之想,名曰道情;四承安体,华观伟丽,过于佚乐;五盛元体,快然有雍熙之治,字句皆无忌惮,又曰不讳体;六江东体,端谨严密;七江南体,文彩焕然,风流儒雅;八东吴体,清严华巧,浮而且艳;九淮南体,气劲趣高;十玉堂体,正大;十一草堂体,志在泉石;十二楚江体,曲抑不伸,摅忠诉志;十三香奁体,裙裾脂粉;十四骚人体,嘲讥戏谑;十五俳优体,诡喻淫词,即淫虐。虽不免重复浮泛之病,然足备参校也。

宁献王有《涵虚子词品》评诸家词，以马东篱等十二人为首等：

马东篱如朝阳鸣凤　张小山如瑶天笙鹤　白仁甫如鹏抟九霄
李寿卿如洞天春晓　乔梦符如神鳌鼓浪　费唐臣如三峡波涛
宫大用如西风雕鹗　王实甫如花间美人　张明善如彩凤刷羽
关汉卿如琼筵醉客　郑德辉如九天珠玉　白无咎如太华孤峰

贯酸斋等七十人次之：

贯酸斋如天马脱羁　邓玉宾如幽谷芳兰　滕玉霄如碧汉闲云
鲜于去矜如奎壁腾辉　商政叔如朝霞散彩　范子安如竹里鸣泉
徐甜斋如桂林秋月　杨淡斋如碧海珊瑚　李致远如玉匣昆吾
郑廷玉如珮玉鸣銮　刘廷信如摩云老鹘　吴西逸如空谷流泉
秦竹村如孤云野鹤　马九皋如松阴鸣鹤　石子章如蓬莱瑶草
盖西村如清风爽籁　朱廷玉如百草争芳　庾吉甫如奇峰散绮
杨立斋如风烟花柳　杨西庵如花柳芳妍　胡紫山如秋潭孤月
张云庄如玉树临风　元遗山如穷崖孤松　高文秀如金盘牡丹
阿鲁威如鹤唳青霄　吕止庵如晴霞结绮　荆干臣如珠帘鹦鹉
萨天锡如天风环珮　薛昂夫如雪窗翠竹　顾君泽如雪中乔木
周德清如玉笛横秋　不忽麻如闲云出岫　杜善夫如凤池春色
钟继先如腾空宝气　王仲文如剑气腾空　李文蔚如雪压苍松
杨显之如瑶台夜月　顾仲清如雕鹗冲霄　赵文宝如蓝田美玉
赵明远如太华晴云　李子中如清庙朱瑟　李叔进如壮士舞剑
吴昌龄如庭草交翠　武汉臣如远山叠翠　李宜夫如梅边月影
马昂夫如秋兰独茂　梁进之如花里啼莺　纪君祥如雪里梅花
于伯渊如翠柳黄鹂　王廷秀如月印寒潭　姚守中如秋月扬辉
金志甫如西山爽气　沈和甫如翠屏孔雀　睢景臣如凤管秋声
周仲彬如平原孤隼　吴仁卿如山间明月　秦简夫如峭壁孤松
石君宝如罗浮梅雪　赵公辅如空山清啸　孙仲章如秋风铁笛
岳伯川如云林樵响　赵子祥如马嘶芳草　李好古如孤松挂月
陈存甫如湘江雪竹　鲍吉甫如老蛟泣珠　戴善甫如荷花映水
张时起如雁阵惊寒　赵天锡如秋水芙蕖　尚仲贤如山花献笑

董解元等百五人不著题评，又其次：

董解元　卢疏斋　鲜于伯机　冯海粟　赵子昂　李溉之　曾褐夫
班彦功　童童学士　孛罗御史　郝新斋　陈叙实　刘时中　徐子方
马彦章　阚志学　孙子羽　曹以斋　王继学　康进之　张子益
陈子厚　孙叔顺　吕元礼　李茂之　亢文苑　曹子真　左山
孟汉卿　徐容斋　严忠斋　董君瑞　任则明　吕济民　查德卿
武林隐　王元鼎　里西瑛　卫立中　李伯瞻　赵显宏　刘逋斋
杲元启　唐毅夫　孙周卿　高则诚　李爱山　宋方壶　姚牧庵
景元启　曾瑞卿　李伯瑜　吴克斋　李德载　王和卿　杜遵礼
程景初　赵彦晖　王敬甫　邓学可　沙正卿　赵明道　王仲诚
梦简　李邦基　吕天用　睢玄明　王仲元　高安道　张子友
侯正卿　史九敬先　李宽甫　彭伯成　李行道　赵君祥　汪泽民
陆显之　孔文卿　狄君厚　张寿卿　费君祥　陈定甫　刘唐卿
阿里耀卿　王爱山　奥敦周卿　渚察善长　范冰壶　施君美　黄德润
沈珙之　刘聪　张九　廖弘道　陈彦实　吴中立　钱子云
高敬臣　曹明善　张子坚　王日华　王举之　陈德和　丘士元

按此百五人颇有重复，如曾褐夫即曾瑞卿，刘逋斋即刘时中，徐容斋即徐子方，王爱山即王敬甫，吴克斋即前吴仁卿，赵明道即前赵明远，又睢景臣与睢玄明，杲元启与景元启，亦似复。

诸评各以四字一语，随意比附，不甚贴切。而所谓又次者之中，如卢疏斋（挚）、冯海粟（子振）、姚牧庵（燧）等，皆有盛名；且如虞道园（集）、张伯雨（雨）、杨铁崖（维桢）俱一时作手而不得与其评，则亦未足为定论矣。

贯云石《阳春白雪序》云："徐子方滑雅，杨西庵平熟，已有知者；近代疏斋媚妩如仙女寻春，自然笑傲；冯海粟豪辣灏烂，不断古今心事，又与疏翁不可同舌共谈；关汉卿、庾吉甫，造语妖娆，适如少美临杯，使人不能对殢。"《太平清话》云："元士大夫以乐府名者，奇巧莫如关汉卿、庾吉甫、杨澹斋、卢疏斋；豪爽则有冯海粟、滕玉霄；蕴藉则有贯酸斋、马昂夫。"皆所以评元散曲家，而要其大致，不外豪放、端谨、清丽三派而已。

关、马、白、郑，固杂剧之大作家，而散曲亦极擅。关放荡冶艳，如词中之屯田；马潇洒隽爽，如词中之东坡；白高华宛贴，如词中之玉田；郑缠绵婉约，如词中之淮海。各录数首：

〔仙吕·翠裙腰〕晓来雨过山横秀。野水涨汀洲。阑干倚遍空回首。下危楼。一天风物暮伤秋。

〔六幺遍〕乍凉时候。西风透。碧梧脱叶，余暑才收。香生凤口。帘垂玉钩。小院深，闲晴昼。清幽。听声声蝉噪柳梢头。

〔寄生草〕为甚忧，为甚愁。为萧郎一去经今久。玉台宝鉴生尘垢。绿窗冷落闲针绣。岂知人玉腕钏儿松，岂知人两叶眉儿皱。

〔上京马〕他何处共谁人携手。小阁银瓶殢歌酒。况忘了咒。不记得低低耨。

〔后庭花煞〕掩袖暗含羞。开樽越酿愁。闷把苔墙画，慵将锦字修。最风流。真真恩爱，等闲分付等闲休。（关汉卿《闺怨》散套）

〔双调·夜行船〕百岁光阴如梦蝶。重回首往事堪嗟。昨日春来，今朝花谢。急罚盏夜阑镫灭。

〔乔木查〕秦宫汉阙。做衰草牛羊野。不恁渔樵无话说。纵荒坟横断碑，不辨龙蛇。

〔庆宣和〕投至狐踪与兔穴。多少豪杰。鼎足三分半腰折。魏邪。晋邪。

〔落梅风〕天教富，不待奢。无多时好天良夜。看钱奴硬将心似铁。空孤负锦堂风月。

〔风入松〕眼前红日又西斜。疾似下坡车。晓来清镜添白雪。上床与鞋履相别。莫笑鸠巢计拙，葫芦提一任装呆。

〔拨不断〕利名竭，是非绝。红尘不向门前惹。绿树偏宜屋角遮。青山正补墙头缺。竹篱茅舍。

〔离亭宴煞〕蛩吟一觉才宁贴。鸡鸣万事无休歇。争名利何年是彻。密匝匝蚁排兵，乱纷纷蜂酿蜜，闹穰穰蝇争血。裴公绿野堂，陶令白莲社。爱秋来那些。和露摘黄花，带霜烹紫蟹，煮酒

烧红叶。人生有限杯,几个登高节。嘱咐俺顽童记者。便北海探吾来,道东篱醉了也。(马致远《秋思》散套)

东篱半世蹉跎。竹里游亭,小字婆娑。有个池塘,醒时渔笛,醉后渔歌。严子陵他应笑我。孟光台我待学他。笑我如何。到大江湖,也避风波。

咸阳百二山河。两字功名,几阵干戈。项废东吴,刘兴西蜀,梦说南柯,韩信功兀的般证果。蒯通言那里是风魔。成也萧何。败也萧何。醉了由他。(马致远《蟾官曲叹世》)

〔大石调·青杏子〕空外六花翻。被大风洒落千山。穷冬节物偏宜晚。冻凝沼沚,寒侵帐幕,冷湿阑干。

〔归塞北〕貂裘客,嘉庆卷帘看。好景画图收不尽,好题诗句咏犹难。疑在玉壶间。

〔好观音〕富贵人家应须惯。红炉暖不畏初寒。开宴邀宾列翠鬟。拼酡颜。畅饮休辞惮。

〔幺篇〕劝酒家人擎金盏。当歌者款撒香檀。歌罢喧喧笑语繁。夜将阑。画烛银光灿。

〔结音〕似觉筵间香风散。香风散非麝非兰。醉眼瞢腾问小蛮,多管是南轩蜡梅绽。(白朴《咏雪》散套)

〔双调·驻马听近〕败叶将残,雨霁风高摧木杪。江乡潇洒,数株衰柳罩平桥。露寒波冷翠荷凋。雾浓霜重丹枫老。暮云收,晴虹散,落霞飘。

〔幺篇〕雨过池塘肥水面,云归岩谷瘦山腰。横空几行塞鸿高。茂林千点昏鸦噪。日衔山,船舣岸,鸟寻巢。

〔驻马听〕闷入孤帏,静掩重门情似烧。文窗寂静,画屏冷落暗魂销。倦闻近砌竹相敲。忍听邻院砧声捣。景无聊。闲斋落叶从风扫。

〔幺篇〕玉漏迟迟,银汉沉沉凉月高。金炉烟烬,锦衾宽剩越难熬。强捱夜永把镫挑。欲求欢梦和衣倒。眼才交。恼人促织叨叨闹。

〔尾〕一点来不够身躯小。响喉咙针眼里应难到。煎聒得离

人间来合噪。草虫中无你般薄劣把人焦。急睡着。急惊觉。紧截定阳台路儿叫。(郑光祖《秋闺》散套)

元散曲作家见于《录鬼簿》者,前辈已死名公则有董解元等三十一人,方今名公则有郝新庵等十人。其中如刘秉忠、杨西庵、卢疏斋、姚牧庵、白无咎、冯海粟、贯酸斋、刘时中诸人,小令皆极著,钟氏所谓"风流蕴藉自天性中来"者也。刘秉忠,字子晦,邢台人,初为僧,后官至太保;西庵名果,字正卿,蒲阴人,官参知政事;疏斋名挚,字处道,涿州人,官翰林学士;牧庵名燧,字端甫,洛阳人,官参知政事;无咎名贲,钱塘人,官翰林学士;海粟名子振,攸州人,官集贤院待制;酸斋,名小云石海涯,蒙古畏兀儿人,官翰林学士;时中名致,字逋斋,南昌人,官待制。各录数首:

南高峰,北高峰。惨淡烟霞洞。宋高宗,一场空。吴山依旧酒旗风。两度江南梦。(刘秉忠《干荷叶》吊南宋)

念行藏有命,烟水无涯。嗟去雁,羡归鸦。半生身累影,一事鬓成华。东山客,西蜀道。且回家。壶中日月,洞里烟霞。春不老,景长佳。功名眉上锁,富贵眼前花。三杯酒,一觉睡,一瓯茶。(刘秉忠《三奠子》)

碧湖湖上采芙蓉。人影随波动。凉露沾衣翠绡重。月明中。画船不载凌波梦。都来一段,红幢翠盖,香尽满城风。

锦城何处是西湖。杨柳楼前路。一曲莲歌碧云暮。可怜渠。画船不载离愁去。几番曾过,鸳鸯汀下,笑杀月儿孤。(杨果《小桃红》二首)

离人易水桥东。万里相思,几度征鸿。引逗凄凉,滴溜溜叶落秋风。但合眼鸳鸯帐中。急温存云雨无踪。夜半衾空。想像冤家,梦里相逢。(卢挚《折桂令·咏别》)

题红叶清流御沟。赏黄花人醉歌楼。天长雁影稀,月落山容瘦。冷清清暮秋时候。衰柳寒蝉一片愁。谁肯学白衣送酒。(卢挚《沉醉东风·重九》)

墨磨北海乌龙角，笔蘸南山紫兔毫。花笺铺展砚台高。诗气豪。凭换紫罗袍。

石榴子露颜回齿。菡萏花含月女姿。不知张敞画眉时。缘何事。墨点了那些儿。

金鱼玉带罗袍就。皂盖朱幡赛五侯。山河判断笔尖头。得志秋。分破帝王忧。

笔头风月时时过，眼底儿曹渐渐多。有人问我事如何。人海阔。无日不风波。（姚燧《阳春曲首四》）

侬家鹦鹉洲边住，是个不识字渔父。浪花中一叶扁舟，睡杀江南烟雨。觉来时满眼青山，抖擞绿蓑归去。算从前错怨天公，甚也有安排我处。（白贲《鹦鹉曲·渔父》）

重来京国多时住，恰做了白发伧父。十年枕上家山，负我潇湘烟雨。断回肠一首《阳关》，早晚马头南去。对吴山结个茅庵，画不尽西湖巧处。（冯子振《鹦鹉曲·故园归计》）

鸡鸣山下荒丘住，各吊古问驿亭父。几何年野屋丛祠，灭没犁烟锄雨。默寻思半晌无言，逆旅又催人去。指峰前黛好磨笄，是血泪当时洒处。（冯子振《鹦鹉曲·忆鸡鸣山旧游》）

玉人泣别声渐杳。无语伤怀抱。寂寞武陵源，细雨连芳草。都被他带将春去了。

窗间月儿风韵煞。良夜千金价。一掬可怜情，几句临明话。小书生这些儿难立马。

玉人泣别声渐哑。久立凉生袜。无处托春心，背立秋千下。被梨花月儿迤逗煞。

湘云楚雨归路杳。总是伤怀抱。江声掩暮涛，树影留残照。兰舟把愁都载了。

若还与他相见时。道个真传示。不是不修书，不是无才思。绕清江买不得天样纸。（贯云石《清江引·惜别》五首）

凌波晚步晴烟。太华云高，天外无天。翠羽摇风，寒珠泣露，总解留连。明月冷亭亭玉莲。荡轻香散满湖船。人已如仙，花正堪怜。酒满金樽，诗满鸾笺。（贯云石《折桂令》）

春光荏苒如梦蝶。春去繁华歇。风雨两无情，庭院三更夜。明日落红多去也。（刘时中《清江引》）

和风闹燕莺。丽日明桃杏。长江一线平。暮雨千山静。载酒送君行。折柳系离情。梦里思梁苑，花时别渭城。长亭。咫尺人孤另。愁听。《阳关》第四声。（刘时中《雁儿落带得胜令·送别》）

《录鬼簿》又录方今已亡名公才人与之相知者各为作传而吊以曲，其中皆为杂剧作家而大半兼有散曲著于杨氏《阳春》《太平》二选者。其最著者有曾瑞、乔吉、睢景臣、吴仁卿、张可久、徐再思诸人。曾瑞、乔吉，均见前。睢景臣，后字景贤，居扬州时，作《哨遍·高祖还乡》散套，冠于一时。吴仁卿，字弘道，号克斋，历仕府判，有曲集名《金缕新声》。张可久，字小山，庆元人，以路吏转首领官，有《北曲联乐府》，《太和正音谱》谓其“清而且丽，华而不艳，有不吃火食气，若被太华之仙风，招蓬莱之海月，诚词林之宗匠”云。徐再思，字德可，嘉兴人，好食甘饴，故号甜斋，其曲集与酸斋合称《酸甜乐府》各录数首：

无情杜宇闲淘气。头直上，耳根低。声声聒得人心碎。你怎知我就里愁无际。帘幕低垂。重门深闭。曲阑边，雕檐外，画楼西。把春酲唤起，将晓梦惊回。无明夜，闲聒噪，厮禁持。我几曾离这绣罗帏。没来由劝我道不如归。狂客江南正着迷。这声儿好去对俺那人啼。（曾瑞《骂玉郎带过感皇恩采茶歌·蜀中闻杜鹃》）

天机织罢月梭闲。石壁高垂雪练寒。冰丝带雨悬霄汉。几千年晒未干。露华凉人怯衣单。似白虹饮涧。玉龙下山。晴雪飞滩。（乔吉《水仙子·重观瀑布》）

华阳巾鹤氅蹁跹。铁笛吹云，竹杖撑天。伴柳怪花妖，麟祥凤瑞，酒圣诗禅。不应举江湖状元。不思凡风月神仙。断简残编。翰墨云烟。香满山川。（乔吉《折桂令·自述》）

殷勤红叶诗。冷淡黄花市。清江天水笺，白雁云烟字。游子去何之。无处寄新词。酒醒镫昏夜，窗寒梦觉时。寻思。淡笑十

年事。嗟咨。风流两鬓丝。(乔吉《雁儿落带过得胜令·忆别》)

〔般涉调·哨遍〕社长排门告示,但有的差使无推故。这差使不寻俗。一壁厢纳草也根,一边又要差夫索应付。又言是车驾,都说是銮舆。今日还乡故。王乡老执定瓦台盘,赵忙郎抱着酒胡卢。新刷来的头巾,恰糨来的绸衫,畅好是装幺大户。

〔耍孩儿〕瞎王留引定夥乔男女。胡踢蹬吹笛擂鼓。见一彪人马到庄门,匹头里几面旗舒。一面旗白胡阑套住个迎霜兔。一面旗红曲连打着个毕月乌。一面旗鸡学舞。一面旗狗生双翅,一面旗蛇缠胡芦。

〔五煞〕红漆了叉,银铮了斧。甜瓜苦瓜黄金镀。明晃晃马镫枪尖上挑,白雪雪鹅毛扇上铺。这几个乔人物。拿着些不曾见的器仗,穿着些大作怪衣服。

〔四〕辕条上都是马,套顶上不见驴。黄罗伞柄天生曲。车前八个天曹判,车后若干递送夫。更几个多娇女。一般穿着,一样妆梳。

〔三〕那大汉下的车众人施礼数。那大汉觑得人如无物。众乡老屈脚舒腰拜,那大汉那伸着手扶。猛可里抬头觑。觑多时认得,煞气破我胸脯。

〔二〕你须姓刘,你妻须姓吕。把你两家儿根脚从头数。你本身做亭长耽几盏酒,你丈人教村学读几卷书。曾在俺庄东住。也曾与我喂牛切草,拽耙扶锄。

〔一〕春采了桑,冬借了俺粟。零支了米麦无量数。换田契强秤了麻三秤,还酒债偷量了豆几斛。有甚胡突处。明标着册历,现放着文书。

〔尾〕少我的钱,差发内旋拨还,欠我的粟,税粮中私准除。只道刘三,谁肯把你揪捽住。白甚么改了姓,更了名,唤做汉高祖。(睢景贤《高祖还乡》散套)

〔大石调·青杏子〕幽鸟正调舌。怯春归似有伤嗟。虚檐凭得阑干暖,落花风里,游丝天外,远翠千叠。

〔望江南〕音书断,人远路途赊。芳草啼残锦鹧鸪,粉墙飞困玉蝴蝶。日暮正愁绝。

〔好观音〕帘卷东风飘香雪。绮窗下翠屏横渡。庭院深沉袅篆斜。正黄昏燕子来时节。

〔随煞〕银烛高烧从今夜。好风光未可轻别。留得东君少住些。惟恐怕西园海棠谢。(吴仁卿《惜春》散套)

笙歌苏小楼前路,杨柳尚青青。画船来往,总和宜处,浓淡阴晴。杖藜闲暇,孤坟梅影,半岭松声。老猿留坐,白云洞口,红叶山亭。(张可久《人月圆·秋日湖上》)

雁风吹裂江云。迸一缕斜阳,照我离樽。徒倚西楼,留连北海,归送东君。传酒令金杯玉笋。做诗坛羽扇纶巾。惊起波神。唤醒梅魂。翠袖佳人。《白雪阳春》。(张可久《折桂令·酸斋学士席上》)

门前好山云占了。尽日无人到。松风响翠涛。槲叶烧丹灶。先生醉眠春自老。(张可久《清江引·山居春枕》)

镫下愁春愁未醒,枕上吟诗吟未成。杏花残月明,竹根流水声。(张可久《凭阑人·春夜》)

哀筝一抹十三弦。飞雁隔秋烟。携壶莫道登临晚,双双燕为我留连。仙客玲珑玉树,佳人窄索金莲。　琅玕新雨洗湖天。小景六桥边。西风泼眼山如画,有黄花休恨无钱。细看茱萸一笑,诗翁健似当年。(张可久《风入松·九日》)

问青天呼酒重倾。几度盈亏,几度阴晴。夜冷鱼沉,山空鹤唳,露滴乌惊。看杨柳楼心弄影。听梨花树底吹笙。雪与争明。风与双清。玉兔韬光,万古长生。(徐再思《折桂令·月》)

赋《河梁》渺渺予怀。今日阳关,明日秦淮。鹏翼风云,龙门波浪。马足尘埃。宽洗净胸中四海。便飞腾天上三台。休等书斋。梅子花开。人在江南,先寄诗来。(徐再思《折桂令·饯子云赴都》)

茂林修竹风流地,重到古山阴。壮怀感慨,醉眸俯仰,世事浮沉。　惠风归燕,团沙宿鹭,芳树幽禽。山山水水,诗诗酒酒,古古今今。(徐再思《人月圆·兰亭》)

远山。近山。一片青无间。逆流溯上乱石滩。险似连云栈。落日昏鸦，西风归雁。叹崎岖路难。得闲。且闲。何处无鱼羹饭。（徐再思《朝天子常山江行》）

此外作家尚有吴西逸、张云庄、查德卿等亦多佳作。即作《中原音韵》之周德清，作《录鬼簿》之钟嗣成，选《阳春》、《太平》二集之杨朝英，并工小令。吴、查，名里失考。周见前。张名养浩，字希孟，济南人，官陕西省行台中丞，谥文忠，有《云庄乐府》。钟字继先，号丑斋，汴梁人，累试不第，工乐府，每不遗稿。杨号澹斋，青城人，所选二集，元代散曲，多赖以流传，厥功甚著。各录数首：

长江万里归帆。西风几度阳关。依旧红尘满眼。夕阳新雁。此情时拍阑干。

楚云飞满长空。湘江不断流东。何事离多恨冗。夕阳低送。小楼数点残鸿。

数声短笛沧洲。半江远水孤舟。愁更浓如病酒。夕阳时候。断肠人倚西楼。

江亭远树残霞。淡烟芳草平沙。绿柳阴中系马。夕阳西下。水村山郭人家。（吴西逸《天净沙·闲题》）

悲风成阵，荒烟埋恨。碑铭残缺应难认。知他是汉朝君，晋朝臣。把风云庆会消磨尽。都做北邙山下尘。便是君，也唤不应。便是臣，也唤不应。（北邙山）

骊山四顾，阿房一炬。当时奢侈今何处。只见草萧疏，水萦纡。至今遗恨迷烟树。列国周秦齐汉楚。赢，都变做土。输，都变做土。（骊山）

峰峦如聚，波涛如怒。山河表里潼关路。望西都，意踟蹰。伤心秦汉经行处。宫阙万间都做了土。兴，百姓苦。亡，百姓苦。（潼关）（张云庄《山坡羊·怀古》六首之三）

梨花云绕锦香亭。蝴蝶春融软玉屏。花外鸟啼三四声。梦初惊。一半儿昏迷一半儿醒。春梦自将杨柳品题人。笑拈花枝比较春。输与海棠三四分。再偷匀。一半儿胭脂一半儿粉。(春妆)海棠红晕润初妍。杨柳纤腰舞自偏。笑倚玉奴娇欲眠。粉郎前。一半儿支吾一半儿软。(春醉)

绿窗时有唾茸粘。银甲频将彩线挦。绣到凤皇心自嫌。按春纤。一半儿端详一半儿掩。(春绣)(查德卿《一半儿·美人八咏》之四)

唾珠玑点破湖光。千变云霞,一字文章。吴楚东南,江山雄壮,诗酒疏狂。正鸡黍樽前月朗。又鲈莼江上风凉。记取他乡落日观山,夜雨连床。(周德清《折桂令·别友》)

雪意商量酒价。风光折奔诗家。准备骑驴探梅花。几声沙觜雁,数点树头鸦。说江山憔悴煞。(周德清《红绣鞋·郊外》)

从来别恨曾经惯,都不似这今番。汪洋闷海无边岸。痛感伤,漫哽咽,空嗟叹。　　倦听《阳关》。懒上征鞍。口慵开,心似醉,泪难干。千般懊恼,万种愁烦。这番别,明日去,甚时还。晚风闷,暮云残。鸾笺欲寄雁惊寒。坐处忧愁行处懒。别时容易见时难。(叙别)(钟嗣成《骂玉郎带过感皇恩采茶歌·四别词》之一)

雪晴天地一冰壶,竟往西湖探老逋。骑驴踏雪溪桥路。笑王维作画图。拣梅花多处提壶。对酒看花笑,无钱当剑沽。醉倒在西湖。

寿阳宫额得魁名。南浦西湖分外清。横斜疏影窗间印。惹诗人说到今。万花中先绽琼英。自古诗人爱,骑驴踏雪寻。忍冻在前村。(杨朝英《水仙子》)

(五)元诸词家

元曲之发达既如上述矣,顾其词承两宋之流风,亦尚有可观者。大抵曲之见于戏剧者,为社会群众所共赏;曲之见于小令套数者,亦文人学士抒写怀抱之具,与词同功,而但变其体格耳。故元之词未衰,而渐即于衰者，以作者之心力无形而分其大半于曲也；而所以不终归于衰者，词之本体特精，而用各有宜也。且词曲之称，其始未尝有划然之界也。乐府歌辞统称曰曲，唐宋以来，词体日繁，而《乐府杂录》、《教坊记》、《碧鸡漫志》、《词源》等书，犹沿曲之称，而实包乎词；及金元曲体既成，则曲之称为所独占。然元周德清《中原音韵》论《作词十法》，及《定格》四十首之所谓词，赵子昂所谓倡夫之词名绿巾词，皆曲也；明涵虚子《词品》评诸家词，王世贞评明代诸词家，亦皆曲也：是元人已呼曲为词矣。至燕南芝庵《论曲》，举近世所谓大曲，曰苏小小《蝶恋花》、邓千江《望海潮》、苏东坡《念奴娇》、辛稼轩《摸鱼子》、晏叔原《鹧鸪天》、柳耆卿《雨霖铃》、吴彦高《春草碧》、朱淑真《生查子》、蔡伯坚《石州慢》、张子野《天仙子》，皆为宋金之词（原词见《阳春白雪》第一卷）；又论唱曲有地所，曰东平唱《木兰花慢》，大名唱《摸鱼子》，南京唱《生查子》等，亦皆词也：是元人又呼词为曲矣。虽然词曲之称混，而词曲之途未尝混也。词之作家，亦多嗣响宋人者，兹述其最。

元初词人多与宋金末造诸子同时。如仇远与碧山、草窗等，同于余闲书院赋蝉，见《乐府补题》，则本为宋人；杨果、李冶与遗山同赋雁丘，则本为金人，特以诸人皆出仕于元，归之元人耳。仇远，字仁近，号山村，钱塘人，居白龟池上，入元仕溧阳州学正，未几归隐，卒葬栖霞岭下；有《无弦琴谱》二卷，清微要渺，与玉田草窗为近，《词苑》称其《八犯玉交枝》纵横之妙，直是东坡，又谓其《齐天乐·咏蝉》极可诵。游其门者张翥、张雨，俱以能词名。翥字仲举，晋宁人，至正初以荐为国子助教，累官河南行省平章政事，兼翰林学士；有《蜕岩乐府》三卷，《提要》谓其“风流婉丽，有姜吴之遗，又一身阅元之盛衰，故闵乱忧时，颇多楚调”。卓人月称其《六州歌头》寻梅词，“有飞鸿戏海舞鹤游天之妙”。张雨，字伯雨，杭州人，早游方外，居茅山，自号勾曲外叟；有《贞居词》，体近白石。杨果，见前，工诗文，尤长于乐府，有《西庵集》；姚燧谓其“美风姿，善谐谑，文采风流，照映一世”。李冶，字仁卿，栾城人，金进士，辟知钧州事，城溃，微服北渡，流落忻崞间，元世祖闻其贤，召之，不仕，晚家封龙山下，至元初再以学士召，就职期月，以老病辞去；有《敬斋集》，《乐府纪闻》谓其赋大名并蒂荷《摸鱼儿》，事奇而词亦工，堪与

《雁丘》作并传云。录仇、张各四首,余各二首:

夕阳门巷荒城曲,清阴早鸣秋树。薄剪绡衣,凉生鬓影,独饮天边风露。朝朝暮暮。奈一度凄吟,一番凄楚。尚有残声,蓦然飞过别枝去。齐宫往事漫省,行人犹与说,当时齐女。雨歇空山,月笼古柳,仿佛旧曾听处。离情正苦。甚懒拂冰笺,倦拈琴谱。满地霜红,浅莎寻蜕羽。(仇远《齐天乐·赋蝉》)

忆寒烟古驿,淡月孤舟,无限江山。落叶牵离思,到秋来夜夜,梦入长安。故人剪烛清话,风雨半窗寒。甚宦海飘流,客毡寂寞,忍说间关。　　征衫。赋归去,喜故里西湖,不厌重看。莫待青春晚,趁莺花未老,觅醉寻欢。故园更有松竹,富贵不如闲。却指顾斜阳,长歌李白《行路难》。(仇远《忆旧游》)

急雨涨潮头。越树吴城势拍浮。海鹤一声苍竹裂,扁舟。轻载行云压水流。　　独倚最高楼。回首屏山叠叠秋。江上数峰人不见,沙鸥。曾识西风独客愁。(仇远《南乡子》)

日影扶花一万重。秋香阁下又芙蓉。旧时楚楚《霓裳曲》,移入长杨短柳中。　　文甃碧,朵墙红。金舆苍鼠玉华宫。行人忍听啼乌怨,笛里关山落叶风。(仇远《思佳客》)

涨西风半篙新雨,曲尘波外风软。兰舟同上鸳鸯浦,天气嫩寒轻暖。帘半卷。度一缕歌云,不碍桃花扇。莺娇燕婉。仕狂客无肠,王孙有恨,莫放酒杯浅。　　垂杨岸,何处红亭翠馆。如今游兴全懒。山容水态依然好,惟有绮罗云散。君不见。歌舞地,青芜满目成秋苑。斜阳又晚。正落絮飞花,将春欲去,目送水天远。(张翥《摸鱼儿·春日西湖泛舟》)

压西湖千树,曾几度为携尊。向柳外停桡,苔边待鹤,酒熟诗温。瀛洲旧时月色,怅荒凉犹有数枝存。天上梨花成梦,江南桃叶移根。　　如今憔悴客愁村。难返暗香魂。甚岁晚春迟,角寒笛晓,雪暗云昏。登临不堪寄日,但青山隐隐月纷纷。再约与君同醉,从他啄木敲门。(张翥《木兰花慢·次韵陈见心文学孤山问梅》)

芳草平沙,斜阳远树。无情桃叶江头渡。醉来扶上木兰舟,

将愁不去将人去。　　薄劣东风，夭邪落絮。明朝重觅吹笙路。碧云红雨小楼空，春光已到销魂处。（张翥《踏莎行·江上送客》）

花下钿箜篌。尊前《白雪》讴。记怀中朱李曾投。镜约钗盟心已许，诗写在，小红楼。　　忍泪上云兜。断魂随彩舟。等闲间惹得离愁。欲寄长河鱼信去，流不到，由苹洲。（张翥《唐多令·寄意箜篌曲》）

湖曲荒烟，石林斜日，笛声凄断山阳。孤怀无托，只用醉为乡。回首西风黄叶，尽输他松桧青苍。相思处，书题新桥，还待满林霜。　　人生难会合，良辰孤负，把菊传觞。便三人对月，独自清狂。正为跫音空谷，天远近鸿鹄高翔。空追和，《阳春》一曲，聊代紫萸囊。（张雨《满庭芳·重九次赵侯韵》）

山下寒林平楚，山外雪帆烟渚。饮如何，吾生如梦，鬓毛如许。　　能消几度相逢，遮莫而今归去。壮士黄金，昔人黄鹤，美人黄土。（张雨《茅山逢故人·句曲道中送友》）

怅年年雁飞汾水，秋风依旧兰渚。网罗惊破双楼梦，孤影乱翻波素。还碎羽。算古往今来只有相思苦。朝朝暮暮。想塞北风沙，江南烟月，争忍自来去。　　埋恨处。依约并门旧路。一丘寂寞寒雨。世间多少风流事，天也有心相妒。休说与。还却怕有情多被无情误。一杯会举。待细读悲歌，满倾清泪，为尔酹黄土。（杨果《摸鱼儿·同遗山赋雁丘》）

一杯聊为送征鞍。落叶满长安。谁料一儒冠。直推上淮阴将坛。　　西风旌旆，斜阳草树，雁影入高寒。且放酒肠宽。道蜀道如今更难。（杨果《太常引·送商参政西行》）

为多情和天也老，不应情遽如许。请君试听双蕖怨，方见此情真处。谁点注。香潋滟银塘对抹胭脂露。藕丝几缕。绊玉骨春心，金沙晓泪，漠漠瑞红吐。　　连理树。一样骊山怀古。古今朝暮云雨。六郎夫妇三生梦，幽恨从来艰阻。须念取。共翡翠鸳鸯照影长相聚。秋风不住。怅寂寞芳魂，轻烟北渚，凉月又南浦。（李冶《摸鱼儿·大名有男女以私情不遂赴水者后三日二尸相携出水滨是岁陂荷俱并蒂》）

太乙沧波下酒星。露醽秘诀出仙扃。情知天上莲花白，压尽人间竹叶青。　　迷晚色，散秋馨。香厨晓溜玉泠泠。楚江云锦三千顷，笑杀灵均语独醒。（李冶《鹧鸪天·中秋同遗山饮倪文仲家莲花白醉中赋此》）

宋金人之入元者，尚有赵孟頫、姚云文、王恽、白朴、刘埙，皆著名。赵孟頫，字子昂，宋太祖子秦王德芳之裔。四世祖伯圭，赐第湖州，遂为湖州人。宋末为真州司户参军，至元中以程钜夫荐，授兵部郎中，累官翰林学士承旨，荣禄大夫，卒追封魏国公，谥文敏；有《松雪词》一卷，邵亨贞谓其以承平王孙而婴世变，《黍离》之悲，有不能忘情者，故长短句深得骚人意度。姚云文，字圣瑞，高安人，宋咸淳进士，入元授承直郎，抚建两路儒学提举；有《江村遗稿》，其《紫萸香慢》、《玲珑玉》，皆自度曲。王恽，字仲谋，汲县人，官至翰林学士，嘉议大夫，累进中奉大夫，赠翰林学士承旨，资善大夫，追封太原郡公，卒谥文定；有《秋涧乐府》四卷，凝丽典重，颇似遗山，其《水调歌头》、《水龙吟》、《木兰花慢》等多首，皆尽琢句使事行气练响之能事，《春从天上来》为韩承御赋一词，尤摅写哀怨感慨万端；其中小序，亦多清妙不苟。白朴，见前，曲为大家，然亦工词，幼鞠于遗山家，学有端绪。其词清婉秀逸，可比玉田，有《天籁集》三卷。刘埙，字起潜，南丰人，有《水云村诗余》，身经丧乱，故多凄怆之音。各录二首：

侬是江南游冶子。乌帽青鞋，行乐东风里。落尽杨花春满地。萋萋芳草愁千里。　　扶上兰舟人欲醉。日暮青山，相映双蛾翠。万顷湖光歌扇底。一声吹下相思泪。（赵孟頫《蝶恋花》）

潮生潮落何时了。断送行人老。消沉万古意无穷。尽在长空澹澹鸟飞中。　　海门几点青山小。望极烟波渺。何当驾我以长风。便欲乘桴浮到日华东。（赵孟頫《虞美人·浙江舟中作》）

近重阳偏多风雨，绝怜此日喧明。问秋香浓未，待携客，出西城。正自羁怀多感，怕荒台高处，更不胜情。向尊前又忆，漉酒插花人，只坐上已无老兵。　　凄清。残醉还醒。愁不肯，与诗平。

记长楸走马,雕弓榨柳,前事休评。紫萸一枝传赐,梦谁到,汉家陵。尽乌纱便随风去,要天知道,华发如此星星。歌罢涕零。(姚云文《紫萸香慢·九日》)

春到海棠花几信。堠馆余寒,欲雨征衣润。燕认杏梁栖未稳。牡丹忽报清明近。　　恨入青山连晓镜。香雪流酥,应被春消尽。绣阁深深人半醒。烛花贴在金钗影。(姚云文《蝶恋花》)

洒西风老泪,又马上望狼山。对红露秋香,芙蓉城阙,依旧雄藩。碧云故人何在,忆扶摇九万看鹏抟。赋就凤皇楼晚,星沉鹦鹉洲寒。　　一丘宿草锁苍烟。零落复何言。似燕许才名,风云际会,自古天悭。皇皇使华南下,爱丹衷拟缔两朝欢。恨煞奸回秋壑,月明愁满江干。(王恽《木兰花慢·望郝奉使墓》)

罗绮深宫。记紫袖双垂,当日昭容。锦封香重,彤管春融。帝座一点云红。正台门事简,更捷奏清昼相同。听钧天,侍瀛池内宴,长乐歌钟。　　回头五云双阙,恍天上繁华,玉殿珠栊。白发归来,昆明灰冷,十年一梦无踪。写杜娘哀怨,和泪把弹与孤鸿。澹长空。看五陵何似,无树无风。(王恽《春从天上来·为韩承御赋》)

霜水明秋,霞天送晚,画出江南江北。满目山围故国,三阁余香,六朝陈迹。有《庭花》遗谱,弄哀音令人嗟惜。想当时天子无愁,自古佳人难得。　　惆怅龙沉宫井,石上余痕,犹点胭脂红湿。去去天荒地老,流水无情,落花狼藉。恨清溪留在,渺重城烟波空碧。对西风谁与招魂,梦里行云消息。(白朴《夺锦标·清溪吊张丽华》)

醉乡千古人行,看来直到无何地。如何物外,华胥境界升平梦寐。鸾驭翩翩,蝶魂栩栩,俯观群蚁。恨周公不见,庄生一去,谁真解,黑甜味。　　闻道希夷高卧,占三峰华山重翠。寻常羡杀,清风岭上,白云堆里。不负平生,算来惟有,日高春睡。有林间剥啄,忘机幽鸟,唤先生起。(白朴《水龙吟·遗山先生有醉乡一词仆饮量素悭不知其趣独闲居嗜睡有味因为赋此》)

汀柳初黄,送流车出陌,别酒浮觞。乱山迷去路,空阁带余香。人渐远，意凄凉。更暮雨淋浪。悔不办窄衫细马，两两交相。　　春梁语燕犹双。叹晓窗新月，独照刘郎。寄笺频误约，临镜想慵妆。知几梦，恼愁肠。任更驻何妨。但只怜绿阴匝匝，过了韶光。（刘埙《意难忘·咸淳癸酉用清真韵》）

青鸟西沉，彩鸾北去，月冷河桥。梦事荒凉，垂杨暗老，几度魂销。　　云边香信迢迢。把《楚些》凭谁为招。万叠清愁，西风横笛，吹落寒潮。（刘埙《柳梢青·哀二歌者邓元实共赋》）

元词人见于元周南瑞所编《天下同文集》者，有卢挚、姚云、王梦应、颜奎、罗志可、詹玉、李琳，凡七人。卢挚，见前，亦工曲，有《疏斋集》。姚云，即姚云文，见前。王梦应，亦字圣与，号静得，长沙人。颜奎，字子俞，号吟竹，禾川人。罗志可，一作志仁，号壶秋，涂川人。詹玉，亦作詹正，字可大，号天游，郢人。李琳，号梅溪，长沙人。词皆清丽可诵。各录一首：

绿华缥缈玉无痕。托清尘。拟招魂。放着篮舆，懒倦到前村。笑抚高斋新树子，晚妆未，悠悠学梦云。竟日含情何所似，似佳人。望夫君。寒香细月空江上，会有春温。羞涩冰蕤，寂寞掩重门。交下横枝消息动，肯虚负，风流竹外尊。（卢挚《梅花引·和赵平远催梅》）

寒窗月晴。寒梢露明一痕归影灯青。又分携短亭。　　衡皋佩云。蒸溪酒春。有谁勤学归程。是峰头雁声。（王梦应《醉太平·送人入湘》）

欲留君住。且待晴时去。夜深水鹳云间语。明日棠梨花雨。　　樽前不尽余情。都上鸣丝细声。二十四番风后，绿阴芳草长亭。（颜奎《清平乐》）

危榭摧红，断砖埋绿，定王台下园林。听樯竿燕子，诉别后惊心。尽江上青峰好在，可怜曾是，野烧痕深。付潇湘渔笛吹残，今古销沉。　　妙奴不见，纵秦郎谁更知音。正雁妾悲歌，雕奚醉舞，楚户停砧。化碧旧愁何处，魂归些晚日阴阴。渺云平铁坝凄

凉，天也沾襟。（罗志可《扬州慢》）

相逢唤醒京华梦，吴尘暗斑吟发。倚担评花，认旗沽酒，历历行歌奇迹。吹香弄碧。有坡柳风情，逋梅月色，画鼓红船，满湖春水断桥客。　　当年何限怪侣，甚花天月地，人被云隔。却载苍烟，更招白鹭，一醉西门又别。今回记得。再折柳穿鱼，赏梅催雪。如此湖山，忍教人更说。（詹玉《齐天乐·赠童瓮天兵后归杭》）

蕊珠仙驭远，横翠葆，簇霓旌。甚鸾月流辉，凤云布彩，翠绕蓬瀛。舞衣怯环珮冷，问梨园几度沸歌声。梦里芝田八骏，禁中花漏三更。　　繁华一瞬，化飞尘辇路劫灰平。怅碧灭烟绡，红凋露粉，寂寞秋城。兴亡事空陈迹，只青山澹澹夕阳明。懒向沙鸥说得，柳须吹上旗亭。（李琳《木兰花慢·汴京》）

又见于凤林书院《草堂诗余》者，有刘秉忠、许衡以下六十三人。其中文天祥、邓剡、刘辰翁，皆宋人；詹玉、罗志仁、姚云文、李琳、颜奎、王梦应，皆见《天下同文》。又姓名全备者，有滕宾、司马昂夫、彭元逊、赵文、宋远、周景、刘将孙、萧烈、王学文、曾隶、赵功可、王从叙、吴元可、刘弦、黄子行、萧允之、萧汉杰、段宏章、刘贵翁、王鼎翁、刘天迪、刘景翔、周伯阳、尹公远、李天骥、刘应几、周孚先、尹济翁、彭泰翁、曾允元等三十人，余则仅存姓字。大率皆元初至元大德间人，南宋之遗民也。凤林书院，盖在吉州卢陵，故所收以江西人为多。摘录数首：

斜阳一抹，青山数点。万里澄江如练。东风吹落橹声寒，又唤起寒云一片。　　残鸦古渡，荒鸡野店。渐觉楼头人远。桃花流水小桥东，是那个柴门半掩。（滕宾《鹊桥仙》）

春一点。透得酥温玉软。唇晕唾花连袖染。嫣红惊绝艳。日暮飞红扑脸。翠被夜寒波飐。梦断锦茵成堕靥。宫廊微月转。（彭元逊《谒金门》）

寒泉溅雪。月珮环隐隐，飞度霜月。易水风寒，壮士悲歌，关山万里离别。杨花浩荡晴空转，又化作云鸿霜鹘。耿石壕夜久无言，寂历如闻幽咽。　　云谷山人老矣，江空又岁晚，相对愁绝。玉立长身，自是胎仙，舞我《黄庭》三叠。人间只惯丁当字，妙处在一声清拙。待明朝试拂菱花，老我一簪华发。（赵文《疏影·道士朱复古善弹琴为余言琴须带拙声若太巧即与筝阮何异余赏其言为赋此》）

杨柳楼深，推梦乍起，前山一片愁雨。嫩绿成云，飞红欲雪，天亦留春不住。借问东风，甚飘泊天涯何许。可惜风流，三生杜牧，少年张绪。　　陌上参差携手去。怕行到歌台旧处。落日啼鹃，断烟荒草，吟不成谁语。听西河人唱罢，何堪把江南重赋。敲碎琼壶，又前村数声钟鼓。（赵功可《氐州第一·次韵送春》）

门外春风几度。马上行人何处。休更卷珠帘。草连天。　　立尽海棠花月。飞到荼蘼香雪。莫怪梦难成。梦无凭。（王从叔《昭君怨》）

江南二月春深浅，芳草青时。燕子来迟。剪剪轻寒不满衣。　　清宵欲寐还无寐，顾影颦眉。整带心思。一样东风两样吹。（吴元可《采桑子》）

谁倚青楼，把谪仙长笛，数声吹裂。一片乍零，千点还飞，正是雨晴时节。水晶帘外东风起，卷不尽满庭香雪。画阑小，斜铺乱飐，翠苔成缬。袅袅余香未歇。空怅望音尘，两眉愁切。翠袖泪干，粉额妆寒，此恨有谁同说。江南春信无痕迹，余情在冷烟残月。梦魂远，兰灯伴人易灭。（黄子行《花心动·落梅》）

十幅归帆风力满。记得来时，买酒朱桥畔。远树平芜空目断。乱山惟见斜阳半。　　谁把新声翻玉管。吹过沧浪，多少伤春怨。已是客怀如絮乱。画楼人更回头看。（萧允之《蝶恋花》）

愁似晚天云。醉亦无凭。秋光此夕属何人。贫到今年无月看，留滞江城。　　夜起候檐声。似雨还晴。旧家谁信此时情。惟有桂香时入梦，勾引诗成。（萧汉杰《浪淘沙·中秋雨》）

一笑相逢，依稀似是桃根旧。娇波微溜。悄可灵犀透。　　扶过危桥，轻引纤纤手。频回首。何时还又。微月黄昏后。（刘天迪《点绛唇·书事》）

曾闻几度说京华。愁压帽檐斜。朝衣熨贴天香在，如今但弹指兰阇。不是柴桑心远，等闲过了元嘉。长生休说枣如瓜。壶日自无涯。河倾南纪明奎壁，长教见寿气成霞。但得重携溪上，年年人共梅花。（尹济翁《风入松·癸巳寿须溪》）

一夜东风，枕边吹散愁多少。数声啼鸟，梦转纱窗晓。来是春初，去是春将老。长亭道。一般芳草，只有归时好。（曾允元《点绛唇》）

此外如姚燧，见前，有《牧庵词》二卷，并工曲。萨都剌，字天锡，雁门人，登泰定进士，官京口录事，终河北廉访司经历；有《雁门集》。黎廷瑞，字祥仲，番阳人；有《芳洲诗余》。虞集，字伯生，号邵庵，蜀人，家崇仁，累官翰林直学士，国子祭酒，天历中，除奎章阁侍书学士，卒赠仁寿郡公，谥文靖；有《道园乐府》，并工曲。王旭，字景初，东平人，与王磐、王构，俱以文章名，时称三王，有《兰轩词》。诸家词多爽健似苏辛。宋褧，字显夫，宛平人，泰定进士，累官翰林直学士，赠国子祭酒，范阳郡侯，谥文清；有《燕石近体乐府》一卷，情韵绵丽，近玉田。曹伯启，字士开，砀山人，被荐拜西台御史，历集贤学士，告归，天历中征不起，卒谥文贞，追封鲁郡公；有《汉泉乐府》一卷。许有壬，字可用，汤阴人，延佑进士，累官集贤大学士，改枢密副使，拜中书左丞，卒谥文忠；有《圭塘乐府》四卷。两家词皆雄肆近辛刘。凡皆元中叶词人之著者也。各录一首：

兹游太奇绝，我亦壮君侯。春风殷地悲啸，笳鼓万貔貅。平昔心胸吞著，八九江南云梦，今上岳阳楼。尊酒浣尘土，山雨战青油。　竟陵客，又扶病，入西州。惟余与汝，湍水东决则东流。遥想凝香画戟，谈笑兜鍪昼息，莫赋大刀头。麟阁看他日，居右有人不。（姚燧《水调歌头·岳阳寄定庵王万户》）

古徐州形胜，消磨尽，几英雄。想铁甲重瞳，乌骓汗血，玉帐连空。楚歌八千兵散，料梦魂应不到江东，空有黄河如带，乱山回合云龙。　汉家陵阙起秋风。禾黍满关中。更戏马台荒，画眉

人远，燕子楼空。人生百年寄耳，且开怀一饮尽千钟。回首荒城斜日，倚阑目送飞鸿。（萨都剌《木兰花慢·彭城怀古》）

不知玄武湖中，一瓢春水何人借。裁冰剪雨，等闲占断，桃花春社。古阜花城，玉龙盐虎，夕阳图画。是东风吹就，明朝吹散，是东风也。　　回首当时光景，渺秦淮绿波东下。滔滔江水，依依山色，悠悠物化。璧月琼花，世间消得，几多朝夜。笑乌衣不管春寒，只管说兴亡话。（黎廷瑞《水龙吟·金陵雪后西望》）

画堂红袖倚清酣。华发不胜簪。几回晚值金銮殿，东风软，花里停骖。书诏许传宫烛，香罗初剪朝衫。　　御沟冰泮水挼蓝。飞燕正呢喃，重重帘幕寒犹在，凭谁寄银字泥缄。为报先生归也，杏花春雨江南。（虞集《风入松》）

南游三载，只江山不负，中原诗客。万里行装无别物，满意风云泉石。牛斗星边，灵槎缥缈，鬓影银河湿。哀歌谁和，剑光摇动空碧。　　回首帝子长洲，洪崖仙去，风雨鱼龙泣。海外三山何处是，黄鹤归飞无力。天下佳人，袖中瑶草，日暮空相忆。乾坤遗恨，月明吹入长笛。（王旭《大江东去·离豫章舟泊吴城山下作》）

唤山灵一问，螺子黛，是谁供。画婉娈双蛾，蝉联八字，雨澹烟浓。澄江婵娟玉镜，尽朝朝暮暮照娇容。只为古今陈迹，几回愁损渠侬。　　千年颦蹙漫情钟。惨绿带云封。忆赏月天仙，然犀老将，此恨难穷。持杯与山为寿，便展开修翠恣疏慵。要似绛仙媚妩，更须岚霭空蒙。（宋褧《木兰花慢·题蛾眉亭》）

衰境日匆匆。浮生一梦中。笑愁怀万古皆同。越水燕山南北道，来不尽，去无穷。　　萍水偶相逢。晴天接远鸿。似人间马耳秋风。山立扬休成底用，闻健在，好归农。（曹伯启《唐多令·绎怀寄友人》）

木落霜清，水底见金陵城郭。都莫问南都兴废，人生哀乐。载酒时时寻伴侣，倚阑处处皆楼阁。对溪云试放醉时狂，浑如昨。　　沙洲外，轻鸥落。风帘下，扁舟泊。更寒波摇漾，绿蓑青箬。为向九原江总道，繁华何似今凉薄。怕素衣京洛染缁尘，从新濯。（许有壬《满江红·次汤碧山清溪》）

元末词人，尚有倪瓒，字元镇，号云林居士，无锡人，高隐自放，以丹青擅名；有《清闷阁遗稿词》一卷，清标绝俗。顾德辉，字仲瑛，昆山人，举茂材，署会稽教谕，力辞不就，自称金粟道人，至正末，以子恩封武略将军，钱塘县男；有《玉山草堂集》。邵亨贞，字复孺，号清溪，华亭人；有《蛾术词选》四卷，情韵浑融。陶宗仪，字九成，台州人，流寓松江；有《南村集》、《辍耕录》，闻见赅博，足备考证，词亦清逸。各录一首：

窗前翠影湿芭蕉。雨潇潇。思无聊。梦入乡园，山水碧迢迢。依旧当年行乐地，香径杳，绿苔饶。沉香火底坐吹箫。忆娇娆。想风标。同步芙蓉，花畔赤阑桥。渔唱一声惊梦断，无处觅，不堪招。（倪瓒《江城子·感旧》）

凤箫声度。十二瑶台暮。开遍琼花千万树。才入谢家诗句。　仙人酌我流霞。梦中知在谁家。酒醒休扶上马，为君一洗琵琶。（顾德辉《清平乐·和石民瞻题桐花道人卷》）

柳花卷陌，悄不见铜驼，采香芳侣。画楼在否。几东风怨笛，凭阑日暮。一片闲情，尚绕斜阳锦树。黯无语。记花外马嘶，曾送人去。　风景长暗度。奈好梦微茫，艳怀清苦。后期已误。剪烛花未卜，故人来处。水驿相逢，待说当年恨赋。寄愁与。凤城东旧时行旅。（邵亨贞《扫花游·春晚南金次韵》）

如此好溪山，羡云屏几叠，波影涵素。暖翠隔红尘，空明里，着我扁舟容与。高歌鼓枻，鸥边长是寻盟处。头白江南看不了，何况几番风雨。　画图依约天开，荡晴晖，别有越中真趣。孤啸托篷窗，幽情远，都在酒瓢茶具。水荇摇晚，月明一笛潮生浦。欲问渔郎无恙否。回首武陵何许。（陶宗仪《南浦》）

道流之词，多非正轨。元人张雨、滕宾而外，如丘处机，字通密，栖霞人，世称长春真人；有《磻溪词》一卷，虽多谈性道，然情景之作亦不少。至若李道纯之《清庵先生词》，则全无情致矣。道纯，字元素，都梁人，其词直同道书歌诀，失却词味。又《道园乐府》后附《鸣鹤余音》，有全真冯尊师作《苏武慢》二十首，道园和十二首，又《无俗念》一首，《提要》谓“多方外之言，不以文字工拙论。而寄托幽旷，亦时有可观”。胜清庵多矣。缁流则有天目中峰禅师，师名明本，与赵子昂为方外交，尝即席立和冯海粟《咏梅》七律一百首；词有《行香子》数首，若不经意，然天真潇洒，明妙无尘，其胸境高旷也。各录一首：

夜晴寥廓初寒，碧天莹澈琉璃翠，无阴树下，长安楼上，月明风细。百祸潜消，万家同赏，一般清味。见金星朗朗，银河耿耿，交光灿满天地。　流转碧空如水。任纵横略无凝滞。冲山泊海，倾光腾秀，绵绵吐瑞。达了从兹，宝瓶坚固，玉浆时泥。把衷情欲诉，何人会得，且陶陶醉。（丘处机《水龙吟·夜晴》）

中是儒宗，中为道本，中是禅机。这三教家风，中为捷径，五常百行，中立根基。动止得中，执中不易，更向中中认细微。其中趣，向词中剖得，中勿狐疑。　个中造化还知。却不在当中及四维。这日用平常，由中运用，兴居服食，中里施为。透得此中，分明中体，中字元来物莫违。全中了，把中来劈破，方是男儿。（李道纯《沁园春·勉申庵执中妙用》）

饭了从容，消闲策杖，野望有何凭仗。帆归远浦，鹭立汀洲，千树好花微放。芳草池塘，锦江楼阁，隐隐云埋青嶂。向东郊极目天涯，不见故人惆怅。　归去也，翠麓崎岖，林峦掩映，消遣晚来情况。幽禽巧语，弱柳摇金，绿影小桥清响。挥扫龙蛇，领略风光，陶写丹青吟唱。这云山好景，物外烟霞，几人能访。（冯尊师《苏武慢》）

女子中能词者，有贾似道女云华、崔英妻王氏，俱见《词苑丛谈》；赵子昂妻管道升，见《太平清话》；又妓女刘燕哥、陈凤仪，俱见《古今词话》。然求如《漱玉》《断肠》二集之精妙，不可得也。词不录。

元人词专集见于汇刻者。侯刻计三家：

赵孟頫《松雪斋词》　萨都剌《天锡词》　张埜《古山乐府》

王刻计九家：

刘秉忠《藏春乐府》　张弘范《淮阳乐府》　刘因《樵庵词》　陆文

圭《墙东诗余》 詹玉《天游词》 吴澄《草庐词》 白朴《天籁集》 李孝光《五峰词》 邵亨贞《蛾术词选》

江刻计五家，除赵孟頫《松雪词》、萨都剌《雁门词》、张埜《古山乐府》已见侯刻外，凡二家：

程文海《雪楼乐府》 倪瓒《云林词》

吴刻计八家，除程文海《雪楼乐府》、赵孟頫《松雪斋词》、刘因《静修先生乐府》已见侯、王、江诸刻外，凡五家：

王恽《秋涧先生乐府》 丘处机《磻溪词》 周权《此山先生乐府》 虞集《道园乐府》 姬翼《知常先生云山集》

朱刻计四十八家，除丘处机《磻溪词》、刘因《樵庵词》、王恽《秋涧乐府》、虞集《道园乐府》、周权《此山先生乐府》、张埜《古山乐府》已见王、吴诸刻外，凡四十二家：

许衡《鲁斋词》 陈深《宁极斋乐府》 王义山《稼村乐府》 朱晞颜《瓢泉词》 萧𣅿《勤斋词》 姚燧《牧庵词》 赵文《青山诗余》 刘埙《水云村诗余》 张伯淳《养蒙先生词》 刘敏中《中庵诗余》 胡炳文《云峰诗余》 陈栎《定宇诗余》 曹伯启《汉泉乐府》 刘将孙《养吾斋诗余》 吴存《乐庵诗余》 黎廷瑞《芳洲诗余》 蒲道园《顺斋乐府》 仇远《无弦琴谱》 王奕《玉斗山人词》 刘诜《桂隐诗余》 安熙《默庵乐府》 朱思本《贞一斋词》 张雨《贞居词》 王旭《兰轩词》 李道纯《清庵先生词》 吴镇《梅花道人词》 王结《王文忠词》 洪希文《去华山人词》 欧阳玄《圭斋词》 许有壬《圭塘乐府》 张翥《蜕岩词》 赵雍《赵待制词》 吴景奎《药房词》 宋褧《燕石近体乐府》 耶律铸《双溪醉隐词》 李庭《寓庵词》 袁士元《书林词》 舒頔《贞素斋诗余》 舒逊《可庵诗余》 沈禧《竹窗词》 韩奕《韩山人词》 李齐贤《益斋长短句》

元人词选本，有周南瑞之《天下同文》前甲集之四十八、四十九、五十，三卷，计录卢挚以下七人，已见上述，朱祖谋刊入《彊村丛书》中。无名氏之《凤林书院草堂诗余》三卷，计录刘秉忠以下六十三人，厉鹗称其"采撷精妙，无一语凡近，弁阳老人《绝妙好词》而外，渺焉寡匹，盖佳选也。"

入病第八

明逐胡元，奄有区夏，历世十六，卜年三百，典章文物，不乏可观。顾后之承学论世者，每薄其浅陋，斥为窃盗，何欤？夫盛衰所致，固匪一端。而风气之迁流，实系于政治之得失。明代变乱相乘，迄无宁日。党祸文狱，足摧士气；内忧外患，时扰人心。上无右文之君；下惟举业是务。泄沓所至，规模不张。虚声尚则实学不兴；门户分则精神不立。于是浮华自矜，摹拟为得，位高者蹶附，誉广者盲从。故虽集可汗牛，士多如鲫，而沉雄博大笃实光辉者，盖不数觏焉。即论词曲，作者固多，然词不逮宋，曲不敌元，步古人之墟，拾前贤之唾而已。以视往代，信乎其为病也！

《说卦》有言曰："艮，万物之所成终而所成始也。"盖万物自成而始，亦至成而终。词至于宋，可谓成矣，继乃不振，是其终；曲至于元，可谓成矣，继亦不竞，是其终。若明，则适当其既终耳。夫以宋词文章之美，作者之多，固难乎为继矣；元人知不能逾，遂并其才情工力而为小令、套数、杂剧。其意境自然，情景逼真，词句醒豁，无处不显其特色。由是而小令、套数、杂剧，遂形成为元代文学之主干，而词学渐衰。及其季也，作者繁多，才力或逊，既难取胜往昔，又欲要誉一时，滥作苟成，流品遂杂。由是而光焰万丈者，日即于灰灭，而曲学亦衰。故词曲之衰，其先皆历极盛之境，及无可更盛，而衰象始见，亦盈亏中昃之理然也。

虽然，"易穷则变，变则通，通则久"，乐府词曲之演进，宁外此理哉？盛极而衰，其势穷矣，而变生焉，非变则无以底于久。明代北曲固不若元，而南曲则起而代之，体制情调，悉改旧观。故北曲鲜能追踪关、马、白、郑；而南曲之足以超距《荆》、《刘》、《拜》、《杀》者，尚不乏也。今按明代词曲之成绩，而著其短长于篇。

(一)明代词学及其作家

清吴衡照《莲子居词话》云:"金元工于小令而词亡,论词于明并不逮金元,遑言两宋哉?盖明词无专门名家,一二才人如杨用修、王元美、汤义仍辈,皆以传奇手为之,宜乎词之不振也。其患在好尽,而字面往往混入曲子。昔张玉田论两宋人字面多从李贺温岐诗来,若近俗近巧,诗余之品何在焉?又好为之尽,去两宋酝藉之旨远矣。"持论良确而未尽。以传奇手为词,自必至于好尽而失酝藉;然明词之所短,犹不仅此。其属于形式者,为律格之疏讹;其属于精神者,则缺乏真切之感情与高尚之气格也。

朱彝尊云:"明初作手,若杨孟载、高季迪、刘伯温辈,皆温雅芊丽,咀宫含商。李昌祺、王达善、瞿宗吉之流,亦能接武。至钱唐马浩澜,以词名东南,陈言秽语,俗气熏入骨髓,殆不可医。周白川,夏公谨诸老,间有硬语。杨用修、王元美,则强作解事,均与乐章未谐。"万树亦云:"世所脍炙之娄东新都两家,撷芳则可佩,就轨则多歧。按律之学未精,自度之腔乃出。虽云自我作古,实则英雄欺人。"刘体仁《词绎》则以明初之词,比晚唐之诗,谓其"非不欲胜前人,而中实枵然取给而已,于神味处全未梦见"。所论皆切中其病。今试观明人所为词,及关于词学之著述,足以证诸说之非诬。明词好尽之弊,实由于其中枵然。往往意随词竭,一览无余,俗巧陈秽,自所不免。故为豪放之词者,多粗犷不经;为婉约之词者,多纤艳无骨。至其按律未精,擅率度曲,则以宋人声调既早消亡,词句流传又多缺误;时人习闻南曲宫调之转犯,衬贴之增减,声韵之变化,遂以为词亦不必拘墟,无妨通脱,非据而据,以讹传讹,无知妄作,率由于此。后人乃议万氏《词律》不录明人自度腔,如王元美之《怨朱弦》、《小诺皋》,杨用修之《落灯风》、《误佳期》等,皆当补列。不知宋人所谓度曲,皆本乐调以定声,非仅由字句而为词。若徒较量字句之长短,则前人成调固多,尽足取法,安用摭彼拾此,别立新腔,而攘度曲之名?且离乐而论腔,所谓腔者何在邪?宋词如《乐章》、《清真》、《白石》、《梦窗》辈，兢兢声律，不苟一丝，方足语于制腔。明人于唐宋乐律，全未梦见，何所恃而为之？真浅之乎视天下矣！谓其英雄欺人，犹恕辞耳。

词学之著述，明人作者颇多。其属于调律者，有张綖之《诗余图谱》、程明善之《啸余谱》、徐师曾之《词体明辨》、沈谦之《词韵》。属于乐谱者，有丁文频之《歌词自得谱》。属于选词者，有陈耀文之《花草粹编》、杨慎之《词林万选》、董逢元之《唐词纪》。属于评论考证者，有杨慎之《词品》、陈霆之《渚山堂词话》、俞彦之《爰园词话》、贺裳之《皱水轩词筌》等，以及王世贞之《艺苑卮言》、祝允明之《猥谈》、都穆之《南濠诗话》、胡应麟之《笔丛》等书之一部。《诗余图谱》、《啸余谱》，及沈氏《词韵》等，前已备论。《词体明辨》在徐氏之《诗体明辨》中，以平仄作谱，列之于前，而录词其后；但衬字未曾分析，句法未曾拈出，小令之隔韵换韵，中调之暗藏别韵，长调之有不用韵，亦未分明；较字数多寡，或以衬字为实字；分令慢短长，或以别名为一调；甚则上二字三字可以联下句，下五字七字可以作对句；过变竟无联络，结束更无照应。《歌词自得谱》，按词注调，如李太白之"箫声咽"，司马才仲之"妾本钱塘江上住"，苏东坡之"大江东去"，李易安之"萧条庭院"，皆注明某宫某调及十六法，然未必遂为古人之旧。《花草粹编》二十二卷，所录皆唐宋二代之词，合《花间》《草堂》二集而各摘一字以为名（花字代唐，草字代宋），固有未安，然援据繁富，笺释详赡，颇足以资参考。《词林万选》四卷，广辑唐以来词，王世贞谓其为词家功臣；《四库存目提要》，则谓其评注疏陋；所选为搜求隐僻，不免雅俗兼陈。《唐词纪》十六卷，名曰唐词，而五代之作居十之七，且编制不以人亦不以调，惟区为景色，吊古等十六门，殊无条理。《词品》五卷，论列引证，颇为详晰。惟根据讹误处，时反自矜创获，以故立论多不坚卓；后之言词者多服其博洽，独胡应麟于《笔丛》中驳之，然胡氏不娴于词，虽多纠正，而互有得失。《渚山堂词话》三卷，《爰园词话》、《皱水轩词筌》各一卷，时有中肯之论。《艺苑卮言》，为弇州评谈文学之作，颇有心得；其于词曲考证议论，语多可取，虽稍有疵累，足备参稽。《猥谈》有论词曲音调处，语而不详。《南濠诗话》，论词曲调名处，多挂漏牵强。皆无若何精采。余如卓人月

《词统》，杂纪词林琐闻，无关大体。惟毛晋汲古阁所刻《宋六十名家词》及《词苑英华》，流传旧集，虽校勘时有未精，而继绝之功良不可没。大抵明人著述，患在轻率。虽不少聪明积学之士，然所取不精，则其通病耳。

明词家可分三期述之。

杨基，字孟载，嘉州人，大父仕江左，遂家吴中，洪武初，知荥阳县，历山西按察副使；有《眉庵词》，远宗白石，饶有新致，吴衡照谓其"工秀轻俊，未洗元人之习"。高启，字季迪，长洲人，隐吴松江之青丘，自号青丘子，洪武初，召入纂修《元史》，授编修，擢户部侍郎，后为太祖所杀；有《扣舷词》一卷，沈雄谓其"大致以疏旷见长，而《石州慢》又极缠绵之致"。刘基，字伯温，青田人，元进士，入明，以佐命功，官至御史中丞，封诚意伯，正德中追谥文成；有《诚意刘文成公集》词，王世贞谓其"秾纤有致，去宋尚隔一尘"；《柳塘词话》则摘其《谒金门》、《转应曲》、《青门引》、《渔家傲》、《花犯》、《踏莎行》、《渡江云》、《山鬼谣》诸首中警句，称其"妙丽入神"。李祯，字昌祺，庐陵人，永乐二年进士，官河南左布政；有《侨庵诗余》二卷。王达，字达善，无锡人，洪武初举明经，官国子助教，永乐初，累官侍读学士；性简淡，博通经史，与解缙、王偁、王燧辈，号东南五才子；有《耐轩集》、《天游稿》。瞿祐，字宗吉，自号存斋，钱塘人，洪武中以荐历宜阳训导，迁周府长史，永乐间谪保安，洪熙元年放还；有《乐府遗音》五卷，《余清词》一卷，风情丽逸，为时传诵；少时和凌云翰《梅柳争春》词，因以知名，然其呈杨维桢《赋鞋杯》词不免纤佻。此外如张以宁之《翠屏集》、韩守益之《樗寿稿》、刘昺之《春雨轩词》、解缙之《春雨斋集》、张肯之《梦庵词》，皆有元人遗音。凡皆所谓明初作手也。各录一首：

瘦绿添肥，病红催老，园林昨夜春归。深院东风，轻罗试着单衣。雨余门掩斜晖。看梅梁乳燕初飞。荷钱犹小，芭蕉渐长，新绿成围。　　何郎粉淡，荀令香消，紫鸾梦老，青鸟书稀。新愁旧恨，在他红药栏西。犹记当时。水晶帘一架蔷薇。有谁知。千山杜鹃，无数莺啼。（杨基《夏初临》）

落了辛夷，风雨频催，庭院潇洒。春来长恁，乐章懒按，酒筹慵把。辞莺谢燕，十年梦断青楼，情随柳絮犹萦惹。难觅旧知音，托琴心重写。　妖冶。忆曾携手，斗草阑边，买花帘下。看到辘轳低转，秋千高打。如今甚处，纵有团扇轻衫，与谁更走章台马。回首暮山青，又离愁来也。（高启《石州慢·春感》）

秋光好。无奈锦帐香销，绣帏寒早。钩帘人立东风，送书过雁，依然又到。　故乡杳。空把泪随江水，梦萦江草。何时赋得归来，倚松对柳，开尊醉倒。　衰鬓不堪临镜，镜中愁见，蓬飞丝绕。门外远山，青青长带斜照。石泉涧月，孤负夜猿啸。伤心处，枫凋露渚，荷枯烟沼。燕去玄蝉老。满天细雨鸣罗鸟。花蔓当檐袅。庭院静，遥闻清砧声捣。拥衾背壁，一灯红小。（刘基《瑞龙吟》）

落尽芙蓉，收残菱芡，晚色凄迷。断荇随流，枯荷折柄，秋满苏堤。　沙禽自在幽栖。极浦外天连水低。粉坠莲房，波漂菰米，烟暝湖西。（李祯《柳梢青·题秋塘图》）

细雨檐花作晚寒。愁春心绪已阑珊。故人消息隔秦关。　自怯鬓华休对镜，更无豪兴懒登山。连宵犹念杏花残。（王达《浣溪沙》）

露苇催黄，烟蒲驻绿，水光山色相连。红衣落尽，孤负采莲船。点检六朝杨柳，但几个抱叶残蝉。秋容晚，云寒雁背，风冷鹭鸶肩。　华筵。容易散，愁添酒量，病减诗颠。况情怀冲淡，渐入中年。扫退舞裙歌扇，尽付与一枕高眠。清闲好，脱巾露发，仰面看青天。（瞿祐《满庭芳·西湖秋泛》）

海角亭前秋草路。榕叶风清，吹散蛮烟雾。一笑英雄曾割据。痴儿却被潘郎误。　宝气消沉无觅处。藓晕犹残，铁铸遗宫柱。千古兴亡知几度。海门依旧潮来去。（张以宁《明月生南浦·广州南汉王刘鋹故宫铁柱》）

地拥岷峨，天开巫峡，江势西来百折。击楫中流，投鞭思济，多少昔时豪杰。鹤渚沙明，鸥滩雪净，小艇鸣榔初歇。喜凭阑握手，危亭偏称，诗心澄澈。　还记取王粲楼前，吕岩矶外，别样水光山色。烟霞仙馆，金碧浮图，尽属楚南奇绝。紫云箫待，绿醑杯停，咫尺良宵明月。拼高歌一曲清词，遍彻冯夷宫阙。（韩守益《苏武慢·江亭远眺》）

石径土墙斜。桃李桑麻。纸钱飞处乱啼鸦。闲趁斜阳携榼去，寒食人家。　　苑树忆天涯。遗恨琵琶。铜驼衰草卧龙沙。汉寝唐陵无麦饭，暮雨梨花。（刘昺《浪淘沙·寒食》）

吴山深，越山深。空谷佳人金玉音。有谁知此心。　　夜沉沉，漏沉沉。闲却梅花一曲琴。高松对竹林。（解缙《长相思·寄友》）

翠钿狼藉。绿圆点点浓如积。芳痕涨雨凝寒碧。一片浓阴，休扫坐来石。　　径深不教残阳入。茸茸不似春红色。芳尘净洗无纤迹。吟客来时，只恐印行屐。（张肯《醉落魄·苔径》）

马洪，字浩澜，号鹤窗，仁和人，有《花影集》，自谓四十余年仅得百篇；杨慎亟称之，谓其“皓首韦布，而含吐珠玉，锦绣胸肠，褒然若贵介王孙”；许东溟谓其《多丽》一词“可追迹康伯可”，皆不免过誉。今按其词，非无冶情秀句，但气骨轻浮，境语凡近，故朱氏谓其俗不可医。同时有聂大年，字寿卿，临川人，正统间，宫仁和教谕，景泰初，征入翰林；有《东轩集》，尝作《卜算子》二首自况，而浩澜和之。商辂，字宏载，淳安人，正统进士，历官吏部尚书谨身殿大学士，卒谥文毅；有《素庵集词》。沈雄谓其“小词明净简练，亦复沾沾自喜，其《一丛花》咏初春一词，尤觉妥帖轻圆”。余如王越有《云山老懒集词》。沈周有《石田集词》，李东阳有《怀麓堂集词》，皆无特采。各录一首：

春老园林，雨余庭院，偏惹蝶骇莺猜。荐红皱白，狼藉满苍苔。正是愁肠欲断，珠箔外点点飘来。分明似，身轻飞燕，扶下碧云台。　　当初珍重意，金钱竞买，玉砌新栽。正翠屏遮护，羯鼓催开。谁道天机绣锦，都化作紫陌尘埃。纱窗里，有人怜惜，无语托香腮。（马洪《满庭芳·落花》）

杨柳小蛮腰，惯逐东风舞。学得琵琶出教坊，不是商人

妇。　　忙整玉搔头，玉笋纤纤露。老却江南杜牧之，懒为秋娘赋。(聂大年《卜算子》)

今年春浅腊侵年。冰雪破春妍。东风有信无人见，露微意柳际花边。寒夜纵长，孤衾易暖，钟鼓渐清圆。　　朝来初日半衔山。楼阁淡疏烟。游人便作寻芳计，小桃杏应已争先。衰病少情，疏慵自放，惟爱日高眠。(商辂《一丛花·初春》)(按此词亦见东坡乐府不知沈氏何以致误。)

远水接天浮。渺渺扁舟。去时花雨送春愁。今日归来黄叶闹，又是深秋。　　聚散两悠悠。白了人头。片帆飞影下中流。载得古今多少恨，都付沙鸥。(王越《浪淘沙》)

惯得轻柔绮陌中。几枝斜映驿亭红。微烟啅雀金犹嫩，细雨藏鸦绿未浓。　　攀傍岸，折随风。管人离别思无穷。开花更是无聊赖，一片西飞一片东。(沈周《鹧鸪天·柳》)

正爱月来云破。那更柳眠花卧。帘幕风微，秋千人静，酒尽春无那。　　迢递高楼孤寂坐。缥缈笛声飞堕。恨曲短宵长，院深墙迥，凭仗风吹过。(李东阳《雨中花·题画》)

稍后有吴宽，字原博，长洲人，成化八年进士第一，历官礼部尚书，卒谥文定，有《匏庵集词》。赵宽，字栗夫，吴江人，成化进士，历官广东按察使，有《半江词》。杨循吉，字君谦，吴县人，成化进士，官礼部主事，有《南峰逸稿》。费宏，字子充，铅山人，成化二十三年进士第一，历官华盖殿大学士，卒赠太保，谥文宪，有《文宪公集词》。蒋冕，字敬之，全州人，成化进士，累官谨身殿大学士，卒赠少师，谥文定，有《湘皋乐府》。王鸿儒，字懋学，南阳人，成化进士，历官户部尚书，卒谥文庄，有《凝斋集》。史鉴，字明古，吴江人，有《西村集词》。顾潜，字孔昭，昆山人，弘治进士，官御史，有《静观堂集词》。顾璘，字华玉，吴县人，弘治进士，历官湖广巡抚，加刑部尚书，有《东桥词》。王九思，字敬夫，鄠县人，弘治进士，官郎中，有《渼陂集》，并工曲，有《碧山乐府》。唐寅，字子畏，一字伯虎，吴县人，举人，有《六如词》。周用，字行之，吴江人，弘治进士，历官吏部尚书，卒谥恭肃，有《白川集》。陈霆，字声伯，德清人，弘治进士，官山西提学佥事，有《水南稿》。韩邦奇，字汝节，朝邑人，正德进士，历官南京兵部尚书，卒谥恭简，有《苑洛集词》。皆稍著者。各录一首：

纤云卷尽天如水，芦荻风残。松竹霜寒。更看前溪月满山。　　画船红映金尊酒，子夜歌阑。缓吹轻弹。得意人生且尽欢。（吴宽《采桑子》）

寒风吹水。微波皱作鱼鳞起。白雨横秋。秋色萧条动客舟。　　疏钟何处。知在前村黄叶树。茅屋谁家。荒径无人菊自花。（越宽《减字木兰花·姚江阻雨》）

吴郊春满，绿草熏南陌。风弄轻帘小桥侧。瞰荒园秾丽，几树夭桃，仿佛似，薄醉西施颜色。　　酝香飘十里，更着流莺，乱掷金梭向林织。天宇净繁芳，日暖蜂游，早拦住高阳狂客。便典却罗衫又何妨，算容易飞花，韶光难得。（杨循吉《洞仙歌·题酒家壁》）

霜月高悬碧汉，画船自泛寒江。银灯独对夜何长。窗外浮光荡漾。　　可怪曲生疏阔，闲来冷落琼觞。思量无计助清狂。且与青编相向。（费宏《西江月·舟中夜行独坐无酒抚卷作》）

斜日坠荒山，云黑天垂暮。时见空中一雁来，冷入残芦去。　　惊起却低飞，有意同谁语。啄尽枝头数点霜，还向空中举。（蒋冕《卜算子》）

燕子初归，芙蓉乍老。苍苔院落桐阴小。一帘疏雨晚来晴，繁香不断寒花袅。　　著谱人非，餐英事杳。风流未必今时少。且须痛饮读《离骚》，灵修岂肯捐芳草。（王鸿儒《踏莎行·赏菊》）

秋水芙蓉江上饮，怜渠无限风流。红牙低按《小梁州》。澹云拖急雨，依约见红楼。　　最是采莲人似玉，相逢并着莲舟。唱歌归去水悠悠。清砧孤馆夜，明月太湖秋。（史鉴《临江仙·赠余浩》）

娄江一碧，动鲈鱼佳兴。浩荡鸥波放烟艇。过溪桥十里，香稻垂花，秋未晚，远渚芙蕖万柄。　　野翁能爱我，酾酒烹鸡，何

处渔歌更堪听。醉起试推篷，骤雨初收，斜阳外山光云影。愿百岁逍遥瀼西东，任华发星星，换来青镜。（顾潜《洞仙歌·自寿》）

抱病登楼无意绪，满城寒雨蒙蒙。一尊何日与君同。卷帘芳草碧，呼酒夕阳红。　堪恨赏心都不偶，依然枉却东风。扁舟归兴莫匆匆。江梅花自落，别有海棠丛。（顾璘《临江仙·雨中柬谭子羽》）

门外长槐窗外竹。槐竹阴森，绕屋重重绿。人在绿阴深处宿。午风枕簟凉如沐。　树底辘轳声断续。短梦惊回，石鼎茶方熟。笑对碧山歌一曲。红尘不到人间屋。（王九思《蝶恋花·夏日》）

雨打梨花深闭门。忘了青春，误了青春。赏心乐事共谁论。花下销魂，月下销魂。　愁聚眉峰尽日颦。千点啼痕，万点啼痕。晓看天色暮看云。行也思君，坐也思君。（唐寅《一剪梅》）

风前满地花，雨后连天草。今年三月里，春归早。低云薄雾，犹自怜清晓。金尊须臾倒。无奈离愁，为他转伤怀抱。　绣帘斜转，昼静闻啼鸟。韶华刚九十，匀销了。绿波无赖，点点青荷小。寄语春知道。桃李多情，莫教惜春人老。（周用《满路花》）

流水孤村，荒城古道。槎牙老木乌鸢噪。夕阳倒影射疏林，江边一带芙蓉老。　风暝寒烟，天低衰草。登楼望极群峰小。欲将归信问行人，青山尽处行人少。（陈霆《踏莎行·晚景》）

残雪已消往事，东风又报春愁。珠帘不卷玉香钩。庭院迟迟清昼。　细雨繁花上院，轻烟碧草汀洲。一声啼鸟水东流。春在小桥杨柳。（韩邦奇《西江月·春思》）

杨慎，字用修，新都人，正德六年进士第一，授修撰，嘉靖甲申，两上议大礼疏，廷杖，谪戍云南永昌卫卒；著书百余种，词有《升庵词》二卷，曲有《陶情乐府》四卷。王世贞称其“才情盖世，曲颇脍炙，但多川调，不甚谐南北本腔，又或剽窃元人乐府，掩为己有；其词好入六朝丽事，似近而远”。大抵《升庵》短处，在于务博而不克精纯，故见讥于陈胡；其词虽见风华，而浮艳无真气，且疏于订律，故被弹于朱万耳。同时有夏言，字公谨，贵溪人，正德十二年进士，历官吏部尚书，华盖殿大学士，以复河套事，为严嵩所害。后谥文愍；有《桂洲近体乐府》六卷，《鸥园新曲》一卷；当其为相时，长篇小令，草稿未削，已流布都下，互相传唱。王世贞谓其“雄爽比之稼轩，觉少精思”；朱彝尊谓其“间有硬语”。文征明，初名璧，以字行，更字征仲，长洲人，以岁贡入京，授翰林待诏；有《莆田集》，词颇清俊。陈铎，字大声，下邳人，有《草堂余意》，全和《草堂词》，已作亦随附其后；又有乐府散套，稳协宫羽。余如张綖有《南湖集》四卷，吴子孝有《明珠词》一卷，陈如纶有《二余词》一卷，薛廷宠有《皇华集》四卷，皆稍可称。各录一首：

春宵微雨后，香径牡丹时。雕阑十二，金刀谁剪两三枝。六曲翠屏深掩，一架银筝缓送，且醉碧霞卮。轻寒香雾重，酒晕上来迟。　席上欢，天涯恨，雨中姿。向人如诉飘泊，粉泪半低垂。九十春光堪惜，万种心情难写，彩笔寄相思。晚看红湿处，千里梦佳期。（杨慎《水调歌头》）

小楼临苑对青山。朱门草色闲。隔花时有珮珊珊。秋千杨柳间。新绿暗，乱红残。慵妆低翠鬟。日长春困减芳颜。无人独倚阑。（夏言《阮郎归》）

西窗睡起雨蒙蒙。双燕语帘栊。平生行乐都成梦，难忘处碧凤坊中。酒散风生棋局，诗成月在梧桐。　近来多病不相逢。高兴若为同。清尊白苎交新夏，应孤负绿树阴浓。凭仗柴门莫掩，兴来拟扣墙东。（文征明《风入松·简汤子重汤居碧凤坊》）

波映横塘柳映桥。冷烟疏雨暗亭皋。春城风景胜江郊。　花蕊暗随蜂作蜜，溪云还伴鹤归巢。草堂新竹两三梢。（陈铎《浣溪沙》）（按此词乃和清真《水涨鱼天》一首。）

新阳上帘幌，东风转，又是一年华。正驼褐寒侵，燕钗春袅，句翻词客，簪斗宫娃。堪娱处，林莺啼暖树，渚鸭睡晴沙。绣阁轻烟，剪灯时候，青旗残雪，卖酒人家。　此时因重省，瑶台畔，曾遇翠盖香车。惆怅尘缘犹在，密约还赊。念鳞鸿不见，谁传芳信，潇湘人远，空采苹花。无奈疏梅风景，碧草天涯。（张綖《风流子》）

韶光却付乱离中。登眺觉心慵。青山城外望断，愁绝黛痕浓。闲把酒，倚楼东。小桃红。馆娃烟草，香径风兰，长记游踪。（吴子孝《诉衷情·嘉靖癸丑甲寅东南倭乱》）

杨柳溪桥，桃花野渡。十年车马同游处。联诗曾对月华明，伤心只见春光暮。　迢递双鱼，浮沉尺素。相思辗转愁无数。东风听彻子规啼，声声诉尽空归去。（陈如纶《踏莎行》）

绿杨枝上黄莺小。长路关情，花鸟三春了。云水迢迢乡梦杳。夭桃秾李空开笑。　江笛一声天正晓。雨色愁人，征骑忙多少。紧荇风牵罗带绕。晚来顿觉轻寒峭。（薛廷宠《蝶恋花·残春风雨》）

王世贞，字元美，太仓人，嘉靖二十六年进士，累官刑部尚书；有《弇州四部稿》，自谓："意在笔先，笔随意往，法不累气，才不累法。有境必穷，有证必切，匪独诗文为然，填词末艺，敢于数子云有微长。"盖对当时汪道昆、李攀龙辈而言。汪称其词"沾沾自喜，出人一头地"；李亦谓"惟某敢与狎主齐盟，而小词弗逮"；而沈雄则谓其"皆不痛不痒篇什，惟能以生动见长"。大抵弇州当时盛名太过，不免失之粗疏，故与升庵并蒙强作解事之讥。同时有王好问，字裕卿，号西塘，乐亭人，嘉靖进士，累官户部尚书，有《春照斋集词》。王锡爵，字元驭，太仓人，嘉靖四十一年进士第一，累官吏部尚书，建极殿大学士，卒谥文肃，有《文肃集》。徐渭，字文清，更字文长，江阴人，有《樱桃馆集》，并工曲。凡皆明中叶词人之可称者。各录一首：

浮萍只待杨花去。况更廉纤雨。鸭头虚染最长条。酝造离亭清泪几时消。　珊瑚翠色新丰酒。解醉愁人否。薄寒擀送汝南鸡。偏向碧纱厨畔醒时啼。（王世贞《虞美人》）

袅袅西风敛暝烟。日衔山。阴阴杨柳暗长川。水如天。一别玉京成远梦，几经年。锦鱼千里为谁传。思依然。（王好同《贺圣朝》）

月色依微照，云光浅淡流。卷帘同上最高楼。试看海天万里

好清秋。　酌酒金螺小，调筝玉指柔。更深鹤背冷飕飕。劝我今朝且住莫归休。（王锡爵《南歌子·游仙词》）

浅碧平铺万顷罗。越台南去水天多。幽人爱占白鸥莎。十里荷花迷水镜，一行游女惜颜酡。看谁钗子落清波。（徐渭《浣溪沙·鉴湖》）

晚明词家更少巨子，其可称者，首推汤显祖。显祖，字义仍，一字若士，临川人，万历十一年进士，官礼部主事，有《玉茗堂词》，并工南曲，号为大家；词则不免杂入曲子字面。陈继儒，字仲醇，别号眉公，华亭人；有《晚香堂词》二卷，潇洒少艳语。范凤翼，字异羽，通州人，有《勋卿集》，王士禛称其"旷例似半山，而风味过之"。俞彦，字仲茅，上元人，万历二十九年进士，历官光禄寺少卿，《词衷》称其"工于小令，不无率露语，至其备审源委，不趋佻险，而遵雅淡，独见典型"。施绍莘，字子野，青浦人，自号浪仙，以慕张子野三影之誉，故词名《花影词》。卓人月，字珂月，仁和人，有《寤歌词》十二卷，王士禛谓其"《词统》一书，搜采鉴别，大有廓清之力，乃其自运，去宋人门庑尚远"；王言远谓其"有快意欲尽之病"。汤传楹，字卿谋，吴县诸生，有《湘中草》。沈雄谓其"小词特多秀发之句"。陈子龙，字卧子，青浦人，崇祯十年进士，官兵科给事中，进兵部侍郎，明亡，殉节；有《湘真阁》、《江蓠槛词》二卷，沈雄谓其"风流婉丽"；王士禛谓其"神韵天然，风味不尽，如瑶台仙子，独立却扇时"，可称明末杰出。夏完淳，字存古，华亭人，官中书舍人，年十七，与父允彝以明亡殉节；有《夏内史集玉樊堂词》一卷，沈雄谓其"慷慨淋漓，不须易水悲歌，一时凄感，闻者不能为怀"；王士禛谓其"自是再来人"，盖其早慧大节，并成绝世也。余如韩洽之《蟾香堂集》、沈谦之《东江词》、贺裳之《红牙词》，皆明末词人之可称者。各录一首：

不经人事意相关。牡丹亭梦残。断肠春色在眉弯。倩谁临远山。　排恨叠，怯衣单，花枝红泪弹。蜀妆晴雨画来难。高唐云影间。（汤显祖《阮郎归》）

蜂欲分衙燕补巢。阴阴落叶遍上皋。一阵窗前风雨到，打芭蕉。　　惊起幽人初睡午，茶烟缭绕出花梢。有个客来琴在背，度红桥。（陈继儒《摊破浣溪沙》）

晴云如絮。霎时飞入银河去。露洗遥空。廿四桥头一笛风。　　客窗无暑。片霎芳塘清晓雨。月冷邗沟。梦破狼峰绝顶秋。（范凤翼《减字木兰花·邗江归思》）

浅渚明沙聚碧流。依然春信锁枝头。金徽昨夜初赓曲，羌笛何人更倚楼。　　朝露重，晚烟浮。几回花下月如钩。而今贮向纱窗里，点点寒香入梦愁。（俞彦《鹧鸪天·瓶梅》）

春欲去。如梦一庭空絮。墙里秋千人笑语。花飞撩乱处。　　无计可留春住。只有断肠诗句。万种销魂多寄与。斜阳天外树。（施绍莘《谒金门》）

城中火树落金钱。城外湖波起碧烟。夜夜夜深歌子夜，年年年节度丁年。　　玻璃一段湖称圣，琥珀千钟酒号贤。自分懒追儿女队，玉梅花下拾花钿。（卓人月《瑞鹧鸪·湖上上元》）

一片伤心花影重。美人初出晚云宫。帘前泥落常憎燕，鬓侧花摇数避蜂。钩月翠，晕潮红。倚烟欺雨咒东风。碧纱窗掩喁喁处，塞北江南春梦中。（汤传楹《鹧鸪天》）

章台西弄。纤手曾携送。花影下，相珍重。玉鞭红锦袖，宝马青丝鞚。人去后，箫声永断秦楼凤。　　菡萏双灯捧，翡翠香云拥。金缕枕，今谁共。醉中过白日，望里悲青冢。休恨也，黄莺啼破前春梦。（陈子龙《千秋岁》）

孤负天工，九重自有春如海。佳期一梦断人肠，静倚银釭待。隔浦红兰堪采。上扁舟伤心欸乃。梨花带雨，柳絮迎风，一番愁债。　　回首当年，绮楼画阁生光彩。朝弹瑶瑟夜银筝，歌舞人潇洒。一自市朝更改。暗销魂繁华难再。金钗十二，珠履三千，凄凉千载。（夏完淳《烛影摇红》）

园亭晴敞，正梁飞旧燕，林唱新蝉。望清景无边。有青峰回合，碧渚相连。葛衣纱帻，对南薰一曲虞弦。起无限乡心别恨，潇湘夜雨朝烟。　　曲终也余韵在，见游鱼浴鹭，山没波间。爱缛草芊绵。更秾柳垂池，翠柏参天。日长人倦，向北窗攲枕高眠。愁魂绕，沧浪云梦，片时行尽三千。（韩洽《潇湘逢故人慢·凝王和甫》）

一剪莺梭，早织就千纷万缕，最苦是苏堤欲晓，灞桥将暮。媚眼未醒开又合，纤腰半倚扶难住。又沉沉搭在玉阑干，和烟雨。　还记得，长亭路。曾折送，行人去。恁牵缠似我，别时情绪。帘黑梦回应有泪，楼高目断浑无语。隔青山不见紫骝归，蒙天絮。（沈谦《满江红·咏柳》）

薄暮银塘风色静。闲倚雕阑，自赏娉娉影。一簇芙蓉相掩映。唾花落处游鳞竞。　女伴潜呼浑未醒。横睇回波，才讶红妆并。飞尽残霞天又暝。柳梢笑指新悬镜。（贺裳《蝶恋花·暮春》）

明代女子中能词者甚多，如杨用修妻黄氏、叶绍袁妻沈宜修，女小纨、昭齐、小鸾等，林鸿妻张红桥、金陵妓杨宛、扬州妓王修微，皆其稍著者。缁流惟一灵，俊逸有致。词均不录。

（二）明代曲学

曲盛于元，至明初而中衰，及明中叶而南曲大昌，其势几与元杂剧相抗。其间治曲学者，亦大有人，盖所以发元人未放之花，而形成明代文学之特色也。其首出者为宁献王权：王为太祖第十六子，洪武二十四年，就封大宁，永乐元年，改封南昌；弘奖风流，博学好古，自号丹丘先生，一号涵虚子，深于音律，著《太和正音谱》，其论曲取曲家九十八人而品题之（见前），虽未必尽切，然不少当语。自后风稍衰歇，至弘正间而南曲涵衍浸淫，宫调格律大变北曲之旧；由是关于南北曲之研究，渐次纷起。程明善遂广搜元明一切言乐府词曲之书而为《啸余谱》。如周德清《中原音韵》、丹丘先生《论曲》，及《太和正音谱目》等，悉皆采入。

明时南曲止用弦索官腔，至嘉靖隆庆间，太仓魏良辅乃渐改旧习，始备众乐器，而剧场大成。良辅又能喉转音声，变弋阳、海盐、胡调为昆腔，一名水磨调。昆山梁辰鱼就之商订曲律，填《浣纱记》，付其制谱。吴伟业诗所谓“里人度曲魏良辅，高士填词梁伯龙”；王世贞诗所谓“吴阊白面冶游儿，争唱梁郎雪艳词”是也。自是弦索之学，讲者渐衰，曲调节奏，益趣繁缛，而作法亦大变，南北曲之途渐混，其异点仅在北曲全用七声，而南曲则不用二变耳。

南北曲之异点究亦颇多，今举其要。一曰板式：北曲贵乎跌宕闪赚，故板之缓急亦变动不拘，又视文中衬字多少以为增减，所谓“死腔活板”是也；南曲则每宫每支，除引子及本宫赚不是路外，无一不立有定式，不可移动，谓之板式。二曰谱式：北曲衬字多，故其谱出入颇多，增减时几无所适从；南曲衬字少，且有一定格式，有时谱或小有出入，而以板式较之，自无同异之可疑。三曰套数：北曲套数前后联串之处最为谨严，较南曲之律为密；南曲长套增减之处，苟在同宫间，可自行去取，甚至割裂同宫同调之曲，各取数句集为一曲。四曰宫调：北曲六宫十一调，内缺道宫、高平调、歇指调、角调、宫调，仅十二宫调。南曲九宫十三调，盖以仙宫为一宫，而羽调附之；正宫为一宫，而大石调附之；中吕为一宫，而般涉调附之；南吕为一宫；黄钟为一宫；越调为一宫；商调为一宫，而小石调附之；双调为一宫；仙吕入双调为一宫。

曲谱之作，自《啸余》外，旧有《南音三籁》、《骷髅格》，皆不盛传。南曲惟吴江沈璟之《南九宫谱》为最著。璟，字伯英，号宁庵，世称词隐先生，精于审律，辨察铢黍，其《南曲谱》凡二十二卷，大体分引子、过曲、慢、近、煞尾，逐字注明四声，于犯调集曲处，皆详细分列，每宫末皆有总论，说明何调宜用何尾声。北曲则惟吴门李玄玉之一笠庵《北词广正谱》，采元人传奇散套，及明初诸名人所著之北词，依宫按调，汇为全书：复取华亭徐干室所辑，参而订之，于调名体格同异处，辨证甚属精详，所收尤博，多后世所未见；每首题上标出韵部，句旁不注四声，但注韵叶。吴伟业序其书称为“骚坛鼓吹，堪与汉文唐诗宋词并传不朽”云。

南北曲调有与词名同而实异者，有与词相近者，有与词全同。或直为词而入于曲者，今细检沈李二谱，即可得之。且南曲尤多于北，由此可见南曲与词，性质较近，关系较密。兹分列以资比较，其宫调体别不同而名同者，则分注之。

北曲与词名同实异者四十四：

《醉花阴》《贺圣朝》《滚绣球》《醉太平》《雁过南楼》(即《清商怨》)《还京乐》(大石)《女冠子》《八声甘州》《天下乐》《鹊踏枝》《金盏儿》《瑞鹤仙》《后庭花》《六幺令》《满庭芳》《剔银灯》《朝天子》《齐天乐》《卖花声》《四换头》《乌夜啼》《感皇恩》《贺新郎》《玉交枝》《驻马听》《滴滴金》《捣练子》《豆叶黄》《川拨棹》《减字木兰花》《鱼游春水》《金蕉叶》《小桃红》《调笑令》《古竹马》《看花回》《逍遥乐》《望远行》《玉抱肚》《黄莺儿》《踏莎行》《垂丝钓》《应天长》《哨遍》

与词相近者二十三：

《喜迁莺》《昼夜乐》《彩楼春》《侍香金童》《倾杯序》(黄钟)《女冠子》《归塞北》(即《望江南》)《念奴娇》《蓦山溪》《忆王孙》《忆帝京》《粉蝶儿》《醉春风》《一枝花》《夜行船》《月上海棠》《风入松》《太清歌》《也不罗》(即《一落索》)《青玉案》《梅花引》《集贤宾》《秦楼月》

与词全同者十一：

《人月圆》《菩萨蛮》《百字令》《青杏儿》《点绛唇》《太常引》《柳外楼》(即《忆王孙》)《行香子》《南乡子》《唐多令》《鹧鸪天》

南曲与词名同实异者八十四：

《天下乐》《望远行》《碧牡丹》《望梅花》《撼亭秋》《八声甘州》(仙吕过曲)《桂枝香》(仙吕过曲)《惜黄花》《春从天上来》《河传》《杜韦娘》《浪淘沙》(羽调近词)《梁州令》《新荷叶》《锦缠道》《小桃红》《倾杯序》《醉太平》《双鸂鶒》《洞仙歌》《少年游》《沙塞子》《人月圆》《菊花新》《好事近》《驻马听》《古轮台》《渔家傲》《剔银灯》(中吕引子)《丹凤吟》《山花子》《千秋岁》《大圣乐》《薄媚》《薄幸》《贺新郎》(南吕过曲)《女冠子》《解连环》(南吕过曲)《引驾行》《竹马儿》《绣带儿》《琐窗寒》《阮郎归》《浣溪沙》《秋夜月》《八宝妆》《木兰花》

《疏影》(黄钟引子) 《西地锦》《滴滴金》《双声子》《归朝欢》《春云怨》《侍香金童》《传言玉女》(黄钟过曲) 《章台柳》《雁过南楼》《亭前柳》《绣停针》《忆多娇》(即《长相思》) 《江神子》《逍遥乐》《三台令》《十二时》《击梧桐》《二郎神》(商调过曲)《集贤宾》(商调过曲) 《莺啼序》《黄莺儿》《花心动》《贺圣朝》(双调引子) 《红林檎》(双调过曲) 《醉公子》《武林春》《月上海棠》《柳梢青》(仙吕入双调过曲) 《惜奴娇》(仙吕入双调过曲) 《品令》《豆叶黄》《六幺令》《字字双》《玉交枝》《玉抱肚》《川拨棹》

与词相近者三十三：

《卜算子》《醉落魄》《燕归梁》《七娘子》《齐天乐》《瑞鹤仙》《喜迁莺》《三字令》《东风第一枝》《乌夜啼》《粉蝶儿》《恋芳春》《一枝花》《于飞乐》《步蟾宫》《上林春》《绛都春》《瑞云浓》《传言玉女》(黄钟引子) 《玉漏迟》《霜天晓角》《金蕉叶》《杏花天》《凤皇阁》《忆秦娥》《高阳台》(商调过曲) 《真珠帘》《惜奴娇》(双调引子) 《宝鼎现》《夜行船》《秋蕊香》《梅花引》《昼锦堂》

与词全同或以词入曲者四十五：

《探春令》《鹊桥仙》《似娘儿》《鹧鸪天》《破阵子》《念奴娇》《烛影摇红》《满庭芳》《金菊对芙蓉》《临江仙》《虞美人》《意难忘》《满江红》《点绛唇》《浪淘沙》《祝英台近》《谒金门》(以上全同) 《唐多令》《声声慢》《八声甘州》(仙吕慢词) 《桂枝香》(仙吕慢词) 《安公子》《蓦山溪》《丑奴儿》《行香子》《青玉案》《尾犯》《剔银灯引》《醉春风》《贺圣朝》(中吕慢词) 《沁园春》《柳梢青》(中吕慢词) 《哨遍》《一剪梅》《生查子》《贺新郎》(南吕慢词) 《天仙子》《高阳台》(商调引子) 《二郎神慢》(商调引子) 《集贤宾》(商调慢词) 《永遇乐》《解连环》(商调慢词) 《捣练子》《风入松慢》(双调引子) 《红林檎慢》(双调慢词) (以上词入曲)

曲选之作，杂剧则有臧懋循之《元曲选》。懋循，字晋叔，长兴人，家藏元人杂剧秘本最多，复从黄州刘延伯借得所录御戏监本二百五十种，参伍校订，择其佳者百种，以甲乙厘为十集梓行。其所弃而不入选者，遂不可见，亦憾事也。又有无名氏之《元人杂剧选》三十卷，陈与郊之《古名家杂剧》八集，续五集，共五十二卷，沈泰之《盛明杂剧》二集凡六十种，邹式金之《杂剧新编》凡三十四种，皆所收甚备。至于传奇，则有毛晋汲古阁刊阅世道人编之《六十种曲》一百二十卷，明代佳作，殆皆荟萃。散曲则有宁王权之《北雅》三卷，皆北曲。郭勋之《雍熙乐府》二十卷，前十五卷以宫调分曲，多选套数，亦入杂剧；十五卷后半至二十卷则录南曲及只曲。陈所闻之《北宫词纪》六卷、《南宫词纪》六卷，专选元明人套数。骚隐居士（楚叔文）之《白雪斋吴骚合编》四卷，则明曲为多。

曲评之作，《艺苑卮言》诸书而外，有王骥德之《曲律》，总论南北曲之源流法度，条分缕析，至为详备。沈德符之《顾曲杂言》，杂论元明南北曲，多可参语。沈宠绥之《度曲须知》，论歌唱多心得。徐渭之《南词叙录》，专论南戏之格调作家多明确。余如骚隐居士之《衡曲麈谈》、魏良辅之《曲律》，虽寥寥短篇，而时有可取。郁蓝生（即吕天成，字勤之，别号棘津）之《曲品》、高奕之《传奇品》，皆于明代曲家搜考甚博，品评亦多独到，为后人考明曲者所必循。

（三）明曲本及其作家

上篇既言元南戏导源于南宋之戏文，元中叶稍衰，至元明之际而复起。今所传之《荆》、《刘》、《拜》、《杀》、《琵琶》五大传奇，即南曲之先锋也。自是作者锋起，词采情事均有可观。同时北曲作者亦众，然不及南曲著称者之多，其后曲本，遂判杂剧与传奇二大类。兹先述杂剧，而次及于传奇。

明杂剧之存于今者，大率备见于《盛明杂剧》、《杂剧新编》，而明初之作不与焉。明初第一期作家，首推宁献王权。其《荆钗记》固已居传奇之首，而杂剧亦擅场；《太和正音谱目》，有丹丘先生之《辨三教》、《勘妒妇》、《烟花判》、《瑶天笙鹤》、《白日飞升》、《独步大罗天》、《九合诸侯》、《私奔相如》、《豫章三害》、《肃清瀚海》、《客窗夜话》、《杨姨复落娼》等十二种，即其作也；目又载王子一有《海棠风》、《楚阳台》、《刘阮天台》、《莺燕蜂蝶》四种；刘东生有《娇红记》、《月下老世间配偶》二种；谷子敬有《三度城南柳》、《雪恨》、《闹阴司》三种；汤舜民亦有《娇红记》，及《风月瑞仙亭》二种；杨景言有《风月海棠亭》、《史教坊断生死夫妻》二种；贾仲名有《度金童玉女》一种；杨文奎有《王魁不负心》、《封陟遇上元》、《玉盒记》、《两团圆》四种：今多不存。惟《元曲选》中存有王子一之《刘晨阮肇》，谷子敬之《城南柳》，贾仲名之《萧淑兰》、《对玉梳》、《金安寿》(即《金童玉女》)，杨文奎之《儿女团圆》等六种。稍后则周宪王，名有燉，号诚斋，为周定王长子，洪熙元年袭封，勤学好古，精于音律；作杂剧凡二十七种，散曲尤多，今存《洛阳风月牡丹仙》，及《刘盼春守志香囊怨》二种，见《盛明杂剧》；《清河县继母大贤》、《赵贞姬身后团圆梦》等八种，见《杂剧十段锦》；最近长洲吴氏《奢摩他室曲丛》存有《诚斋乐府》二十四种，为最富矣。

第二期为明中叶及明季，其作家多见于《盛明杂剧》一二集中。其最负时誉者为康海，字德涵，号对山，武功人，弘治十五年进士，授翰林院修撰，放浪坐废；有《东郭先生误救中山狼》一剧。次为徐渭，见前，曾入胡宗宪幕，后流落抑郁以终；有《渔阳弄》、《翠乡梦》、《雌木兰》、《女状元》四种，总名《四声猿》。汪道昆，字伯玉，号南溟，歙县人，官至兵部左侍郎；有《高唐梦》、《五湖游》、《远山戏》、《洛水悲》四种。冯惟敏，字汝行，号海浮，临朐人，官保定府通判；有《梁状元不伏老》一剧，王世贞谓其“板眼务头，撺掇紧缓，无不曲尽，而才气足以发之”；其散曲有《山堂词稿》。梅鼎祚，字禹金，宣城人，工诗文；有《昆仑奴》一种。王衡，字辰玉，太仓人，官翰林院编修；有《郁轮袍》、《真傀儡》二种。许潮，字时泉，靖州人，作剧最多；有《武陵春》、《兰亭会》、《写风情》、《午日吟》、《南楼月》、《赤壁游》、《龙山宴》、《同甲会》等八种。叶宪祖，字美度，亦号槲园居士，余姚人，官至工部郎中，作剧亦多；有《北邙说法》、《团花凤》、《易水寒》、《夭桃纨扇》、《碧莲绣符》、《丹桂钿盒》、《素梅玉蟾》等七种。陈与郊，字广野，海宁人，有《昭君出塞》、《文姬入塞》、《义狗记》三种。沈自徵，字君庸，吴江人，有《鞭歌妓》、《簪花髻》、《霸亭秋》三种。孟称舜，字子若，会稽人，有《人面桃花》、《死里逃生》、

《英雄成败》三种。徐士俊，字野君，钱塘人；有《春波影》、《络冰丝》二种。徐元晖有《有情痴》、《脱囊颖》二种。余如梁辰鱼有《红线女》，又有《江东白苎》散曲，汪廷讷有《广陵月》，凌初成有《虬髯翁》，王应遴有《逍遥游》，卓人月有《花舫缘》，陈汝元有《红莲债》，祁元儒有《错转轮》，车任远有《蕉鹿梦》，徐复祚有《一文钱》，王澹翁有《樱桃园》，僧湛然有《鱼儿佛》，袁于令有《双莺传》，秦楼外史（即王骥德）有《男王后》，蘅芜室主有《再生缘》，竹痴居士有《齐东绝倒》，吴中情奴有《相思谱》等各一种。此外集中未入者，尚有王九思之《杜甫游春》一种，九思散曲有《碧山乐府》、《渼东乐府》，此剧相传为讥李西崖而作；杂剧二集有《曲江春》，则以为僧湛然作。又未收者，有杨慎之《洞天玄记》、《兰亭会》、《太和记》三种，慎散曲有《陶情乐府》、《续陶情乐府》，王世贞谓其“颇不为当家所许，以其蜀人多川调，不甚谐南北本腔”。此外工小令套数者，尚有李开先，字中麓，会稽人，有《一笑散》；王磐，字鸿渐，高邮人，有《西楼乐府》；常伦，字明卿，沁水人，有《楼居乐府》；陈继儒，见前，有《清明曲》；杨循吉，见前，有《南峰乐府》，诸集不尽传。

第三期为明清之际，其作家多见于《杂剧新编》。其最著者为吴伟业，字骏公，号梅村，太仓人，官国子祭酒，明亡仕清，失志抑塞，时以词曲寓故国禾黍之思；作《通天台》、《临春阁》二种，幽怨悲慷，令人不忍卒读。尤侗，字展成，号悔庵，一号西堂，长洲人，才气宏丽；作剧五种，《杂剧新编》录其《读离骚》、《吊琵琶》二种，而《读离骚》最称雄健淋漓；其他尚有《桃花源》、《黑白卫》、《清平调》三种。其作剧多者，如茅维有《苏园翁》、《秦庭筑》、《金门戟》、《双合欢》、《闹门神》五种。郑瑜有《鹦鹉洲》、《汨罗江》、《黄鹤楼》、《滕王阁》四种。南山逸史有《半臂寒》、《长公妹》、《中郎女》、《翠钿缘》、《京兆眉》五种。周如璧有《孤鸿影》、《梦幻缘》二种；邹式金有《醉新丰》、《风流冢》二种。余如孟称舜有《眼儿媚》，孙源文有《饿方朔》，陆世廉有《西台记》，薛旦有《昭君梦》，查继佐有《续西厢》，堵庭棻有《卫花符》，黄家舒有《城南寺》，张来宗有《樱桃宴》，张龙文有《旗亭宴》，邹兑金有《空堂话》，土室道人有《鲠诗谶》，碧蕉轩主人有《不了缘》等各一种。此外编中未收者尚有黄方儒，号醒狂，金陵人；有《倚门》、《再醮》、《淫僧》、《偷期》、《督妓》、《娈童》、《惧内》七种，总名《陌花轩杂剧》。来集之，号元成子，萧山人，崇祯进士；有《蓝采和》、《阮步兵》、《铁氏女》三种，总名《秋风三叠》，及《挑灯剧》、《碧纱笼》、《女红纱》等，共六种。王夫之，字而农，号船山，衡阳人，明末理学遗民，有《龙舟会》一种。叶小纨，字蕙绸，吴江人，沈永祯妻；有《鸳鸯梦》一种。

明传奇之存于今者，数量远过于杂剧。一则以明代北曲之势本不敌南曲；一则以杂剧不能过长，每剧不过数折，而传奇则每种可多至数十出。故明代曲家之得名，北不如南也。试就地域观之，当时传奇作家，以南直隶及浙江为最多，江西湖广等处次之；至于北直、山东、河南等处，音为杂剧最盛之区，今则传奇作家不过一二人。可以察风气之迁变矣。

明代传奇不下二三百种，《六十种曲》特选其佳者耳，其遗佚者多矣。明初自宁献王及徐畛后，传奇作者稍见衰歇，至第二期之初成化弘治间，始渐兴起。如沈受先，字寿卿，作《三元记》、《银瓶记》、《龙泉记》、《娇红记》四种。姚茂良，字静山，武康人；作《精忠记》、《金丸记》、《双忠记》三种。丘濬，字仲深，琼州人，理学大臣；作《五伦记》、《投笔记》、《举鼎记》、《罗囊记》四种。沈采，字练川，吴县人，作《千金记》、《还带记》、《四节记》三种。邵深，字励安，常州人，官给谏，作《香囊记》一种。皆不甚著。其后梁辰鱼以清词艳曲名盛当代，所作《浣纱记》擅誉一时，流播海外。同时有郑若庸，字中伯，号虚舟，昆山人，客赵康王所，王薨后，去居清源；作曲三种，《大节记》、《五福记》，皆不传，惟传《玉玦记》，典雅工丽，可咏可歌，开后人骈绮一派；至其每折一调，每调一韵，尤为合法。张凤翼，字伯起，长洲人，作曲七种，惟传《红拂记》、《灌园记》、《祝发记》三种。余如王世贞作《鸣凤记》一种，苏复之作《金丘记》一种，薛近兖作《绣襦记》一种，王雨舟作《连环记》一种，皆颇著。此外工南曲散套者，尚有陈铎、祝允明、唐寅诸人。

稍后传奇大作家，当推沈璟、汤显祖。沈作曲二十一种，以《义侠记》、《桃符记》、《红蕖记》为著。汤作曲五种，而《四梦》中之《牡丹亭》最负时誉，《紫钗记》特见精彩，《四梦》者，《牡丹亭》、《南柯记》、《邯郸记》、《紫钗记》是也；此外尚有《紫箫记》一种。沈音律精严，一字不苟；

汤词采富丽，不守绳墨。伯英尝云："宁律协而词不工，读之不成句，而讴之始协。"若士闻之笑曰："彼恶知曲意哉？余意所至，不妨拗折天下人嗓子。"后人每病其不合韵律，常改易原文以合伶人之口，究其与沈，可谓各有独诣。

此期作家，尚有屠隆，字长卿，又字纬真，号赤水，鄞县人，官礼部主事，被讦罢归，纵情诗酒；作《彩毫记》、《修文记》、《昙花记》三种。任诞先，仁和人；作曲二种，传《灵宝刀》一种。陆采，字子元，号天池，长洲人；其兄粲草《明珠记》，采续成之，又改王实甫之《西厢记》而为《南西厢》；至其创作尚有三种，《椒觞记》、《分鞋记》不传，惟传《怀香记》。顾大典，字道行，吴江人，官福建提学副使；作曲四种，以《青衫记》为著。汪廷讷，字昌期，休宁人，官盐运使；作曲十种，传《狮吼记》、《种玉记》二种；其散曲有《环翠堂乐府》。沈鲸，字涅川，平湖人；作曲四种，以《双珠记》为著。徐复祚，字阳初，常熟人；作《红梨记》、《宵光剑》、《梧桐雨》、《东郭记》四种，以《红梨记》为著。叶宪祖作曲五种，传《鸾镵记》一种。梅鼎祚作《玉合记》一种。周朝俊，字稊玉，鄞县人；作《红梅记》一种。单本，字槎仙，会稽人；作《露绶记》、《蕉帕记》二种。许自昌，字元祐，吴江人；作曲四种，以《水浒记》为著。陈汝元，字太乙，会稽人；作曲二种，以《金莲记》为著。高濂，字深甫，号瑞南，钱塘人；作《玉簪记》、《节孝记》二种，惟传《玉簪记》。杨珽，字夷白，钱塘人；作《龙膏记》、《锦带记》二种，惟传《龙膏记》。史槃，字叔考，会稽人；作《梦磊记》、《合纱记》二种。沈嵊，字孚中，钱塘人；作《绾春园》、《息宰河》二种。王玉峰，松江人；作《焚香记》。谢谠，号海门，上虞人；作《四喜记》。汪錂，字剑池，钱塘人；作《春芜记》。朱鼎，字永怀，昆山人；作《玉镜台记》。余如周螺冠作《锦笺记》，张午山作《双烈记》，徐叔回作《八义记》，朱京樊作《风流院本》各一种。

第三期传奇大作家，当推冯梦龙、阮大铖。冯字犹龙，一字子犹，吴县人，崇祯时官寿宁知县，归而殉乙酉之难；尝取古今传奇，删改易名，而细订其板式，共十种，而命曰《墨憨斋传奇定本》；自作《双雄记》、《万事足》二种，曲白皆工妙。阮字集之，号圆海，又号百子山樵，怀宁人，依附魏忠贤，魏败，坐废，弘光朝位至司马，人品卑下，而曲则极工，有《燕子笺》、《春灯谜》、《双金榜》、《牟尼盒》、《忠孝环》五种，今传《燕子笺》、《春灯谜》二种，而《燕子笺》尤名噪一时，民间演之者岁无虚日。同时有吴炳，字石渠，号粲花主人，宜兴人，年少登第，负才名；作《画中人》、《疗妒羹》、《绿牡丹》、《西园记》、《情邮记》五种，以《疗妒羹》、《西园记》为尤著，蕴藉流丽，脱尽烟火气；《新传奇品》称其"如吴道子写生，须眉毕现"。袁于令，原名韫玉，字令昭，号箨庵，吴县人，官荆州知府：作《金锁记》、《玉符记》、《珍珠衫》、《肃霜裘》、《西楼记》五种，《西楼记》最著名，歌场盛行，而力薄不足为法，《珍珠衫》尤猥亵伤雅。李玉，字玄玉，吴县人，作曲最多，共三十三种。惟《一》、《人》、《永》、《占》四种，可追步玉茗《四梦》，谓其《一捧雪》、《人兽关》、《永团圆》、《占花魁》四种也；《新传奇品》称其"如唐衢走马，操纵自如"。朱素臣，以字行，吴县人，作曲十八种，以《振三纲》、《未央天》、《聚宝盆》、《十五贯》、《瑶池宴》为著；《新传奇品》称其"如少女簪花，修容自爱"。至若吴伟业之《秣陵春》，寄慨兴亡，沉郁感怆，尤侗之《钧天乐》，抒写牢骚，警厉深刻，皆本期有名之作。

此期作家尚有范文若，字香令，松江人，作曲九种，以《鸳鸯棒》、《花筵赚》、《倩花烟》、《梦花酣》为著。薛旦，字既扬，号沂然子，无锡人，作曲十种，以《书生愿》、《醉月缘》、《战荆轲》、《芦中人》、《昭君梦》为著。周坦纶，号果庵，作曲十四种，以《火牛阵》、《绨袍赠》为著。张大复，字星期，号寒山子，吴县人，作曲二十三种，以《如是观》、《醉菩提》、《海潮音》、《钓鱼船》、《天有眼》为著。盛际时，字昌期，吴县人，作曲四种，以《飞龙盖》、《双虬判》为著。朱云从，字际飞，吴县人；作曲十二种，以《石点头》、《别有天》、《赤须龙》、《儿孙福》为著。陈二白，字于令，长洲人；作曲三种，以《双官诰》为著。高奕，字晋音，一字太初，会稽人，著《新传奇品》；作曲十四种，以《风雪缘》、《千金笑》、《貂裘赚》为著。马佶人，字更生，吴县人；作《梅花楼》、《荷花荡》、《十锦塘》三种。刘晋充，字方所，吴县人；作《罗衫合》、《天马媒》、《小桃源》三种。叶稚斐，字美章，吴县人；作《琥珀匙》、《女开科》、《开口笑》、《铁冠图》等八种。朱佐朝，字良卿，吴县人；作《渔家乐》、《万花楼》、《太极奏》、《乾坤啸》、《艳云亭》、《清风寨》等三十种。丘园，字屿雪，常熟人；作《虎囊弹》、《党人碑》、《百福带》、《蜀鹃啼》等九种。史集之，字友益，溧阳人；作《清风寨》、《五羊皮》二种。陈子玉，字希甫，吴县人；作《三合笑》、《玉殿元》、《欢喜缘》三种。丁耀亢，字野鹤，作《蚺蛇胆》、《仙人游》、《赤松游》、《西湖扇》四种。王香裔，作《非非想》、《黄金台》二种。此外失名之作而传者如《玉环记》、《寻亲记》、《金雀记》、《霞笺记》、《投梭记》、《琴心记》、《飞丸记》、《赠书记》、《运甓记》、《节侠记》、《四贤记》等，皆颇著。

自梁、郑、张、屠诸子以词藻相尚，于是曲辞多典雅，而宾白尚骈俪；议者或以为错采镂金，虽足炫目，然失却本色，但供文士之欣赏，不合里巷之心情；然究其切挚优美处，未尝果损其真也。及李笠翁起而变之，所作诸曲，力求通俗明显，当时歌场，皆乐演奏，《新传奇品》称其"如桃源笑傲，别有天地"，然或议其谑浪太过，不免伤雅；作曲十六种，以《奈何天》、《比目鱼》、《蜃中楼》、《美人香》、《风筝误》、《慎鸾交》、《凰求凤》、《巧团圆》、《玉搔头》、《万年欢》等十种为最著，其他《意中缘》、《偷甲记》、《四元记》、《双锤记》、《鱼篮记》、《万全记》，则知者较少。翁名渔，湖州人，深于曲学，著《闲情偶寄》，论曲之结构、词采、音律、宾白、科诨、格局等，皆多独到语，洵此期之杰出者。

振衰第九

有清学术，凌轹前代，二百六十八年之间，人文蔚起，迹其所成，各有特征。其于学也，如汉儒之考据，宋儒之义理，佛老之心性，西人之历数，旁及医方、技击、金石、书画，皆有发明。其于文也，如汉魏之辞赋，六朝之骈俪，唐宋之诗词，元明之戏曲，下至小说，谐隐、对偶、诗钟，悉多专诣，以视明代之浅陋，不啻上下床也！论者究其成就之所藉，盖自君主提倡，世运承平，士鲜沉沦，国无忧患。于是优柔厌饫，蒸育涵濡，治学裕于三余，为文不矜一得。故能联镳接辔，竞爽飞声。大之足为牖民华国之资；小亦可备悦志怡情之具。斯固确论，尚有未赅。清之全盛，实在康乾。史馆词科，士悉归于羁絷；文狱书禁，气则被其摧残。由是好学者入于凿险缒幽；而能文者逃于吟风弄月。成绩虽异，避患则同，故文之所就不如学。及其季也，科举既敝，士不重名：晏安已深，君不务治，内乱扰其安虑；外患惕其危亡。由是文人多悲歌慷慨之怀；而学者乏极深研几之暇。理智暂隐，情感斯张，故学之所就不如文。盖学贵沉潜，而文资激厉，消长之关键，即得失之枢机也。今姑置学术之泛滥于不论，而绎其属于文学之词曲，分著于篇。

（一）清代词学之振兴

明人于词造诣未深，而好之则甚，词谱、词韵、词选、词话诸书纷作，而求其完善足法者盖鲜。其轻率不精之病，已具论于前篇。及于清则病日减而善日增。究其所由，盖以明人标榜相高，得名甚易，往往寸长片善，表襮无余，双语单词，传诵不绝；使浅学者怀徼幸弋名之志，高才者生骄矜自满之心。于是浪蕊浮华，竞其藻采；巧伪小智，弄其玄虚。清则不然，朴学日昌，品节日励，亭林、梨洲、船山、夏峰之伦，或湛深经术，或冥索性天，余力及于词章，大声觉其聋聩；流风所被，朝气所驱，俾知名非浪得，学必探源，虽在填词度曲之微，亦有厚薄深浅之等；遂乃各植根柢，务造精深。浅学者不足以成名；高才者无所用其满。稽其所诣，洵足以振明代之衰，而发词林之暗矣。

清初风雅之突胜于明者，亦系夫君主之好尚，远过于明之诸宗。观世祖之于尤侗，圣祖之于姜宸英，世宗之于阎若璩，高宗之于沈德潜，或诵其文，或耳其名，或钦其学，或爱其诗，皆以特识殊遇，拔自寒微；开馆编书，成就丰大。由是士有所励，不敢自菲，奋而益勤。故自康熙至乾隆间，词之作家固远过明代，即词学之著述亦较明为优。虽初期之作，如毛先舒之《填词名解》，赖以邠之《填词图谱》，吴绮之《选声集》，查继佐之《古今词谱》，赵钥、曹亮武之《词韵》，仍不免沿袭明人之讹谬；然稍进则曙光大来，蒙蔽尽豁矣。其属于调律者，有万树之《词律》、康熙之《钦定词谱》、仲恒之《词韵》。其属于选词者，有朱彝尊之《词综》，康熙御选之《历代诗余》，陈丹问之《记红集》，佟世南之《东白堂词选》，蒋景祁之《瑶华集》，蒋重光之《昭代词选》，顾贞观之《倚声初集》，陈维崧之《荆溪词》，侯晰之《梁溪词选》，王士禛、陈维崧、王鸿绪、徐树敏合选之《众香集》，钱芳标之《词暎》。其属于汇集者，有侯文灿之《名家词》，孙默之《国朝名家诗余》，聂先、曾王孙之《百名家词》，龚翔麟之《浙西六家词》。其属于评论考证者，有沈雄之《柳塘词话》，毛奇龄之《西河词话》，王又华之《古今词论》，王士禛之《花草蒙拾》，邹祗谟之《远志斋词衷》，刘体仁之《七颂堂词绎》，彭孙遹之《金粟词话》、《词藻》，钱芳标之《莼渔词话》，徐钪之《词苑丛谈》等书。

《词律》、《钦定词谱》、《仲氏词韵》等，前已备论。

《词综》三十四卷，录唐、宋、金、元人词凡五百余家，采摭极富，别择亦精；至辨订详核处，诸家选本皆所不及。御选《历代诗余》一百二十卷，踵《词综》而作。录自唐迄明词凡一千五百四十调，九千余首为百卷，又附词人姓氏爵里十卷、词话十卷，于倚声家异同，博征详考，本末粲然；而崇雅黜浮，别裁不苟，与《词综》并为完善选本。《记红集》选唐五代宋人词。《东白堂词选》录明人词。《瑶华集》二十六卷，录明末清初人词，悉多珉玦杂糅。《昭代词选》三十八卷、《倚声初集》十二卷，皆录清初人词，而《倚声》较《昭代》为精纯。《荆溪词》六卷，录宜兴古今人词，以调为次。《梁溪词选》录无锡人秦松龄以下十八家。《众香集》六卷，录明及清初闺秀尼妓词，各附小传，颇多轶闻。《词𬤇》以调为次，计一千调，书未刊而佚。

侯刻《名家词》，自南唐二主迄元张埜计十家。孙刻《国朝名家诗余》，原十六家，三十九卷，后其子金砺增二家三卷，共四十二卷，稍涉明末清初虚嚣标榜之习。《百名家词》计一百家，清初人词所收略备。《浙西六家词》，合朱彝尊、李良年、沈皞日、李符、沈岸登、龚翔麟六家计十一卷，开清初浙派词之先。

《柳塘词话》六卷，亦名《古今词话》（宋人杨堤旧有《古今词话》，今佚），分词评、词辨、词品三门，杂引旧文，多不著出典，间附己说，亦涉标榜。《西河词话》论词崇唐五代，盖承明陈卧子之教，与浙派诸家格不相入；其考证词曲源流处，颇多可取。《古今词论》一卷；杂录论词之语，古人仅十之一，近人乃十之九。《花草蒙拾》、《词衷》、《词绎》、《金粟词话》、《莼渔词话》诸书，论词各有精到语；邹、刘、彭诸家对阮亭皆极推崇。《词藻》四卷，拈唐以后之隽句名篇，品题长短，大致欲使苏辛周柳两派同归。《词苑丛谈》十二卷，纂辑宋以来笔记及谈词之书，分为七类，采摭宏富，会词话之要；惜采集时多未注出典，竹垞，其年当时即病之，后虽欲自补，已不可得。后有丁铸者尝为校补，惜稿未刊行而佚（见《赌棋山庄词话》）。

清之中叶，国势盛强，民物殷阜。高宗奖进文学，征修四库，盛极一时，风气所趋，人才挺异，经史百家之学并进于光大之途，固无论矣。即词学亦以前此诸贤，恢张门户，学者朋兴，自乾隆迄道光中，著述之盛足以继武。其属于调律者，有叶申芗之《天籁轩词谱》及《词韵》，舒梦兰之《白香词谱》附《晚翠轩词韵》，吴烺、程名世之《学宋斋词韵》，吴应和之《榕园词韵》，戈载之《词林正韵》，谢元淮之《碎金词谱》。其属于选词者，有陶梁之《词综补遗》，王昶之《明词综》、《国朝词综》，王绍成之《国朝词综二编》，吴衡照之《明词综补》，刘逢禄之《词雅》，姚阶之《国朝词雅》，沈时栋之《国朝词选》，夏秉衡之《清绮轩词选》，叶申芗之

《天籁轩词选》、《草堂新集》、《闽词钞》，吴锡麒之《伫月楼分类词选》，张惠言、张琦之《词选》，董毅之《续词选》及郑善长之《词选附录》，周济之《宋四家词选》，周之琦之《心日斋十六家词选》，戈载之《宋七家词选》、《续绝妙好词》，袁钧之《四明近体乐府》，朱和羲之《新声谱》。其属于汇集者，有秦恩复之《词学丛书》、王昶之《琴画楼词钞》、汪世泰之《七家词钞》。其属于评论考证者，有方成培之《香研居词麈》，吴衡照之《莲子居词话》，李调元之《雨村词话》，袁钧之《西庐词话》，凌廷堪之《词洁》，郭麐、杨夔生之《词品》，周济之《词辨》，宋翔凤之《乐府余论》，张宗棣之《词林纪事》，叶申芗之《本事词》等书。

诸家词韵，前已备论。《天籁轩词谱》五卷，兼取万氏《词律》、《钦定词谱》，录定一词为式，甚为详备适用；不用图，亦不注平仄，尤为大方。《白香词谱》一卷，选通行之百调，仿《诗余图谱》法以白黑圈表平仄，可便初学；惟录词有时舍宋而取清，未为探本，（如《暗香》不录白石而取竹垞。）又可平可仄处亦太通脱，仅具大概而已。《碎金词谱》初集六卷，续集十二卷，旁考《雍熙乐府》及《南北九宫大成谱》，遍注词之宫调工尺，其自为词亦仿白石例自注宫调旁谱，自谓得千古不传之秘；然词之歌法久亡，虽白石旁谱具存，尚难按歌，况自昆腔既兴，元人南北曲歌法已失，此更以昆腔法歌词，又隔一尘，岂果合拍？特其用心之勤为可许耳。

《词综补遗》十卷，录宋元人词以补朱氏所未备；《明词综》十二卷，录明人词；《国朝词综》四十八卷，录清人词迄嘉庆初；《国朝词综》二编八卷，续录清人词迄道光中；《明词综补》录明惠宗迄吕福生，以补王氏所未备；皆务存人，非尽胜作。《词雅》五卷，录唐五代宋人词八十家，凡三百首，所传才士名卿闳意眇旨正变声律备具。《国朝词雅》、《国朝词选》皆录清人词，则雅俗杂陈，不及刘选之纯。《清绮轩词选》十二卷，以调为次，各系以人，自唐迄清，所取多驳。《天籁轩词选》六卷，选古今人词，意在调停于柳、周、苏、辛之间，尚近雅正，校误亦细。《草堂新集》录明人词，则雅俗杂陈矣。《闽词钞》四卷，录五代以后闽人徐昌图以下六十一家词千余首，所收甚备。《伫月楼分类词选》录古今人词。自序谓“慕竹垞之标韵，缅樊榭之音尘，窃谓字诡则滞音，气浮则滑响，词俚则伤雅，意亵则病淫”。旨趣甚正。张氏《词选》二卷，录唐宋词四十四家，仅一百十六首，标意内言外之说，意在推崇正声，屏屯田、梦窗等，斥为荡而不反，傲而不理，枝而不物；谭献谓其“町畦未尽而奥窔始开”；人多病其所选太严，其外孙董毅乃续选五十二家，一百二十二首，则柳吴皆入选矣。《宋四家词选》四卷，申张氏之旨，标举宋人美成、稼轩、碧山、梦窗四家为宗，而又以两宋诸家体格相近者分隶四家，各为一卷，其旨则新，而于源流本末未免颠倒；如晏、欧开国词宗，继声五代，贺方回开四明词派，为梦窗西麓之先河，乃皆以附于北宋末之美成；五代之徐昌图、北宋之东坡，乃以附于南宋之稼轩，孙奴其祖，殊非著述之体；又如玉田既以附于碧山，乃独以其集中《绿意咏荷叶》一阕，改隶梦窗，署无名氏，虽考据未精之过，亦足见分宗配隶，说难自圆；至于序论之精到语又不可磨。《十六家词选》录唐温庭筠至元张翥十六家之词，各系一诗，以究词之本末而挽张氏之偏。《宋七家词选》七卷，录周、史、姜、吴、周、王、张七家，杜文澜作注。《续绝妙好词》续草窗录宋末至清中叶词，所选皆尚纯正，惟于古人用韵处，或改之以就己说。《四明近体乐府》十四卷，录唐宋以下宁波人词一百六十家，末附己作，若贺知章等只有《竹枝》《柳枝》一二首者亦列为词家，殊失限断；而所收宋明人多可补王氏词综所遗。《新声谱》一卷，辑清人自度腔以长短为序，末附己作。

《词学丛书》二十二卷，辑《乐府雅词》三卷、《拾遗》一卷、《阳春白雪》八卷、《外集》一卷、《词源》二卷、《日湖渔唱》一卷、《补遗》一卷、《续补遗》一卷、《元草堂诗余》三卷、《菉斐轩词林韵释》一卷。《琴画楼词钞》录清中叶词人张梁以下词二十五家；《七家词钞》九卷，录刘嗣绾以下七家词而附以己作：皆可以见乾嘉词人之概。

《香研居词麈》五卷，深究律吕，谓“乐律无古今，古之律吕即今之工尺”；又论“凡词既用某韵，则句中勿杂入本韵字，而句首一字尤宜慎之，即句逗处亦万不可同犯韵字”；语虽过执，亦见谨严。《莲子居词话》六卷，持论以为言情宜雅，患堆积，忌雕琢，颇为笃切；校正《词律》多条，皆有据依。《雨村词话》四卷，拾升庵余论，极推毛氏《填词名解》，所见殊陋；又谓宋人无词话，惟《后山集》中有七条，而不知宋人著述中词话固不少，特非一一明著为词话耳。如吴曾《能改斋漫录》十六、十七两卷，周密《浩然斋雅谈》末卷，皆属论词；又如胡仔《苕溪渔隐丛话》、陆游《老学庵笔记》、罗大经《鹤林玉露》、刘克庄《后村诗话》等书中亦多谈词；若《词源》、《词旨》等专著更无论矣。《西庐词话》一卷，论词虽少独到，尚不背驰。《词洁》一卷，论律极细，谓宋词非四声所可尽；凌氏尝著《燕乐考原》，固洞于乐律者，其言自异浮掠。郭杨二氏之《词品》，仿司空图二十四品体，各为十二章，以四言韵语描摹情致，虽具领会，然不尽切；且其分目多雷同，微婉何别于委曲？闲雅讵悬于幽秀？孤瘦逋峭，所差几何？秾艳奇丽，所异安在？必拘以二十四品，故不免于凑耳。《词辨》原本十卷——一卷起温飞卿为正，二卷起南唐后主为变，三四卷为名篇稍有疵累，五六卷为平妥清通，才及极调，七八卷为大体纰缪，精采间出，九卷为本事词话，十卷为庸选恶札，迷误后生，大声疾呼以昭炯戒——清稿付田生，附粮船，毁于水；追忆仅录出正变二卷，其论词略宗茗柯，不少精当之言，然亦有偏执处。《乐府余论》，论甚精切，间有考证亦典核。《词林纪事》二十二卷，本据《丛谈》而以人为纲，以时代为次，凡涉词家故实或有评语之作，悉皆入选，引证精博，剪裁简洁，与《丛谈》同为词学必备之书；后附许昂霄《词韵考略》，则据今韵分编三声分十七部，入声分九部，所论古今宽严，进退失据。《本事词》四卷，纂辑有词以来词家本事，最为博核，与张氏《纪事》相印证而较为谨严：惟未注出典，则与《丛谈》同病。

晚清国事陵迟，民生憔悴，学者从容文史，已不似前此之泰然矣；然绵绵之绪究未稍坠者，则前修积厚流光之功也。道光末，粤乱始作，夷祸复乘，历咸丰而至同治，号称中兴，十数年来，士学曾未稍辍，文风进而益昌。迨光绪中叶以降，变乱纷乘，内外交迫，忧时之士，怵于危亡，发为噫歌，抒其哀怨，词学则骎骎有中兴之势焉。迄于鼎革，著述之盛，不让于唐。其属于调律者，有徐本立之《词律拾遗》、杜文澜之《词律补遗》。其属于选词者，有黄燮清之《国朝词综续编》，丁绍仪之《国朝词综补》，谭献之《箧中词》，孙鳞趾之《绝妙近词》、《国朝七家词选》，张鸣珂之《续七家词选》，王鹄之《同声集》，沈涛之《洛州唱和词》，边浴礼之《燕筑双声》，其子保枢之《侯鲭词》，彭銮之《薇省同声集》，王鹏运等之《庚子秋词》、《春蛰吟》，杨希闵之《词轨》，王闿运之《湘绮楼词选》，冯煦、成肇麟之《唐五代词选》、《宋六十一家词选》。其属于汇集者尤富，于清人词则有赵国华之《明湖四客词》、唐树义之《楚四家词》、王先谦之《湖南六家词钞》、缪荃荪之《云自在龛汇刻词》、吴重熹之《石莲庵山左人词》、徐乃昌之《小檀栾室闺秀百家词》；于宋元人词则有丁丙之《西泠词萃》，王鹏运之《四印斋汇刻词》及《宋元三十一家词》，江标之《灵鹣阁汇刻宋元名家词》，吴昌绶之《双照楼刊影宋元本词》，朱祖谋之《彊村丛书》、《湖州词征》。其属于评论考证者，有刘熙载之《词概》，孙麟趾之《词径》，蒋敦复之《芬陀利室词话》，江顺诒之《词学集成》，丁绍仪之《听秋声馆词话》，谢章铤之《赌棋山庄词话》，郑文焯之《词学征微》、《词源斠律》，况周仪之《香海棠馆词话》、《香东漫笔》、《蕙风簃随笔》、《选卷丛谈》、《西底丛谈》、《兰云菱梦楼笔记》，王国维之《人间词话》，沈宝善之《闺秀词话》等书。

《词律拾遗》八卷，前六卷就万氏书补调一百六十五，为体一百七十九，又补体三百十六，后二卷补注则订正万氏之注；俞樾序称其为"万氏功臣"。《词律补遗》一卷，更就徐氏书又补五十调，然杂采宋鼓吹法曲及元人小令，嫌混词体，裨益殊少；然杜氏《词律校勘记》却多悉心探索而得，而为徐氏补注所采者；要与徐氏书皆为《词律》之辅车而不可无作也。

《国朝词综续编》二十四卷，续王氏书，录清嘉、道、咸、同间人词五百八十六家，所收尚备，评语亦有可取；其书本黄安涛未成之稿，而燮清足成之。《国朝词综补》六十卷，补王氏之遗，讫于晚清，较黄氏书尤为丰备。《箧中词》六卷，选清初吴伟业以下迄晚清庄棫，与黄王二氏颇有异同，旨隐辞微，且出二家外，去取甚谨，评骘亦多刻意；后依《绝妙好词》之例附已作一卷，又续四卷，始边浴礼，终许增。《绝妙近词》六卷，选清初至道咸人词，颇纯雅。《国朝七家词选》一卷，选清人厉鹗、林蕃钟、吴翊凤、吴锡麒、郭麐、汪全德、周之琦七家词共五十五首。《续七家词选》一卷，选姚燮、王锡振、黄燮清、陈元鼎、边浴礼、蒋春霖、承龄、蒋敦复七家词共六十一首，所选太略，殊不足见各家之长。《同声集》录清人吴廷钤、王曦、潘曾玮、汪士进、王宪成、承龄、刘耀椿、龚自珍、庄士彦诸家词，大致以浙派朱厉为宗，间有主张北宋者。《洺州唱和词》为沈氏官广平府时幕中唱和之作，自边浴礼至戴锡祺先后共八人，有《九秋词》、《消寒四咏》等题。《燕筑双声》为边浴礼、邵建时、金泰三人合刻，皆沈氏幕中酬答之作。《侯鲭词》五卷，录同时人邓嘉纯、俞廷瑛、宗山、吴唐林，及己作共二百七十五首。《薇省同声集》五卷，录同时端木埰、许玉瑑、王鹏运、况周仪四家之作。《庚子秋词》二卷，为庚子拳乱时北京围城中，王鹏运、刘福姚、朱祖谋等唱和之作，皆小令；《春蛰吟》则诸人辛丑唱和之作，皆慢词也。《词轨》一卷，选历朝词可为法者加以评语。《湘绮楼词选》三编；《前编》始后唐庄宗迄赵与仁三十二人，四十一首；《本编》始张孝祥迄仇远十八人，二十四首《续编》始冯延巳至蒋捷十一人；十一首，疑是未完之书而门下遽刊之者。大旨不主南宋，亦不以常州张氏为然，自谓"学词者患不灵，不患不蠢，靡靡之音，自能开发心思，荡泆之怀，又不待学"云。《唐五代词选》三卷，本《花间》、《尊前》、《南唐二主》、《阳春录》等；《宋六十一家词选》十二卷，本毛氏汲古阁刊，施以选择，所取精纯，可称善本；其序评骘诸家，时多独到。

《明湖四客词》四卷，辑清人严秋槎、李仲衡、王五桥、徐慕云四家。《楚四家词》四卷，辑清人刘淳、张其英、王柏心、蔡偁四家。《湖南六家词钞》六卷，辑清人孙鼎臣、周寿昌、李洽卿、王闿运、张祖同、杜贵墀六家。《云自在龛汇刻词》辑清人宋翔凤等十三家。《石莲庵山左人词》，辑清人王士禄、王士禛、宋琬、杨通佺、唐梦赉、曹贞吉、赵执信八家，而合以宋之《乐章》、《姑溪》、《琴趣》、《审斋》、《懒窟》、《拙庵》、《稼轩》、《草窗》、《漱玉》九集。屯田闽人，入之山左，古今羼合，殊嫌不伦。《小檀栾室汇刻闺秀百家词》十集，每集十家，合一百七卷，辑明四家，清九十六家，可谓巨观；其《闺秀词钞》十六卷，则流传断什，未见全稿者也。《西泠词萃》十卷，辑钱塘人词，计周邦彦《片玉词》四卷、朱淑真《断肠词》一卷、姚述尧《箫台公余词》一卷、仇远《无弦琴谱》二卷、张雨《贞居词》一卷、凌云翰《柘轩词》一卷。《四印斋所刻词》计《花间集》以下二十一种，又《宋元三十一家词》，辑潘阆《逍遥集》以下三十一家；二集共计五代一种，北宋四家、南宋三十四家、金一家、元九家，而其中沈氏

《乐府指迷》、陆氏《词旨》、戈氏《词韵》，皆非词集，然悉要籍也。《灵鹣阁汇刻宋元名家词》十七卷，付湘人张祖同刻之，计葛郯《信斋词》以下十五家。《双照楼刊影宋元本词》五十三卷，辑《欧阳文忠近体乐府》以下十五种；身后其版归武进陶氏，又附益数种。《彊村丛书》辑《云谣集》以下一百七十种，计总集五种，北宋二十七家、南宋八十五家、金五家、元四十八家；大抵王刻既有而甚精者即不再刊，王刊缺或刻而未尽善今又得他善本者亦刊之，搜罗之富，前刻无出其右；又每种皆附有校记，订勘精密，尤不可及，合以王刻，可称双璧，学词者备此二书，受用不穷矣。《湖州词征》二十四卷，辑宋元明三朝湖州人张先《子野集》以下计一百又一家；末附清湖州《词人姓字略》，并举其词稿之名，为续辑张本，校订亦精。

《词概》在刘氏所著《艺概》中，持论颇正，评骘诸家，大半允洽；惟以唐诗家喻宋词家，未尽切当。《词径》一卷，标举作词十六要诀：清、轻、新、雅、灵、脆、婉、转、留、托、澹、空、皱、韵、超、浑，盖导扬浙派者。《芬陀利室词话》二卷，本意内言外之旨立论(原书误作言内意外)，盖导扬常州派者。《词学集成》十卷，分类纂集前人词话，自附按语，于万氏《词律》，攻诋甚力，讥其"只知四声而忽五音"，立论虽高，终亦未能充实其说；《集成》之名，题自其友，微嫌夸矣。《听秋声馆词话》二十卷，持论宗南宋而不薄苏辛，所录多雅正；至校正《词综》、《词律》处，乃占数卷，其精博为诸家词话所不及。《赌棋山庄词话》十二卷，续五卷，持论不少通识，甚诋王氏《词综》、戈氏《词韵》；于词派则颇右苏辛，于清初诸家宗北宋者多所推许，而学南宋专堆砌者则深贬之；所举虽无鄙词，但少雅正耳。《词学征微》一卷，极言四上竞气之妙，于《乐记》多所阐明。《词源斠律》一卷，于《词源》加以诠证，甚多心得，虽偶有误释原文处，而大体固精当也。《香海棠馆词话》，附其词后，虽篇幅不多，而论多刻意，后附清词人生日，亦可备考。《香东漫笔》、《蕙风簃随笔》、《二笔》、《选巷丛谈》各二卷，《西底丛谈》、《兰云菱梦楼笔记》各一卷，皆不尽言词而词话甚多；《香东漫笔》中有白石《世系年谱》，《选巷丛谈》中有仪征王僧保《论词绝句》，亦可备览。《人间词话》一卷，所论甚简，右五代北宋，于清则极推纳兰，对清真、白石、梦窗、玉田诸家，皆致不满，虽时有心得，而不少偏蔽；王氏长于考据，于词本非专家，此更蚤年之作，固非定论，不足为王氏损益。《闺秀词话》记古今女子善词者之遗文逸事，可与徐氏《百家词》参观。

（二）清诸词家

清代词学之盛，既如上述，其词之多自亦突过前明。诸家所作，略具于上举诸选集汇集中，兹约分三期，述其著者。

清初词人，具见于孙氏《十六家》，聂、曾《百家》之刻。其初大率衍明人王元美、陈卧子之绪余，规模《花间》，主于婉丽，而于律多疏。及浙西阳羡二派兴，风气为之一变。浙西主醇雅，阳羡主豪宕，并稍近于声律，盖由北宋而进窥南宋矣。最初如吴伟业、龚鼎孳、曹溶、梁清标，皆前明旧臣入仕满清者。吴有《梅村词》，龚有《香严词》，曹有《寓言集》，梁有《棠村词》，悉文采丰丽，而士论多惜其易节，若《昭代词选》之屏而不录，亦未为允也。王士禛，字贻上，号阮亭，别号渔洋山人，新城人，顺治进士，累官尚书，追谥文简；学术文章，照耀一世，主持风雅，门人众多；著《带经堂集》，有《衍波词》，力追《花间》，一时词流交推之。兄士录，字西樵，有《炊闻词》，亦负时誉。彭孙遹，字骏声，别号羡门，海盐人，顺治进士，康熙己未，首举博学鸿词，累官侍郎；有《延露词》，清丽妍秀，晚年悔其少作，自毁其板。邹祗谟，字程村，武进人，顺治进士；有《丽农词》。毛奇龄，字大可，号西河，钱塘人，举鸿博，官检讨；有《当楼词》。尤侗，见前，举鸿博，官检讨；有《百末词》。余怀，字澹心，莆田人，有《玉琴斋词》。沈雄，字偶僧，吴江人，有《柳塘词》。诸家大率宗法《花间》，间取欧晏；慢词则虽有佳篇，未臻绝诣。各录一首：

记当年，曾供奉，旧《霓裳》。叹茂陵遗事凄凉。酒旗戏鼓，买花簪帽一春狂。绿杨池馆，逢高会身在他乡。　　喜新词，初填就，无限恨，断人肠。为知音仔细思量。偷声减字，画堂高烛弄丝簧。夜深风月，催檀板顾曲周郎。（吴伟业《金人捧露盘·观演秣

陵春》)

帘外河桥,绿围裙带无人主。绣鞯行处,踏破梨花雨。　目送春山,南浦烟光暮。牵春去。柔肠无数。苏小门前路。(龚鼎孳《点绛唇·咏草和林和靖韵》)

深巷卖花将客唤。候逼清明,记取韶光半。玉勒城南芳草岸。少年情味天难管。　斜倚一枝娇盼远。沽酒他家,细雨空零乱。泪湿粉涡红尚浅。有人楼上和春倦。(曹溶《蝶恋花·杏花》)

小雨才收。平沙细草,绿满西畴。柳眼青归,桃腮红晕,人倚高楼。　家家绣幕帘钩。春不管斜阳旅愁。罗绮风前,秋千影里,马上墙头。(梁清标《柳梢青》)

香闺小院闲清昼,屈戌交铜兽。几日怯轻寒,篝局香浓,不觉春光透。　韶光转眼梅花后,又催裁罗袖。最怕日初长,生受莺花,打叠人消瘦。(王士禛《醉花阴》)

金井风微响辘轳。桐阴漏日晓妆初。薄寒犹怯玉肌肤。　帘幕絮萦双紫燕,盆池花衬小红鱼。昼长耽阁绣工夫。(王士禄《浣溪沙》)

莺掷金梭,柳抛翠缕。盈盈娇眼慵难举。落花一夜嫁东风,无情蜂蝶空相许。　尺五楼台,秋千笑语。青鬟湿透胭脂雨。流波千里送春归,棠梨开尽愁无主。(彭孙遹《踏莎行》)

澹白春烟花信宜,红云到处罥游丝。自是凄凉浑不管,总难支。　小雨三更归梦湿,轻烟十里乱愁迷。幸有子规能解事,未曾啼。(邹祗谟《雨花子·春愁》)

驿馆吹芦叶,都亭舞柘枝。相逢风雪满淮西。记得去时残烛照征衣。　曲水东流浅,盘山北望迷,长安书远寄来稀。又是一年秋色到天涯。(毛奇龄《南柯子·淮西客舍得陈敬止书有寄》)

秋雨急如筝,弹破江南梦。野外西风叶叶吹,撼起栖鸦动。　夜永惜灯残,衾薄知寒重。飞尽征鸿莫寄书,曲冷文君弄。(尤侗《卜算子·夜忆》)

怪石飞来，冷泉流去。斜阳远挂湖边树。徐娘虽老尚多情，当年留下伤心句。　　金粉全消，云英何处。杨花不肯随春住。青衫泪洒白头翁，醒来犹记西陵路。（余怀《踏莎行·小饮飞来峰下萧九娘酒垆》）

压帽花开香雪痕，一林轻素隔重门。抛残歌舞种愁根。遥夜微茫凝月影，浑身清浅剩梅魂。溶溶院落共黄昏。（沈雄《浣溪沙·梨花》）

清初词家，尤以纳兰成德为最胜。成德后改名性德，字容若，满洲人，明珠之子，康熙进士，年少富才藻；有《饮水》、《侧帽》二词，专宗后主，情致极深。尝谓："《花间》之词，如古玉器，贵重而不适用；宋词适用而少贵重；李后主兼有其美，更饶烟水迷离之致。"集中令词妙制极多，而慢词则非所擅，偶学苏辛，未脱形迹。周之琦云："容若长调多不协律，小令则格高韵远，极缠绵婉约之致，能使残唐坠绪绝而复续，第其品格，殆叔原方回之亚。"其友顾贞观，字华峰，一字梁汾，无锡人，尝以营救挚友吴兆骞著风义；有《弹指词》。吴兆骞，字汉槎，吴江人，有《秋笳集》，情致皆与容若为近。录成作四首，余各一首：

杨柳千条送马蹄，北来征雁旧南飞。客中谁与换春衣。终古闲情归落照，一春幽梦逐游丝。信回刚道别多时。（成德《浣溪沙·古北口》）

又到绿杨曾折处。不语垂鞭，踏遍清秋路。衰草连天无意绪。雁声远向萧关去。　　不恨天涯行役苦。只恨西风，吹梦成今古。明日客程还几许。沾衣况是新寒雨。（成德《蝶恋花》）

西风乍起峭寒生。惊雁避移营。千里暮云平。休回首长亭短亭。　　无穷山色，无边往事，一例冷清清。试倩玉箫声。唤千古英雄梦醒。（成德《太常引》）

试望阴山，黯然销魂，无言徘徊。见青峰几簇，去天才尺，黄沙一片，匝地无埃。碎叶城荒，拂云堆远，雕外寒烟惨不开。踟蹰久，忽冰崖转石，万壑惊雷。　　穷边自足愁怀。又何必平生多恨哉。只凄凉绝塞，蛾眉遗冢，销沉腐草，骏骨空台。北转河流，南横斗柄，略点微霜鬓早衰。君不信，向西风回首，百事堪哀。(成德《沁园春》)

南朝一片伤心雨。总被垂垂留住。水村山郭，红桥倚遍，极目乱飘金缕。能有春情几许。怕重来扑天飞絮。　　当日别离无据。知他可记长亭语。《零铃》唱罢，酒醒残月。只在踏青归处。添得倚风凝伫。念天涯有人羁旅。(顾贞观《柳初新·水仙祠下柳》)

牧羝沙碛，待风鬟唤作，雨工行雨。不是垂虹亭子上，休盼绿杨烟缕。白苇烧残，黄榆吹落，也算相思树。空题裂帛，迢迢南北无据。　　消受水驿山程，灯昏被冷，梦里偏叨絮。儿女心肠英雄泪，抵死偏萦离绪。锦字闺中，琼枝海上，幸苦随穷戍。柴车冰雪，七香金犊何处。(吴兆骞《念奴娇·家信至有感》)

浙西一派，当以朱彝尊为首，而其风实启自曹溶。溶字洁躬，号秋岳，嘉兴人，崇祯进士，入清官至户部侍郎。彝尊序其集云："余壮日从先生南游岭表，西北至云中；酒阑镫炧，往往以小令慢词更迭唱和，念倚声虽小道，当其为之，必崇尔雅，斥淫哇，极其能事，亦足宣昭六艺，鼓吹元音。往者明三百祀，词学失传，先生搜辑遗集，余曾表而出之；数十年来，浙西填词者，家白石而户玉田，春容大雅，风气之变，实由于此。"彝尊字锡鬯，号竹垞，别号金风亭长，秀水人。以布衣举鸿博，授检讨；学术渊博，有《曝书亭集词》，令慢均工，气韵并茂，言情体物，各造精纯，《蕃锦》一集，尤称浑洽。其友龚翔麟，字天石，号蘅圃，仁和人，有《红藕山庄词》；李良年，字武曾，嘉兴人，有《秋锦山房词》；李符，字分虎，号耕客，良年弟，有《耒边词》；沈皞日，字融谷，平湖人，有《柘西精舍词》；沈岸登，字覃九，皞日从子，有《黑蝶斋词》；是为浙西六家。谢章铤谓"蘅圃所得比诸家较浅，绵丽不及竹垞，淡远不及武会"，"分虎尤胜"，"覃九胜于融谷"。同时如曹贞吉，字升六，号实庵，安丘人，有《珂雪词》，宗南宋而不薄北宋；竹垞谓"实庵词心摹手追，乃在中仙叔夏公谨诸子，兼出入天游仁近之间"，可称杰出。余如徐釚，字电发，一字虹亭，吴江人，有《菊庄词》；严绳孙，字荪友，无锡人，有《秋水词》；钱芳标，字葆馚，华亭人，有《湘瑟词》；丁澎，字飞涛，仁和人，有《扶荔词》；汪森，字晋贤，桐乡人，有《碧巢词》：皆竹垞之俦也。录朱作四首，余各一首：

冬冬街鼓歇，惊沙卷雪，白日淡幽州。望疏林郭外，剪剪酸风，觱栗响篱头。三杯两盏，旗亭酒，怎把人留。看一霎鞭丝苇帽，驱马度芦沟。　绸缪。万重烟树，千叠云山，纵相思梦有。愁不到清江古渡，黄鹤空楼。趋庭正值椒花宴，醉春盘尽许风流。曾记忆，买田阳羡人不。（朱彝尊《渡江云》）

十年磨剑，五陵结客，把平生涕泪都飘尽。老去填词，一半是空中传恨。几曾围燕钗蝉鬓。　不师秦七，不师黄九，倚新声玉田差近。落拓江湖，且分付歌筵红粉。料封侯白头无分。（朱彝尊《解佩令·自题词集》）

衰柳白门湾。潮打城还。小长干接大长干。歌板酒旗零落尽，剩有渔竿。　秋草六朝寒。花雨空坛。更无人处一凭阑。燕子斜阳来又去，如此江山。（朱彝尊《卖花声·雨花台》）

无限塞鸿飞不度，李益太行山碍并州。白居易白云一片去悠悠。张若虚饥鸟啼旧垒，沈佺期古木带高秋。刘长卿永夜角声悲自语，杜甫思乡望月登楼。扶魏离肠百结解无由。鱼玄机诗题《青玉案》，高适泪满黑貂裘。李白（朱彝尊《临江仙·汾阳客感集句》）

极目总悲秋，衰草似粘天末。多少无情烟树，送年年行客。　乱山高下没斜阳，夜景更清绝。几点寒鸦风里，趁一梳凉月。（龚翔麟《好事近·沂水道中》）

楚天杳。凭笋舆羊肠似发，荒烟堕叶，一片钩辀蛮鸟。南飞故唤行客，占断千里秋江吟不了。芦衰竹苦，正听残野店，酒旗风袅。　江细绕。笮渡人稀，但横斜照。解语参军，愁里暗攲乌帽。记得郑家留句，花落黄陵，雨昏湖外草。更堪何处，镇清猿杜

宇，和他凄调。（李良年《留客住·鹧鸪》）

老柳梳烟，寒芦载雪，江城物候秋深。怨金河叫雁，断续和疏砧。记前度邗沟系缆，征衫又破，愁到如今。帐无眠，伴我凄凉，月在墙阴。　　竹西歌吹，甚听来都换笳音。料锁箧携香，笼灯照马，翠馆难寻。淮海风流秦七，今宵在，梦更伤心。有燕犀屯处，明朝莫去登临。（李符《扬州慢·广陵驿舍对月遇山左调兵南下》）

柳暗莺帘，雨飞花幔，鹤头催渡桑干。墨庄万卷，杖藜何处寻欢。早见荼蘼压架，画阑已不是春寒。莫岑寂，看蜀江笺纸，绵竹题残。　　忽漫相逢是别，软红尘京洛，古调谁弹。灯船节近箫鼓，烟月吹还。隔浦酒人都散，闲云一抹旧钟山。更须记，曲桥流水，门掩松间。（沈皞日《庆清朝·赠别黄俞邰用张玉田韵》）

何事飘零，天涯除夕，几度羁旅。今夜邗江，去年燕市，客泪双垂缕。银灯初卸，金壶频咽，不寐更筹闲数。更谁听，扬州歌吹，拨火寒炉无语。　　凄凉东阁，官梅初发，对酒看人儿女。三十年来，镜中绿鬓，都被儒冠误。清溪白屋，团圞兄弟，梦里分明曾去。正相思，关山南北，夜阑疏雨。（沈岸登《永遇乐·扬州除夕和竹垞韵》）

瘴云苦。偏五溪沙明水碧，声声不断，只劝行人休去。行人今古如织，正复何事关卿频寄语。空祠废驿，便征衫湿尽，马蹄难驻。　　风更雨。一发中原，杳无望处。万里炎荒，遮莫摧残毛羽。记否越王春殿，宫女如花，只今惟剩汝。子规声续，想江深月黑，低头臣甫。（曹贞吉《留客住·鹧鸪》）

垂鞭欲暮。踏遍天涯荒草路。扑面西风。昨夜浓香是梦中。　　远山几点。牵惹离愁浑欲断。衰柳鸦啼。一片残阳在客衣。（徐釚《减字木兰花》）

歌宛转，风日渡江多。柳带结烟留浅黛，桃花如梦送横波。一觉懒云窝。　　曾几日，轻扇掩纤罗。白发黄金双计拙，绿阴青子一春过。归去意如何。（严绳孙《双调望江南》）

南浦。薄暮，水烟微。女伴湔裙未归。野棠风多红渐稀。飞

飞。故沾金缕衣。　　恼怅行人断消息。泪暗拭。妒杀双鸳比翼。赤阑桥。碧柳条。兰桡。来须趁晚潮。(钱芳标《河传》)

雪残小苑东风住。放嫩黄初吐。蝶香未染,莺梭犹涩,梦隐池塘轻雾。最惜纤腰如楚。恐难禁灞桥人去。　　翠阁迎眸低语。看春衫半分金缕。因风幺袅,柔条无力,挽不尽陇烟湘雨。及早和他同倚。怕销魂夕阳飞絮。(丁澎《柳初新·新柳》)

平沙雁叫西风冷。看江上月明人静。一声何处玉龙哀,空极目烟中孤艇。　　数峰依约浑如暝。怕路远归期难省。寒波不断古今愁,渺一片芦花无影。(汪森《步蟾宫·题查梅壑山水卷》)

阳羡一派,当以陈维崧为首。维崧字其年,号迦陵,宜兴人,举鸿博,授检讨;有《乌丝词》三十卷,所存最富,大致以苏辛为宗,偏尚才气,然时失于粗,乃近二刘。迦陵、竹垞,并世齐名,合刻《朱陈村词》。迦陵序《浙西六家词》云:"傥仅专言浙右,诸君固是无双;如其旁及江东,作者何妨有七。"可以见其标榜自负之概。陈氏兄弟皆能词,维嵋有《亦山草堂词》,维岳有《红盐词》,维岱有《石闾词》,所就皆不及其大。其友人吴绮,字薗次,自号听翁,又号红豆词人,江都人,有《艺香词》,大致似迦陵而较平适,自谓"儿女子皆能习之";同时如曹亮武,字渭公,宜兴人,与迦陵为中表,有《南耕词》、《荆溪岁寒词》;万树,字花农,号红友,宜兴人,作《词律》,有《堆絮园集》、《香胆词》,自谓"宗眉山大苏,分宁黄九",其别体集句皆工;谢章铤谓其"排宕处颇涉辛蒋藩篱,一泻千里,绝少潆洄,'词论'之讥,正恐不免",皆迦陵之俦也。录陈作四首,余各一首:

中酒心情,拆绵时节,瞢腾刚送春归。一亩池塘,绿阴浓扑帘衣。柳花搅乱晴晖。更画梁燕剪交飞。贩茶船重,挑笋人忙,山市成围。　　蓦然却想,三十年前,铜驼恨积,金谷人稀。画残竹粉,旧愁写向阑西。惆怅移时。镇无聊掐损蔷薇。许谁知。细柳新蒲,都付鹃啼。(陈维崧《夏初临·癸丑三月十九日用杨孟载韵》)

二十年前，曾见汝宝钗楼下。春二月铜街十里，杏衫笼马。行处偏遭娇鸟唤，看时谁让珠帘挂。只沈腰今也不宜秋，惊堪把。　　且给个，金门假。好长就，旗亭价。记炉烟扇影，朝衣曾惹。芍药才填妃子曲，琵琶又听商船话。笑落花和泪一般多，淋罗帕。（陈维崧《满江红·梁溪顾梁汾舍人过访赋此以赠兼题其小像》）

无聊笑捻花枝说。处处鹃啼血。好花须映好楼台。休傍秦关蜀道战场开。　　倚楼寂寞添愁绪。更对东风语。好风休簸战旗红。早送鲥鱼如雪过江东。（陈维崧《虞美人》）

自别西风憔悴甚，冻云流水平桥。并无黄叶伴飘飖。乱鸦三四点，愁坐话无聊。　　雪压西村茅舍重，怕他榾柮同烧。好留蛮样到春宵。三眠明岁事，重斗小蛮腰。（陈维崧《临江仙·寒柳》）

吴苑青苔锁画廊。汉宫垂柳映红墙。教人愁杀是斜阳。　　天上无端催晓暮，人间何事有兴亡。可怜燕子只寻常。（吴绮《浣溪沙》）

怕东风惹人肠断，瘦红肥绿时节。小楼昔日凝妆处，纵有花枝谁折。廊步屧。空记取垂杨一树朦胧月。香残粉灭。剩壁上鸾笺，奁中凤翠，幽恨怎消歇。　　十年事，梁燕至今能说。繁弦听罢凄绝。明妃偏向燕支嫁，天把红颜埋没。魂怳惚。难诉尽当初花底轻离别。画图频揭。怅弱影亭亭。梦随春去，杜宇为啼血。（曹亮武《摸鱼儿·感旧》）

醉来扶上木兰舟。张元干 踏莎行 大江流。唐庚 诉衷情 去难留。周邦彦 早梅芳 阔甚吴天，史达祖 玲珑四犯 极浦几回头。孙光宪 菩萨蛮 春尽絮飞留不得，刘禹锡 柳枝 又重午，刘克庄 贺新郎 又中秋。刘过 唐多令 芳尘满目总悠悠。蒋捷 高阳台 倚危楼。辛弃疾 归朝欢 雨初收。欧阳修 芳草渡 天气凄凉，程垓 蝶恋花 冉冉物华休。柳永 八声甘州 水面霜花匀似剪，秦观 玉楼春 剪不断，李后主 乌夜啼 那些愁。毛滂 更漏子（万树《江城子·旅怀集句》）

朱陈而后，分镳并驰，各畅其绪。宗朱者有厉鹗、吴锡麒、王昶等：鹗字太鸿，号樊榭，康熙举人，著述甚富，尝笺《绝妙好词》；有《樊榭山房词》，远规姜张，谭献谓其“思力可到清真，苦为玉田所累”，又谓其“可分中仙梦窗之席，而世人争赏其饾饤窳弱之作”。盖雍乾以后，几奉樊榭为赤帜矣。锡麒，字圣徵，号谷人，钱塘人，乾隆进士，官祭酒；有《有正味斋词》，自谓“慕竹垞之标韵，缅樊榭之音尘”，词多工于体物。昶字德甫，号兰泉，晚号述庵，青浦人，乾隆进士，官侍郎；有《红叶江村词》，规模姜张；其所选诸集，皆以竹垞为宗，少录豪宕之作。宗陈者，有杨芳灿、洪亮吉、黄景仁等：芳灿，字蓉裳，无锡人，乾隆拔贡；有《吟翠山馆词》，慢颇似迦陵；亮吉，字稚存，号北江，乾隆进士；有《北江集词》，蚤作多沿《啸余谱》，于律或舛，然气体清疏，深于情致；景仁，字仲则，武进人，与北江为至友；有《竹眠词》，抑塞之怀，一托之于歌咏，故壮语独多。余如钱塘三江(炳炎，昱，昉)，太仓二王(汉舒，时翔)，宜兴二史(承谦，承豫)皆兄弟竞爽；宜兴储秘书，任曾贻，又并世清才：皆二派之支也。江等不录，录厉作二首，余各一首：

溯溪流云去，树约风来，山剪秋眉。一片寻秋意，是凉花载雪，人在芦漪。楚天旧愁多少，飘作鬓边丝。正浦溆苍茫，闲随野色，行到禅扉。　　忘机。悄无语，坐雁底焚香，蛩外弦诗。又送萧萧响，尽平沙霜信，吹上僧衣。凭高一声弹指，天地入斜晖。已隔断尘喧，门前弄月渔艇归。(厉鹗《忆旧游·辛丑九月既望唤艇自西堰桥沿秦亭法华湾洄以达于河渚晚宿西溪田舍》)

花月秣陵秋。十四妆楼。青溪回抱板桥头。旧日徐娘无觅处，芳草生愁。　　金粉一时休。团扇谁留。殢人只是小银钩。句尾可怜书荡妇，似诉飘流。(厉鹗《宝花声·徐翩翩画扇自称金陵荡子妇》)

乍商飚卷树，零落冷枫，夕阳空际如恋。瘦入山尖，碧余水面，一霎阴晴千变。借榻弦诗，倚楼吹竹，江天人远。荡晚烟十里芦花，梦醒者时凉雁。　　闲把秋光检点。已梧阴卸后，菊香吹遍。剩三分明月，帐里欲寒罗荐。听残远杵，惹来愁绪，不减丝丝

衣线。恼鬓影未到秋深，一镜吴霜吹满。（吴锡麒《望湘人·旅感》）

梨云梦远，怅春愁谁省。自写吟魂伴梅影。念晕红词句，惨绿年华，都付与小阁轻寒薄病。　　雨丝风片里，憔悴相如，懒踏寻芳旧香径。小榻扬茶烟，碧叶愔愔，好占取松溪蕙磴。只一片伤心画难成，怕点鬓秋霜，又添明镜。（王昶《洞仙歌·自题小照》）

十月江南，谁描出凄清暮景。休认是梨花小苑，杨花幽径。千里迷他归客梦，一行逼出闲鸥影。正半钩微月淡如烟，空江冷。　　长宵里，霜华炯。斜阳外，云容静。愿伊休点上，潘郎愁鬓。红蓼滩头秋已老，丹枫渚畔天初暝。看两三星火傍空蒙，横渔艇。（杨芳灿《满江红·芦花》）

傍禅关，构闲亭似舫，四面启疏棂。十五良宵，一双人影，三千里外钟声。有多少春人心事，奈秋窗黄叶已先零。借了蒲团，缁残梵筴，悟彻灯檠。　　我亦能来听此，只青衫似梦，百倍凄清。苦竹疏芦，幽花淡草，此身如在江城。况惹起寒虫鸣砌，又丁丁莲漏滴残更。待得萧萧响寂，人语还生。（洪亮吉《一萼红·龚克一寓晋阳庵侧属余颜其斋曰闻钟》）

倚柴门晚天无际，昏鸦归影如织。分明小幅倪迂画，点上米家颠墨。看不得。带一片斜阳，万古伤心色。暮寒萧淅。似卷得风来，还兼雨过，催送小楼黑。　　曾相识。谁傍朱门贵宅。上林谁更栖息。几丛枯木惊霜重，我是归飞倦翮。飞暂歇。却好趁渔船小坐秋帆侧。旧巢应忆。笑画角声中，暝烟堆里，多少未归客。（黄景仁《摸鱼子·归鸦》）

谭献云："自锡鬯其年出，而本朝词派始成。顾朱伤于碎，陈厌其率，流弊亦百年而渐变；锡鬯情深，其年笔重，固后人所难到，嘉庆以前，为二家牢笼者十居七八。"凌廷堪云："严荪友、李秋锦、彭羡门、曹升六、李耕客、陈其年、宋牧仲、丁飞涛、沈南溟、徐电发诸公，率皆雅正，上宗南宋；然风气初开，音律不无小乖，词意微带豪艳，不脱《草堂》

前明习染；惟朱竹垞氏专以玉田为模楷，品在众人上；至厉太鸿出，而琢句炼字，含宫咀商，净洗铅华，力除俳鄙，清空绝俗，直欲上摩高史之垒矣，又必以律调为先，词藻次之。”(《梅边吹笛谱目录跋后》)其推崇浙派可谓甚至，亦可见当时风气之所趋矣。

中清以后，二派渐为人所诟病矣。盖浙西末流为委靡，为堆砌；阳羡末流为粗犷，为叫嚣。于是吴翊凤《枚庵词》以高朗称，郭麐《浮眉楼词》以清疏著，皆稍变二派之格。及武进张惠言起而革之，以立意为本，以协律为末，一时和者景从，是为常州派。惠言，字皋文，武进人，嘉庆进士，深于经学，工骈散文，有《茗柯词》，以比兴寄托微言感动为旨，而不徒尚雕琢。谭献谓其“胸襟学问，酝酿喷薄而出，赋手文心，开倚声家未有之境”；又谓“大雅遒逸，振北宋名家之绪……自茗柯《词选》出，倚声之学日趋正鹄”。弟琦，字翰风，有《立山词》，其友如上述黄景仁，及左辅、恽敬、钱季重、李兆洛、丁履恒、陆继辂，皆常州人；其弟子如金应城、金式玉，皆歙人也。二张以次九家词，郑善长皆选附于张氏《词选》之后而附以己作，然工力气魄，未能悉称。张氏董士锡，字晋卿，有《齐物论斋词》，踵武张氏；而周济又与之切磋，更申张氏之旨。济字保绪，一字介存，号未斋，晚号止庵，荆溪人，嘉庆进士，有《止庵词》，谓“胸襟酝酿乃有所寄”，“词非寄托不入，专寄托不出”；然按之所作，殊觉手不及眼。大抵过重寄托，多涉隐晦，而情景反伤；甚乃满纸曼词，羌无故实，徒卑气格，而以寄托欺人者，又趋下矣。谢章铤云：“词本于诗，当知比兴，固已；究之，《尊前》《花外》，岂无即境之篇，必欲深求，殆将穿凿！故皋文之说，不可弃，亦不可泥。”斯言得之！各录一首：

花气浮春，莺声醉晓，芳堤最是新晴。画船双桨，天气近清明。燕蹴飞花红雨，东风急吹过高城。斜阳外，旧游何处，隔巷唤春饧。　　生平。消受处，梦余斜月，醉后华灯。有粉柔香密，细与闲评。十载雅歌都废，朱楼在重到须惊。销魂处，澹烟细雨，赢得暮愁生。(吴翌凤《满庭芳》)

暗水通潮，痴云阁雨，微阴不散重城。留得枯荷，奈他先作离声。清歌欲遏行云住，露春纤并坐调笙。莫多情。第一难忘，席上轻盈。　　天涯我是飘零惯，任飞花无定，相送人行。见说兰舟，明朝也泊长亭。门前记取垂杨树，只藏他三两秋莺。一程程。愁水愁风，不要人听。（郭麐《高阳台·将反魏塘疏香女子亦以次日归吴下置酒话别离怀惘惘》）

长镵白木柄，斫破一庭寒。三枝两枝生绿，位置小窗前。要使花颜四面，和作草心千朵，向我十分妍。何必兰与菊，生意总欣然。　　晓来风，夜来雨，晚来烟。是他酿就春色，又断送流年。便欲诛茅江上，只怕空林衰草，憔悴不堪怜。歌罢且更酌，与子绕花间。（张惠言《水调歌头·春日赋示杨生子掞》）

惊回残梦，又起来清夜正三更。花影一枝枝瘦，明月满中庭。道是江南绮陌，却依然小阁倚银屏。怅海棠已老，心期难问，何处望高城。忍记当时欢聚，到花时长此托春醒。别恨而今谁诉，梁燕不曾醒。帘外依依香絮，算东风吹到几时停。向鸳衾无奈，啼鹃又作断肠声。（张琦《南浦》）

一秋凉梦催离别。好与鸳鸯池畔说。落红愁对镜中鸾，拾翠记分钗上蝶。柳丝不作同心结。风雨连宵都未歇。玉阶何事最销魂，罗袜沉沉浸凉月。（董士锡《木兰花》）

春风真解事，等闲吹遍，无数短长亭。一星星是恨，直送春归，替了落花声。凭阑极目，荡春波万种春情。应笑人春粮几许，便要数征程。　　冥冥。车轮落日，散绮余霞，渐都迷幻景。问收向红窗画箧，可算飘零。相逢只有浮萍好，奈蓬莱东指，弱水盈盈。休更惜，秋风吹老莼羹。（周济《渡江云·杨花》）

与常州派同时而不为所囿者，则有周之琦、项鸿祚。之琦字稚圭，号退庵，祥符人，嘉庆进士，官广西巡抚，有《心日斋词》七卷（内《金梁梦月词》、《怀梦词》、《鸿雪词》各二卷，《退庵词》一卷）。其所选《十六家词》皆崇雅正；其自为者亦兼具文质。黄燮清谓其"浑融深厚，语语藏锋，北宋瓣香，于斯未坠"。鸿祚字莲生，钱塘人，有《忆云甲乙丙丁稿》，多效梦窗，而情深语苦；自谓"幼有愁癖，其情艳而苦，其感于物者郁而深，不无累德之言，抑亦伤心之极致”。黄燮清谓其“古艳哀怨，如不胜情，猿啼断肠，鹃泪成血，不知其所以然”；谭献谓其“有白石之幽涩而去其俗，有玉田之秀折而无其率，有梦窗之深细而化其滞，殆欲前无古人”。虽推许逾量，固不愧作者也。各录二首：

柳丝征袂绾。试锦羽初程，玉骢犹恋。铜街佩声远。向天边回首，故人如面。藤阴翠晚。但怪得琴尊梦短。有游蜂知我心期，刚是褪红曾见。还看珠巢题字，墨晕初干，酒痕微泫。晴云乍展。春已在，驿桥畔。问流波一样仙源流下，为底人间较浅。要重寻京邑尘香，素襟漫浣。（周之琦《瑞鹤仙·四月六日出都小憩卢沟桥偶述》）

微吟罢，我亦去钱塘。宦海路茫茫。春寒容易吴蚕死，秋风依旧越溪忙。酒鳞边，灯影背，细思量。　且莫说长安萝补屋。更莫忆长沙人倚玉。尘世事，总堪伤。孤衾不暖残年梦，征衣空叠旧时香。算前途，须忍泪，过潇湘。（周之琦《最高楼》）

橹声摇淡月，正人在洞庭船。望笠泽茫茫，长堤暗柳，曾住词仙。当年。俊游记否，唤银箫吹绿一江烟。剩我诗愁万顷，片帆直上壶天。　流连玉界琼田。清露下，水纹圆。怕酒醒波远，醉魂空恋，第四桥边。凄然。五湖旧约，叹鲈乡信美尚无缘。风外渔灯点，夜深凉照鸥眠。（项鸿祚《木兰花慢·夜过吴江》）

阖闾城下漏声残。别愁千万端。蜀笺书字报平安。烛花和泪弹。　无一语，只加餐。病时须自宽。早梅庭院夜深寒。月中休倚阑。（项鸿祚《阮郎归·吴门寄家书》）

同时崇尚声律者，则有凌廷堪、戈载。廷堪字次仲，歙人，乾隆进士，著《燕乐考原》、《词洁》，均见上述，有《梅边吹笛谱》，按篇注宫调，所用四声，非有所本，则不敢假借；用韵分闭口，抵腭，穿鼻至晰；词格拟南宋，而意趣未到超妙。载字顺卿，一字宝士，吴县人，贡生，著《词林正韵》，已见上述，有《翠薇花馆词》三十九卷，辨阴阳，分宫调，持律至谨，而时累其文；以所存过富，故芜浅者杂出其间；谢章铤讥其“咏物诸题，不脱学南宋者习气，且攀援渐高，所作无非应酬，虚声愈大，心灵愈短”；然编中胜作，亦自不少。当时如朱绶、沈传桂、沈彦曾、吴嘉淦、王嘉录、陈彬华，与戈氏并称为吴中七子，亦成一时之风。各录一首：

绿凤扶春，青禽侍夜，纤尘不到空山。缟袂凌风，翩然飞下云端。铢衣雅称罗浮蝶，踏彩霞羞控双鸾。梦中看。小立亭亭，小步珊珊。　　依稀记得龙城事，问寻春梦约，犹在人间。浅笑深颦，一枝娇堕烟鬟。披图欲共低低语，早数声清角吹寒。夜将阑。怕露凄清，怕月迷漫。（凌廷堪《高阳台·题赵渭川梅梦图》）

菊径蛩栖，芦汀雁断，淡烟摇暝。萧疏万点，点破一奁明镜。悄无声飞鸦自低，倚帘数尽西风影。怕岁华迅羽，重阳过了，便催残景。　　幽境。还重省。记月暗梨云，剪灯人静。芳期暗减，又是芙蓉开冷。溯空波愁锁泪红，紫鸳竟日香梦醒。听渔乡厗笛凄凉，引动江湖兴。（戈载《锁窗寒·秋晚绣容水榭坐雨》）

古谯暮角。悲声起，斜阳欲下林薄。弃飞尽也，危墙断堡，片云吹落。霜风正恶。定何处离巢换鹊。画湖天沙洲冻寂，烟影上山郭。　　因念空江畔，野火丛祠，短帆催泊。暝光弄雪，尽凄凉翠亭朱阁。最苦窗深，吊荒月寒螀梦觉。伴无聊隔浦雁响和冷柝。（朱绶《凄凉犯·荒鸦》）

细绿迷鸦，疏红醉蝶。一腔愁倩啼莺说。东风吹泪过江城，黄昏细雨孤灯灭。　　中酒心情，嫩寒时节。踏青人又销魂别。碧烟如梦不开门，门前千点梨花雪。（沈传桂《踏莎行·春尽作》）

酒市哦诗，僧庐话雨，西泠十日留连。能几番游，无端飞絮漫天。家园不少伤春地，过江来春亦堪怜。最凄然。画舫笙歌，零落年年。　　吴门倦客将归去，便闲携蜡屐，缓控吟鞭。更待何时，重寻山水因缘。回头长短旗亭路，倚斜阳别恨如烟。盼湖边。羡杀闲鸥，冷抱波眠。（沈彦曾《高阳台·留别西湖》）

芙蓉仙馆娇莺语。唤起闲愁绪。自开奁镜扫双弯。无限惜春心事上眉山。　　尘中谁是听歌者。系马章台下。落花流水

不胜情。可惜江南零落庾兰成。（吴嘉洤《虞美人·赠女郎绿春》）

是谁写愁痕天黯。雁背微茫，一丝红闪。澹抹遥山，六朝金粉剩凄艳。暝云低接，生怕是黄昏渐。暮影更无多，但送尽归鸦千点。　　还念。甚摇鞭客路，极望倦邮荒店。离心挂晚，带一桁酒旗斜飐。认几处废井歌阑，尽长共寒烟分占。又树树西风，只有凉蝉吟惨。（王嘉禄《长亭怨慢·斜阳》）

记衫痕渍酒，扇影招香，往事魂销，已是伤心别，又秋风吹怨，身世蓬飘。俊游渐多零落，金粉说南朝。叹袱被连吟，布帆寻梦，青鬓重搔。　　迢迢。最惆怅，是无数春柔，恨阻江潮。尽有闲情感，只碧云天末，难遣今宵。甚时夜凉明月，小立听吹箫。更欹枕愁生，敲窗碎叶灯乱摇。（陈彬华《忆旧游·子铁取玉田生斜阳陌词意绘册志游索余倚声》）

晚清词风之盛，更突过前人矣。顾途径之辟，实赖以前诸词家。有若重情韵者，重气势者，重寄托者，重声律者，无不备也；主南宋者，主北宋者，主唐五代者，主乐府风诗者，无不具也。在倡说者未始非正；而尤效者每流于偏。于是后起者斟酌利弊之间，损益分寸之际，而雅音遂得复见。观于鹿潭蒋氏之作，可以知矣。鹿潭，名春霖，江阴人，有《水云楼词》，气韵既高，声律复密；不专寄托，而情景自尔交融；不费推敲，而吐属自然深稳；觉前之标主旨立门户者犹未观其通也。谭献以之拟于成容若，项莲生，谓“二百年中分鼎三足”；又云：“阮亭葆酚一流，才人之词；宛邻止庵一流，学人之词；惟三家为词人之词。”可谓极推许之致。然成项二氏，皆聪明过于工力；而鹿潭则兼具之。且生际离乱，发为沉郁之词，不徒自抒愁叹，盖醇雅之至矣。此期如黄燮清，字韵甫，海盐人，所编《词综续编》，已见上述，有《倚晴楼词》；姚燮，字梅伯，镇海人，有《疏影庵词》；杜文澜，字小舫，秀水人，有《采香词》；谭献，字仲修，仁和人，所编《箧中词》，已见上述，有《复堂词》；俞樾，字荫甫，晚号曲园居士，德清人，有《春在堂集词》：皆浙西之变也。又如蒋敦复，字剑人，号纯甫，江阴人，有《芬陀利室词》；刘履芬，字彦清，江山人，有《鸥梦词》；勒方锜，字悟九，号少仲，新建人，有《樽洲词》；许宗衡，字海秋，上元人，有《玉井山馆诗余》；庄棫，字中白，丹徒人，有《蒿庵词》：皆常州之变也。而鹿潭远到矣！录蒋作四首，余各一首：

泊秦淮南雾，又灯火送归船。正树拥云昏，星垂野阔，暝色浮天。芦边夜潮骤起，晕波心月影荡江圆。梦醒谁歌《楚些》，冷冷霜激哀弦。　　婵娟。不语对愁眠。往事恨难捐。看莽莽南徐，苍苍北固，如此山川。钩连。更无铁锁，任排空樯橹自回旋。寂寞鱼龙睡稳，伤心付与秋烟。（蒋春霖《木兰花慢·江行晚过北固山》）

一年似梦光阴，匆匆战鼓声中过。旧愁才剪，新愁又起，伤心还我。冻雨连山，江烽照晚，归情无那。任春盘堆玉，邀人腊酒，浑不耐，通宵坐。　　还记敲冰官舸。闹蛾儿扬州灯火。旧嬉游处，而今何在，城闉空锁。小市春声，深门笑语，不听犹可。怕天涯忆著梅花，有泪向，东风堕。（蒋春霖《水龙吟·癸丑除夕》）

寒枝病叶。惊定魂痴结。小管吹香愁叠叠。写遍残山剩水，都是春风杜鹃血。　　自离别。清游更消歇。忍重唱旧明月。怕伤心又惹啼莺说。十里平山，梦中曾去，惟有桃花似雪。（蒋春霖《淡黄柳·扬州兵后平山诸园林皆成榛莽为赋数词以寄哀怨诒园索稿作此谢之悲从中来更不能已》）

燕子不曾来，小院阴阴雨。一角阑干聚落花，此是春归处。　　弹泪别东风，把酒浇飞絮。化了浮萍也是愁，莫向天涯去。（蒋春霖《卜算子》）

灯火江城，翠屏红照鱼龙舞。麝熏低袅绣轮风，粉市香成雾。草草莺啼燕语。散珠尘几声漏鼓。画笼残烛，送了黄昏，只应归去。　　钿阁钗帘，故人明镜伤幽素。玉梅花是去年栽，开到相思处。闲把阑干细数。一根根无聊意绪。夜寒停梦，月静重门，星繁高树。（黄燮清《烛影摇红·南昌元夕》）

记绿萍桨短，红藕帘疏，共倚春词。一曲伤离后，问灯云榻雨，梦瘦还肥。只愁画梁如昔，巢燕已全非。莫宿酒痕青，罗襟待浣，又蘸新啼。　　依稀。那回事，算值得人人，眉楚颦凄。烟水东流尽，便等身金好，难铸相思。试看女坟湖上，日夕鹧鸪飞。恁一路江南，杨花乱落人未归。（姚燮《忆旧游·寄沈东岑吴中》）

江南一夜江波冷，楼台画成秋意。旧院藏莺，长桥系马，攀折游踪难记。飘零燕子。记六代斜阳，倦魂醒未。怨笛谁家，《后庭》歌罢更憔悴。　　桃根桃叶易老，渡头空照影，羞斗眉翠。舞扇钩云，华灯背雨，都换伤春滋味。阑干傍水。问丁字帘前，细腰谁倚。无那西风，乱鸦啼又起。（杜文澜《台城路·秦淮秋柳》）

黯愁烟，看青青一片，犹误认眉山。花发楼头，絮飞陌上，春色还似当年。翠苔畔曾容醉卧，听语笑风动画秋千。一曲琴丝，十三筝柱，原是人间。　　细数总成残梦，叹都迷踪迹，只有留连。劫换红羊，巢空紫燕，重来步步回旋。尽消受云飞雨散，化蝴蝶犹绕旧阑干。不分中年到时，直恁荒寒。（谭献《一萼红·吴山》）

徐娘老去，云鬟风鬓憔悴。尚凭仗春风弦索，小作生涯。见说当年，艳名传播满苏台。灯船虎阜，香车鹤市，第一金钗。
往事已非，盛年难再，摇落堪哀。问何处枇杷门巷，杨柳楼台。我亦飘零，酒边清泪不胜揩。美人迟暮，英雄老去，一样情怀。（俞樾《采桑子慢·赠旧时歌者》）

暮烟直。凄断湖桥瘦碧。《阳关曲》前度送人，折取香绵赠行色。芳萍寄水国。谁识。莺花故客。秋千畔寒食旧游，韦杜城南去天尺。　　佳期杳无迹。只藕外停船，鸥际移席。音书珍重安眠食。看玉勒人去，画楼天远，长亭芳草接败驿。隔云树江北。　　心恻。泪频积。怨絮影飘零，长恁孤寂。腰肢有恨愁无极。奈万里征戍，一声哀笛。西风残露，尽化作恨泪滴。（蒋敦复《兰陵王·秋柳用清真韵》）

漫回首漂萍零絮。如此江山，可怜鼙鼓。不分魂销，夜灯酸对镇无语。琐窗人静，曾记得天涯雨。宿雁起沙滩，算一样衔芦辛苦。　　愁赋。问斜阳古巷，王谢几时曾住。西风作冷，叹秋燕寻巢都误。画一片败叶疏林，悄傍得谁家门户。只天外姮娥，

能共清辉千古。(刘履芬《长亭怨慢》)

蛩阶渍雨,雁路澄霜,西风吹满平林。冷淡年华,空添宋玉悲吟。谁知有人忘世,镇疏闲听得商音。小窗里,更新评菊谱,稳卧芦衾。　　绝似秋声别馆,写范宽图画,梧叶松阴。一片萧骚,都来洗荡尘襟。多愁定应笑我,到恁时摇碎幽心。还问取可能消凉月夜深。(勒方绮《声声慢·题张小溟听秋图》)

蓟门烟树,照影苍凉,啼鸦惊拍风翅。茫茫千里关山白,似雪路冰河,欲归无地。忆旧游梦里,箫声,良夜,欢悰如坠。　　和愁睡。玉宇琼楼,人间天上,都是寻常事。便教万古团圞好,恐耐到鸡鸣,也非容易。忍思量金粟前身,冻合三生清泪。(许宗衡《西窗烛·寒月和青耜》)

瓜渚烟消,芜城月冷,何年重与清游。对妆台明镜,欲说还羞。多少东风过了,云缥缈何处句留。都非旧,君还记否,吹梦西洲。　　悠悠。芳辰转眼,谁料到而今,尽日楼头。念渡江人远,侬更添忧。天际看书久断,还望断天际归舟。春回也,怎能教人,忘了闲愁。(庄棫《凤凰台上忆吹箫》)

同光以后词人,起于湖湘者如:王闿运,字壬秋,湘潭人,有《湘绮楼集词》;樊增祥,字云门,晚号樊山老人,恩施人,有《樊山集词》;易顺鼎,字实甫,别号哭庵,汉寿人,有《琴志楼词》;王以慜,字梦湘,武陵人,有《檗坞词》——其著者也。起于江浙者如:冯煦,字梦华,号蒿庵,金坛人,有《蒙香室词》;刘炳照,字光珊,阳湖人,有《留云借月庵词》;张景祁,字韵梅,嘉兴人,有《蘩圃集词》;沈曾植,字子培,号乙盦,晚号寐叟,嘉兴人,有《曼陀罗馆寱词》——其著者也。起于闽粤者如:谢章铤,字枚如,长乐人,有《酒边词》;林纾,字琴南,号畏庐,闽县人,有《畏庐集词》;叶衍兰,字兰台,号南雪,番禺人,有《秋梦盦词》;黄遵宪,字公度,嘉应人,有《人境庐诗草》——其著者也。诸家宗尚不一,大率衍清代诸派之绪,而各有成就者也。此外尚有郑由熙,字晓涵,歙人,有《莲漪词》。汪渊,字诗圃,绩溪人,有《藕丝词》;又有《麝尘莲寸集》四卷,皆集宋元人词句得词二百余首,工丽浑成,亦词家之别开生面者,各录一首：

看谁持玉杖。是匡庐旧日，主人无恙。峡泉三叠，琴调破云浪。浩歌声自放。天风吹做凄荡。不尽吟情，有吴烟几点，摇曳白波上。　　戴笠寻诗有样。瘦损何妨，呼吸通天响。牯牛平望。夷语乱樵唱。洗空山水障。飞流溅瀑千丈，莫更闲游，待凭阑酹酒，一醉吐空旷。（王闿运《梦芙蓉·为王梦湘题匡山戴笠图》）

听江笛烟中凄语。唤起汀洲，断鸿无数。渺渺晴川，暮帆摇曳向前浦。月痕娟楚，刚照入牙琴去。除却酒尊时，只载得焦琴玉麈。　　凝伫。把山公高致，写人淡烟轻素。黄骢去也，又相送晚枫江路。蕙带结满握愁红，柳枝怨明湖秋雨。算剩有琴边，一叶残云无主。（樊增祥《长亭怨慢·题张樵野廉访琴台秋使图即送之山左》）

正新凉款蝶，旧韵抛蝉，画稿添修。冶思消磨尽，向湖桥唤酒，此意悠悠。帘阴悄垂细雨，无处问妆楼。怕路仄红墙，波平翠槛，望损湘眸。　　孤舟。泊江岸，听断雁筝弦，似诉飘流因甚芳悰减，剩题笺桂馆，谱笛苹洲。楚衣待将荷剪，零落一身秋。又到了重阳，黄花满地都是愁。（易顺鼎《忆旧游》）

乱水流虹，荒城带月，望中灯火长桥。旧梦韦娘，倩魂化玉谁招。江楼不闭葳蕤锁，又凄然子夜闻箫。恨迢迢。碧海青天，精卫难消。　　苎萝一舸看山去，觅金笼鹦语，我亦无聊。泪眼东风，禁他满镜春娇。青陵莫问三生冢，剪幽香替酹回潮。酒帘飘。珍重雕阑，休长红蕉。（王以慜《高阳台·舟泊垂虹桥感叶舍人事》）

薄寒庭宇愁如水，和云酿成凄楚。乳燕背斜阳，算春无归处。嫩阴浑欲暮。又迷了冶桃前度。一碧东园，旧痕空荡，断萍零絮。　　离绪。冐平芜微风外，声声晚鹃尤苦。吹梦堕淮西，怕阑珊无据。六朝君莫妒。只禁受恨烟颦雨。待相见悄掩重帘，共剪灯深语。（冯煦《征招》）

接叶阴浓，坠枝香冷，乱鸦啼树。更听风一夜无眠，对镜晓妆，愁见落红如雨。独上小楼凭阑望，正天际归帆迷远浦。人何处。甚鸿雁不来，惊添霜缕。　　相思到今更苦。怅身隔蓬山谁寄语。记灞桥分手，留春无计，芳期空许。漫说卷帘人情重，奈孤燕营巢无定宇。重门闭，任门外飞花飞絮。（刘炳照《大圣乐·春意阑珊客愁岑寂按苹洲渔笛谱依声和之》）

盘鸟浮螺，痛万里胡尘，海上吹落。锁甲烟销，大旗云掩，燕巢自惊危幕。乍闻唳鹤。健儿罢唱《从军乐》。念卫霍。谁是汉家图画壮麟阁。　　遥望故垒，毳帐凌霜，月华当天，空想横槊。卷西风寒鸦阵黑，青林凋尽怎栖托。归计未成情味恶。最断魂处，惟见莽莽神州，暮山衔照，数声哀角。（张景祁《秋霁·基隆秋感》）

淡霞垂镜。遣碧筒劝酒，连盘征令。风约生衣，凉挹轻罗，依旧涉江风景。鬓丝已逐哀蝉化，梦不到鹭凉鸥静。任无边水佩风裳，倦眼迷离难醒。　　艇子打波去好，昔游如梦了，凄断心影。薏苦难甘，丝拗还连，不转妙香根性。西来秋色今如此，料前度雨声须听。付沙禽漫画纷纷，又近夕阳烟暝。（沈曾植《绿意·苇湾观荷》）

小山却做伤春色。况单寒帘幕，尖风恻恻。落叶尔何心，偏乱飞庭侧。香魂应有归来日。只扶上枝头难得。顷刻。已消尽脂痕，琐窗渐黑。　　尘世多少空花，便各自繁华，百年奚极。幻梦不须陈，但归真太逼。平生久惯飘零恨，管此后转蓬南北。谁识。剩瘦影中间，愁阴如织。（谢章铤《珍珠帘》）

玉犨香怨相逢地，珊珊盼伊纤步。药鼎枯烟，花廊碎月，春锁愁乡深处。游丝万缕。甚袅到帘西，欲抽还住。语淡心浓，绿房阴透夜来雨。　　凉波吹却浪蕊，但苍云四卷，沙际孤屿。鲗墨波镌，鹅黄嫩咽，争说因郎辛苦。余生半黍。竟画里掷舟，带珠还浦。试看雕梁，弄春双燕羽。（林纾《齐天乐·题玉雪留痕》）

水风吹冷霓裳，海山谁谱琴天趣。江湖载酒，频年飘泊，京华羁旅。绝代销魂，秋千花影，独吟愁句。想银河涤苇，万红香沁，白云在，春深处。　　绿皱池波几许。写幽怀相思情绪。秋兰一朵，孤芳遥寄，《楚骚》烟语。邀笛苹洲，凄凉夜月，旧盟鸥鹭。问何时倚醉，更阑剪烛，话西窗雨。（叶衍兰《水龙吟·张公东大令邮示新词赋此寄赠》）

罗浮睡了，试召鹤呼龙，凭谁唤醒。尘封丹灶，剩有星残月冷。欲问移家仙井。何处觅风鬟雾鬓。只因独立苍茫，高唱万峰峰顶。　　荒径。蓬蒿半隐。幸金谷无人，栖身应稳。危楼倚偏，看到云昏花暝。回首海波如镜。忽露出飞来旧影。又愁风雨合离，化作他人仙境。（黄遵宪《双双燕·题潘兰史罗浮纪游图》）

柳丝残，秋雨细。远水拍天无际。菰叶港，稻花村。夕阳红到门。　　帆力健，浪窝旋。说甚山遥水远。新米饭，碧萝茶。天涯客到家。（郑由熙《更漏子·舟晚》）

一树棠梨，傍尘簃，吹出帘纤春雨。苇帷梦醒，泪滴红兰无绪。圆冰自抱，甚慵画两弯眉妩。应是怕杨柳青青，欲上翠楼愁聚。　　闲从钿屏遮处。把琳腴饮罢，重歌《金缕》。蓉笙叶抱，试掏《紫钗》遗谱。情伤小玉，料花好也遭风妒。空脉脉心事笺天，倩谁寄语。（汪渊《一枝春·用弁阳啸翁韵》）

清末词人聚于都下者有宣南词社之集，名流唱和，盛极一时，而国事日非，朝政益紊，往往形诸咏叹，宛然《小雅》怨诽之音。其有集著于世者如盛昱、文廷式、陈锐、王鹏运、郑文焯、况周仪、朱祖谋，皆社中人也。盛昱，字伯熙，清宗室，有《郁华阁集》；文廷式，字芸阁，一字道希，萍乡人，有《云起轩词》；陈锐，字伯韬，武陵人，有《褒碧斋集》，或豪放宗苏辛，或婉约宗周吴，而王、郑、况、朱四子，则卓然专门之业也。王字幼遐，晚号半塘僧鹜，临桂人，官给谏，抗疏言事，直声震朝野；校刊宋元词，已见上述，有《虫秋》、《袖墨》、《味梨》、《鹜翁》、《蜩知》诸稿，没后，彊村为订《半塘定稿》，格近碧山玉田，而间为苏辛之壮语，律虽未细，而词则真气洋溢矣。郑字叔问，号小坡，晚号大鹤山人，汉军，官中书；有《瘦碧》、《冷红》、《比竹余音》、《苕雅》诸稿，晚订《樵风乐府》，一宗《清真》，炼字选声，极见精丽，而清光荡漾，情绪缠绵，得未曾有；鼎革后，尤多摧藏掩抑之音。况字夔笙，临桂人，官中书；有《第一生修梅花馆词》，才情清丽，出入秦、周、姜、史之间，而气格微逊王郑。朱字古微，号沤尹，后易名孝臧，归安人，官侍郎；有《彊村语业》，专宗梦窗，订律精微，遣词丽密，而托体高旷，行气清空，尤能一扫饾饤之弊；罢官后，侨居吴下，与大鹤唱酬至繁；清祚既移，词不多作，而偶一涉笔，则哀思凄厉，深沁心脾，比诸大鹤，可称双绝！今则群公俱逝，而彊村灵光岿然。殆天留此老作有清二百六十余年词坛之殿军，而为兹世之导师欤！录王、郑、况、朱各二首，余各一首：

蓦横吹意外，玉龙哀，乌里雅苏台。看黄沙毳幕，纵横万里，揽辔初来。莫但访碑荒碛，尔是勒铭才。直到乌梁海，蕃落重开。　　六载碧山丹阙，几商量出处，拔我蒿莱。怆从今别后，万卷一身埋。约明春自专一壑，我梦君千骑雪皑皑。君梦我，一枝榔栗，扶上岩苔。（盛昱《八声甘州·送志伯愚都护之任乌里雅苏台》）

落花飞絮茫茫，古来多少愁人意。游丝窗隙，惊飚树底，暗移人世。一梦醒来，起看明镜，二毛生矣。有葡萄美酒，芙蓉宝剑，都未称，平生志。　　我是长安倦客，二十年软红尘里。无言独对，青灯一点，神游天际。海水浮空，空中楼阁，万重苍翠。待骖鸾归去，层霄回首，又西风起。（文廷式《水龙吟》）

冷讯通芦，清愁饯菊，雁边风力。细写鳞笺，江天印遥碧。登临倦眼，空伫望来游佳客。秋寂。琴调酒歌，说残年栖息。　　长安古陌。飚骇尘飞，冠裳半凌藉。浮云断送，故国指西北。万一阮狂嵇啸，重认五陵登历。料梦华无恙，凄绝夕阳鸦色。（陈锐《惜红衣·用白石韵酬沤尹叔问》）

荷到长戈，已御尽九关魑魅。倘记得悲歌请剑，更阑相视。惨淡烽烟边塞月，蹉跎冰雪孤臣泪。算名成终竟负初心，如何是。　　天难问，忧无已。真御史，奇男子。只我怀抑塞，愧君欲死。宠辱自关天下计，荣枯休问人间世。愿无忘珍惜百年身，君行矣。（王鹏运《满江红·送安晓峰侍御谪戍军台》）

凤城挑菜路，记携酒，访花之。正云见华鬘，香生蜀锦，兰槛春迟。支离。倦游老眼，只年年不负艳阳时。末用疏钟远引，玉骢自识招提。　攀枝。前事问谁知。邻笛莫轻吹。叹几番开落，鬓丝霜点，吟袖尘缁。天涯。暗牵别恨，拂莓墙慵觅旧题诗。赢得残僧目笑，对花长是攒眉。（王鹏运《木兰花慢·花之寺》）

正梅风转溽，麦浪吹凉，晴泛吴桡。未了寻幽兴，赋枇杷晚翠，一掬金抛。五湖料理三亩，多事误青袍。怅听水灯前，看山枕底，梦境迢迢。　萧条旧兰若，问烟雨楼台，谁换南朝。剩有苍黄壁，压颇梨万顷，断劫难销。凄其五日情事，残醉虎山桥。叹满地沧波，渔舟夜笛何处招。（郑文焯《忆旧游·己亥五日浮家西崦信宿石壁精舍见湖堧渔家垂灯叠鼓饶有节物感时赋此》）

霜月流阶，芜烟衔苑，戍笳愁度严城。残雁关山，寒蛩庭户，断肠今夜同听。绕阑微步，万叶战风涛自惊。悲秋身世，翻羡垂杨，犹解先零。　行歌去国心情。宝剑凄凉，泪烛纵横。临老中原，惊尘满目，朔风都作边声。梦沉云海，奈寂寞鱼龙未醒。伤心词客，如此江南，哀断无名。（郑文焯《庆春宫·同羁夜集秋晚叙意》）

惨碧山塘，画船只在，消泪多处。坐柳移尊，凭梅驻笛，相见应暂许。红罗嫌窄，金铃愁重，底是妒花风雨。最惆怅惊鸿散后，梦云更迷春侣。　可怜昨夜，画楼西畔，望断星点三五。钿小花羞，奁低月怨，歌态谁楚楚。赪鳞难托，红蚕更缚，可奈杜鹃催去。江南客，伤心第一，四弦倦语。（况周仪《永遇乐·吴坊本事和漱玉》）

故宫风雨咽龙吟。法曲惜消沉。兽香锦幄闻筝后，丝桐语，特地情深。十八《胡笳》凄拍，九重仙乐遗音。　玉笙鸡塞梦重寻。客路各沾襟。瘦金零落《霓裳谱》，朱弦怨，苹母光阴。说与宫声不返，陇云啼损双禽。（况周仪《风入松·宋徽宗琴名松风》）

春暝钩帘，柳条西北轻云蔽。博劳千啭不成晴，烟约游丝坠。狼藉繁樱刬地。傍楼阴东风又起。千红沉损，鹎鵊声中，残阳谁系。　容易消凝，楚兰多少伤心事。等闲寻到酒边来，滴滴沧

洲泪。袖手危阑独倚。翠蓬翻冥冥海气。鱼龙风恶，半折芳馨，愁心难寄。（朱祖谋《烛影摇红·晚春过黄公度人境庐话旧》）

残衫剩帻，悄不成游计。满马西风背城起。念沧江一卧，白发重来，浑未信，禾黍离离如此。　玉楼天半影，非雾非烟，消尽西山旧眉翠。何必更繁霜，三两栖鸦，衰柳外斜阳余几。还肯为愁人住些时，只呜咽昆池，石鳞荒水。（朱祖谋《洞仙歌·过玉泉山》）

（三）清代戏曲之盛衰

有清戏曲之盛，亦不让于前明。宫闱传取供奉，贵室多蓄家伶，一曲甫成，点谱按歌，即登舞席，作者每以之负盛誉，故曲本至蕃。初期诸作家如吴伟业、尤侗、郑瑜、周如璧、邹式金、兑金、薛旦、查继佐、堵庭棻、黄家舒、张来宗、张龙文、吴炳、袁于令、李玉、朱素臣、范文若、周坦纶、张大复、盛际时、朱云从、陈二白、高奕、马佶人、刘晋充、叶稚斐、朱佐朝、丘园、史集之、陈子玉、王香裔、李渔等，皆生明清之际，其所作曲本，已连类述于前篇。其他杂剧作家之著者则有徐石麟，字又陵，江都人，作《买花钱》、《大转轮》、《浮西施》、《拈花笑》四种。焦循《剧说》云："吾乡徐又陵，号坦庵，填词入马东篱乔梦符之室。"嵇永仁，字留山，号抱犊山农，无锡人，作《扬州梦》、《续离骚》二种。杨恩寿《词余丛话》云："《续离骚》杂剧，满腔悲愤，藉以发之，杜默哭项王庙一折，尤为悲壮，月晕风凄之夜，擪铁笛吹之，老重瞳必泪数行下也。"高应玘作《北门锁钥》一种。王士禛《池北偶谈》云："高应玘工词曲，其《北门锁钥》杂剧，论者以为词人之雄。"张国寿作《脱颖》、《茅庐》、《章台柳》、《韦苏州》、《申包胥》五种。《池北偶谈》云："张国寿善金元词，所著有《脱颖》等剧，在袁西野、李中麓伯仲间。"万树作《珊瑚珠》、《舞霓裳》、《藐姑仙》、《青钱赚》、《焚书闹》、《骂东风》、《三茅宴》、《玉山宴》八种。《宜兴县志》云："吴大司马兴祚总督两广，爱其才。延至幕，一切奏议皆出其手，暇则制曲为新声，甫脱稿，大司马即令家伶捧笙璈，按拍高歌以侑觞。"余如黄兆森，字石牧，上海人，作《裴航遇仙》、《张旭观公孙大娘舞剑》、《郁轮袍》三种。宋琬，字玉叔，号荔裳，莱阳人，作《祭皋陶》一种。龙燮，字二为，号改庵，望江人，举鸿博，作《芙蓉城》一种。洪昇，字昉思，号稗畦，仁和人，作《四婵娟》一种。

传奇作家之著者则有王抃，字鹤尹，太仓人，作《筹边楼》、《浩气吟》二种。王士禛《香祖笔记》云："吾宗鹤尹兄抃，工于词曲，作《筹边楼传奇》，一褒一贬，字挟风霜，描摹情状，可泣鬼神。"孔尚任，字季重，号云亭，别号东塘，曲阜人，作《小忽雷》、《桃花扇》二种。梁廷枏《藤花亭曲话》云："《桃花扇》笔意疏爽，写南朝人物，字字绘影绘声；至文词之妙，其艳处似临风桃蕊，其哀处似著雨梨花，固是一时杰构。"李调元《雨村曲话》云："孔东塘《桃花扇》，今盛行，其曲包括明末遗事，所写南渡诸人，面口毕肖，一时有纸贵之誉。"《词余丛话》云："云亭原稿第十三出直叙左宁南谋逆，左梦庚急以千金为寿，哀其削去，云亭遂改《哭主》一出，生气勃勃，宛然为烈皇复仇。"洪昇作《回文锦》、《回龙院》、《锦绣图》、《闹高堂》、《节孝坊》、《舞霓裳》、《沉香亭》、《长生殿》八种。《剧说》云："稗畦居士工词曲，撰《长生殿》，荟萃唐人诸说部中事，及李、杜、元、白、温、李数家诗句，又剌取古今剧部中繁丽色段以润色之，遂为近代曲家第一；在京师填词新毕，选名优谱之，大集宾客，是日国忌，为台垣所论，与会凡数十人皆落职，赵秋谷时官赞善，亦罢去。"《藤花亭曲话》云："洪昉思撰《长生殿》，为千百年来曲中巨擘，以绝好题目，作绝大文章，千古才人，一齐俯首，自有此曲，无论《惊鸿》《彩毫》，空惭形秽，即白仁甫《秋夜梧桐雨》，亦不能稳占词坛一席。"又云："《长生殿》至今百余年，歌场舞榭流播如新，每当酒阑灯灺之时，观者如至玉帝所听钧天法曲，在玉树金蝉之外。"《词余丛话》云："篚思谱《长生殿》甫成，名动辇下，国忌日演试新曲，御史黄某纠之，革去监生，枷号一月，文人之厄，闻者伤之，然因此曲本得邀睿览，传唱禁中，亦失马之福也。"吴绮作《秦楼月》、《啸秋风》、《绣平原》、《忠愍记》四种。《词余丛话》云："尤西堂乐府流传禁中，世祖亲加评点，称为'真才子'者再；吴薗次奉敕谱《忠愍记》，由中书迁武选司员外郎，即以椒山原官官之；康熙时，《桃花扇》《长生殿》先后脱稿，时有南洪北孔之称，其词气味深厚，浑含包孕处蕴藉风流，绝无纤亵轻佻之病。”董榕，字恒岩，道州人，作《芝龛记》一种。《词余丛话》云：“《芝龛记》以秦良玉沈云英二女帅为径，以明季事涉闺阁暨军旅者为纬，穿插野史，颇费经营，第五十七出有悼南都《渔歌》三折，酣畅淋漓，性情流露，似集中仅见之作；《桃花扇》结尾，一首弹词，一套北曲，亦是悼南都，似高于《芝龛记》。”唐英，字隽公，别号蜗寄居士，作《转天心》、《清忠谱正案》、《双钉案》、《巧换缘》、《三元报》、《芦花絮》、《梅龙镇》、《面缸笑》、《虞兮梦》、《英雄报》、《女弹词》、《长生殿补阙》、《十字坡》、《笳骚》十四种。《词余丛话》云：“唐隽公督榷九江，垂二十年，宏奖风流，爱才如命，在琵琶亭置笔砚，游客投以诗，无不接见，投辖殷殷，必得其欢心而去，康熙时风雅宗师也。”万树作《风流棒》、《空青石》、《念八翻》、《锦尘帆》、《十串珠》、《万金瓮》、《金神凤》、《资齐鉴》八种。《藤花亭曲话》云：“万红友寝食元人，深入堂奥，得其神髓，故其曲音节嘹亮，正衬分明，吴雪舫称为六十年第一手；生平所作甚多，而稿多散佚不存，今世合刻者《空青石》、《念八翻》、《风流棒》，称《拥双艳三种》而已；红友为吴石渠之甥，论者谓其渊源有自。其实平心论之，粲花五种，情致有余，而豪宕不足；红友如天马行空，别出机杼，宗旨固不同也。”又云：“红友关目于极细极碎处，皆能穿插照应，一字不肯虚下，有匣剑帷灯之妙；曲调于极闲极冷处，皆能细斟密酌，一句不轻放过；有大含细入之妙，非龙梭凤杼，能天衣无缝乎？”又云：“曲有句谱短促，又为平仄所限，最难谐协者，惟红友长此；如仙吕之长拍，中有四上声字为句，最难自然，惟红友则肆应不竭，愈出愈奇。如‘睍睆好鸟’‘只我与尔’‘我有斗酒’等句，皆异常巧合，能夺天工者。”余如徐石麟作《珊瑚鞭》、《九奇缘》、《胭脂虎》三种；毛奇龄作《放偷记》、《买嫁记》二种；石子斐字成章，绍兴人，作《正昭阳》、《龙凤山》、《镇仙灵》三种；沈树人，字友声，作《丽鸟媒》一种；周稚廉，字冰持，华亭人，作《珊瑚玦》、《双忠庙》二种；陆次云，字云士，钱塘人，作《昇平乐》一种；胡介祉，字循斋，号茨村，大兴人，作《广陵仙》一种；顾彩，字天石，无锡人，作《南桃花扇》、《后琵琶记》二种；汪楫，字舟次，江都人，作《补天石》一种；汪祚，字敦士，江都人，作《十贤记》一种；石恂斋作《两度梅》、《锦香亭》、《天灯记》、《酒家佣》四种；鷹山作《广寒香》、《易水歌》、《芙蓉楼》三种；黄兆森作《忠孝福》，顾景星作《虎媒记》，唐宇昭作《桃花笑》，嵇永仁作《双报应》，黄振作《石榴记》，高伯阳作《续琵琶记》，查慎行作《阴阳判》，毛钟绅作《澄海楼》，王维新作《夜光球》，沈茗荪作《凤鸾俦》，石庞作《因缘梦》，姚子懿作《后寻亲》，谢宗锡作《玉楼春》，顾元标作《情梦侠》，王圣徵作《蓝关度》，袁声作《领头书》，沈沐作《芳情院》，吴士科作《红莲案》，李阴桂作《小河洲》，周树作《冯驩市义》，吴幌珏作《河阳观》，曹岩作《风前月下》，朱龙田作《壶中天》，陆曜、陈端合作《遗爱集》，朱确、过孟起、盛国琦合作《定蟾宫》各一种。

稍后杂剧作家之著者则有蒋士铨，字清容，一字心余，号苕生，铅山人，官编修，作《四弦秋》、《一片石》、《忉利天》三种。《雨村曲话》云："铅山编修蒋心余士铨，曲为近时第一，以腹有诗书，故随手拈来，无不蕴藉，不似笠翁辈一味优伶俳语也。"《藤花亭曲话》云："蒋心余太史九种曲，吐属清婉，自是诗人本色，不以矜才使气为能，故近数十年作者亦无以尚之。"又云："《四弦秋》因《青衫记》之陋，特创新编，顺理成章，不加渲染，而情词凄切，言足感人，几令读者尽如江州司马之泪湿青衫也。"又云："《桂林霜》、《一片石》、《第二碑》、《冬青树》四种，皆有功名教之言，忠魂烈魄，一入腕中，觉满纸飒飒，尚余生气。"又云："乾隆十六年，皇太后万寿，江西绅民祝嘏杂剧四种，亦心馀手编，一曰《康衢乐》，二曰《忉利天》，三曰《长生箓》，四曰《昇平瑞》。"《词余丛话》云："《藏园九种》，为乾隆时一大著作，专以性灵为宗，具史官才学识之长，兼画家皱瘦透之妙，洋洋洒洒，笔无停机；乍读之几疑发泄无余，似少余味，究竟无语不炼，无语不新，无调不谐，无韵不响，虎步龙骧，仍复周规折矩，非凫西笠翁所敢望其肩背。"桂馥，字未谷，曲阜人，官永平知县，作《后四声猿》，内含四种——一《放杨枝》，二《谒府帅》，三《题园壁》，四《投溷中》。杨潮观，字宏度，号笠湖，无锡人，乾隆举人，官邛州知府，作《吟风阁杂剧》内含三十二种，以《寇莱公罢宴》、《快活山樵歌九转》、《穷阮籍醉骂财神》、《鲁仲连单鞭蹈海》、《偷桃捉住东方朔》为著。《剧说》云："《寇莱公罢宴》一折，淋漓慷慨，音能感人，阮大中丞巡抚浙江，偶演此剧，中丞痛哭，时亦为之罢宴；盖中丞亦幼贫，太夫人实教之，阮贵，太夫人久已下世，故触之生悲耳。”舒位，字立人，号铁云，大兴人，作《瓶笙斋修箫谱》，内含《卓女当垆》、《樊姬拥髻》、《酉阳修月》、《博望访星》四种，外有《人面桃花》一种。陈文述《舒铁云传》云：“铁云能吹笛鼓琴度曲，不失分寸，所作乐府院本脱稿，老伶皆可按简而歌，不烦点窜。”余如南山逸史作《半臂寒》、《长公妹》、《中郎女》三种；群玉山樵作《锄经堂乐府》，内含《卢从史》、《老客归》、《长门赋》、《燕子楼》四种；林於阁主人作《义犬记》、《淮阴侯》、《中山狼》、《蔡文姬》四种；西泠外史，无枝甫合作《钿盒奇缘》、《蟾蜍佳偶》、《义妾存孤》、《人鬼夫妻》四种；空观主人作《蓦忽因缘》一种。此外失名之作而传者倘有焦循《曲考》所载《蓬岛琼瑶》、《花木题名》二种，及黄文旸《曲海目》所载《万家春》等十二种。

传奇作家之著者则有卢见曾，字抱孙，号雅雨山人，德州人，官两淮监运使，作《旗亭记》、《玉尺楼》二种。《藤花亭曲话》云：“《旗亭记》作王涣之状元及第，语虽荒唐，亦快人心之论也。”张坚，字漱石，江宁人，作《梦中缘》、《梅花簪》、《怀沙记》、《玉狮坠》四种。《雨村曲话》云：“张漱石有《玉燕堂四种》，《怀沙》撷合《国策》而成，堪称曲史。”《藤花亭曲话》云：“《怀沙记》依《史记·屈原列传》而作，文词光怪，全部《楚辞》，隐括言下，《著骚》、《大招》、《天问》、《山鬼》、《沉渊》、《魂游》等折，皆穿贯本书而成，询曲海中巨观也。”又云：“《玉狮坠》设想甚奇，其《毁衮》一折，如蚁穿九曲，愈折愈深。”《词余丛话》云：“张漱石以诗文受知鄂文端公，列入《南邦黎献集》，进呈御览，卒无所遇，以诸生终。……四种中《梅花簪》、《玉狮坠》俱少余味，《怀沙记》演屈大夫故事，组织《离骚》，颇费匠心，稍嫌近理；惟《梦中缘》排场变幻，词旨精致，洵足为昉思之后劲，开藏园之先声，湖上笠翁，不足数也。”夏纶，字惺斋，钱塘人，作《无瑕璧》、《杏花村》、《瑞筠图》、《广寒梯》、《南阳乐》、《花萼吟》六种。《藤花亭曲话》云：“夏惺斋作六种传奇，其《南阳乐》一种，合三分为一统，尤称快笔，虽无中生有，一时游戏之言，而按之直道之公，有心人未尝不拊掌呼快。”又云：“惺斋作曲，皆意主惩劝，尝举忠孝节义各撰一种，《无瑕璧》教忠，《杏花村》教孝，《瑞筠图》教节，《广寒梯》教义，《花萼吟》教弟，事切情真，可歌可泣。”《词余丛话》云：“惺斋固通经者，其词亦多近理。”蒋士铨作《雪中人》、《香祖楼》、《临川梦》、《桂林霜》、《冬青树》、《空谷香》六种。《藤花亭曲话》云：“《临川梦》竟使若士身入梦境，与四梦中人一一相见，请君入瓮，想入非非，娓娓清言，犹余技也。……《空谷香》、《香祖楼》两种于同中见异，最难下笔，乃合观两剧，非惟不犯重复，且各极其错综变化之妙，故称神技。”余如厉鹗作《群仙祝寿》、《百灵效瑞》二种；周若霖字蕙钟，嘉定人，作《玉钗怨》、《祀招财》二种；李文瀚，字云生，宣城人，作《紫荆花》、《胭脂舄》、《凤飞楼》、《银汉槎》四种；陈烺，字潜翁，阳湖人，作《仙缘记》、《海虬记》、《蜀锦袍》、《燕子楼》、《梅喜缘》，共名《玉狮堂五种》；董定园作《琵琶侠》、《花月屏》二类；崔应阶作《烟花债》、《情中幻》二种；张异资作《崖州路》、《麒麟梦》、《鸳鸯榜》、《黄金盆》四种；李本宣作《玉剑缘》，王墅作《拜针楼》，杨国宝作《东厢记》，郑含成作《富贵神仙》，方成培作《双泉记》，陈钟麟作《红楼梦》，金椒作《旗亭记》，程枚作《一斛珠》，严保庸作《盂兰梦》各一种。又释智达作《传灯录》一种；伶人顾觉宇作《织锦记》一种；女冠姜玉洁作《鉴中天》一种；闺秀梁孟昭，字夷素，钱塘人，作《相思砚》一种，林亚青作《芙蓉峡》一种。又耶溪野老作《香草吟》、《载花舲》二种，研雪子作《翻西厢》、《卖相思》二种，苍山子作《广寒香》，雪龛道人作《五伦镜》，吉衣道人作《玉符记》，白雪道人作《醉乡记》，胜乐道人作《长命缕》；梦觉道人作《鸳簪合》，介石逸叟作《宣和谱》，西湖放人作《三生错》，月鉴主人作《月中人》，研露老人作《双仙记》，离幻老人作《添绣鞋》各一种。此外失名之作而传者，《曲海目》则载有《精忠旗》等二十七种；无名氏之作，则《曲海目》载有《典春衣》等二百又六种；《传奇汇考》载有《十二红》等九十五种；《九宫大成南北宫谱》载有《太平图》等四十二种；其名不备举。

晚清作家寥寥，仅传奇作家之著者，尚有周文泉作《补天石》八种，内含《宴金台》、《定中原》、《河梁归》、《琵琶语》、《纫兰佩》、《碎金牌》、《纨如鼓》；《波弋香词余丛话》云：“周文泉大令知邵阳县，谱《补天石》八种，时谭铁箫太守知宝庆，即以铁箫正谱，楚南官场风流佳话也。”黄燮清作《倚晴楼》七种，内含《茂陵弦》、《帝女花》、《脊令原》、《鸳鸯镜》、《凌波影》、《桃溪雪》、《居官鉴》；专学藏园，以《帝女花》、《桃溪雪》为胜。张九钺，字度西，湘潭人，作《六如亭》一种。《词余丛话》云："先生精通内典，取东坡朝云轶事，谱《六如亭》传奇，叙次悉本正史年谱，无颠倒附会之处。"杨恩寿，字蓬海，号坦园，长沙人，作《麻滩驿》、《桃花源》、《姽婳封》、《桂枝香》、《再来人》、《理灵坡》六种；亦学藏园，以《再来人》、《桂枝香》为胜。郑田熙，见前，作啸岚道人乐府三种，以《燕鸿音》为胜。余如张云骧，字南湖，文安人，作《芙蓉碣》一种，曾茶村作《蕙兰芳》一种，皆无可称。

综上所述，清代戏曲，始盛而终衰，其间形迹亦可得而考，兹更述其曲学著述于次。

康熙五十四年，命詹事王奕清等撰《曲谱》十四卷，盖与《词谱》同时而成。北曲四卷，南曲八卷，附失宫犯调各曲一卷；曲文每句注句字，韵注韵字，每字旁注四声，于入声字或宜作三声者，皆一一详注，旧谱讹句，亦皆辨正。同时有吕士雄、杨绪、刘璜、唐尚清等合撰《南词定律》，较《沈谱》尤为周详。乾隆六年，开律吕正义馆，庄亲王董其事，撰《分配十二月令宫调论》，最为精核；所著《九宫大成南北宫谱》多至八十卷，又闰一卷，前此所未有也；其持论亦特精卓，多可辟前此词家未发之秘。如南谱旧有仙吕入双调，其音声迥不相合，今谱中将仙吕归仙吕，双调归双调，而用南仙吕《步步娇》，北双角《新水令》等曲合成套数别为闰卷；又词家所谓犯调，今改名曰集曲，其曲有名义可取而声律失调者，或节奏克谐而名义欠雅者，悉为厘正；又《中原音韵》止平声别阴阳而上去不分，尚欠精晰，谱中则每定以工尺而阴阳自分，可补周德清所未备；又谱中有一牌名同字异者以至早者为正体，余为又一体，凡此皆其心得也。

清代经师，多通声律。如毛奇龄奉命更定丹陛乐，作《圣谕乐本辞说》、《皇言定声录》、《竟山乐录》，以乐理授李刚主。惠士奇著《琴笛理数考》四卷，以琴笛证明古乐十二律之管色，谓"古法十二律，黄钟至小吕为阳，蕤宾至应钟为阴，阳用正而阴用倍，蕤宾长，小吕短，黄钟中；自梁武改为黄钟长，应钟短，小吕中，由是阳正阴倍之法绝"。江永著《律吕阐微》，其论黄钟之宫，谓"黄钟之宫者，黄钟半律，后世所谓黄钟清声也"；凌廷堪著《燕乐考原》六卷，条分缕析，考据极明；尝谓"推步必验诸天行，律吕必验诸人声，浅求之樵歌牧唱亦有律吕，若舍人声而别寻所谓宫调者，则虽美言可市，终成郢书燕说而已。”(《湘月序》)其释唐燕乐二十八调，略谓“燕乐之器，以琵琶为首，琵琶四弦，一弦七调，故一弦一均。如七宫一均，即琵琶之第一弦，七商一均，即第二弦；七角一均，即第三弦；七羽一均，即第四弦。”皆前人所未发。陈澧著《声律通考》十卷，于古今乐律迁变歧异处，广罗众说，多能折衷。

歌曲之谱，首推叶怀庭《纳书楹曲谱》。怀庭名堂，一字广明，长洲人，尝取临川《四梦》及今传奇散曲，论文校律，以成巨著计二十二卷，一时度曲家交相推服；又得王文治为之校正，尤称完密。其中辨析音律，已极精微；其弟子钮匪石尚云“有哀秘之声不轻传授”，而此谱已为度曲之科律矣。其后又有《遏云阁曲谱》，南清河王锡纯编，就《纳书楹》及钱霈之《缀白裘》中取诸曲，变清宫为戏宫，删繁白为简白，旁注工尺。外加板眼，以便歌唱。又庄亲王作《太古传宗》六卷，内《西厢》、《琵琶》，时剧谱各二卷，亦为歌曲者作。至《缀白裘》十二集，则杂选诸戏剧文词科白，聊便诵览，于谱调音律俱无关。

考曲之书，则有焦循《曲考》，无名氏《传奇汇考》，皆就曲本撮其本事，证以他书。而要以黄文旸《曲海》为最备。文旸，字时若，号平山，江都人，乾隆丁酉命巡盐御史伊龄阿于扬州设局修改曲剧，凡四年事竣；总校黄文旸、李经，分校凌廷堪、程枚、陈治、荆汝为；修改既成，文旸著《曲海》二十卷，为总目一卷以记作者之姓氏，其目凡一千零十三种，今载《扬州画舫录》中。

谈曲之书，则有焦循《剧说》六卷。循字里堂，江都人，其书杂录前人论曲论剧之书，参以旧闻，不涉宫调音律，引征之书，甚为精博。李调元《雨村曲话》二卷，杂取旧闻，琐琐无甚精采。梁廷枏《藤花亭曲话》五卷，论音律，论文字处，多有心得，足备参稽。杨恩寿《词余丛话》三卷，一原律，二原文，三原事，条理甚明，考证则瑕瑜互见。晚近王国维作《戏曲考原》、《唐宋大曲考》、《古剧脚色考》、《优语录》、《录曲余谈》各一卷，《宋元戏曲考》二卷，《曲录》五卷，采摭甚富，评索亦有特见。

清代戏剧，以昆腔为主，盖白明季盛于苏昆之间，而旋乃推衍于北也。顾其吐字必以吴音为正，说白虽用中州腔，而时参以吴语，然同时他方之戏剧，不尽昆腔也。溯昆腔之先，有弋阳海盐等腔，皆用弦索。自昆腔改任管笛，弦索遂流于北部，随土风而各变。安徽人歌之为枞阳腔（一名石牌腔，又名吹腔）；湖广人歌之为襄阳腔（又称湖广腔）；陕西人歌之为秦腔（本《秦云撷英小谱》）。是时北京贵族所赏者皆为昆腔。王公各蓄家乐；宫闱则以阉宦，组为升平署。而民间所通行之歌剧则为高腔，其腔粗简，不用丝竹，仅杂锣鼓，故士大夫罕称之，于是秦腔乘机而入。秦腔者，一名梆子腔，汇山陕陇蜀诸地之声而成者也。其腔高亢噍杀，伴奏者以锡律（以锡为管，以芦头为吹，即觱篥之变）为主，以板胡（略如胡琴，惟易筒为椀，易蛇皮为薄木板，又名椀琴）为副，以梆子为节；而宛转哀厉，颇易动听，故一时士庶俱赏之。当时乐部有双庆班、宜庆班；优伶有魏长生、陈银官者领之。迨乾隆末，招致京外优伶集京师祝嘏，分雅部与花部。雅部乃征集苏昆名优而成，是为昆班，一名内江班；花部则合各地杂腔——如弋阳、枞阳、襄阳、梆子以及罗罗腔、拨子调等而成，是为乱弹班，一名外江班。后有高朗亭者，组三庆班，合高腔、西腔并乱弹诸腔而为一；继起者又有四喜、春台、和春诸班，是为四大徽班。淫词俗调，风靡一时。道光三年，御史曾奏禁之。然因其剧多写男女风情、社会俗状，故流传易广，制作亦多；特以无名手为之，其词遂日趋于俚。今观《缀白裘》六集中有梆子腔多剧，如《买胭脂》、《落店》、《偷鸡》、《花鼓》、《途叹》、《问路雪拥》、《点化》、《探亲》、《相骂》、《过关》、《安营》、《点将》、《水战》、《擒幺》等。其所用调，如《吹腔》、《梆子腔》、《仙花调》、《凤阳歌》、《花鼓曲》、《高腔》、《银绞丝》、《四大景》、《西调》等；亦有梆子而用曲调者，如《驻云飞》、《皂罗袍》、《山坡羊》、《耍孩儿》、《点绛唇》、《醉太平》、《普天乐》、《朝天子》等，则弋阳之遗也。又有乱弹腔之剧如《阴送》，西秦腔之剧如《搬场拐妻》，词皆鄙陋。至十一集中则全收梆子乱弹之剧矣。凡皆乾嘉间北京社会流行之剧本也。（按今人郑观文之《中国音乐史》，谓“元北戏有乱弹、西腔、梆子、高腔等，皆以性质立名。至明昆腔出，南北杂剧有全体并入者，如弋阳、吹腔等，有一部分并入者，如乱弹、梆子等。但此等腔调，一经昆腔之改编，即非本来面目；其独立未变者，南戏有四平调，北戏有秦腔，高白子而已”。此论有是有非。昆腔用调，皆出南北曲；梆子中用南北曲者，其源与昆腔同出于弋阳。若其所用杂调如《仙花调》、《凤阳歌》、

《花鼓曲》、《银绞丝》等，则与昆腔截然异源，不得断其在昆腔之先。至若乱弹腔、四平调、高腔、秦腔等，多以七字或十字为句，则显为明以后弹词之变，更出昆腔之后矣。此征诸兹集而可了者也。）

徽班所用主腔为徽调，徽调实本汉调，而汉调之先则为襄阳腔。襄阳腔之来源有二：一自秦，西皮是也；一自黄冈黄陂之间，二黄是也。西皮为秦腔之一种，惟不用梆子板胡而用皮胡，故可与二黄合，而为襄阳之主腔。襄阳者，地界南北，故可兼采二地之声也。初其调仅流行于皖鄂之间；石门、桐城、休宁间人变而效之，遂成徽调。徽班既盛，昆剧遂衰。京人日聆其声，渐成习嗜。歌者亦稍参昆腔口法，以弥其土音之缺，居一二代，徽语皆变为京语，徽调亦变为京调矣。及京人能者既众，徽人不复更往，于是徽班悉变为京班矣。故如初期之程长庚、胡喜禄，皆徽人也；余三胜、谭叫天（鑫培之父），皆鄂人也；及稍后之孙菊仙、王玉田，则京津人也。迄于晚清，京调得钦后之激赏，势日骎骎；伶人如谭鑫培、杨月楼、汪桂芬等以供奉内庭，亦蜚声一时。及西法留声，虽异域亦习嗜之，几欲代表中国之国乐矣。而昆剧者，则日就消沉，惟苏昆之间，尚有私人集社以研习者。弃雅从俗，化淳为浇，觇国者能无殷忧乎！

清代歌曲之不属于戏剧而为弹词之流变者，其类甚多。今约举其通行者，有大鼓，摊簧，开篇，东调、淮调，粤讴数种。其内容大率为故事、言情，而偶杂以滑稽，所以为小集之娱乐也。兹略述其概。

大鼓行于北地，今有京音、梨花、梅花诸派，其词以七言或十言句为本，而时杂以长短句，其伴奏之器为大三弦。京音则唱者侧立，右手击小鼓，左手拍小胰以为节，而时以手势传曲中之情，其调疾徐抗坠，各尽其致；曲词多雅洁，如《马鞍山》、《战长沙》等，则故事也，《拗口令》则滑稽也。梨花出于山东，在京音之先，唱者右手亦击小鼓，左手则指夹二铜片敲击以为节，即所谓犁铧片，盖碎农器之遗；其调悲凉怨抑，闻者凄怆；曲词如《乌盆记》、《庙门开》等，亦不外故事与言情也。梅花出于天津，最为后起，唱者与京音同，其调则幽扬缠绵，易动情感，而时插以别调穿心；曲词如《鸿雁捎书》、《黛玉悲秋摔镜架》等，亦故事言情之类，而好词颇多。京津民间，多嗜之成癖者。

摊黄行于苏松间，亦名苏摊，其词略同弹词，有唱有白，又类昆剧，惟用苏州方音耳；其曲本多属故事长篇，有改传奇为之者；其伴奏用三弦。苏人嗜听者，往往醵金召工，围坐经旬不倦云。

开篇出子虞山，亦名虞调，其词亦略同弹词，七言独韵，纯唱无白；其曲本亦属故事长篇，词多和雅；其伴奏男用三弦，女用琵琶，今渐变为所谓唱文书矣。

东调出于山东，流于河南，其词亦略同弹词，多唱少白；其调以一字清为主，而杂用四平调，及别调穿心；其曲本亦属故事长篇；其伴奏用筝，副以提琴，声颇摧藏，利于悲曲。

淮调出于淮扬，其词多短篇言情之作，如《独坐绣楼》、《掩绣户》等；其调以满江红为主，而偶杂穿心；其伴奏用琵琶，声多凄婉。

粤讴出于广东，其词亦皆短篇言情之作，如《吊秋喜》、《花貌咁好》等，率用土音杂文言，三五四六之句相间；其伴奏用琵琶，声多怨慕。咸同间颇盛行，近则渐式微矣。

余若各地均有小唱，繁杂流衍，不胜枚举，且以无关大体，故概从略。

测运第十

世运之演进，其终于无穷乎！新新不停，生生相续，大《易》“变易”之义，既显征于革矣。革之《象》曰：“天地革而四时成。”而九五曰：“大人虎变。”《象》曰：“大人虎变，其文炳也。”上六曰：“君子豹变。”《象》曰：“君子豹变，其文蔚也。”是革之义，又显征于文矣。夫文者事物之见端，举天地间庶类群品嬗代变化之迹，孰非自然之文者？文云，文云，简策云乎哉？然而皇古邈远，莫得而述者，非无事物也，徒以不具简策而无征，虽历万祀，犹一朝耳。是故舍简策无以彰自然之文，此文之名所以为简策所独擅；非变革无以极万物之用，此文之效所以赖变革而益周。盖变无穷而文亦无穷也。自三代以降，文屡变矣：三王五帝，不同礼乐，封建郡县，递为更代，事物之文变也；八体并兴，五言渐作，两京淳厚，六朝繁靡，简策之文变也。旧者敝而新者起，新者盛而旧之窳者即灭而精者仍存；及新者盛极而敝之象又生，则又有更新者起而代之，而窳灭精存如故也。如是不息，故垂于天壤者皆万选之余，而非暖姝于一二家者所得而私。今持此义以观词曲之递变而测其将来，虽不中，不远矣。

（一）词曲之现状

词曲之在今日，盖有盛衰不同之二象焉：自清季废科举，士之贤而才者，脱帖括之束缚，去禄利之希冀，而竞从事于实学。其治经世及物质之学者，无论矣；其治文学者方图规模往哲，瀹发性情，求所以保国粹而扬国光者大有其人。即词曲之学，亦不乏方闻博雅之名家，如郑（文焯）况（周仪）朱（祖谋）王（国维）诸子者，讨论律吕，搜罗遗佚，校刊善本，考索源流，以昭示学者之途径。民国肇建，风尚未衰，报章则别辟专栏以选录，书坊则传刊旧集以待沽，大学尤复列为专门以讲肄，郁葱麟炳，曷尝少让于前代哉？此盛之象也。然而战伐频年，民生日蹙；避患救死，方且不遑，谁复能镂肾呕心，摛华掞藻，以为此不急之务？即心诚好者，犹且未能安暇以求，小得浅尝，末由深造。重以好怪之士，稗贩异邦，苟为新说。斥优美为贵族，则揭举平凡；目声韵为羁靮，则破除律格。贱其所无有，而屏其所不知；讳其所自经，而张其所臆造。使浮薄者歆动而景附，后进者临歧而狐疑，孱苶者惮势而噤声，深识者洞观而悯笑。于是或耗心思于无当，或避繁难而弗为，词曲前途，安望有豸？此衰之象也。惟此二象，错杂纠纷。大势既明，还征诸事。

词学自晚清中兴。今词坛耆宿之存者虽止彊村一翁，而十余年来造述蔚如，足以列作者之林者尚不乏人。其存者如赵熙，字尧生，荣县人，光绪进士，官御史，有直声；工诗，鼎革后，始为词，有《香宋词》二卷，为丁巳戊午两年作，以周吴之律格，参苏辛之气势，凝重奔放，兼而有之，树词场之异帜焉。夏敬观，字剑丞，新建人；诗宗宛陵，有《吷庵词》，出入欧晏姜张之间。程颂万，字子大，号鹿川田父，宁乡人；有《美人长寿庵词》，精丽研炼，雅近梦窗。冒广生，字鹤亭，如皋人；有《小三吾亭词》，情藻均胜。潘飞声，字兰史，番禺人；有《说剑堂集词》，清丽时参疏宕。蔡宝善，字师愚，德清人；有《听潮音馆词》，多清蒨之作。王允皙，字又点，闽侯人；词清婉近玉田。周岸登，字道援，号癸叔，威远人；有《二窗》《十稿》合为《蜀雅》，辞丽密而律特精严，其《邛都词》中多赋西南逸事，足备职方。其没者如沈宗畸，字太侔，一字孝耕，番禺人；词峭丽近梅溪。徐珂，字仲可，钱塘人；有《纯飞馆词》，多宗北宋。易顺豫，字由甫，实甫之弟，词爽朗近放翁。刘毓盘，字子庚，江山人；有《濯绛宦词》，语多寄托。陈衡恪，字师曾，号槐堂，别号朽道人，义宁先生冢子，工诗书画篆刻，词亦清远婉丽。王浩，字然父，号瘦湘，南昌人；有《思斋遗集》、《倚杜词》，初兼玉田稼轩，后一宗梦窗，气足以举。凡此皆荦荦者。至并世词家，海内定众，囿于见闻，不能觑缕。各录一首：

李唐笔。千岁香严手迹。何人考年月姓名，惟有《坚牢》字千百。宣南四立壁。收得禅心一箧。是杨云宣统二年，手割敦煌万山色。　　秋风满京国。叹谏草无功，天黯南北。伤心马角乌头白。便水远山远，一声去也，燕云如梦万里隔。剩身外经册。荣德。故山碧。准白发头陀，身傍诸佛。梵天花雨蛾眉宅。只甚日携手，卷中词客。金光明字，月一片，照净室。（赵熙《兰陵王·题唐写金光明最胜王经坚牢地神品第十八卷子》）

雉墙斜日，狐篝新火，危楼直瞰高城。繁吹怨风，银枪拥雪，秋场夜点蕃兵。重到暗心惊。想胡尘匝地，西望秦京。绛阙迢迢，玉河不动灿三星。　　东华往事凄清。付垂杨乌语，疏草虫声。檀板未终，残灯更炙，笙歌乱后重听。十载误浮名。笑酒边老大，吾亦微酲。满屋狂花，替谈兴废有山僧。（夏敬观《望海潮·庚子乱后重来京师感赋》）

怅天边恨影，浑不管夜来颦？恁瘦到纤纤，窥来小小，觑破真真。黄昏。画楼自倚，黯盈盈双照比肩人。孤枕荒江魂怯，小鬟深阁香温。　　回看脸晕红新。画一角，楚天云。似娉娉袅袅，十三年纪，略皱眉痕。愁鸳。并舷无寐，暗销凝汀翠雨三分。特地听风听水，那堪伤别伤春。（程颂万《木兰花慢·初三夕舟次咏月》）

十年幽梦，锁旧家亭馆，绿阴无数。莫向孤山山下觅，红萼无人为主。染额人归，深宫旧事，惆怅谁能赋。夜寒风细，冷香飞上诗句。　　谁解唤起湘灵，伤心重见，商略黄昏雨。书寄岭头封不到，回首江南天暮。惟有阑干，旧时月色，俯仰悲今古。疏帘自卷，逋仙今在何处。（冒广生《百字令·过冷香馆赠兰集石帚句》）

旅怀十日畏春寒。春色怕阑珊。东风那送愁人梦，想如今梦也都难。别泪犹悬襟上，惊魂不到花间。　　真珠如意玉连环。密约共追欢。欢场只逐当筵散，劝红筝隔苑休弹。尽备一宵酒兴，梨云深叩蓬山。（潘飞声《风入松·三月镜湖客中作》）。

冰姿皎洁，看翠衬琼芳，素坠香雪。袅娜淡妆仙子，初回瑶阙。玉钗试看，微簪点染，鬟云幽绝。撩人甚，扶头醉醒，笑启娇靥。　　荒唐旧事谁说。记碧玉芳魂，曾化冰蛹。满院露华如水，愁伴清月。只恐不耐新凉，瘦损玉儿风骨。秋梦冷，西风又吹玉屑。（蔡宝善《露华·茉莉》）

洗红连夜雨，吹不散画桥烟。叹景物关人，光阴在客，情味如禅。寻思刺船弄水，便归欤何用置闲田。拼约春风烂醉，恨春轻老花前。　　湖天。碧涨篁纹边。日日忆家眠。料溅衣未妥，晕妆还懒。鬓冷敧蝉。分明片时怨语，说相思金箧已无笺。雨歇西斋淡月，隔墙犹咽幽弦。（王允皙《木兰花慢·兴郡客感》）

雁红吹满。千林树，还催吟鬓凋晚。翠微多处看西山，戒峭寒清旦。带一抹平芜似剪。愁心江上烟波远。荡倦客羁魂，任宋玉能招，到此不禁肠断。　　仍见遍插茱萸，车螯丁酒，醉菊香噀缸面。故乡无地可登临，定有人伤乱。剩蜀国弦中望眼。薛涛笺写苹洲怨。念岁华惊离梦，京洛衣缁，锦城丝管。（周岸登《霜叶飞·重九霜降登滕王阁》）

春前燕子差迟羽。小帘栊，占取深深庭户。浑欲嫁东风，怕池塘疏雨。况是江头潮信改，只合听浮萍流去。说与只一朵琼花，能消清露。　　新岁次第春来，斗婵娟懒向，芳丛回顾。禁得一分愁，便销魂如许。试问长堤千万树，何处是斜阳多处。轻误。恐门外天涯，王孙且住。（沈宗畸《真珠帘·秋根司使有归思赋此代讯》）

甚年年碧桃开候，高楼容易烟雨。余霞幻作胭脂色，愁煞阴晴无据。知也否。怎越袷吴绵，费尽商量语。相思正苦。但倚遍雕阑，盼他芳草，绿满去时路。　　园林好，怕道青春渐暮。几番花信轻误。光阴逝水朱颜改，冷落镜中眉妩。佳约阻。愿此后韶华莫再从虚度。烟笼暝树。只望眼迷离，遥空指点，帆影隔前浦。（徐珂《摸鱼子·和花农家兄》）

六代斜阳冷。换凄凉二分明月，雾笼烟衬。燕子桃花都寂寞，一径苍云自领。算慧业人天同证。二百余年衣钵在，看故家乔木参天影。重付与，苦吟鬓。　　水明楼上凭阑稳。对西风玉田身世，酒杯还剩。握手相逢惊老大，我亦词人堪哂。念镜里朱

颜曾映。莫向旗亭重赌句，怕当时舞袖郎当甚。临别语，为君赠。（易顺豫《金缕曲·题水绘庵填词图》）

一滴真元血。是天公揞持世界，作成豪杰。猿鹤沙虫秋草化，了却中原半壁。生不幸谋人家国。欲乞黄冠归里去，听桃花扇底孤莺泣。偏独抱，女儿节。　将军别有肝肠铁。尽昏昏终朝醉梦，玉阶金穴。一木焉能支大厦，方寸灵光照澈。都付与昆明残劫。遍地皆非干净土，葬青山抵苦收遗骨。休更向，老僧说。（刘毓盘《金缕曲·题吴瞿安风洞山传奇》）

柳带垂阴，荷钱试碧，霏霏微雨浮亭。余香半亩，未悭诗思经营。雾阁翠迷清晓，流莺梦老燕巢成。春归后，湔裙曲水，无语留情。　天气乍寒乍暖，正地卑衣润，宝篆香凝。青山自好，画阑点笔愁生。嫩约倩传芳卷，故人何事细丁宁。难忘是，华年胜赏，携袂孤城。（陈衡恪《庆清朝·公湛用梅溪韵赋此解倚声和寄》）

长乐离宫，远条别馆，乍隔阆风玄圃。龙漦未烬，豹尾初回，道是翠华曾驻。红雾蹴起氍毹，帘幕霏微，绮罗来去。想看朱成碧，新桃偷面，柳花飘户。　空记取洞钥葳蕤，屏山重叠，曾有内家分付。唾壶晕碧，妆镜沉徘，寂寞汉宫眉妩。谁更无愁似他，月里麒麟，梦中鹦鹉。自云軿去后，凄断铜仙夜语。（王浩《过秦楼·畅观楼在山贝子花园西偏胜清慈禧太后每自颐和园回跸必信宿临幸楼中盛设多自禁中移置今且往矣陈迹依然为赋此解》）

晚近词学著述，除前述外，选集尚有彊村翁之《宋词三百首》，去取特严，或病其偏取涩体，然其用意原以针流滑粗犷之病，不违雅正之音。汇集则有武进陶湘《影宋金元人词》，参入《吴氏双照楼刻》，皆精本。最近彊村翁与沪上词流有《清词钞》之辑，番禺叶恭绰有《后箧中词》之辑，意存文献，方在征采，尚未成书。评论考证之作，则有刘毓盘之《词史》，辨析源委，约而能赅。又有江都任讷之《南宋词之音谱拍眼考》，诠订《词源》，甚为清晰。此外谈词选词之作，尚多未知。其他或标新帜厚诬古人，或举常谈聊示初学者，徒灾楮墨，等诸自郐，不赘述。

曲之式微，较词为尤甚矣。梨园演奏，阛阓赏音，皆萃于京调秦腔；名伶所歌，制为留声片者，流于国内，则奉为按歌之宗师；播诸海外，则误为国乐之代表。而声多噍杀，文复伧荒。惟前数年北京尚有同乐戏园，独演昆剧，然其势还逊于乱弹。又吴中尚有昆剧结社，偶一演奏，而赏音寥寥，未足以起废也。大雅不作，元音久沦，乃至废歌唱而仅用科白，如近日流行之新戏；甚乃摭拾淫词，创为舞剧，如沪上流行之《毛毛雨》等；迎合浅薄之心理，攘窃革新之美名，舞台演之，学校习之，其鄙陋可胜慨哉！

曲学著述，近以汇刻为盛。如贵池刘世珩《暖红室汇刊元明剧曲》，多罕见之本。武进董康《诵芬室读曲丛刊》，汇刊前人谈曲之书《录鬼簿》、《南词叙录》、《南九宫目录》、《十三调南曲音节谱衡曲麈谈》，魏王二氏《曲律》、《顾曲杂言》、《度曲须知》、《剧说》等十种，皆曲学要籍。海宁陈乃乾又增以《中原音韵》、《曲品》、《新传奇品》，梁李二氏《曲话》、《词余丛话》、《曲目表》、《曲录》、《戏曲考原》、《曲目韵编》等十种为《曲苑》。董氏又本黄文旸《曲海目》，参以无名氏之《传奇汇考》、《乐府考略》，为提要七百七十余则，合四十六卷，名曰《曲海总目提要》。任讷又辑元明清散曲十二种（《阳春白雪》、《乐府群玉》、《东篱乐府》、《梦符散曲》、《小山乐府》、《酸甜乐府》、《沜东乐府》、《西楼乐府》、《唾窗绒》、《海浮山堂词稿》、《花影集》、《清人散曲》）为一总集，名曰《散曲丛刊》，搜罗校勘，甚精核。而尤以长洲吴瞿安《奢摩他室曲丛》，举所藏元明清人刊写诸曲本厘为十集，最为丰备。瞿安名梅，号霜崖，精曲学，著《顾曲麈谈》，论音律歌法甚析；又熟于点谱按歌，自作《惆怅爨》，内含《放杨枝》、《湖州守》、《国香慢》、《钗凤曲》四种，及《西台记》、《湘真阁》、《无价宝》诸杂剧，排场词采均擅，合讲歌作为一人，匪易觏也。又有王季烈、刘富梁合编之《集成曲谱》，荟《纳书楹》及《九宫大成》诸谱，备详宫调音拍，足备度曲之需；王氏并著《螾庐曲谈》，论列多心得。凡皆晚近曲学之功臣也。

（二）词曲之前途

观上所称，则词曲前途之危机，盖有三焉：世变纷纭，士乏潜心学问之暇，一也；旧日韵律声歌，过于繁杂，探究为难，二也；异说流行，学者耳目意志莫能专一，三也。然则词曲之绪遂由此而斩，今后词坛曲苑，遂为若辈所谓革新者篡之而代兴乎？是又不然。大凡事物之足以自立者，必有其所以与立之质。质苟粹也，必不终灭；质苟未具，则虽有一时熠燿之光，其生命之促可断言也。使今之所谓革新者，群趋于精美之途，修辞研律，固具昔时之长；旨远情新，复补前人之短。则茫茫千古，来者难量，讵可画以方隅，范之陈迹？苟但乘凋敝，莽曰更张，不问精粗美恶之所分，一惟荡涤冲决之是务；则瞎马深池，罔知所底，而人情怀旧，徒障新机，纵复窃据于一时，敢谓灭亡之可待。后之愤发为天下雄者当别有人，此适以资贤者为驱除难耳。今本变革之程序，分测词曲之前途，约有二义。

于词曰："调谱可变，而声韵不可革也。"声韵本乎天籁；而调谱属于人为。自三百篇以还，情志之文，孰无声韵？而始宽终密，始易终难，则进步之原理为之也。夫声韵虽若为悬法，而取舍实系乎人心；初非诱以圭组，威以斧钺，而强天下后世从之也。况在吾国单音合体之文字，声韵之调节，正其特长。善为运使，则铿锵扬抑，文字可兼音乐之功；用以发作者之情，动读者之听，盖远胜于无组织之语，所以历百世而不废也。然而齐言杂言，不妨更迭，乐府词曲，不害代兴；则前人未尝以调谱为桎梏，明矣。顾令引近慢异世而生，而终不弃声韵之用者，盖利之所在，可用于人者，未始无益于我也。今革新者昧乎此理，猥以调谱之难于董理，乃剽东瀛之俳句，西洋之散文诗以代之；徒掉以译式之文法，书以蟹行之行款，使读者歆其异表而失其韵味，而嚣然自号曰："吾有内心声律也。"呜呼！天下人宁尽聋盲乎？

于曲曰："关目可变，而歌唱不可革也。"歌唱合乎人情；而关目本于民俗。自金元明清以来，乐部所奏，孰无歌唱？而或止独弹，或备众器，亦进步之原理为之也。夫荆卿高歌，士皆垂泪，韩娥哀哭，里尽悲愁，音乐之效，谁得而否认之？况耳目之享，在理宜均，声音感人，超乎语言之外。善为运使，则怨怒哀思，音乐可辅文字之用；以之传剧中之意，唤听众之情，视纯恃言动之剧，为效何止倍蓰？今旧剧之可议者，台步脸谱，过于失真，祗从皆曰张千，佣保无非小二。然此不过一时习用之关目，非一成不变者；即衣冠砌本，亦无妨随剧情为转移也。然歌唱之用，则历昆弋秦徽而莫废，即西洋歌剧，亦自著古名。则以情之所生，触于目者，未尝不接于耳也。今革新者悖于此理，猥以歌唱为不近人言，乃取对话之方式，电影之排场以代之；徒借衣饰之时式，布景之活动，使观者赏其形肖而隐其心灵，而傲然自足曰："是乃写实主义也。"噫！戏剧果由是以振兴乎？

今使革新者，知本进步之原理，于声韵则益求精微，于歌唱则力谋优美；参以时代之精神，于调谱则化其拗折，于关目则革其虚浮，则不百十年，或有一种新词曲挺生乎！吾人可拭目俟之。

后　序

简庵既述《词曲史》十篇竟，作而叹曰：呜呼！《风》《雅》之道，其遂亡乎！昔成康没而颂声寝；王迹熄而《春秋》作。世方平治，纳民轨物，则礼陶乐淑，自然成风；及夫国无道揆，民不宁处，则礼坏乐崩，教泽罄竭。虽有心之人，聚徒讲习，忧时之士，憔悴行吟，其为效也微，其为声也苦矣。夫粤人无镈，燕人无函，非无镈与函也，夫人能为，不待称也。易地而奇，异时而宝，岂其志也哉？势所趋尔。自三百篇终，而后有《诗说》、《诗传》；古乐亡，而后有《乐论》、《乐记》。方其瞍矇侍前，悬簴成列，六义毕昭，八音迭和，坛庙效祭之次，宾筵酬酢之间，岂复有判正变而疏草木，别雅郑而察治乱者乎？孔子曰："我欲托之空言，不如见诸行事之深切著明也。"知空言之用，去行事远矣。虽然，浮丘之学，远启三家；窦公之传，上窥六代。微守缺不渝，则传薪已绝。此仲尼所以致叹于文献，史迁所以取重于荐绅也。自汉京以降，世益趋文，篇什朋兴，乐府代盛。《汾河》、《瓠子》，归之吟咏；《安世》、《郊祀》，施诸燕雅。孝明四品，承平之制作；杜夔四篇，乱余之残烬。鼓吹铙歌之相袭，西曲吴声之杂陈，固已章质纷纶，宫商淆乱。隋唐嗣兴，胡乐充溢。诗随乐迁，体制复异，流衍蕃变，而词生焉。夫词，乐府之遗也，播诸丝管，奏于优伎，众习闻之，乌待论述？乃其盛也，志士写其伟抱，才人发其藻思，托槃阿之寤歌，供朋簪之赠答。情志之滂沛，抑诗乐之所以暌离也。由是而《词话》、《词源》之书作矣。然而舞席歌场，渐易其体，小令大曲，别殊其制。词微而曲代起焉。其播诸丝管，奏于优伎，习闻而无待论述，如故也。乃其盛也，或以自娱，或资弹讽，云飞风起，复远声歌。由是而《曲品》、《曲谈》之书作矣。洎失近世，人情趋简，思启新途，苦乏借资，但知冥索。而雅音微于一缕，伧声放乎四隅，鸣盛无方，陶情安借？学者慨焉，是安得不推索故籍，究其经途，而示之准的也？

老氏曰:“知者不言,言者不知。”《传》曰:“礼失而求诸野。”今知者往矣;吾宁为不知者之言,或犹愈于野乎?若夫舍经世之务,骛雕虫之辞,虽小道可观,而致远恐泥,是则吾之过也已!

民国十九年六月南昌王易识于中央大学